沧海录

吴蔚 著

楼兰

中国民主法制出版社

图书在版编目（CIP）数据

楼兰 / 吴蔚著 . — 北京：中国民主法制出版社，
2020.1
　　ISBN 978-7-5162-2173-0

　　Ⅰ . ①楼… Ⅱ . ①吴… Ⅲ . ①长篇小说－中国－
当代 Ⅳ . ① I247.5

中国版本图书馆 CIP 数据核字（2020）第 007098 号

图书出品人　刘海涛

出版统筹　周锡培
责任编辑　董　理
责任印制　姜　婷
发行总监　杨光捷
责任校对　姚丽娅
装帧设计　聂　强

书　　　名　楼兰
作　　　者　吴　蔚 / 著

出版·发行　中国民主法制出版社
地　　　址　北京市丰台区右安门外玉林里 7 号（100069）
电　　　话　010－63055259（总编室）　010－63057714（营销中心）
传　　　真　010－63055259
http：//www.npcpub.com
E-mail：mzfz@npcpub.com
经　　　销　新华书店
开　　　本　32 开　880 毫米 ×1230 毫米
印　　　张　12.5
字　　　数　328 千字
版　　　本　2020 年 3 月第 2 版　2020 年 3 月第 1 次印刷
印　　　刷　北京世汉凌云印刷有限公司
书　　　号　ISBN 978-7-5162-2173-0
定　　　价　45.00 元
出版声明　版权所有，侵权必究。

内 容 简 介

    在中国重大历史之谜中，以黄帝大战蚩尤和楼兰古国神秘消亡最引人瞩目。但很少有人真正了解背后的故事，甚至在这两大历史之谜之间，还曾存在过某种被悠远岁月斩断的联系。《楼兰》讲述了繁华一时的楼兰王国被漫漫黄沙离奇湮没的起因和经过。为寻找神物解救楼兰危机，楼兰王子傲文踏上了大漠黄沙之路，巧遇敌国女子并产生纠结的爱情，后得身份神秘的汉人公子萧扬及神女相助，众人携手开始了与楼兰诅咒的抗争。使命、阴谋、真相、爱情、友情，面对命运主人公究竟何去何从，做何选择？

    边风飘飘，绝域苍茫。山河黯淡，壮士冲冠。关山万里，纵横剑气。黄沙百战，楼兰胆豪。中原黄帝后人与楼兰英雄同生死共进退，合奏出一曲旷世奇歌……

目　录
CONTENTS

气息。西边天空的边际不断有红光闪烁，映出黑黝黝的天空，仿若来自地狱的魔鬼的眼睛。

果见天宇寥廓，莽莽尘寰，沙海极目之处，一道笔直劲拔的青烟升入天空，直指苍穹。斜阳似火，孤烟如柱，气象萧索，一幅雄奇画面。

此时正是晌午时分，正是日光最强的时候，适才还晴朗无比的天空，像被蒙上一层面纱，骤然黯淡了下来，呈现出骇人的暗黑色，黑暗得近乎惨淡，令人压抑。

惊人的事情就在一刹那发生了，光线陡然暗了下来。人们不由自主地仰望天空，适才还光芒四射的太阳突然产生了缺口，光色也暗淡下来。缺口越来越大，终于完全变成了黑色，只有外面一圈日冕发出惨白色的光芒。天空群星闪耀，大地一片黑暗，寒气越来越重，而比寒意更侵蚀人心的则是莫名的恐惧。

她一脸晴朗的微笑，灿烂而明丽，美如天边的云彩。那种惊喜全然是发自内心的流露，情真意切，半分做作不出来。他从马上跳下来，愣在原地，紧握刀柄的手也松开了。

无形的瘟疫毫不留情地踩躏着楼兰百姓，整座城市恍若死神降临一般，虽然还有不少活人，可整座城市已经如消亡一般停滞，没有半分生气，尸臭与恐惧飘荡在上空，经久不散。

莫名降临在楼兰人头上的瘟疫虽然平息，但还是给这座城市造成了巨大的伤害。家家户户都有亲人在这场瘟疫中死去，哀伤悲恸充斥着每一个人的心灵，惊惧久久挥之不去。

这是他头一次感到他们的心灵这般亲近，而身体却再也无法靠近。他们之间，经历了那么多的曲折和悲怆，却最终还是要面对日日相对的分离。

世异时移，光阴流逝中，历史成为了传说，传说成为了碎语，渐渐消散在无边红尘里。

徂彼西土，爰居其野。

——题记

引子

楼兰成为了西域大国，作为东西方的交汇点，楼兰文明盛极一时。而仓氏兄弟的后人早已经散布在西域各地，并衍生建立了几十个新的部落和国家。只是伴随着血缘的淡化，为了权力、利益，后人们早已经忘记了曾经义结金兰开创新天地的先人们昔日的情意。

在很久很久以前的远古时代，混沌始开，宇宙初成，天地之间只有伏羲和女娲兄妹二人，结伴住在昆仑山下。传说昆仑山是世界的中心，也是百神之所在，气魄傲人。其山尾陵之地高出日月之上，山有九层，每层相去万里，有云色，从下仰望如城阙之象，四面有风，群仙常驾龙乘鹤游戏其间。

因为天下尚未有其他人类，伏羲兄妹二人商议结为夫妻，以求繁衍后代，但又自觉羞耻。为了摆脱两难的境地，伏羲和女娲历经千辛万苦登上了神山昆仑，在山上对苍天祈祷道："上天如果同意我兄妹二人结为夫妻，请将天上的云都合成一团；不然，就让云散开。"结果，天上的云立刻合成了一团。伏羲和女娲认为这是天意，于是结为夫妻。

此后，在中原大地上，开始有了人类，生生不息，形成大大小小的氏族和部落。伏羲教人类结网，从事渔猎畜牧，致嫁娶，以丽皮为礼，创八卦，造书契，以代结绳之政，中华文明由此起源，伏羲也因此成为天下最早的共主。

伏羲之后，女娲成为天下共主，她发明了笙、簧等乐器，是音乐的开始，从此，人类学会了在音乐中翩翩起舞。

当时，尘世还处在洪荒时代，天下的河流远比土地要多，河流经常泛滥，给人类的生存造成了不小的威胁。刚好这个时候，水神共工和火神祝融因故吵架，继而大打出手。祝融最终打败了共工，共工羞愤之下，向西方的不周山撞去。不周山是撑天的柱子，被共工撞倒后，天塌下了半边，出现了一个大窟窿。大地也出现了一道道大裂纹，山林烧起了大火，洪水从地底下喷涌出来，一些龙蛇猛兽也趁机溜出来吞食人类，人类面临着空前的大灾难。

女娲目睹如此奇祸，决心终止这场灾难。她找来各种各样的五色石子，用火将它们熔化，然后用这种五色石浆补上了天的窟窿。随后又斩下一只大鳌的四脚，当做四根柱子，将倒塌的半边天重新支撑起来。又收集了大量芦草，把它们烧成灰，止住了滔滔洪水。女娲还擒杀了残食人类的黑龙，刹住了猛兽的嚣张气焰。

经过女娲一番辛苦的整治后，人类又重新过着安乐的生活。不过这场大灾难还是留下了不少痕迹：天向西北倾斜，因而日月星辰都很自然地归向西方；而地则向东南倾斜，因而一切江河都汇流东南；而当雨过天晴后，补天的五色石便会重新焕发光彩，于是在天空中便出现了彩虹。

伏羲帝和女娲帝直系的第七十七帝为少典，娶有娇氏为妻，生下炎帝。炎帝号神农氏，长于姜水，他发明了农耕和医药，造福苍生，成为天下共主。他又创造了五弦琴，开始蜡祭和市场。自炎帝开始，中原进入了农耕社会。

因为伏羲、女娲、炎帝是中华文明起源的代表，因而被后人尊称为"三皇"。

随着人类欲望的滋长，各部落开始互相攻击，战乱不已，生灵涂炭，炎帝虽然为天下共主，对此也无可奈何。

当时，南方有个九黎族，善于冶炼之术，是当时大地上唯一会冶炼铜和铁的部落，制造了刀、戟、弓、弩等各种各样的兵器，这些锐利的兵器在当时非常罕见，威力无比。九黎族首领名叫蚩尤，野心勃勃，十分强悍。他还有八十一个兄弟，他们全是猛兽的身体，铜头铁额，吃的是沙石，凶猛无比。蚩尤一心想兼并诸侯，统一天下，因此开始大肆侵扰别的部落。

有一次，蚩尤向北进军，侵占了炎帝的地方。炎帝起兵抵抗，但蚩尤武器精良，炎帝根本不是对手，被蚩尤杀得一败涂地。炎帝走投无路，只好逃去涿鹿，向同父异母的亲兄弟黄帝请求帮助。

黄帝姓公孙，因长于姬水，后改姓姬。由于居住在轩辕之丘，号轩辕氏；又因为建国于有熊[1]，所以也称有熊氏；又因为有土德之瑞，又号称黄帝。他天生异象，出生几十天就会说话，少年时思维敏捷，

---

[1] 有熊：今河南新郑一带。

青年时敦厚能干，成年后聪明坚毅。黄帝的部落最早住在西北的姬水附近，后来搬到中原涿鹿一带定居，开始发展畜牧业和农业。

黄帝妻妾众多，有四妃十嫔[1]。四个妃子分别以元、二、三、四称呼。其中元妃为西陵氏，名叫嫘祖，她是炎帝和黄帝的表妹。二妃方雷氏，名女节。三妃彤鱼氏。四妃嫫母，长相丑陋，但因德行高尚，深受黄帝的敬重。

黄帝共有二十五个儿子，只有其中十四个儿子得姓，根据封地所在，各取"姬、酉、祁、己、滕、葴、任、荀、僖、姞、儇、依"十二个姓。当时以德授姓，只有两个儿子因从其德，得以跟随黄帝姓姬。

元妃嫘祖生有两个儿子：长子玄嚣，又名青阳，降居江水；次子昌意，降居若水。嫘祖本人聪明异常，当时蚕只有野生的，世人都不知道蚕的用处，嫘祖偶然发现煮熟的蚕茧能够抽丝，于是开始栽桑养蚕，教民纺织。中原从那个时候开始，就有了丝和帛。后世人为了纪念嫘祖这一功绩，就将她尊称为"先蚕娘娘"。

黄帝手下有一个最博学的官员——史官仓颉，他创制了古代文字。中原的文字当时都是记载在龟壳上，就是因为大荒时期洪水泛滥，遍地都是乌龟，龟壳唾手可得，这也就是后世所说的甲骨文。仓颉还有个兄弟叫仓生，是黄帝手下最勇猛的将领。

黄帝正日益兴盛，听了炎帝的诉说后，决定对抗蚩尤，肩负起安定天下的责任。他联合各部落人马，准备在涿鹿的原野上与蚩尤展开一场大决战。

关于这次大战，流传着许多惊心动魄的故事。

蚩尤知道这次大战是能否统一天下的关键，因此专门制造了多种兵器，用来攻击黄帝。黄帝也派了手下最得力的勇士应龙和仓生到原野去攻打蚩尤。这场涿鹿大战是一场原始的平原大战，因为是谁能统一天下的关键之战，双方的战士都英勇无畏，战斗十分激烈，几乎全部是肉身相搏，完全要凭勇猛和力气取胜。蚩尤勇猛无敌，又有铁铜

---

[1] 上古时，君王之妻只称为元妃，到后来才称王后。商代之前，天子的配偶都称妃。

制造的兵器，而当时黄帝的军队所用的兵器除了黄帝本人的轩辕剑外，其他武器都是由木头和石头所制，实力悬殊之下，黄帝的军队开始节节败退。

幸好嫘祖平时帮助黄帝驯养了熊、罴、貔、貅、貙[1]、虎六种野兽，正当黄帝一方的军队开始后退的时候，嫘祖便把这些猛兽放出来助战。蚩尤的兵士虽然凶猛，武器锐利，但是遇到这一群猛兽，也抵挡不住，纷纷败逃。

蚩尤被赶出了涿鹿后，黄帝带领兵士乘胜追杀。忽然天昏地黑，浓雾弥漫，狂风大作，雷电交加，使黄帝的兵士无法追赶。原来蚩尤请来了风伯雨师助战。黄帝也不甘示弱，请天女帮助。天女施展法力驱散风雨，一刹那间，风止雨停，晴空万里，蚩尤终于完全被打败了。蚩尤逃到冀中后，最终被黄帝擒住。

黄帝下令杀死了蚩尤，并砍下了他的头。蚩尤头颅被砍下的地方被后人称为"解"，他的头和身子则被分别埋在不同的地方。最神奇的是，锁过蚩尤的枷被丢弃在山上后，竟然化做了一棵枫树。九黎族人中懂得冶炼兵器之术者被强行并入黄帝的部落，其他人都被赶往西北的蛮荒之地，任其自生自灭。

各部落看到黄帝打败了蚩尤，都开始拥戴黄帝。但是，炎帝却心有不甘，因此与黄帝发生了冲突。两个亲兄弟各率人马，大打了一架，结果炎帝失败。从此，黄帝取代炎帝，成为了天下的共主，并与之后的颛顼、帝喾、唐尧、虞舜[2]合称为"五帝"，与之前的"三皇"相提并论。

不久，天下又出现骚乱。黄帝知道蚩尤的声威还在，于是画了蚩尤的像到处悬挂。天下的人都以为蚩尤未死，只是被黄帝降服，于是

---

[1] 罴（pí）：体大，肩部隆起，能爬树、游水，亦称"棕熊"、"马熊"、"人熊"；貔（pí）：似熊的一种野兽；貅（xiū）：似虎的一种野兽；貙（chū）：一种似狸的猛兽。

[2] 颛顼（zhuān xù）：号高阳，昌意之子；帝喾（kù）：名高辛，黄帝与嫘祖长子玄嚣之孙；唐尧：名放勋，帝喾次子，最初封在唐国为诸侯；虞舜：虞族贵族，姓姚，传说目有双瞳而取名"重华"，号有虞，因贤德被推为天下共主，娶唐尧二女娥皇、女英。

有更多的部落前来归附黄帝。后来，蚩尤被尊为战神。

炎帝虽然被黄帝打败，但实力尚存。他不满黄帝成为天下共主，企图夺回失去的地位，终于起兵反抗。炎、黄二帝发生火并，决战在阪泉之野进行。经过三场恶战后，黄帝终于取得了决定性的胜利。炎帝见大势已去，服断肠草自杀。炎帝的部落被并入黄帝的部落，从此融合成华夏民族，这就是中华民族自称为"炎黄子孙"的来历。黄帝天下共主的地位最终确立，并号令天下，凡是不顺从的部落，都以天子的身份加以讨伐。

当会盟完的黄帝兴高采烈地回到涿鹿时，发现自己最重要的左右手仓颉和仓生都失踪了，同时失踪的还有嫘祖。仓氏兄弟一直暗恋聪慧美丽的嫘祖，但黄帝却毫不知情。一些人趁机中伤三人的关系，黄帝大怒，派应龙四处搜捕，却是一无所获。

恼羞成怒的黄帝命人将夔雷鼓[1]抬到轩辕台上，亲自举槌擂响，用自己的鲜血向上天祷告，诅咒嫘祖和仓颉兄弟的命运。黄帝不久后病死，嫘祖的儿子昌意即位。昌意娶蜀山氏昌仆为妻，生下的儿子韩流却长着长长的脑袋、小小的耳、人的面孔、猪的长嘴、麒麟的身子、罗圈着双腿、小猪的蹄子。于是，在靠近轩辕台的地方，射手们都不敢举箭西射，因为敬畏轩辕台上黄帝愤怒的威灵……

而这个时候，仓氏兄弟正在帮助嫘祖安葬表兄炎帝。三人听说黄帝已经派人追捕他们，要对他们格杀勿论，不得不往西而逃。三人历尽千辛万苦，穿过了广瀚的戈壁和沙漠，终于彻底逃离了黄帝的势力范围。他们来到一个名字叫牢兰海的大湖，这里是孔雀河、塔里木河以及车尔臣河的终点，一望无垠——湖面雾气茫茫，岸边兼葭苍苍，半空水鸟翱翔。三人被眼前的美景所震撼，于是决定在这里定居下来。

---

[1] 当时东海东七千里的地方有座流波山，山上有一只名叫夔（kuí）的异兽，模样跟普通的牛相似，全身青苍色，不过没有犄角，而且只有一只脚。夔的眼睛十分明亮，能射出月亮一般的光芒，吼叫声如同雷响。它还善于嬉水，出入海水时总有大风大雨相伴随。后来黄帝杀了它，用它的皮蒙在架子上，做成了一面鼓，这是尘世间第一面鼓。只要用雷兽的骨头敲鼓，响声可以传到五百里以外，因此号称夔雷鼓，用来威震天下。

三人因此建立了王国，并根据牢兰海的湖名，给这个王国取了一个少女般美丽的名字——楼兰。

聪明的嫘祖为了维护仓氏兄弟的情意，没有跟他们中的任何一个人结婚，三人因此结拜为异姓兄妹。在仓氏兄弟的帮助下，嫘祖成为楼兰的女王。他们还建立了巨大的神殿，感谢上苍能让他们三人找到这样一个地方定居。这时侯，天女出现了。天女告诉他们，他们的不幸因为他们三人没有结合而意外避免，但由于他们的命运被黄帝最尊贵的鲜血诅咒，在将来的某一天，孔雀河和牢兰海将会干涸，胡杨不见新芽，楼兰将会彻底被风沙湮没，而能够破解这个诅咒的只有楼兰新娘……

没有人明白天女的意思。但为了避免给后代带来灾难，嫘祖和仓氏兄弟几乎摈弃了一切中原的特征——语言、文字、服饰、生活习惯……尽管楼兰历代国王虔诚地供奉神殿，但天女再也没有出现过。

斗转星移，岁月沧桑，几千年过去了，牢兰海已经改名成蒲昌海，意思是"多水汇集之湖"。楼兰成为了西域大国，作为东西方的交汇点，楼兰文明盛极一时。而仓氏兄弟的后人早已经散布在西域各地，并衍生建立了几十个新的部落和国家。只是伴随着血缘的淡化，为了权力、利益，后人们早已经忘记了曾经义结金兰开创新天地的先人们昔日的情意。

天女神秘的预言和楼兰与中原的渊源只在楼兰的国王中代代相传，但这个天大的秘密几乎已经快要被忘记……

《楼兰》的故事就从这里开始了。

这是一个史诗般悲壮的故事——它讲述的是在正义与邪恶、光明与黑暗的冲突中，处于弱势的人们所表现出来的信念与勇气、团结与力量。他们在面对世界沉沦的命运时，不可避免地要承担责任，而责任就意味着牺牲；面对爱情与亲情时，他们必须要作出抉择，而抉择就意味着割舍……

第一章

蜃景血光

他的声音并不大，然而却带着莫名的畏惧，如同有神奇魔力一般穿透了全场。最先听见这两个字的马贼主动停止了围攻，随即连环感应潮水般地覆盖了每一个马贼，喊杀声、金刃交接声骤然歇止，众人停止厮杀，掉转头去，默默望着勒马巍然屹立的游龙。

古老的大漠有一句谚语："花什么时候开是有季节的，马贼什么时候到却没人知道。"

阳春三月，天地俱生，万物以荣，大地一片生机，正是花开的季节。

敦煌的春天虽然姗姗来迟，可它终于还是来了——胡杨树一片葱绿，红柳、毛条、花棒等灌木都发出了新芽。牛毛草、甘草、苦参、小苦豆子等杂草滋滋冒出地面，绽放出各色缤纷的小花。斑斑春色，空漾清新。

蛰伏了一个冬天的人们蠢蠢欲动，争相走出家门饱览春光。滞留在玉门关[1]的西域商人也开始收拾行囊，预备动身启程。对他们而言，这里才是漫漫长路的起点，他们将花费将近一个月的时光穿越浩瀚的戈壁和沙漠，回去各自的国家。一多半的商人将中原贩来的货物转手卖掉后，还要赶在入秋之前再次组织商队运送各种西域特产返回中原，以攫取最大最多的利益。这些人一年中的绝大部分光阴都消耗在了贯穿中原、西域和中亚的丝绸之路上，对他们而言，时间就是金钱，总是格外宝贵，因而当看到冰雪消融、春光乍现后，他们便迫不及待地上路了。

玉门关是中原西边的门户，传说置关修建城墙时曾挖出一块巨大的美玉，人们将它镶嵌在城楼上，用玉石的光芒来指引过往商队，由此而得名。这里是通往西域、西亚以及欧洲各国的必经关隘，中原的丝绸、漆器、纸张等物产源源不断由此输向西方，而西域诸国的良马、骆驼、葡萄、瓜果等也经此关传入中原，所谓"驰命走驿，不绝于时月，商胡贩客，日款于塞下"即形容玉门关的繁忙景象。

所有进出关口者都需要先交换过所，才能取得通行资格。从一大清早起，商队仿佛从地底涌出的泉水，一窝蜂地涌上大街，玉门关排

---

[1] 玉门关：今甘肃敦煌。

起了长龙。驮着货物赶往西城门的牲口络绎不绝，驼铃悠悠，人喊马嘶，将关内的大小道路拥堵得水泄不通。

甘奇所率领的楼兰商队出发得早，排在了第三位。尤其幸运的是，排在最前面的那些行商打扮的人并不是真正的商人，而是前去大漠寻访宝藏的寻宝人。因为春天冻土化开，风沙最大，沙漠风暴往往能将流沙湮没的古城吹出来。这些人没有货物，事先又申请好了过所，很快就通过了检查。

而第二位的墨山国商人穆塔这次所携带的货物也不多，只有几箱珠宝首饰和二十余匹马的丝绸、漆器。全副武装的中原兵士正将货包中的丝绸粗暴地扯出来，一匹一匹地来回翻动检查。甘奇甚至能清楚地看到穆塔脸上的横肉不停地抽动——他是在心疼啊，那些可都是中原最上等的丝绸，一旦运到西方，价值堪比黄金。中原兵士行径如此野蛮，糟蹋货物不说，万一对丝绸有所损伤，可就大大降低了价值。

可穆塔只能眼睁睁地望着，不敢提出一句抗议，不敢有丝毫异动。这又有什么法子呢？商人们都知道，进玉门关易，出玉门关难呐。况且中原兵士的粗鲁验货并非针对穆塔一个人，所有出关的人，行商也好，僧侣也好，都会受到如此待遇。仅仅因为中原是丝绸生产大国，素来视养蚕植桑为生财之道，千方百计地阻止丝绸秘技外传，严防蚕种被带离中原，凡出关人员、货物均要接受严格搜查，历代朝廷均是如此，早已成为惯例。

等了大半个时辰，中原兵士终于检查完了货包。穆塔如蒙大赦，慌忙指挥十余名奴仆将丝绸重新装好。甘奇见穆塔已经被放行，忙回头叮嘱自己的商队小心跟上，忽听见有人操着大声抗辩，再扭转头时，平地忽起风云——穆塔被几名中原兵士抓住手臂，不由分说地强按在地上跪下。一名虎背熊腰的兵士拔出腰刀，站在他身后稍微举手一挥，便将头颅轻而易举地斩了下来。

熙攘的关隘顿时安静了下来，就连适才骚动不止的黑马也停止了打喷儿。

穆塔的断颈处喷出一道强劲的血水，往前斜射出去。抓住他的兵士松开手，没了头的身躯往前仆倒在地，在血泊中扭动了几下，这才断气死去。圆滚滚的脑袋则飞了出去，落到地上滚出一截，正好停在楼兰的驼队前。

商队前面有个十六七岁的少年护卫，苍白而瘦弱，文静得有些女人气，名叫昌迈，见到穆塔面孔虽扭曲变形，然须髯尽张，惊恐愤怒之色栩栩如生，尤其那双睁得滚圆的翻白的眼睛正瞪视着他，情状极是瘆人，一时骇异得呆了，陡然惊叫一声，转身就跑，却被护卫首领未翔一把抓住手臂。

未翔二十七八岁年纪，被太阳晒黑的额头发出暗色的光，浓眉间有两道如同刀子刻上去的竖纹，留着胡须，眼窝深陷，总是像根木头般面无表情。昌迈对他甚是畏惧，结结巴巴地解释道："杀……杀人了……"未翔低声道："我们都看到了，边关常有这样的事发生，你转头别看就是了。不过最好不要乱动，以免惹人起疑，又给商队带来不必要的麻烦。"

昌迈呆了一呆，道："你……你这是在指责我么？你怎敢用这样的口气跟我说话？"心头忿愤，想挣脱掌握，只是未翔身材健壮威猛，手劲奇大，一只手仿若铁箍般锁紧臂膀，动弹不了分毫。

昌迈的军师无价慌忙从后面挤过来，怒道："未翔大胆，还不赶快放手！你敢这样对待昌迈王子，是何居心？"未翔便松了手，肃色道："未翔鲁莽，还请王子恕罪。不过我们当初可是早说好了的，王子这次微服来中原，一切要听我号令，是也不是？"

西域既不似中原那般等级制度森严，武士和军人地位也高。昌迈不敢多说，只低声应道："是。"未翔重重望了一眼无价，这才道："之前王子擅自离队……"

商队首领甘奇蓦然回过头来，压低声音嚷道："你们快别说了，正主儿出现了！"

只见玉门关守将韩牧全身铠甲，阴沉着脸，一步步走下城墙，环视全场一周，沉声喝道："谁再敢私带蚕种出关，这就是下场。"刻意停顿了一会儿，这才挥手命兵士将无头尸首拖走，首级高挂在城墙上示众。当然，穆塔的牲口、货物，甚至包括多名奴仆，均被当场没收，充作边关军饷。

一名兵士走过来，重重打量了甘奇一眼。他一直处于高度紧张的状态，心中本能一惊，以为有什么不好的事将要发生，不料那兵士并未多理会他，只将手中枪稍用力扎入穆塔头颅，如同猎获的野兔一般挑在肩上，悠悠爬上城墙，将长枪从城门上方的垛口伸出去。这里是进出关隘最醒目的位置，首级悬挂在这里示众，可以起到最大的威慑效应。不想那下面凑巧站着一名年轻男子，正凝神往城门洞中探望，穆塔首级断颈处血迹未凝，几点污血滴下，径直往他头顶落去。

那男子甚是机敏，似是觉察到异样，抬头一看，"哎呀"惊叫一声，闪身避开，只在毫厘之间，恰好让开了血滴。

他名叫阿飞，身穿灰白的长袖短襟，外罩一件无领的翻毛裕祥，刚及膝盖，腰间束着腰带，肩上斜背着一个小小的包袱，麻布长裤扎在靴子中，衣束简单而干练。虽然是一副普通中原行商的打扮，其实并非中原人氏，而是来自西域楼兰国，是商队聘请的专职向导兼通译，才刚刚二十岁出头，身材瘦削强健，皮肤被日光晒得黝黑发亮，倒显得他比实际年岁大了许多。

西域诸国均是绿洲城郭国家，普通百姓是没有姓氏的，只有一个区别于他人的名字，唯有王族才拥有姓氏，譬如楼兰王族姓羌，于阗王族姓尉迟，龟兹王族姓白，焉耆王族姓龙。如果平民实在想要一个姓氏，往往都是跟着本国国王姓，因而阿飞也有一个正式的名字——羌飞。

楼兰的向导均是世袭，阿飞从孩提记事时起，便已经如成年男子一样，在丝绸之路上奔波跋涉，不但像了解自己的手指般熟悉道路，还会讲沿途各国的方言。到他十五岁时，父亲因受伤瘫痪在床，他便理所当然地继承了祖业，因而他年纪虽轻，却是相当资深，在西域一带负有盛名。

阿飞及时避让开了血滴，仰头注视着那颗面目狰狞的首级——他已经不是第一次在玉门关见到这种场面，不用多问，对方一定是意图携带蚕种出关被中原兵士发现后才当场处死，虽然并不如何同情那唯利是图的商人，但还是暗自觉得仅仅因私带蚕种便被立即斩首的刑罚太过残酷。他认得穆塔，其为人精明小气，是有名的一毛不拔的铁公鸡，常年来往于西域和中原，积累了不少财富，还与墨山王室结了亲，将女儿嫁给了约藏王子为侍妾，甚得宠爱。想不到一个在墨山国也能呼风唤雨的有钱有势的人物，居然为了几粒小小的蚕种，被杀死在中原的边关上。

阿飞默默想了一会儿，转身挪到城门北边，目光不由自主地停留在城门旁的一张画有人像的告示上。他虽不识汉字，却也曾在客栈听人议论过，大概知道告示内容是悬重赏缉拿追捕画像中的年轻男子。那男子头上挽髻，相貌平常，看起来还有几分落拓愁苦之色，很像是中原酒肆中常见的郁郁不得志的白面书生，却不知道他究竟有何出奇之处，项上人头居然能值千金。

纳罕之际，不免愈发想知道那男子犯下了什么了不得的滔天大罪，转头见到那时常在客栈外摆摊算卦的道士笑笑生正慵懒地倚坐在城墙根下，心念一动，忙过去招呼道："笑先生好。我是楼兰向导阿飞，我们在玉门客栈见过的，先生可还记得小子？"

笑笑生约摸四十来岁年纪，须发灰白，脸又瘦又长，下唇有些外凸下垂，显得下巴格外长，穿着一身土灰色的粗布道袍，满是污渍，脏兮兮的已看不出本来颜色，邋遢中透出一股穷酸落魄之气。他正忙着捉取袍子上的虱子，头也不抬地问道："你是想问那告示上被通缉的男子姓甚名谁、到底犯了什么罪，对么？"阿飞笑道："是啊，笑先生还真能未卜先知呢。"

笑笑生性情诙谐，走南闯北多了，见闻极为广博，许多人爱找他打趣，听他说些奇闻轶事，不过他却是出名的算卦不灵验。阿飞虽然只是随口一答，却着实带着几分揶揄的语气，任谁都能听出来。笑笑生脾气倒好，居然嘻嘻笑道："那还用说，先生我精通术数，洞悉天机，未卜先知不过是小菜一碟。"

阿飞是个爽直性子，见对方顺势爬杆夸起口来，实在是很有些大言不惭，忍不住笑出声来。立时又觉得不妥，未免太不尊重老人家，忙强敛笑容，问道："笑先生，那告示中的男子到底犯了什么罪？"

笑笑生伸出一只手，将捉到的虱子举到眼前，仔细打量过后，郑重将其捏死，这才慢吞吞地道："告诉你也无妨，那人名叫萧扬，是个十恶不赦的江洋大盗，杀人放火，奸淫掳掠，什么坏事都做过。"

阿飞闻言倒也不吃惊，只是心中莫名其妙地有些失望，心道："这倒真是人不可貌相了。"

笑笑生依旧一副懒洋洋的神态，漫不经心地道："你知道了他的名字也没用，就算你当面遇到他，也未必有本事能抓住他去领这千金之赏。"阿飞奇道："这么说，这位萧扬本领十分高强了？"阿飞自诩武艺不弱，胆子又大，就连楼兰第一勇士也夸过他天生良质，忽听见笑笑生声称他没本事抓住萧扬，心中着实有几分不服气。

笑笑生道："那是当然，若不是非凡出众的英雄人物，脑袋怎么可能值那么多钱？你以为是跟适才被杀的商人一样么？"言语中竟对那江洋大盗萧扬很有几分佩服之意。

阿飞摇头道："笑先生这话可不对。萧扬既是个大坏蛋，就不能再被称为英雄。我们西域也有千金之赏，商人们约定联合出钱购买马贼首领赤木詹的人头，难道赤木詹就是英雄么？他不过是个丧心病狂的马贼，杀人越货，专门打劫大漠中的商旅。"一提到"赤木詹"的名字，他右手握拳，左手不由自主地去抚摸腰间的弯刀，声调也陡然变得高亢急促起来。

笑笑生道："咦，看你面相，额带杀气，马贼一定害死过你的家人……是你的父亲，对不对？"阿飞道："家父确实被马贼所伤，不过只是瘫痪在床，还没有过世。"

笑笑生颇为尴尬，轻轻哼了一声，便又埋头专心去捉虱子。

阿飞却没有就此打住话题，肃色道："说到英雄人物，只有游龙才能真正当得起'英雄'二字。"

笑笑生道："游龙？"阿飞道："不错，游龙。"他露出了又骄傲又自豪的表情，那神气仿若游龙是他心目中的偶像，容不得丝毫亵渎，这是发自内心深处的真心的崇拜。

笑笑生道:"游龙是谁?"

阿飞见对方居然没有听说过游龙的鼎鼎大名,不免十分惊奇,转念想到笑笑生也许从没有踏出过中原,而游龙则是扬名于西域大漠,便耐心解释道:"游龙是丝路商队的保护神,专门在大漠中追杀马贼。"

笑笑生道:"马贼是商队大敌不错,可听说他们数目不少,仅出没在白龙堆沙漠一带的就有数百人之多,游龙不过孤身一人,如何能以一敌百?"阿飞傲然道:"游龙是昆仑山山神的儿子,身怀神力,非但武艺高强,而且刀枪不入。他用的兵刃割玉刀更是绝世神兵,削铁如泥。马贼见到他的脸就已失魂丧胆,人数再多,又怎能是他的对手?"

笑笑生先是愕然,随即收敛了一贯的满不在乎的笑容,沉下脸来,重重叹息了一声。

阿飞道:"莫非先生不相信我的话?笑先生可随便找个商队问问,在我们西域,没有人不佩服崇拜游龙的。不瞒先生说,我阿飞最大的愿望就是能遇见游龙,拜他为师,终生追随他,在大漠中追杀马贼,保护丝绸之路上来往的商队。"

笑笑生不置可否地摇摇头,低声嘟囔着道:"白云在天,山陵自出。道里悠远,山川间之。将子无死,尚能复来[1]。"

阿飞只觉得这老道士的表情颇为伤感神秘,十分罕见,正待追问言中之意,却听见城门处一片嘈杂,转头望去——原来是他的雇主楼兰商队通行出关了。他知道甘奇这次带有数千斛的粮食,一时想不通如何会这般快就被放行,慌忙舍了笑笑生,迎上前去,变故蓦然发生了。

楼兰商人甘奇也对自己的商队如此轻易便通过了关卡相当惊异,尤其在刚刚亲眼目睹了墨山商人穆塔被杀后,心理上已经做好各种坏

----

[1] 据《穆天子传》(西晋由盗墓贼不准从战国魏襄王墓中发掘出来的先秦古书,作者不详)记载,此诗名《白云谣》,是昆仑山大神西王母赠别来访的周穆王姬满(西周第五代君主)之作。

的打算，几乎不敢相信中原兵士只大略点了一下货包数量便算检查完了。不过他很快想到这也许是因为他是楼兰人的缘故——这次他奉问天国王之命到中原向敦煌太守李柏高价购粮，并非为了贩卖牟利，而是要缓解楼兰国连年干旱的危机，事先问天国王也派使者跟中原打过招呼，想来玉门关边将已经得到了朝廷知会，要为楼兰商队打开方便之门。

甘奇为此特意走过去拜谢了玉门关守将韩牧。韩牧始终板着脸，只略略点了点头。甘奇见后面等待出关的队伍排得老长，不敢多做停留，忙指挥奴仆、护卫将运粮的牲口赶出城去。

刚走出玉门城关，就听见背后马蹄声、呼喝声大作。片刻之间，已有一队中原骑兵疾速驰出城门，喝令商队停下，将其包围住。楼兰人倒也沉稳，听令拢住牲口，排列整齐，静待事态发展。

只有昌迈看到这些中原兵士个个挺出兵器，剑拔弩张，如临大敌，很有些慌乱，连声问道："要做什么？他们要做什么？"

甘奇也不知道原因，但猜到不会有什么好事，忙从怀中取出一小袋金砂，向那领头的骑兵校尉递过去。校尉姓金，当即马鞭一指，喝道："你这是做什么？是要当众贿赂本校尉么？"

甘奇见对方非但不接金砂，而且声色俱厉，大异往日在中原关卡遇到的情形，又是惊愕又是尴尬，讪讪缩回了手，嗫嚅道："不敢。这不过是……不过是……"他的汉话本来就说得不甚流畅，情急之下更是想不出合适的理由，忙转过头去，将求助的目光投向一旁的护卫首领未翔。

未翔沉吟未答，无价已经伶俐地抢上前来，赔笑道："甘奇是第一次到中原，不大识得规矩礼数，有冒犯之处，望将军海涵。将军带军追出关来，可是有什么要效力之处么？"

无价原本是个通晓医术的江湖郎中，治过不少军民商旅，在敦煌一带颇有名气，新近才因为机缘巧合被昌迈聘做军师。金校尉也曾找无价治过病，见他出面，这才道："奉上司命令，要重新搜查楼兰商队的货物。"甘奇不明究竟，忙应道："是。将军请随意检查，除了个人物品，就只有粮食。"

金校尉扫了一眼楼兰商队，见运粮的牲口着实不少，一一搜查起来难免要费许多事，皱紧眉头，道："甘奇，我劝你最好还是自己交出来，省去我们动手，或许还能从轻发落。"甘奇问道："将军让我交什么？是蚕种么？将军请放心，我们楼兰人从来不做偷鸡摸狗的事。"

金校尉见他说得很是理直气壮，不由得大怒，喝道："你这话是什么意思？"无价忙道："将军息怒，甘奇汉话说得不好，他其实是想说他们楼兰人其实是最希望丝绸秘技只为中原所独有。"

无价言下之意，无非是如果世界上始终只有中原能生产出丝绸，那么西方各国商人都必须赶来中原购买，而楼兰当东西交通要冲，是丝绸之路的必经之处，收取过往商人的关税已是一笔巨大的收入，可谓坐享其成。金校尉久在边关戍守，当然明白这其中的道理，冷冷道："不错，楼兰人是不会偷盗蚕种的。"

甘奇更是大惑不解，道："那么请将军明示，到底要我们交什么？"金校尉道："交出你们从驿站盗取的于阗使者的财物！使者已经向韩将军告发，你还想装傻充愣么？"甘奇一愣，道："什么？"

他并不是普通的商人，很有些见识，一听到事情跟于阗使者有关，心中开始隐约觉得大事不妙——于阗跟楼兰一样，是西域举足轻重的大国，两国素来不甚和睦。于阗国王希盾野心勃勃，一直想雄霸西域，近年来疯狂扩张，先后出兵灭了邻近的莎车、皮山、精绝、小宛、且末等国，于阗土地、人口大增，由此成为西域南疆的霸主，其东北边境已经与楼兰国接壤。希盾虽然暂时未征发大军径直进攻楼兰，却积极与楼兰北面邻国墨山国结成联盟，更是在去年将昆仑山下挖到的巨大宝鼎献给中原，为长子永丹王子求娶到中原公主，等于完全得到了中原朝廷的支持。稍微有点见识的西域人都知道，于阗的下个目标肯定就是楼兰，只不过楼兰国富民强，国王问天和王后阿曼达极受军民爱戴，在西域威望很高，希盾一时不敢贸然开战，需要找到合适的借口和时机。这次楼兰不得已出高价向中原购买粮食，原是要缓解国内和盟国车师同时乏粮的危机，莫非于阗有心从中捣乱阻挠，不然何以凑巧于阗左大相菹木一直以使者身份滞留在玉门关驿站？

金校尉却不容人多想其中的背景和关联，冷笑道："来人，搜！搜出赃物看你还有什么话说！"

兵士们应声下马，各自举起手中长枪，往骆驼驮运的货包扎去，白哗哗的大米如水般流泻了出来。甘奇见状大是心疼，忙上前道："还请将军明示，于阗使者到底丢了什么财物？何以能证明一定是楼兰商队偷的？"

忽听得脚步声纷沓而至，于阗使者菹木率领手下拥了过来，玉门关守将韩牧亲自陪同在一边。菹木三十七八岁年纪，身材矮小精悍，却是出身于阗世家大族，官任左大相，权高位重，姊姊菹秋更是当今于阗王后。甘奇曾因种种因缘见过他几次，算得上是旧识，只得上前见礼。

菹木不动声色地道："你家主人可还好？"甘奇小心翼翼地答道："多谢大相关心，主上一切安好。"

他二人交谈所称的主人即是指车师国人阿胡，因贩马经商成为巨富，不仅富可敌国，两个女儿更是了不得，年轻时均是名动西域的绝色美人，裙下之臣无数，长女阿曼达即是现任楼兰王后，次女桑紫也嫁给了楼兰大将军泉苏。于阗国王希盾寒微时也疯狂爱慕追求过这对姊妹，却为阿胡所阻。这件往事极为隐秘，外人不得而知，甘奇却是阿胡心腹，看着阿曼达姊妹长大，自是一清二楚。他听菹木不提别的话头，先问主人阿胡，分明是别有用意，不由得更加忐忑起来。

菹木道："甘奇，这就将盗取的夜明珠交出来吧，那是中原皇帝御赐给怀玉公主的圣物，不是一般人所能消受。只要你老实交出来，我还可以看在旧相识的分上，替你向韩将军求情。"甘奇惊道："我从来没有见过什么夜明珠，又如何谈得上盗取？大相口口声声说是我们楼兰商队盗取夜明珠，可有凭据？"

菹木道："我知道你主人富甲一方，家中珍宝堆积如山，你也算是见过世面的人，夜明珠本身未必能入你的眼，你其实是想借机挑拨离间我们于阗跟中原的关系，是问天国王指使你这么做的么？"

甘奇更加大惊失色，慌忙分辩道："哪有这回事！韩将军人就在此处，大相切不可妄言。"涫木冷笑道："有没有这回事，搜出夜明珠就知道了。"

甘奇知道涫木是于阗国王希盾最倚重的心腹，深沉老辣，足智多谋，永丹王子能够求娶到中原怀玉公主，其人功不可没。他如此明目张胆地向边将告发是楼兰商队盗取了圣物，又请来韩牧压阵，预备当众对质，除非他有十足的把握。

莫非是于阗有意栽赃陷害，想借机兴风作浪？还是真的有楼兰商队的人盗取了夜明珠？可这次商队中除了两人是甘奇最为信任的心腹奴仆外，其余人都是从王宫卫队中千挑万选的武士，根本没有盗取他人财物的可能，更不要说是于阗使者的东西。昌迈就更不可能了，他虽然爱任性妄为，那只不过是少年气盛，究竟还是一国王子，身份尊贵，怎会去做鸡鸣狗盗的事？那么就只剩了唯一可能的人选——昌迈新聘请的军师无价。

想到此节，甘奇心中"咯噔"一下，不由自主地扭转头去，当看到无价失去了一贯的冷静、正神色紧张地凝视那些正搜查驼队的中原兵士时，他意识到大祸临头了——一旦无价盗取的圣物被搜到，不但祸及其本人，还会被于阗人拿来大做文章。至于会给楼兰商队带来什么样的可怕后果，他想都不敢想。他越来越心惊胆战，在这春寒逼人的天气里，额头竟冒出一滴一滴的冷汗来。

韩牧一直冷眼旁观，见状居然问道："甘奇，你很热么？"甘奇道："我……这个……这个……"

向导阿飞不知道从哪里冒了出来，排开众人，走到前面，朗声道："我是向导阿飞，是我拿了夜明珠，跟楼兰商队无关。"

他是西域有名的向导，多次带着商队进出玉门关，在关口混得脸熟不说，就连中原朝廷派往西域的使者有时候也要倚仗于他带路，因而当场大多数人都认得他。他用汉语说出了这句话，声音并不大，却恍如晴天霹雳一般，令众人都大吃一惊。全部的目光瞬间转移到他身上。

甘奇惊奇之极，结结巴巴地道："阿飞……你……你……"

阿飞也不理睬，又复述了一遍，道："是我拿了夜明珠，跟楼兰商队无关。"昂然走到甘奇的黑马旁，一边取下挂在马鞍边的皮质水袋，一边解释道："我事先将夜明珠藏在了甘奇的水袋里，一大早又只身抢先出关，原本就是担心万一被人发现水袋中的秘密，你们也只会怪到甘奇头上。不过现下我忽然想明白了，一人做事一人当，这才是英雄好汉。我交出夜明珠，你们放商队走吧。"

他拔开水袋塞子，用手掌捂住袋嘴，慢慢将水滤干，再张开手掌时，果然有一颗硕大滚圆的白色珠子，发出柔和的光晕。

所有人都目瞪口呆，甘奇更是惊得张大了嘴巴。数百人拥在关外，静得连一声咳嗽都听不见。

还是韩牧先打破沉寂，问道："尊使，那向导手中的珠子，就是本国皇帝陛下御赐给怀玉公主的圣物么？"范木道："是圣物夜明珠没错，可是……"他本来一直在等待兵士搜出赃物，此刻夜明珠乍现，却露出了意外的表情，似乎完全不能相信眼前的事实。

韩牧点头道："顺利找到圣物就好。来人，将这向导拿下了，圣物交还给于阗使者。"不待范木回答，大手一挥，命道："放楼兰商队走。"

他早看出楼兰商队的大多数人是训练有素的军士，应该都是刻意选拔出来的，可见楼兰国对这次中原购粮之行相当重视，既是如此，又怎么会在出关的重要时刻弄个盗窃圣物的事出来？他们着急运回国的可都是救命的粮食，粮食与夜明珠孰轻孰重，明眼人一望便知道。分明是于阗使者有意借题发挥，之前曾私下给了他不少好处，也是想要买通他，让他此刻站在于阗一方。只是，他有他的立场——若果真如于阗使者所愿，下令以盗取圣物的罪名扣留楼兰商队，他顶多只能得到那些粮食，但事情既然牵涉到两国邦交，朝廷必然会派出专员来盘问追查，粮食最后不一定能落到他自己的口袋中，而且必然会因此与楼兰国结怨。他本人也私下组有驼队往西域贩卖货物牟利，若是楼兰从此对他的商队征收重税，他岂不是损失得更多？他的驼队可以不经过于阗，但必须要经过楼兰啊。难得有阿飞这么一个人及时站出来，说不定并非于阗人自己捣鬼，当真是这向导偷的，不然他怎么会知道夜明珠藏在甘奇的水袋中？抑或当真如范木所言，是楼兰人存心盗取圣物，好挑拨朝廷和于阗的关系？夜明珠被藏在水袋中，这可是十分隐蔽且不容易被搜到的地方，阿飞不过怕万一东窗事发，不得已站出来为楼兰顶包而已。管它什么真相呢，总算有人主动承认盗取了圣物，且只是个无足轻重的向导，或打或杀，都不会有任何利害关系。

这其中的得失利弊，韩牧在一瞬间就权衡得清清楚楚，是以也根本不再继续追问楼兰商队是否知情、是否卷入其中，立即下令捉拿阿飞，既不得罪楼兰国，也足以向于阗一方交代。

兵士们轰然答应，取出绳索，一拥上前，摘了阿飞腰间的兵刃，反缚住手臂，推到韩牧面前跪下。

韩牧道："按照本朝律法，盗取皇家圣物者理该处死。尊使，本将这就下令将这向导在玉门关前斩首示众，好为你出一口气。"

范木至此方才回过神来，忙叫道："等一等！"韩牧大奇，问道："尊使是要为他求情么？"范木道："求情不敢。我想请将军将这胆大妄为的小贼交给我带回于阗，由怀玉公主亲自处置。"

韩牧料想范木带阿飞回于阗后，无非是要严刑拷打，逼迫他承认盗取圣物是受楼兰国王问天主使，心道："这于阗国的人还真是爱抓住一件事不放，想吞并楼兰就直接出兵好了，还非要找什么盗取圣物的借口！不过这些又关我什么鸟事，正好我两不得罪。"当即哈哈大笑，道："还是尊使考虑得周全。好，就将这小贼交给你带回于阗，请怀玉公主断处。"又问道："尊使回国，须得经过楼兰，要如何向关卡解释抓了他们商队的向导？"

范木道："自然是实话实说。阿飞当众认罪，这么多人都亲耳听到他承认盗窃了圣物，就算按照他们楼兰本国的律法，也要斩去双手双脚，丢在城门处示众。"

阿飞自从挺身而出，一直相当镇定坦然，听到此处却莫名打了个寒战，露出恐惧的表情来，不由自主地将目光投向人群，然而偏偏此刻不见了他最想见的人的身影。

一旁楼兰商队生怕再起变故，已匆匆收拾好货囊赶着驼马上路了。阿飞默默凝视着甘奇头也不回地带领商队离去，心头蓦地腾起一种强烈的被抛弃的孤独感，整个身心仿若浮在半空中，空荡荡的，没有任何着落。

离开玉门关老远，甘奇才敢回过头去——只见关口墩燧巍峨挺拔，犹如瀚海沙漠中的海市蜃楼。中原兵士已尽数入城，于阗使者一行依旧滞留在关前未动，大约正商议如何处置阿飞，这才长吁了一口气。不知为何，他突然间心里有些恐慌，一阵寒颤竟穿透了整个身体。

未翔打马过来与甘奇并行，低声问道："甘奇君如何看待阿飞盗取圣物这件事？他真会见财起意么？"甘奇愣得一愣，才道："本来我也不大相信阿飞会做出这等下作事，可如果不是他行窃，他怎么会知道圣物藏在我的水袋中？我……我自己可是一点都不知情的。"未翔道："嗯。"

甘奇叹道："阿飞的祖父、父亲我都相当熟识，都是老实本分的向导，阿飞第一次跟着父亲上路当向导，才是个四五岁的孩子，我是看着他长大的，实在想不出他会……唉，不过他总算还是条汉子，眼见事情败露会牵连到商队，自己主动站了出来。"想起阿飞风趣伶俐、为人一向很好，虽然怒其不争，还是忍不住为他的命运担忧起来，黯然道："真不知道那些于阗人要怎样对付他。"

未翔道："事已至此，我们也无可奈何，万幸他没有给商队惹来更大的乱子。"

甘奇迟疑了下，道："我本来没有怀疑到阿飞身上，当时如果不是他自己站出来，我还以为是……是……"下巴朝前面正与昌迈王子交谈甚欢的无价扬了扬。

未翔当即会意，思忖片刻，低声嘱咐道："这无价来历不明，形迹可疑，我特别留意过他，总觉得他是有意接近讨好昌迈王子，可目下他是王子信任的人，没有确凿证据，绝不能胡乱指认。圣物失窃到底是怎么回事，怕是还得问阿飞本人才能知道。然而他既已认罪，落入于阗人手中，我们不便再强行出头。当下该以尽快运回粮食为首要任务，暂且顾不上其他了。"甘奇道："是，一切听将军安排。"

昌迈忽然扭过头来，急急招手叫道："未翔将军！"未翔便夹马追上前去，问道："王子殿下有事么？"昌迈情绪很是激动，义愤填膺地道："我有重要事情要告诉将军，阿飞是被人陷害的，他是为了救商队才不得已站出认罪的，真正的罪魁祸首是于阗左大相范木。"

未翔生性刚毅肃穆，听见如此惊人的言论居然还是不动声色，只平静地问道："王子殿下怎么知道的？"无价插嘴道："是我告诉昌迈王子的。"

未翔道："那么无价先生又是怎么知道的？可有实证？"无价道："没有实证，只是简单的推测。"有意向前后左右望了一遍，见护卫都离得甚远，这才压低声音道："将军想想看，于阗一行打有使节旗帜，一路有地方官吏迎送，食宿均在官府的驿站中，寻常人难以接近。再想那夜明珠是皇帝赐给怀玉公主的宝物，何等珍贵，于阗必然视为至宝，小心呵护，谁又能有本事在这么多甲士眼皮底下盗走圣物？这只是疑点一。疑点二是，于阗左大相范木请韩牧将军发兵包围了商队，意欲将商队翻个底朝天，他当时信心满满，可见他确认夜明珠就藏在商队中。然而当阿飞站出来承认盗窃了夜明珠时，范木不是欣喜，而是相当意外的反应。第三个疑点，也是最关键的地方，阿飞当众认罪后，才刚刚转身，还未抬脚，范木的目光已先转向了甘奇的马匹，似乎早就知道夜明珠藏在马鞍边的水袋里。如此推断，真正将夜明珠放入甘奇水袋中的不是阿飞，而是范木手下的人。他们这么做的目的，就是为了要陷害楼兰商队，令你们全部被扣在玉门关，无法将粮食运回楼兰国。"

未翔仔细回想当时的情形，确实符合无价的描述，斟酌片刻，才道："无价先生观察入微，推断亦十分合理，未翔很是钦佩。可是有一点我还是不明白，假若夜明珠事件是于阗有意栽赃嫁祸，阿飞是我们商队的人，又如何能事先知道夜明珠的藏处？"

无价笑道："不，阿飞事先并不知道。他是个好人，如果早一些时候知情，应该会将夜明珠取出来扔掉或是另藏他处。我猜是到商队被包围后，于阗方面才有人暗中指点了阿飞，令他站出来承认罪名，以免祸及整个楼兰商队。"

未翔心道："无价指出的三大疑点确实值得重视，圣物之事当真极有可能是于阗有意嫁祸楼兰。但绝不可能是于阗人将夜明珠藏处告知阿飞，这等行径如同叛国，范木带的那些下属都是黑甲武士，怎么可能公然背叛？无价到底是中原人，对于阗太不了解。退一万步说，就算当真有黑甲武士见不惯范木使用这等卑劣伎俩，想暗中相助，阿飞又不是三岁小孩子，明知于阗、楼兰两国不和，怎么会紧要关头轻信一个于阗武士的话？他该当众指认是于阗捣鬼才更合乎情理。除非是于阗买通了我们商队内部的人，那人临到紧要关头又有所悔恨，所以将夜明珠藏处暗中告诉了阿飞，阿飞见形势危急，遂挺身而出。那么这个内奸又会是谁呢？我手下的卫士绝无可能，甘奇所带的仆从也都是心腹可信之人，那么就只剩下阿飞、昌迈王子和这故作神秘的无价了——昌迈王子单纯意气，首先可以排除。无价亲口揭破是于阗栽赃陷害楼兰，等于澄清了他自己。比较起来，还是阿飞嫌疑最大，或许他就是那个被于阗收买的内奸，暗中将夜明珠放到了甘奇水袋中，但到兵士来搜查时，他见商队即将大祸临头，蓦然良心发现，遂站出来承认是自己盗窃了夜明珠。对受于阗指使只字不提，是怕背上通敌叛国的罪名，牵累楼兰的家人。"

未翔又在脑海里将前后事件重新理了一遍，愈发肯定阿飞就是内奸，只有这样才能合理解释所有的疑点。心中有了结论，表面却不露声色，只应道："我知道了，多谢无价先生指点。"

昌迈却早已等不及，跃跃欲试道："未翔将军，于阗欺人太甚，不如我们这就去跟他们当面对质，再将阿飞救回来，他可是为了我们大伙儿才挺身而出的。"未翔道："殿下，请稍安勿躁，我们绝对不能这么做。"

昌迈愕然道："为什么不能这么做？就算动起手来，我们人比他们多，难道还打不过他们么？"未翔坚决地道："我说不行就是不行。"举手叫过一名护卫，命道："传我号令，商队中不准再议论圣物和阿飞之事，不然以军法论处。"护卫道："遵令。"

昌迈很是不满，冷笑道："未翔将军号称'楼兰第一勇士'，却原来是个不敢为自己人出面的缩头乌龟，徒有虚名而已，居然还不如一个普通向导有担当有勇气。"

未翔也不理会他的冷嘲热讽，正色道："殿下，你虽是王子身份，可你自愿装扮成护卫，跟随商队来中原。既如此，现在你也是我下属，你和你的部属敢犯军令，一样要军法从事。"

他说得义正词严，丝毫不留情面，昌迈气得涨红了脸，却又无言可驳，干脆撅嘴不语。

无价忙道："将军……"未翔不客气地打断了话头，道："等回到楼兰，王子殿下尽可以向国王陛下告状诉说未翔的无礼，未翔也甘愿接受惩处。不过在那之前，一切要听我号令。"

忽有护卫赶上来禀告道："于阗左大相一行人快要跟上来了。"未翔点点头，叮嘱道："传令下去，无论于阗人要对阿飞做什么，我们都须得视而不见，不准出声，更不准出手干预，违令者斩。"

于阗一行俱是轻骑，比带有沉重粮食的楼兰驼队要快许多，不多久便追了上来。却见阿飞双手反缚、胸间套了条长绳，打成死结，被人牵在马后，一路拉扯着行走。

经过楼兰商队时，蒗木刻意赶到阿飞旁边，俯身问道："若想要活命，就快些说出实话，是谁指使你这么做的？"阿飞摇头道："没有人指使我。"

牵着长绳的是蒗木的心腹侍从艾弟，闻言立即回身，扬手一鞭抽在阿飞脸上，大声骂道："你这个楼兰小贼！当真活得不耐烦了，敢盗窃圣物！小贼！楼兰小贼！"

辱骂不绝于口，又不停用马鞭抽打驱赶，待阿飞如同牲口一般，显是故意像楼兰商队示威。楼兰人人心中气愤，却因为早得未翔严令，始终只是保持沉默。

行出数里，于阗人已经将楼兰商队远远甩在后面。蒗木圈转马头，来到阿飞面前，劝道："你为甘奇和商队顶包，他们可是一点也不顾你的死活。说，刚才是谁指使你站出来的？只要你肯说实话，我保证你不会再受皮肉之苦。"阿飞笑道："真的没有人指使我，阿飞不敢欺瞒大相。"

话音刚落，艾弟便催动坐骑疾驰。阿飞被拴在马后，紧随着奔跑了几步，终究抵不过马力，只觉得腰间一紧，便被带倒在地，匍匐着被拖曳前行。这一带全是戈壁，地面上尽是指头到拳头大小的砾石，人马走在上面，总是沙沙作响。阿飞一经摔倒，身体自胸口以下部位不断在硬石上磕碰，拖出不到一里地，全身上下已被擦得鲜血淋漓，口鼻又吸入不少细砂和尘土，几乎喘不上气来，当真比死还难受。

艾弟见阿飞已经是半死不活，便勒马停下来，问道："大相问你话，你可愿意从实招认？"

阿飞满面沙尘，双眼难以睁开，身上又无处不痛，强提一口气，呻吟几声，只是不肯答话。艾弟脾气甚是火爆，见他硬气，正要继续策马拖行折磨他，一名于阗武士打马追了上来，叫道："等一等！"

这武士一身黑衣劲甲装扮，头盔和浓密的络腮胡子遮住了大半边脸，难以看出本来面目和年纪。艾弟对他甚是恭谨，也不敢如称呼其他武士般直呼其名，欠身问道："公子有事么？"

那被尊称为"公子"的武士道："艾弟君明知这楼兰向导无辜，却下如此狠手对付他，未免不大光彩。"

艾弟脸色登时为之一变，警觉地问道："公子是如何知道的？"

正好莅木带领数十人的大队人马追了上来，艾弟忙上前低声禀告道："原来汉人[1]公子早就知道了夜明珠一事，适才一定是他将真相暗中告诉了这楼兰向导。"

莅木命武士先将阿飞远远拖开，这才上前问道："果真是公子暗中指点了楼兰向导么？"汉人公子摇头道："不是我。"

---

[1] 本书中的"汉人"并非通常意义上的汉族人，"汉"是指汉代，西域人一度以"汉人"来指代中原人。

范木道："敢问公子是何时发现真相的？"艾弟嚷道："这还用说，他一定是在驿站暗中偷听到我们的谈话。"汉人公子道："不是，我没有偷听。大相不断召人密议，肯定是有所图谋，不过我一直以为跟带我出关之事有关……"他轻哼一声，似不愿意再多谈这个话题，干脆直接解释道："我猜到夜明珠真相，是在适才楼兰向导阿飞站出来承认盗取圣物时。"

范木道："噢？"汉人公子道："大相赶来关卡向韩牧将军告发，称朝廷赐给怀玉公主的圣物失窃，又称有驿卒见到楼兰商队的人进来过驿站。大相要求韩将军派人彻底搜查楼兰商队，应该对找到窃贼、搜出夜明珠早有心理准备，可是当阿飞主动站出来时，大相似乎完全没有料到会有这种情况出现……"

范木重重叹息一声，道："公子不必再多说，我知道公子目光如炬，这件事原难以瞒过。嗯，只是……"一时沉吟不语，转过头去，将目光投向远方。

艾弟见主人发窘，忍不住插口道："这是我们于阗和楼兰的恩怨，不干公子的事。"汉人公子淡淡道："我知道不干我的事，可你们用夜明珠陷害楼兰商队在先，用私刑拷问这位向导在后，实在非英雄所为。"

艾弟冷笑道："英雄？莫非公子想要到我们西域出头当英雄？中原那么大，难道容不下你这位英雄……"

范木忽然扭转头来，喝道："住口！不得对公子无礼！"厉声斥退艾弟，这才温言道："坦白说，我起初谋划夜明珠这件事，其实也是为了营救公子你。公子该知道，边关各处都贴有通缉你的图形告示，就算你装扮成我的侍从，出关之时也一样要经过严格的查验，要想万无一失，只能事先弄点动静来转移那些中原兵士的注意力。若不是夜明珠这件事，我怎么可能如此轻易带公子出关？"

装扮成于阗武士的汉人公子沉默了好半晌，才道："多谢。"

范木已经与这身份神秘的汉人公子相处过一段时日，知道他虽然性情平和，却是极重道义，满以为他会说出宁可自己死也不愿意靠陷害旁人来脱险的话，哪知道他却仅仅简单说了一句"多谢"，不免很有些惊奇，仔细想了想，才回答道："不必谢我，是我国国王陛下答应了怀玉公主，一定要营救公子出中原，所幸不辱使命。夜明珠之计实出无奈，还望公子不要外泄给他人知晓。"

汉人公子应道："是。在下十分感激大相费心，大相嘱托不敢不遵。不过照目前的情形来看，阿飞其实只是个局外人，对夜明珠之事毫不知情。"菹木道："这我知道。"

这是显而易见的事——夜明珠既然是菹木派手下暗中放入甘奇水袋中，目的在于陷害楼兰商队，制造混乱；而阿飞在关键时刻挺身而出，是担心祸及楼兰商队，若是他早先知道夜明珠藏在水袋中，肯定抢先将珠子取出来。他直到兵士搜查时才站出来自认罪名，一定是那时候才有人将夜明珠的藏处悄悄告知了他，但他并不知情一切的始作俑者正是于阗左大相本人，不然他一定会当众揭穿菹木贼喊捉贼的把戏。可惜当时众人视线都瞩目在楼兰商队首领甘奇身上，竟无人注意到向导阿飞在做什么，又与什么人交谈过。

汉人公子道："既然如此，大相目的已经达到，何不就此放阿飞一条生路？"菹木道："若是公子当场出言指点了阿飞，我还可以放他走。可公子原本也不知情，很可能是我们于阗内部人泄露了秘密，暗中指点阿飞挺身认罪，好为楼兰商队脱困。要想找出内奸，非得着落在他身上不可。我知道公子认定我目下的所作所为并不光彩，然而西域情势复杂，非你们中原人所能了解。公子是尊贵之身，万望你自重，不要卷入其中纠纷。再往前二十里就是马迷兔，从那里开始，就算出了中原国境，这就请公子脱下我国武士的衣甲，带上你自己的兵刃，逃命去吧。"菹木毫不客气地下了逐客令，命手下武士取出藏在行囊中的中原弓剑。

汉人公子心中颇赞赏阿飞舍生取义，有意营救，哪知道菹木不肯退让，言语处处占据上风，知道多说也是无益，只得收了兵刃，脱下黑色军服，交还给武士首领尼巴。

菹木道："此地西去楼兰国一千六百里，一半是戈壁，一半是沙漠，沿途尽是不毛之地，荒无人烟。公子不认得路，不知道沿途水源、客栈所在，为安全计，还是跟后面的楼兰商队一道上路为好。我还有急事赶着回国，这就告辞了。"也不待汉人公子回答，一举马鞭，率领于阗武士疾驰而去。

阿飞倒没有再受到拖行的折磨，被艾弟抱起来横放到马鞍上。马蹄纷扬，落地如雨，扬起一阵风暴尘土。

汉人公子默默凝视着一行人远去，叹了口气，伸手揭下了脸面上的假胡须。他很年轻，不过二十来岁，可眉宇间流露出与他年龄不相称的风霜沧桑之色，紧抿的嘴角窝，微微上挑的眉梢，充满着忧虑与憔悴。

过了正午，于阗众人到达圆月泉，菹木命手下下马，在此处补充水源，略作歇息。

这一带戈壁的低洼地带时常能捡到乌黑的铁砖瓦块，坚硬如石，据说是远古的砖块，因质地细腻，便有人将其制作成砚台，称为"关砚"。据说用关砚研磨出来的墨汁，冬不结冰，夏不缩水，一时间竟然成为中原十分抢手的物品。菹木脚边凑巧就有一块，不过他似乎并没有太大兴趣，只瞪着那黑砖若有所思。

负责警戒的武士阿泾在高丘上翘望一阵，赶下来禀告道："大相，那汉人公子还跟在我们后头。"菹木点点头，道："我早知道会如此，他一定是想救阿飞。"

阿泾大是不解，问道："这可就奇怪了，汉人公子是中原朝廷通缉的要犯，明明是咱们于阗冒险救了他，他为何反而要帮跟他毫无干系的楼兰人？"菹木道："你不懂，这些中原男子就爱自命正义。这一路下来，你们还没发现么，他跟我们不是一条道上的。"

阿泾道："是不是一条道上的不知道，属下倒是看出那汉人公子虽然沉默寡言，却是个极厉害的人物。他那柄宝剑倒也稀松平常，那张弓可是件神兵利器，至少是十石强弓。"

昔日只有万人敌后羿才能拉开十石强弓。传说天地初开时，天上总共有十个太阳，将大地烤成一片焦土。神射手后羿见民间哀鸿遍野，顿生恻隐之心，于是负了十支神箭，挽起十石强弓，立足天涯海角，连连射落九个太阳，只留下最后一个在天空照耀，于是万物复苏。自那以后，还没有听说有人能拉开十石强弓。

侍从艾弟道："大相，汉人公子既有如此强弓，料来射术也是非同小可，万一他从后面突然发难，怕是不好对付。咱们不如先下手为强，我这就去将他诱过来，然后大相命黑甲武士出其不意地将其擒住，带回于阗再说。"

范木摇头道："国王陛下特别交代过，切不可与汉人公子翻脸，他虽然在中原暂时失意，将来却未必不会得志。"艾弟道："可是……"

范木道："不用多管他，他没有经验，不识得大漠的厉害，过了今晚，管教他迷路。"转头见到一名武士正举起水袋去喂阿飞，当即厉声喝道："不准给他水喝。"武士吓了一跳，呆得一呆，这才喏喏退下。

阿飞喉咙像着火般炙热，实在渴得难受，叫道："喂，你们渴死了我，就只能带我的尸首回于阗了。"艾弟有意举着水袋走到他面前，道："大相只会让你口渴，但不会让你渴死。"说罢聚抿嘴唇嘬了几口泉水，咂咂有声。

阿飞挣扎着站起来，一边舔着干枯发裂的嘴唇，一边贪婪地盯着水袋。

艾弟问道："你还是不肯说出是谁指使你这么做的么？"阿飞道："真的没有人指使我，是我自己贪心。"

艾弟道："是谁告诉你夜明珠藏在甘奇水袋中的？"阿飞笑道："这话问得奇怪，夜明珠是我亲手塞进水袋，如何能不知道？"

艾弟笑道："你不知道其实你很不擅长撒谎么？不过你想当好汉，大相也乐得成全你。"命武士将阿飞牵去缚在柽柳树上，抽了二十马鞭，直打得他奄奄一息，几近晕死，这才灌了几口水，照旧绑在马鞍上，继续启程。

行了数十里，天色渐渐暗了下来。于阗一行选了一块避风之地，就地在戈壁滩上宿营。

范木写好密信，放出飞鹰，这才将武士首领尼巴叫过来，屏退旁人，只留心腹侍从艾弟在一旁，低声问道："尼巴统领可发现手下武士有什么奇怪的表现么？"

尼巴十分纳罕，想了半天，才挠头答道："没有。大相问这个做什么？"蒗木道："夜明珠一事极为隐秘，外人实难知晓。我本来断定是我们内部人指点了那楼兰向导，只有如此，才能解释为何阿飞只知晓夜明珠藏处，却并不了解是我们所为。我向韩将军讨下阿飞性命，要带他回于阗，那泄密的人未必能预料到，神态当十分紧张，必然会想方设法地接触阿飞，或是警告他，或是干脆杀了他灭口。但我一路仔细观察，竟没有发现丝毫异样。"

尼巴这才明白究竟，当即拍着胸脯道："尼巴以自身性命向大相担保，我手下的武士都是忠心耿耿的勇士，敢为国王陛下和大相赴汤蹈火，绝不会起二心。大相没来由地心生怀疑，可是玷污了我们黑甲武士的名声。"语气十分愤慨，仿若是他自己受到了侮辱。

蒗木忙道："尼巴统领不必如此激动，我也觉得是我多虑了，所以才找你过来商议。而今夜明珠之计已然失败，楼兰粮队顺利上路，事情十万火急，我虽已经放出飞鹰，但还是需要派人赶回于阗向国王陛下面禀。只是阿飞这件事也不能就此置之不理，这件事……"似是一时难以想到合适的措辞，干脆沉吟不语。

尼巴遂自告奋勇地道："不如由我先行回国报信。"蒗木正等着他自动请命，忙道："如此甚好，便有劳尼巴统领即刻动身。只是还请统领脱下盔甲，化装成普通西域百姓的样子，以免惹人瞩目。"

黑甲武士隶属于于阗王宫卫队，直接受国王统领，个个都是百里挑一的勇士，荣誉感极强。尼巴虽不大情愿改装，可也不敢违抗左大相的命令，只得应道："遵命。"当即叫过来两名武士，一起换上便服，打好行装，牵了马匹连夜上路。

艾弟送走尼巴，赶回来禀告道："果然如大相所料，汉人公子就在我们附近。尼巴几人出发时，他也跟着动了。"蒗木道："嗯。你骑快马请他过来一趟，说我有要紧话跟他商量。"

艾弟一愣，问道："不要先设下陷阱埋伏么？"蒗木道："不必，我自有主张。"又命人押来阿飞审问。阿飞始终只说是自己贪心盗取了夜明珠。萢木便命武士将他带到一旁刑讯，打断了两根马鞭，直至他皮开肉绽晕死过去。

艾弟带着汉人公子进来于阗营地时，武士正将昏死过去的阿飞拖走。萢木请汉人公子坐在厚厚的毛毡上，和颜悦色地问道："公子一路跟着我们，是不是想救阿飞？"汉人公子不愿说谎，道："是。"

萢木道："公子预备如何救人？"汉人公子道："大相手下都是训练有素的勇士，行进、扎营极有章法，我还没有想到一个万全之策。"

萢木道："我很钦佩公子肯为一个素不相识的陌生人出头的勇气，不过我们才刚刚一起走出玉门关，公子大概也不愿意就此跟我们动武。"汉人公子道："是，大相于我有恩，我不敢忘记。"

萢木道："既然如此，我倒有个提议，如果公子能劝得阿飞说出是谁告知他夜明珠的藏处，我就将他交给你处置，如何？"

汉人公子转头望去，阿飞正被武士绑在一棵大桎柳树上，浑身上下红彤彤一片，不知是染满鲜血还是火光的缘故，头无力地垂在胸前，整个人死气沉沉，当即应道："好，我试试。"走近桎柳树，轻声叫道："阿飞！阿飞！"

一旁武士见阿飞不应，便取来水袋呷吸了一口水，喷在阿飞脸上。阿飞打了个冷战，苏醒过来，结结巴巴地道："没有……没有人……指使我……"

汉人公子道："楼兰商队出关前，你在做什么？"阿飞呆滞地重复道："我在……做什么？"

他连日备受折磨，浑身鞭伤，痛如火炙，难以集中精力思索，勉强抬起头来，打量面前新的审问者，困惑地问道："你……你是中原人？"汉人公子道："是，我是汉人。我只想告诉你，我并没有恶意……"

阿飞蓦然记起来什么，惊叫道："啊，我认得你……你……你是……"情绪陡然激动起来，本能地用力挣扎，触发了伤口，登时又晕死过去。

武士正待再喷水弄醒阿飞，汉人公子阻止道："暂且不必了。他目下伤重，逃也逃不掉，何不先放开他？"武士不敢擅自做主，只迟疑不动。茫木走过来道："就如公子所请，先解开他。"武士应道："遵命。"

茫木重新请汉人公子到营帐前坐下，笑道："想必阿飞见过玉门关的图形告示，认出了公子的形貌。"

那汉人公子正是告示中被通缉的男子萧扬，也不置可否，道："大相明知道难以从阿飞口中问出实情，却还是一路不停地折磨他，是不是刻意做给人看的？"茫木道："是，开始是给楼兰人看的，后来是给我们自己人看的。"

萧扬道："想来大相并没有靠这个法子找出内奸。"茫木道："不错。公子有何高见？"萧扬道："大相既能肯定于阗人内部并无奸细，就不必再折磨阿飞以观察众人反应。我猜楼兰商队要么以为阿飞是真的窃贼，要么认定他早被于阗收买，所以他们才会对阿飞被拖行无动于衷。既然于阗一方无人泄密，楼兰一方无人知情，那么将夜明珠藏处告诉阿飞的一定是个外人。只要大相准我向阿飞套话，我应该可以找出这个人。"

茫木略一思索即满口应承道："好，公子就跟着我们，只要你找出那个人是谁，你可以立即带阿飞离开。"萧扬道："一言为定。"

次日一早，于阗一行带着阿飞、萧扬继续上路，茫木有意下令加快行程，以彻底甩开楼兰商队。只是萧扬的计划很不顺利，自从阿飞认出他就是那个被中原朝廷通缉的十恶不赦的江洋大盗，非但只字不说，连看都不愿意看他一眼。

如此过了十二三日，八百里戈壁终于走到尽头，踏入了令人闻名色变的白龙堆沙漠，一个宁静而荒凉的世界——莽莽沙河，一望无垠。极目之处，尽是纯净的金黄色，在阳光下反射出娴静温和的光芒。无数沙纹层层叠叠，一圈一圈荡开，仿若风的涟漪。人马踩踏在松软的沙丘上，留下深深的足印。而不久后阵风又将沙漠表面的浮沙卷起，抹平所有的痕迹，光洁如新，仿若从未有人到过的处女地带。

大漠中也并非完全没有生命的痕迹，一小簇一小簇的红柳分散扎根在沙丘上。这种灌木树干发红，碎叶舒张似羽毛，虽然露出地面的只有一小丛，但地下根系盘根错节，极为粗壮。一株红柳的根须往往多达数千条，能够固住一座沙丘，可见其根深入地下之广之深，因而被人称为"树灵"。虽然新发出来的嫩枝和绿叶往往会成为路过马匹、骆驼口中的美食，它依旧在顽强不屈地生长。在大漠深处，一抹翠绿就是希望，是生命深处的涌动。

此刻正是红柳的花期，开满了点点繁密的紫红色小花，虽然渺小，却并不柔弱，应风披靡，吐芳扬烈，自信地在空旷辽阔的荒漠中展现着一份别样的风情。

当晚在公婆泉歇脚时，正逢月圆之夜，月亮皎洁如银盘，沙漠在光晕下泛出奇异的银色，仿若鳞甲一般。眺望远处，一道道巨大的沙梁好似一条条白龙，游弋于月光沙海下，首尾相衔，无边无际，威武雄壮。

到半夜时，骚动忽起，有人闯进于阗宿营地，中了武士事先埋下的绊索，当即被绑起来带到范木面前。

范木满以为中伏的人是萧扬所推测的"外人"，哪知道那人竟穿着楼兰商队护卫的衣服，不免十分惊奇，问道："你叫什么名字？甘奇怎么会派你这么个毛手毛脚的少年来救人？"那少年怒道："我可不是毛手毛脚，是你们于阗人卑鄙无耻，事先设下了埋伏。"

范木微一思索，便命人架来阿飞，指着那少年护卫道："这是甘奇派来救你的人。你还敢说你不是为楼兰商队顶罪么？"略一举手，武士即将长刀横在少年护卫颈上，竟似阿飞若再不招供，便要立刻将护卫杀死。

阿飞刑伤未愈，人也昏昏沉沉，但一抬眼见到那少年护卫，登时认了出来，叫道："你们不能杀他。"范木笑道："他的性命就在你一言之间。只要你说出是谁指使你的，我就饶了他。"

阿飞急道："大相，你千万不能伤他，他不是普通护卫，是王子殿下。"范木道："楼兰国只有傲文和刀夫两位王子，而且都已经有二十多岁年纪，如何冒出来个这么年轻莽撞的少年王子？这回答我可是不满意。来人……"阿飞忙道:"是真的,他真的是王子,是车师国的二王子。"

菈木吃了一惊,上前问道:"你是力比国王的二儿子昌迈?"昌迈傲然道:"不错,我正是昌迈王子。左大相,我们车师跟你们于阗虽非盟国,可也不是敌国,你怎敢如此对待他国王子?"

原来昌迈是车师国国王力比的次子,其母莎曼王后即是楼兰国王问天的亲姊姊。车师近来连年干旱,国内严重乏粮,姻亲盟国楼兰也是如此,于是两国决意联合向中原购粮暂渡危机。昌迈王子主动请愿到楼兰国处理此事,之后抛开众多侍从,化装成护卫混入甘奇的购粮商队中,直到进入大漠中才被人发现,甘奇因为离楼兰国境已远,只得同意他跟随商队。昌迈其实对所谓购粮之行并不感兴趣,不过是少年心性,想借机到中原一游。他到敦煌后惹了不少事,又结识了江湖郎中无价,相谈投机,决意拜其为自己的军师,一同回去西域。他是车师王子身份,甘奇等人即便不愿意也无可奈何。夜明珠事件发生后,昌迈听了无价的推断,深信是于阗有意滋事,更决意要救出舍己为人的阿飞,但他并不是一时心血来潮,看到护卫首领未翔态度坚决地下令不准援救阿飞,便带着无价悄悄离队先行,预备救出阿飞,弄清事实真相,再向世人揭露于阗的阴谋。恰好今晚是月圆之夜,无价称有办法能接近于阗营地救人,只让昌迈远远等候。可他等了很久都不见无价回来,疑心对方已经失手被擒,便悄悄摸来于阗营地,打算探探究竟,哪知道他的脚步声早被于阗武士用胡禄听见。胡禄即是革制的箭筒,除盛装箭支外,还用来夜间探测远处的音响,在大漠中枕空胡禄而卧,能听见三十里外的人马行走之声,所以又称为"地听"。武士发现异样,事先布下机关,昌迈刚入营地便被绊倒,吃了个嘴啃泥,连兵刃都不及拔出便被结结实实捆了起来。

昌迈表明车师王子身份,原以为对方定会肃然起敬,二话不说下令解开绑缚,哪知道菈木只是摇了摇头,道:"话不说清楚,这绑可不能松。昌迈王子,我倒真想去车师国问问你父王,你不留在你们王都交河享福,半夜闯进我们于阗营地做什么?你没看见使节旗帜么?居然还一身楼兰护卫的打扮。"

昌迈道:"明人不说暗话,我这次跟随楼兰商队到中原购粮,因不便表露身份,才扮成护卫。你是于阗左大相,又有国舅身份,怎可用卑鄙的手段陷害楼兰商队?我和军师赞赏阿飞的义气,特意来救他。"

菪木大奇,特意回头看了萧扬一眼,这才问道:"军师是谁?我竟不知道王子身边还有位军师。"

昌迈这才能确定无价并未落入于阗之手,不免有些后悔自己贸然行事。

菪木沉吟片刻,叫道:"来人,给昌迈王子松绑。"随即肃色道,"殿下,这次我先放你走。阿飞亲口认罪,我须得带他回于阗交给怀玉公主亲自处置,还请王子体谅,别再枉费心机来救他。"

昌迈大有不甘,却又无可奈何,只得瞪了菪木一眼,恨恨摸黑去了。菪木命人带走阿飞,这才走到萧扬面前,道:"公子不是推测楼兰人已经认定阿飞是窃贼,或是被我们于阗收买了么?现下要怎么说?"

萧扬正要回答,忽听得营地北侧有武士大喝道:"谁在那里?快出来,不然休怪弓箭无情。"立即有人应道:"是我,我出来,别射,别射,我投降。"

片刻后,武士阿泾押着一名五花大绑的道士过来。菪木问道:"你就是昌迈王子的军师么?"阿泾忙道:"大相,我见过这个人,他一直在玉门客栈附近摆摊算卦呢。"

菪木笑道:"昌迈如何找了一个如此猥琐的中原道士做军师?"那道士正是笑笑生,闻言赔笑道:"大相怕是误会了,我叫笑笑生,不是什么军师。"

菪木道:"那就好办多了。来人,将这道士拉到一边杀了。"笑笑生立即跳了起来,叫道:"你们怎么能胡乱杀人?"

菪木毫不理睬,只挥了挥手。笑笑生大声抗辩,却敌不过武士大力,被强行拖开。

萧扬道:"等一等!"快步走到笑笑生面前,问道:"你……你就是指点阿飞站出来认罪的人,是也不是?"

笑笑生惊道："啊，你不是那个朝廷通缉的重犯萧扬么？你怎么在这里？又怎会知道暗中指点阿飞的人是我？"他一连串的发问，等于亲口承认，不仅萧扬十分惊异，菪木更是意外之极。

萧扬道："嗯，我不过是随口一问。如果先生跟这件事没有干系，如何会一路跟着于阗队伍？"

菪木还是不大相信，命人带来阿飞。阿飞一见到笑笑生，立即睁大了眼睛。菪木问道："当日在玉门关前，是这个老道士指点你么？"阿飞低下头去，只是不应。

笑笑生不悦地道："什么老道士，先生我很老么？喂，你也别逼问他了，是我告诉阿飞夜明珠藏处的，也是我告诉他如果不站出来认罪的话，楼兰商队就有大祸。"

武士阿泾抢过来揪住笑笑生衣襟，喝问道："说，你是怎么知道夜明珠藏在水袋里的？"笑笑生道："你弄疼我了，放手，快放手。好啦，我说啦，我会法术。"

阿泾一呆，道："什么？"笑笑生笑道："先生我会法术，能隔物视物，我透过法眼看到夜明珠在水袋中，就随口告诉了阿飞。"

旁边一干人见他嬉皮笑脸，毫不正经，哪里肯相信。菪木使了个眼色，阿泾取来马鞭，预备动刑拷问。

笑笑生忙道："是真的，我真的会法术，骗你们是小狗。"转头对萧扬一扬下巴，道："喂，你，你快些证明我说的都是实话。"

菪木道："公子认得这老道士？"萧扬摇头道："不认得。"

菪木道："你称自己没有说谎，那么你倒是说说看，我怀里有什么？"笑笑生道："夜明珠。"

菪木道："这不算。任谁都能猜到我会将夜明珠带在身上，以防意外。你再用你的法眼看看，我怀中还有些什么？"笑笑生讪讪道："实话告诉各位，我的法眼也不是什么都能看到的。这夜明珠是件宝物，能放出异光，稍微会点法术的人都能看到。"

菪木冷笑道："这话可没人会信。来人……"笑笑生忙道："等一下！我说的是实话，我有证人，当时不仅我能看到夜明珠，楼兰商队中也有人看到了。"菪木道："谁？"笑笑生道："江湖郎中无价，他一直跟在昌迈王子身边，应该就是所谓的军师。"

菪木只觉得对方言谈举止匪夷所思，然而此时已是深夜，也不便再严刑逼供，当即命人先带笑笑生下去监禁，问道："公子认为这老道士说的法术之事是实话么？"萧扬道："我不能断定。然而大千世界本就无奇不有，笑笑生虽然说话有些疯疯癫癫，可若是他不会法术，料来也没有其他本事能事先知道夜明珠的藏处。"

菪木思忖片刻，道："既然找到了指使阿飞的人，我也该履行诺言，公子明日一早尽可自行带阿飞离开。"萧扬道："那么笑笑生……"菪木道："公子也要为他求情么？"萧扬道："是。"菪木干脆地应道："看在公子的分上，明早我自会放了他。"

次日一早，太阳升起，眼前的沙漠骤然变成一片闪光的大海。

菪木命人请来萧扬，道："这一路西来，我们相处了不少时日，我不敢说对公子有多少了解，但公子绝不是那种临阵脱逃的人。想来公子此次来西域，并不是因为被中原朝廷通缉无处容身，而是有什么特别的目的。"萧扬道："是，我来西域是为了寻找一件本属于中原的重要物事。"

菪木道："噢，这件重要物事可是跟我们于阗有关么？"萧扬道："跟于阗无关。大相请放心，怀玉公主虽跟我是旧识，可她而今已贵为于阗王妃，我绝不会再去高攀打扰她。"

菪木一向深沉的脸上挤出一丝难得的笑容来，道："原来公子心中有数，那么我就放心了。"顿了顿，又问道，"公子所寻之物，莫非就是传说中的周穆王宝藏？"

萧扬不答是否，问道："有一件事，我一直想请教左大相，于阗肯冒险带我出关，是不是因为怀玉公主答应了你们什么条件？"菪木反问道："公子聪明过人，难道现在还想不到么？那么多商人死在玉门关前，是因为什么？"

萧扬恍然大悟，失声道："难道怀玉公主私带了蚕种给于阗？"菪木道："不错。她可是为了公子才这么做的。"萧扬一时无语，只默默低下头去。

范木也不再多谈，命人带来阿飞和笑笑生，当面交给萧扬，道："这两个人任由公子处置。"只留下萧扬的马匹，带着众人扬长而去。

笑笑生喜道："这下可好了。喂，你还愣着做什么？还不快些给先生我松绑。"

萧扬拔出佩剑，割断笑笑生手腕上的绑绳。再要去解开阿飞时，他却甚是固执，侧着身子躲开，怒道："我不要你救。"笑笑生嘻嘻笑道："先生我救你总可以了吧？"夺过萧扬手中长剑，上前解开阿飞绑缚。阿飞一屁股坐在沙地上，一边抚摸手腕痛处，一边恨恨地瞪着萧扬。

笑笑生道："喂，于阗人只留了一匹马、一袋水，不够我们三个人用的，要怎么办？"

萧扬曾与范木一路西行，知道其为人精明阴鸷，总觉得他这次放人太过爽快，心中隐隐感到有什么不对劲儿，一心想跟上于阗一行看个究竟，闻言便道："我把干粮留下，这里有水源，不如先生和阿飞先留在这里，等待后面的楼兰商队。我还有点事，要先行赶路。"

笑笑生却甚是固执，连连摇头道："不行，你可不能丢下我们两个不管。你没听人说么？大漠危险得很，往往离死亡只有一步之遥。我既不放心你独自上路，又很不放心我和阿飞二人干等在这里。我们可是一老一伤，手无寸铁，你就忍得下心么？"一边说着，一边将马鞍边的水袋抢在手中，防止萧扬上马先逃。没有水，在沙漠中就是寸步难行。

萧扬道："笑先生，我是真的有事，请你……"忽见笑笑生张大了眼睛，直愣愣瞪着他身后，当即本能地回过头去——

只见黄色大漠上蓦然涌出一大片云雾来，蒸腾翻滚，景致壮观，光怪陆离。先是出现了一大片波涛澎湃的海水，随即海面上浮现出高大的山川。山上有各种建筑，若隐若现，错落有致，烟波浩渺中，自有一派繁华景象。

笑笑生看得目瞪口呆，半晌才道："好厉害的幻术！"阿飞不以为然地道："什么幻术，这是海市蜃楼，在大漠里最平常不过。"

笑笑生道："海市蜃楼？"阿飞道："嗯，如假包换的海市蜃楼。不过蜃景一般在夏季炎热之际出现，此时正是春天，早了不少时日。"

萧扬目光甚是锐利，隐隐约约看见一名穿着黄色斗篷的骑士从蜃景中的山川海水中飞驰而过，即将奔出云雾幻象时，右手一挥，似乎有一道白光伴随血带闪过。正待看得分明些，人影又倏忽不见了。他不及思虑更多，简短地道："我去去就回来。"翻身上马，不顾背后笑笑生大声叫喊，往蜃景方向疾驰而去。

行出一刻工夫，蜃景逐渐变浅变淡，直至完全消退。萧扬登上沙丘，远远见到于阗菹木一行人正逗留在前面数里之处，微一思索，即打马追了上去。

于阗武士远远见到萧扬单骑驰来，即露出警觉之色，数人拔出兵刃，更有二人取出弓箭，拈箭上弦，阻止他靠近。萧扬见对方敌意极重，大有一触即发之势，当即举起右手，示意并无恶意，大声道："我看到蜃景中有血光出现，担心有事，所以才赶来看看。"菹木挥手叫道："让他过来。"

武士道："请公子下马。"

萧扬遂下马步行到菹木身旁，却见沙地上仰天躺着三具尸首，看装束一人是菹木心腹侍从艾弟，另两人是黑甲武士。三人死状十分恐怖，均是双目圆睁，龇牙咧嘴，面黑如墨，胸口有个碗口大的窟窿，血肉模糊，似是被猛兽利爪所伤。

萧扬吃了一惊，问道："到底出了什么事？是谁杀了他们？"菹木摇了摇头，问道，"笑笑生人呢？"

萧扬迟疑了下，答道："他回中原了。"菹木道："公子相信笑先生所称的法术么？"

萧扬听到他骤然换了一种敬畏神秘的口吻，大感困惑，道："大相这个问题我昨日就回答过。"蓦然醒悟过来，失声问道："莫非是昌迈王子的军师杀了艾弟三人？"

蒗木也不回答是否，只转头命道："将他三人就地埋了，我们继续上路。"

萧扬却已经明白了事情经过：蒗木昨晚虽然放了昌迈，却不过是做给他这个外人看的，因为昌迈王子失踪，楼兰商队定会派人前来追寻。昌迈前脚离开于阗营地，蒗木后脚就派出心腹侍从艾弟前去追捕，原是要暗中扣押昌迈作为人质，将来作为一枚重要的棋子使用。艾弟带人重新捕获昌迈后，先行上路，以避开萧扬耳目，不料却在此处遇袭，昌迈则被人救走。死者三人武功俱是不弱，又因为押送重要人犯，一路保持高度警惕，却连兵刃都是没有拔出就同时遇袭，当真是难以想象之事。蒗木一再问起笑笑生的法术，不过是因为笑笑生曾经提过昌迈王子的军师无价也会法术，他怀疑艾弟三人是先中了邪术，才会有如此不可思议的死状。

蒗木见萧扬已经猜出究竟，也不愿意再多费唇舌，只道："告辞，公子多保重。"率众上马离去。

那三具尸首被深埋于黄沙之下。片刻后，即有阵风刮地而来，细沙不紧不慢地翻滚着，黄色的沙雾悠悠腾起，笼罩所经过的一切，冷凝的斑斑血迹瞬息被掩盖得干干净净。大漠就是这样平静得近乎冷酷的地方，滴在黄沙上的血绝对比任何一个地方都要干得快。

萧扬目送于阗一行远去，急忙勒转马头，欲回去公婆泉，找到笑笑生问明究竟。走出二三里地，忽听得背后疾风暴雨般的马蹄声由远渐近，惊然回头——

只见一大队彪悍骑士正风驰电掣般向他驰来，人数有二三十人之多，服饰打扮各异。马上人个个不用马鞍，骑术精绝，绝非普通行商所能比拟。马蹄所到之处，尘头大起，只有骑士们手中的弯刀在黄尘中熠熠闪亮。

萧扬呆得一呆，才勉强反应过来，暗道："不好，这一定就是传说的马贼。"正欲摘取马鞍边的黑色大弓，又想起了什么，慢慢将手缩了回来。

那群人来得好快，瞬间已到近前，将萧扬团团围住。一人抄着生硬的汉语问道："喂，汉人，你是谁？"萧扬道："一个路人。你们又是谁？"

那人笑了起来，道："你不认得我们么？那我来告诉你……"刻意拖长声音，一字一句地道："我们是马贼。"又怪声唱道："花什么时候开是有季节的，马贼什么时候到却没人知道。"一大群人登时哄笑起来。

萧扬双手一摊，道："我身上没钱，连水都没有一滴。"那人笑道："我们不要钱，也不要水，而是要你的人。快些下马，抛下兵刃，跪在地上！"

萧扬依言摘下佩剑、弓箭扔在身边沙地上，下马双膝跪倒。

那人见萧扬毫无反抗之意，顺从之极，嗤笑一声，回头大声叫道："头领，这人哪有传说中那么厉害，太容易对付了，简直是个脓包。"一苍老声音问道："还有两个人呢？"

却见马贼提马两旁，如劈浪般让出一条道路来，一红光满面的老者骑着一匹白色骏马闪身出现，来到萧扬面前，问道："道士和向导呢？"萧扬道："你是谁？"

一旁马贼纷纷喝骂道："你活得不耐烦了，快些回答头领问话！"那老者喝道："对待贵客不可如此。"随即傲然道："我就是马贼头领赤木詹，你听过我的名字么？"

萧扬道："听过。久闻马贼杀人只为劫财劫货，我身上什么都没有，如何能劳动头领大驾？"赤木詹道："萧扬公子，你不必过谦了，有人出大价钱买你，你的命可比一支商队值钱。来人，将萧扬公子绑起来，先带回马鬃山，好生款待。我带人去追道士和向导。"

几名马贼应声下马，取出绳索，走上前来。萧扬早等待此刻，身子一倾，从坐骑下滚了过去，及时避开身后伸来的几只大手，猿臂轻舒，已将大弓抓在手中，右手轻轻一弹，一支紫色的羽箭便如喷火的毒蛇般斜射向赤木詹。赤木詹虽然年迈，身手却相当敏捷，急忙仰天就倒，只是那箭来得太快，虽然避开了腹心要害，却还是穿透了他的右胸，巨大的力道将他从马背上带了下来，重重摔在沙地上，开始剧烈地咳嗽起来。

马贼们高声叫骂，亮出兵刃，上前围住萧扬。萧扬抛下黑弓，俯身往地上抓起两大把沙子，扬手抛出，黄沙漫天飞舞，恍若金色的沙海。马贼们难以睁眼，怒骂得更凶。萧扬不断抛扔沙子，沙雾弥漫中，近前的马贼不自觉地伸手去遮挡眼睛，他趁机捡回佩剑，扬剑出鞘，往人多处穿梭，长臂一挥，刃光似雪，一名正捂住眼睛的年轻马贼立即被削去了半个脑袋。

马贼们见有同伴被杀，心头俱是大怒，纷纷嚷道："杀了他！杀了他！"

赤木詹勉强扶着心腹爱将沙其库站起来，叫道："别杀他，要活的。"

赤木詹受伤颇重，声音嘶哑，旁人难以听清。沙其库又大声重复了一遍，道："头领有话，这汉人男子务必活捉。"

然而黄沙中人影闪动，刀剑横飞，最里圈的马贼正与敌人斗得汹涌澎湃，凶险之极，哪里还顾得上头领喊话。

赤木詹见场面一片混乱，敌我难辨，很是忧心忡忡，勉强上马，叫道："听我号令，所有人退下，取弓箭来。"

"来"字话音刚落，他便听到羽箭破空之声。电光火石之间，他有些莫名焦虑起来，感觉到一股凶险的杀机正在向他逼近，随即他身子一震，感到一件锋锐的兵刃打在他的背心上，如毒蛇般钻入进来。他低下头，可以清楚地看到一支箭锋出现自己的心口上，不及思虑更多，便从马上滚落了下来，只是这次他再也起不来了。

沙其库忙抢过来扶起头领，赤木詹却已然断气。这个称霸大漠数十年、杀人无数的凶顽人物，今日居然毫无征兆地死在这里。沙其库喉咙动了两下，想要哭出声来，却又不由自主地回过头去——

正有一股黄色的龙卷风暴滚滚破沙而来，沙尘连绵，形成一条黄龙。直到近些，才能发现那是一匹驭风而行的神骏黄马，马蹄扬沙，奔腾尽情恣意之时，身上滴下斑斑血汗，一路撒在黄沙上，仿若盛开的朵朵梅花。

马上的骑士也是一身土黄衣裳，飞扬的沙尘肆虐地拍打着他巨大的斗篷，仿佛惊涛骇浪颠簸着一叶小舟，时时刻刻都要将他吞噬在黄沙中。然而，他却总能在千钧一发的时刻躲开无情的风沙，显示出矫健的身手和不凡的力量。一人一骑，与沙漠本色浑然一体，若不是正疾行如风，腾起层层扬沙，好似船行水上劈开浪花一样，实在难以分辨出来。

沙其库颤声嘟囔道："游龙！他来了！"

他的声音并不大，然而却带着莫名的惊栗与畏惧，如同有神奇魔力一般穿透了全场。最先听见这两个字的马贼主动停止了围攻，随即连环感应潮水般地覆盖了每一个马贼，喊杀声、金刃交接声骤然歇止，众人停止厮杀，掉转头去，默默望着勒马巍然屹立的游龙。

正浴血奋战的萧扬本来已经危机四起，忽然意外得到了喘息之机。他也垂下长剑，好奇而困惑地打量那个仅一露面就能凭气势震慑住群贼的黄衣怪面骑士——强敌环伺下，他就那么平静地站在那里，仿佛一株亘古之树，静立于苍茫的天地之间。离奇的是，他的脸色僵如木石，如同死人一般，没有任何表情，只有一双闪亮灵活的眼睛表明这尚是个有生命力的人的血肉之躯。

游龙手抚腰间那柄泛着红光的长刀，却并不着急动手，只冷冷道："赤木詹已死，你们还想跟我动手么？"

一干马贼听说头领已死，尚不能相信，待扭头看到头领赤木詹的尸首，这才各自露出了恐惧绝望的表情。

游龙道："走！今日我暂且放过你们，下次再让我遇到，绝不轻饶！"一边说着，一边转过头去，紧紧盯着一名年轻马贼不放。

那年轻马贼不知道声名如日中天的游龙为何单单盯上了自己，心中直发毛。正不知所措之时，忽见他的脸颊在阳光下闪烁出寒峻冰冷的光泽，诡异难言，一双眼睛更是仿佛两道利箭，精光暴射，登时感到背上一股凉气冒出，"哎呀"大叫一声，将头转开，倒退几步，转身跳上马上便走。

其他马贼受了这年轻马贼的感染，再无丝毫斗志，纷纷作鸟兽散，各自夺马狂逃。只有沙其库依旧木讷地守在赤木詹尸首旁边。

游龙道："你叫什么名字？"

沙其库料想今日难逃大劫，慢慢站起身来，他望着游龙那张令人望而生畏的脸，心中的仇恨暂时战胜了恐惧，伸手去拔腰间的兵刃。

游龙却并没有要与他动手的意思，沉声问道："你们马贼不是有几百号人马么？今日赤木詹亲自出动，为何只带出来这么点人马？"

沙其库只死死瞪着射死了头领的敌人，一言不发。游龙见他倔强，摇了摇头，道："你这就带着赤木詹走吧，我不拦你。"

沙其库愣得一愣，才一字一句地道："总有一天，我要杀了你为头领报仇。"说罢牵过赤木詹的坐骑，将尸首横放上去，自己骑了另一匹马，慢腾腾地离去。

大漠重新静谧了下来，若不是沙地上还留有几具被萧扬杀死的马贼的尸首，正散发出新鲜海草一般温暖而浓烈的咸腥味，几乎不能相信这里刚才还是黄沙滚滚的战场。

萧扬走上前去，抱拳谢道："多谢援手。阁下就是游龙么？久闻大名，今日得见，当真是……"

却见游龙身子一歪，从黑马上滚了下来。萧扬大惊失色，忙上前扶起他。

游龙道："我……我中了弩箭。"检视伤势，果见一支黑箭自后背射入，穿透了贴身皮甲，直没入背心，全靠斗篷遮住，马贼慌乱中竟无一人发现。

萧扬道："这是于阗黑甲武士的弩箭，游龙君适才遇到了菪木他们？"游龙道："是。"

萧扬见那弩箭正射中游龙要害，寻常人早该一命呜呼，却不知道他如何能有气力从众多于阗黑甲武士手中逃脱，又赶来一举射杀了马贼首领赤木詹，吓退群贼，不由自主地想起"游龙是不死之身"的传说来，定了定神，方才问道："游龙兄身上带有金创药么？"游龙道：

"有，不过来不及了，你先扶我起来。"

萧扬问道："于阗人为什么要对付你？你……你不是游龙么？"

话一出口，萧扬自己便会意了过来，买通马贼来围捕他的一定就是于阗人。本来他也想不到这一点，可马贼指名还要道士笑笑生和向导阿飞，除了于阗人，还有谁知道他们三人在一起？游龙是追踪马贼而来，于阗人用弩箭伤他，是怕他出手打乱了计划。可于阗人甲士众多，兵器精良，自己就有足够的力量对付他和笑笑生、阿飞三个，为何还要不惜代价地引来马贼？莫非真正的目标是后面的楼兰商队？

不及思虑清楚，便听见游龙道："有人来了。"萧扬慨然道："游龙兄放心，我定要与于阗人死战到底，保兄周全。"游龙摇头道："不是于阗人。"

萧扬回头一望，东边尘头大起，一队骑士正飞驰而来，依稀可以辨认出领头的是阿飞和笑笑生，身后尚跟着数名骑士，大约是前来追寻昌迈王子的楼兰护卫。

游龙道："我不能留在这里，你……你快带我走，往西北方向走。"

那黄马甚有灵性，大约预料到主人要动身出发，先主动伏了下来。萧扬赞道："好马！"扶着游龙上马，随即牵过自己的坐骑，与游龙并行上路。身后尚能听到阿飞的欢跃叫声："游龙！游龙！"

一路往西北方向而去。萧扬见游龙伤势严重，身子摇摇欲坠，问道："要不要先停下来歇息一下？"游龙道："不，不能停。我们要赶去一个隐秘的地方，我有极重要的事要告诉你。"

行了大半日路，突然开始起风。越往前走，风力越大。狂风呜咽，嘈杂聒耳，来势汹汹，卷动流沙满天飞舞，白日看起来已经像是黄昏。四周全是漫漫黄沙，如同浓雾一般，将天地罩上黄色。沙粒和小砾石犹如冰雹扑打在脸上，萧扬完全不能分辨方向，只能紧紧跟在游龙后面。

又走了大半个时辰，大风陡止。呈现在眼前的是萧扬见过的最奇妙的景观：蓝天白云下，突兀耸立着一座座浅红色的沙丘，气象万千，高的近百尺，矮的也有数十尺，长宽不等，排列有序，错落有致。形状更是千奇百怪：有的蜿蜒伸展，似匍匐的巨龙，又似静卧的猛虎；有的拔地而起，似是高高伫立的宝塔，又似张开华盖的巨伞；有的造型生动，似是开屏炫耀的孔雀，又似展翅欲飞的雄鹰；有的轮廓分明，似是妖娆的女子，又似农夫的沧桑面孔，神态不一，栩栩如生，千姿百态，引人遐想。

微风拂过，撩起浮沙，沙丘流泻，轮廓也随之变化，景象似乎缓缓漂移起来，似是一艘艘鼓满风帆的大船即将远航，又似无数岛屿正耸立在波涛汹涌的海面上。海走山飞，奇幻无比，优美如歌，新奇似画，引人遐想。既有大海般的壮阔，又给人一种扑朔迷离的神秘感觉。

游龙勉强抬起头来，指着前面道："快要到了！过了这片沙丘就是龙城了。"

萧扬沿着他手指望去，前面出现了一大群土黄色的山包，仿若固若金汤的城堡一般，耸立在大漠之中，高峻似城郭宫阙，绵延如龙盘虎踞，比适才见过的沙丘更加宏伟。

走得近些，才发现这座风蚀形成的天然"龙城"当真宛如一座颓废古城池的缩影：一条条风蚀沟谷纵横交错，仿佛是城市的繁华街道。街道两旁的石柱、石墩好比沿街而建的建筑，楼群密集，鳞次栉比，高低错落，巧夺天工，如同最高明的匠师精心布局一般。置身于这座大自然鬼斧神工妙造天成的龙城之中，确有一种震撼人心的力量。天是那么的高，地是那么的阔，人又是那么的渺小，那种神奇迷惘的感受难以言表。

此刻正是夕阳西下时，渺渺瀚海渐渐退去，如血的残阳给龙城披上一抹橘红的轻纱。光影婆娑，忽明忽暗，仿佛缭绕不散的烟雾，光怪陆离中现出几分幽邃、诡秘，又像是一个古老的梦幻。

萧扬扶着游龙靠着城垣坐下，见他胸口剧烈起伏不止，已是气息奄奄，心中难过，转身取过黄马上挂着的水袋，喂游龙喝下。游龙却是不饮，道："这水留给你。"

萧扬道："游龙兄……"游龙道："我剩下的时间不多了，你先听我说……于阗国王希盾想要称霸西域，他已经得到了你们中原的丝绸生产秘技，正与墨山国一道酝酿一个大阴谋，意图先灭掉车师，再攻打楼兰。他们已经收买了马贼……你……你必须立即赶去车师国，阻止于阗的阴谋，再设法化解它和楼兰的宿怨……"

萧扬明知道这些都是天大的难事，他不过是个初到西域的中原汉人，凭一己之力根本不可能办到，但眼见游龙命在旦夕，热切地望着自己，还是毫不迟疑地答应道："好，我答应你，一定尽力而为。"

他料到游龙费尽力气带他来到这处神秘的龙城，不单只是为了告知于阗的阴谋，又问道，"游龙兄还有什么要交代么？"

游龙吸了几口气，道："还有一件极为重要的事，请你在我死后变成我，变成游龙。"萧扬一呆，道："什么？"

游龙道："我知道这件事很是令你为难，萧扬兄千里迢迢从中原来到西域，有着自己的特殊使命。可是我真的不能让任何人知道游龙死了，游龙是不死之身，为了沙漠中来往的商队，为了……唉……其实我也不是真正的游龙。真正的游龙已经在六年前在白龙堆与马贼阿沙里一伙人同归于尽了。我……我只是继承了他的身份和面具……你知道……游龙这个名字对来往的商队是多么重要，对大漠横行的马贼有多大的威慑力……"

萧扬恍然间明白了过来，原来游龙脸上戴着一个近似人体皮肤色的面具，难怪总是那样僵尸般诡异的表情，游龙不死的也并非血肉之躯，而是代代相传的精神和声名，游龙实际上已经成为丝绸之路上希望的象征，代表正义的力量。萧扬本来不是一个轻易能被感动的人，但现在却被深深打动了，瞬间便下了决心，决然道："我答应你，不论游龙兄说什么，我都答应你！我会戴上面具，以游龙的身份出现在大漠中，直到我寻到要找的东西为止。然后我会物色一个合适的传人，继承游龙在大漠中的事业。"

游龙长舒了口气，道："如此，多谢。我们今日才第一次见面，我就将这么繁重的担子交给萧扬兄，实在抱歉。"语气十分诚恳，充满歉意，显是发自内心。

一个单枪匹马从马贼群中救人的勇士，将如此重大的秘密和责任托付给第一次见面的人,这是何等的机缘和信任。萧扬鼻子一酸,双眼发潮,紧紧握住游龙的手,道:"谢谢你,谢谢你的信任。"

游龙欣慰地笑了笑,道:"今日所发生的一切,请萧扬兄务必不可告知第三人,包括我是中于阗弩箭而死一事,不能让他人知道。"他的声音很低,愈发显得疲惫嘶哑。萧扬虽大惑不解,但料想对方必有深意,当即应道:"是。"

游龙叹道:"兄要找的轩辕剑已然失落了几千年,要重寻故剑,怕是极难。"

萧扬这才真真正正地大吃了一惊,问道:"游龙兄如何知道我来西域是要寻找轩辕剑?"游龙道:"我有一位好朋友,有一些神力,能够看到一些常人所看不到的事情。她早预见到你会来西域。但她也说过,她的法力有限,无法感应宝剑的位置。轩辕剑可以用来号令天下,统一中原,绝不能落在坏人的手中。萧扬兄,我祝你早日达成所愿,回去中原阻止战乱,拯救黎民百姓于水火之中。"

萧扬心中疑惑极多,还想要细细询问,又听见游龙喃喃道:"不必为我难过,这是我的命运。惊鸿……惊鸿……请你替我照顾她……不要让她难过……通往昆仑山的大门已经永远关闭,她不能回到天上,在这个尘世上孤独寂寞了几千年,本来我答应她要照顾她一辈子的,现在我做不到了……请你帮我……帮我……照顾她……"他的声音逐渐微弱了下去。

萧扬不大明白,但他猜到这个叫"惊鸿"的女子应该就是游龙所说的那位有神力的朋友。他摇了摇头,态度坚决地道:"别的事我可以答应你,照顾女人的事得你自己去做。你的朋友不是有千年神力吗?她一定能够救你。惊鸿在哪里?你告诉我,我这就带你去找她!"

游龙没有回答,只是艰难地举起了手,想要摘掉脸上那张伴随他多年的软皮面具。那面具不知道什么材质做成,与他的肌肤十分贴合,若不是他自己说出来,还真难以发现他脸上戴了面具。他大概早已经厌倦了它,只不过是因为责任重大,才一直不得不戴在脸上。萧扬忍不住伸出手去帮他,终于揭开面具,露出了真实容貌。

游龙本来的样子很年轻，至多不过二十三四岁年纪，样貌颇异中原人，棱角分明，风姿隽爽，只是脸色略有些苍白。要将这样一张俊逸非凡的脸隐藏在一张假面具下，甘心做"游龙"盛名下的影子，不停地徘徊在血腥和死亡的边缘，持续整整六年，其间需要鼓起多大的勇气，又需要付出多少牺牲。

游龙金纸一般的脸上露出了一丝沧桑的微笑，他鼓足最后的力气，断断续续地道："六年来，你是第一个看到我真面目的人。我还可以告诉你，我……我本来的名字叫傲文……如果你日后有机会遇见另一个傲文，请你在合适的时机转告他，我已经完成了他应当承担的使命，他也要去接受本来应该是我去承担的命运……"

他的声音淳厚、低沉、有力，还有一种内蕴的温柔，以及无可奈何的哀伤。

第二章

谈兵心壮

一旁须沙看见父王再一次显露出本性，一张古铜色的脸阴沉得如同昆仑山深处的诡秘树林，幽森可怕，不禁打了个冷战。面前的人是他血肉至亲的父王，即便如此，他也难以弄明白他到底是怎样一个人，他内心深处到底在想些什么。

西域地形广袤，东接中原玉门关，西限葱岭，共六千余里；北有巍峨雄伟的天山，南止"万山之祖"昆仑山，约千余里。然而这一片土地的中心腹地却是一望无垠的沙漠，西域人称其为"塔克拉玛干"[1]，意思是不毛之地，楼兰东部的白龙堆沙漠其实也是这块大沙漠的延伸。

由于受到水源等生存环境的限制，西域国家均是沿塔克拉玛干边缘绿洲分布，沙漠之北称为北疆，南部则是南疆。于阗位于南疆，其国南倚昆仑山，北接塔克拉玛干。车师位于北疆，南接沙漠，北靠天山，与于阗隔大漠相望。

唯有楼兰国和墨山国地理位置特殊些，因为两个邻国均位于塔克拉玛干东部，从严格意义上来说，既不属于南疆，也不属于北疆。但这两个国家在西域诸国中的地位却不容小觑：楼兰本就是西域大国，又因距离中原最近，成为东西方必经要道，举足轻重；墨山虽然国小力薄，境内却盛产铜铁矿，仗着老天爷的恩赐，国富民足。

自从于阗国王希盾从叔父怀仁手中夺位用武力登基以来，西域就开始变得不太平，南疆诸国如莎车、精绝、且末等国均被希盾派兵灭掉，于阗称霸南疆，成为一枝独秀，其东北部国境一直延伸到与楼兰国接壤。许多人都认为希盾志在整个西域，于阗兵锋正锐，下一个目标必然指向楼兰。甚至连楼兰人也是这般认为，新近问天国王已调遣大批精锐军队赶往南部边境驻扎就是明证。虽然战火暂时还未点燃，明眼人却都知道，只需要一个小小的引子，甚至一个微不足道的借口，楼兰和于阗两国就会立即进入敌对状态。

令人大跌眼球的是，希盾国王突然广发公告，称车师国二王子昌迈先是闯入于阗使者营地，意图夺去圣物夜明珠，后又勾结妖魅，杀

[1] 塔克拉玛干沙漠：在新疆维吾尔自治区南部、塔里木盆地中部。

死黑甲武士，于阗誓报此仇。

于阗国公然示威，以希盾国王狮子般犀利强硬的性格，必会履行诺言，但车师国人却并不如何惊慌，这是因为车师有着天然的地利条件——于阗军队要攻打车师，必定要先过楼兰国境，而车师国王后莎曼正是楼兰国王问天的亲姊姊，虽然莎曼已经过世，然以问天国王友爱敦厚之个性，断然不会允许于阗一兵一卒穿越自己的国土去攻打联姻盟国。当然于阗还有另一条备选的进攻路线，那就是绕开楼兰防线，直接派骑兵穿越一千里的塔克拉玛干沙漠，而这是根本不可能靠人力办到的。

车师老国王力比已经年近六旬，当大臣们匆忙赶进宫禀告各种紧急政务军情时，他总是面无表情听着，表现出少见的预临忧患的宁静，这大概是一个饱受病痛折磨的老人的特质。

而大臣们的焦灼不是没有道理——一向相安无事的邻国墨山忽然宣布与车师绝交，理由是车师王子昌迈有意陷害曾有过争执的墨山商人穆塔，往其行囊中放入蚕种，导致他在玉门关被中原边将所杀。两起事件均与昌迈王子有关，但自从昌迈带着军师无价私自离开楼兰商队后就再也没有出现过，楼兰、车师两国先后派出大批人马寻找，均是一无所获。楼兰王宫卫队侍卫长未翔更是因保护王子不力被罚俸停职。

墨山此番翻脸的直接后果就是所有前往车师的商队不能再借道墨山国境，包括运送粮食回国的车师文书大臣堂哲一行也不得不改绕东面的白龙堆沙漠，道路艰险不说，还有马贼频繁出没。被迫绕道白龙堆的商队一再被马贼劫掠，货物、牲口被抢走，商人则被当场杀死，横尸大漠。马贼们肆无忌惮，甚至一度闯入车师境内，杀人放火，劫掠地方百姓。车师国掌管军队的大王子昌意终于被激怒，亲自带领两千精兵赶往东南边境，一是要接应文书大臣堂哲，保障粮队安全；二来也预备剿灭那伙儿穷凶恶极的马贼。

昌意王子率军离开王城交河后，一支风尘仆仆的骑兵意外出现在车师重镇鄯金城外。虽然只有几百人，可当车师军民意识到这支队伍就是穿越塔克拉玛干沙漠而来的于阗黑甲骑士时，再无斗志，只一窝蜂地拥进城中，闭门紧守。于阗人倒也没有立即发动进攻，只就地扎营休息。

鄢金被围的消息火速传入交河王宫中，一向波澜不惊的力比国王听到于阗骑兵穿越千里大漠抵达鄢金且人数源源不断时，也不禁悚然动容，长叹道："希盾果然还是希盾！"

车师[1]国境狭长，鄢金距离王都交河不过四百里，失去鄢金，交河便失去南部屏障，岌岌可危。力比国王不得已下令全国动员，调集全部精锐军队赶往鄢金，意图拒敌于边境之上。

大军紧急出发后不几日，墨山与车师在东南部边境发生激烈冲突，墨山称车师派人过境放火烧毁了军营粮仓，以此为由向车师开战。早已集结好的墨山军队飞快突破边境防线，一路势如破竹，只需要一日一夜，其前锋轻骑就可以快速推进到邺城。

邺城依山隘而建，地势颇为险峻，距车师王城交河仅三十里。而交河四周没有任何屏障，只在游河水分流的开阔地带建城，远远望去，像是旷野中的一座孤岛，因而邺城是王城的最后一道关口。只是此时此刻，邺城兵力薄弱，几成一座空城。

萧扬手挽黄马，正站在鸡头岭的山坡高处上俯视着邺城——太阳新升起不久，阳光温和地照耀着游河东岸的胡杨林，山如眉黛，树如翠玉。天高云淡下，一群牛羊在山坡上悠闲地啃草，一只老鹰在空中盘旋，整座小城笼罩着一派静谧安详的景象。

一支驼队正穿过山坡下的小道，领队的是一头罕见的白骆驼，高昂着头，十分漂亮，脖子上挂着一个大铜铃，铃声阵阵，清脆悦耳。驮队的最后是一辆马拉的槛车，里面坐着几名衣衫褴褛的男子，应该是驼队主人预备贩卖的奴隶。奴隶交易一直盛行于东西方，中原权贵富商以家中养有金发碧眼的西域奴隶作为阔谈炫耀的资本，而西方人也常常以买下中原汉人奴隶为荣耀。

萧扬才刚刚到达邺城，尚不知道墨山国已经与车师开战，但他已

---

[1] 车师：今新疆吐鲁番一带。

经得知于阗兵临鄯金的消息，心中有种不祥之感，预料到邺城的平静难以长久，这座小城即将有一场灾祸降临。他又仔细观察了邺城和交河的地形，这才下山进城。

从南城门进来，正遇上一名西域少女，骑一匹棕红大马，一手挽着缰绳，一手牵着一根长长的绳索。绳索上拴着两名男子，均是中原人打扮。萧扬不经意地一望，便立即呆住，他居然认得那两名像狗一样被红衣少女牵在马后的男子，一人是道士笑笑生，一人却是楼兰向导阿飞。两人均是衣衫破碎，脚下虚浮，显是受过不少折磨。

萧扬忙上前问道："姑娘为何要绑着这两人？"红衣少女道："这是我新买的奴隶，怎么啦？"

萧扬道："原来如此。姑娘花了多少钱？"一面说着，一面往怀中去掏钱。他明知道身上的钱远远不够，可总不能眼睁睁地看着笑笑生和阿飞就此沦为奴隶。

红衣少女却蓦然露出了惊喜异常的样子，叫道："咦，你……你不是大漠里那个……那个游龙么？"

萧扬一愣，尚不及回答，本来迷迷糊糊的阿飞陡然睁大眼睛，紧追几步，嚷道："啊，你的马……你的刀……你真的是游龙，你真的是游龙。"

萧扬这才意识到自己一身黄衣，戴着软皮面具，腰配割玉刀，骑着黄色汗血宝马，已经是游龙的身份，忙压低嗓子道："小点声。"阿飞应道："是。"当即老老实实站在一边，却是抑制不住地兴奋，死死盯着萧扬，好像生怕一眨眼他就会消失。

红衣少女跃下马来，欢声笑道："真的是你呀，游龙哥哥。你不认得我了么？我是古丽，几年前我阿爹的商队在大漠中遇到马贼，是你救了我，我还没有来得及感谢你呢。"

萧扬一时还难以适应游龙的角色，不知该如何应对，只好指着笑笑生和阿飞道："可否请姑娘先放了这两个人？"古丽道："当然可以。我刚刚花了二十个金币从人贩子手中买了他们，本来要带回去好好炫耀，我们家终于也有汉人奴隶了。不过既然游龙哥哥开口，我现在就把他们送给你,他们是你的了。"

萧扬接过绳索,道:"多谢。"拔刀割断了阿飞和笑笑生手上的绳索,问道:"你们如何落在了人贩子之手,又被卖来这里?"阿飞道:"说来话长。游龙君前些日子不是在大漠杀过几名马贼么?我和笑先生到得晚了,只见到你的背影。我远远见到你和那中原逃犯萧扬一起离去,担心你遭他暗算,所以跟笑先生一路追赶寻找,结果半路遇上一群怪人,有波斯人也有西域人,被他们出其不意地擒住。他们见我们身上没有财物,便将我们打晕了,后来不知道怎的就落入了人贩子手中。那人贩子给我们灌下了幻药,我们也不知道怎的来了车师,又被这位姑娘买下。"

萧扬见笑笑生仍然是目光呆滞,一副不清醒的样子,便道:"这样,你先扶笑先生去前面客栈休息。"阿飞却忽然上前,双膝跪下,恳求道:"阿飞一直立志追随游龙君,拜你为师。师傅,请你收我为徒,从此天涯万里,阿飞都要追随在你身边。"

萧扬不免哭笑不得,他此刻有大事赶着去办,当然不能跟这个认得自己真实容貌的人多纠缠,道:"你先起来,拜师之事回头再说。"阿飞却不肯听,道:"阿飞好不容易才寻到师傅,师傅不答应,我无论如何都不会起来。"

一旁古丽笑道:"游龙哥哥,这个阿飞看起来很精神啊,我就是看他不错才买他的。大漠里马贼那么多,你又总是一个人,身边多个帮手难道不好么?"

笑笑生也含含糊糊地插口道:"游龙,我劝你还是先答应阿飞吧,眼下可是非常时机。"萧扬听他话中饶有深意,心道:"笑笑生说得不错,可是他和阿飞都认得我,知道我是中原朝廷通缉的重犯,我这假游龙被拆穿事小,真游龙已死之事难免会泄露出去,我如何对得起游龙兄临终托付?"当即坚决地摇摇头,道:"现在不行。阿飞,你先起来,到客栈住下,我回头再来找你们。"

阿飞却无论如何不肯起来。萧扬眼见人来人往,被阿飞长久拖在这里要惹出大乱子,只得应道:"好,我答应你,你先起来。"阿飞大喜,连磕了三个头，这才起身让到一旁。萧扬道："我有事要去交河，你和笑先生先留在邺城等我。"阿飞得偿所愿，喜不自胜，当即应道："是。"

看着这个笑容灿烂的年轻人，萧扬突然心生一念："他也许是继承游龙衣钵不错的人选。嗯，回头我要好好想上一想，设法考验考验他。"

古丽微笑道："游龙哥哥，你能来车师太好了！你不知道，我一个人在这里好闷的。自从上次大漠一别，我一直很挂念你。"转身吩咐仆从道："你们先回去告诉阿爹，今晚家里要招待贵客。"仆从应道："是。"

萧扬忙道："古丽姑娘，我还有要紧事要赶去交河，怕是不能到府上做客。"古丽道："那我陪你去。"见萧扬踌躇不应，笑道："我是本地人，说不定能帮上你。"萧扬道："也好，就有劳姑娘了。"古丽很是开心，笑道："咱们走吧。请游龙哥哥别再姑娘姑娘地叫我，直接叫我古丽就好。"萧扬道："是。"

二人一前一后，快马驰来交河。进城时萧扬被军士蛮横地拦住，称要例行检查。古丽忙上前叫道："喂，不可无礼，他是我的客人。"军士慌忙退开，赔礼道："不知道是古丽姑娘的贵客，多有得罪。"

二人径直找到王宫官署，却只有负责驿政的驿长在里面。那驿长正为家事和前程烦恼，他家两个儿子，一个支持大王子昌意，另一个支持二王子昌迈，天天在家中争吵不休。连儿子们都看出老国王身体不行了，他到底要站在哪边好保住饭碗呢？萧扬和古丽进来半天，驿长只是仰面朝天，置之不理。

古丽道："喂，他可是游龙。"驿长蓦然站起身来，瞪大眼睛问道："你就是游龙？"萧扬道："是。"

驿长想到堂兄的商队新近刚在白龙堆遭马贼抢劫，堂兄也被开膛破腹，不免很有些迁怒起游龙来，冷冷道："久仰。不过游龙君不是在大漠对付马贼么？来我们车师国做什么？"

古丽闻言很是气恼，道："驿长这是什么话？游龙哥哥就不能来我们车师国么？"驿长认得她是富商之女，也不与她计较，只不断打量游龙，充满敌意。

萧扬一时不明原因，只得直接说明原委，道："我从大漠赶来，是有重要消息要求见国王陛下，或者拜见其他负责军事防守的将军也可以。"驿长不耐烦地道："现在关于马贼和于阗的重要消息已经够多了，游龙君还是不要再来添乱了，赶快回你的大漠去吧。"招手叫过军士，不由分说地将二人赶了出来。

古丽直嚷道："他居然敢这样对待游龙哥哥，真是丢死我们车师国的脸了。游龙哥哥，你怎么不生气？呀，你的脸……你的脸……"萧扬忙道："我没事，我这人就是这样，脸上总是没有任何表情的。"

古丽道："哦，刚才看到你的脸这样子，真的有些害怕。我们……我们现在要怎么办？"

萧扬深感棘手，无意间转头看见街角闪过一个熟悉的人影，心念一动，忙道："我有办法，不过你得先回家去。我答应你，办完事就来看你。"古丽道："好吧，那你一定要来哟，我家就是邺城最大的那处宅子。"萧扬道："嗯，好。"送走古丽，将黄马暂时寄存在官署处，疾奔去追寻那人影。

那人披着一件深色斗篷，随风飞舞，犹如一只灰色大鸟，充满了诡异之气。来到城西一处偏僻民居前，那人停下来左右张望，竟是车师二王子昌迈在中原收的军师无价。他见左右无人，上前敲了敲门，轻声道："二王子，臣下回来了。"只听见昌迈在里面应道："进来。"

无价应声而入。昌迈迎上前急切地问道："外面形势如何？"无价道："不是很好，不过这恰好是二王子的机会。车师大战在即，若是老国王突然那个了，国家危急关头，不可一日无君，大王子人不在王都，理该二王子继位，率领国民力拒强敌。"

昌迈脸色愈发阴沉起来，问道："父王的病情一直没有好转么？"无价道："没有。"又意味深长地道："二王子放心，王宫新请的大夫姓张，是个汉人，凑巧是臣下的旧识。我刚刚去找过他，给了他一味奇药，可以令国王陛下尽快好转，他已经答应要加进药汤中，今晚就送进宫去。"

昌迈道："嗯。这件事，军师有把握么？"无价道："有十足的把握。明日此时，老国王就会那个了。"昌迈会意地"嘿嘿"了两声，嘴角浮出一丝阴笑来。

潜伏在屋外的萧扬眉头紧皱，越听越是心惊。他曾见过昌迈王子为营救楼兰向导阿飞勇闯于阗使者营地，虽是少年意气，但却是一个有正义感的少年，孰料短短一个月不见，他竟完全变了一个人。于阗与车师开战，与他干系甚大，至少于阗公开宣称的理由是因他而起，他既然顺利回到车师，为何不站出来澄清事实、揭穿于阗的阴谋，却暗中躲在这里？听他的口气，竟是要弑父自立，与大王子昌意争权夺利，谋取王位。

一念及此，萧扬突然感到一阵心寒，自己受游龙嘱托，劳心费力，不远千里来到车师，本想报信让他们早做防范，可是王室内部早已经是风起云涌，一旦祸起萧墙，又怎能外抗强敌？战火起时，真正受苦受难的还不是无辜的老百姓？

他无奈地摇了摇头，悄悄离开那处民居，疾步朝车师王宫赶去，打算设法求见力比国王。转过路口时，忽见到前面一名年轻女子正朝他微笑。那女子容颜清丽，风姿绰约，雪衣胜玉，不染纤尘。

萧扬一见之下，先是觉得胸中如中箭矢般痛了一下，随即口干舌燥，一种奇异的感觉如波涛汹涌而来，刹那间密密实实地包住了他，令呼吸也急促起来。

震住他的并非仅仅因为那是张绝色的脸，而是她正是他近来梦中反复梦见的女子。自从戴上面具化身为游龙后，他总是做一些奇怪的梦，时常见到一名雪衣女子坐在一个翡翠般的大湖边静思。他离开龙城后，几次在大漠中迷失方向，因缺水而昏迷，也梦见雪衣女子为他指路。他醒来后按照记忆中的指引，当真走出了沙漠。那梦中的女子，容貌、服饰均跟眼前这女子一模一样。

正惊愕间，忽见那雪衣女子招了招手，萧扬不自觉地被她吸引，走了过去。

雪衣女子笑道："见到我有这般惊讶么？"萧扬闻言一愣，这才回过神来，心道："她一定跟古丽一样，在大漠中被游龙救过，她又将我当成了游龙，这可要如何是好？"略一迟疑，即问道："姑娘叫我有事么？"

那雪衣女子满面的欢喜登时转为愕然。萧扬一见到她脸色大变，立刻醒悟了过来，这女子一定就是游龙临终前念念不忘的惊鸿了。他万万料不到会在这里遇到她，他的第一句话就已经暴露了他伪装的游龙身份。眼前的局面该如何应付？他要如何面对她？

那雪衣女子却只是淡淡凝视着他，狐疑不解的目光逐渐变得温柔似水。

萧扬在她柔情目光的注视下，胸口怦怦直跳，暗道："啊，我糊涂了，她不一定是惊鸿。游龙不是说惊鸿有神力么？如果是她的话，如何能不知道真的游龙已经死去？可是……可是如果不是她，我又为何总会梦见她？"

那女子走上前一步，幽幽问道："你从大漠赶来车师，走了很远的路，一定累坏了吧？"

她伸出手，轻轻握住了萧扬。那双手滑软细腻，柔若无骨，四手相交，他的心中登时涌起一种奇妙的温暖感觉，呆得一呆，才踌躇道："我……我……"一时不知道该如何开口问对方的来历姓名。

雪衣女子道："我最近总是心神不宁……我很担心……所以忍不住跑出来找你。看到你安然无恙，我……我……"

她有些激动起来，顺势扑到萧扬肩上，秀发上带着晨露清新的芬芳，正如梦境中一样。萧扬却是尴尬万分，他还从来没有像现在这样处于一种飘忽的位置，结结巴巴地道："姑娘，你……我……"

他有些心驰神荡起来，几乎分不清眼前的一切是幻是真，意乱情迷之下，忍不住想伸手去揽住她的腰。

然而就在那一刹那间，雪衣女子抬起了头，疑惑地审视他："你……你不是……"她脸上的表情急遽变化翻滚着，慌乱地松开了手，退开几步，颤声道："你……不是真正的游龙。"

萧扬一颗心顿时沉了下去，他知道，这次无论如何是瞒不过去了，只得苦笑道："姑娘，你听我说……"

雪衣女子问道："游龙人呢？"萧扬迟疑答道："他……他去了一个很远的地方……"顿了顿，最终还是说了实话："真的游龙已经过世了。"

雪衣女子一改温和有礼的风度，暴喝道："胡说！"

她在刹那间爆发了，愤怒地瞪着萧扬。那双眼睛具有穿透一切的力量，并不是指目光本身，而是它的效果。在那一瞬间，萧扬觉得自己被对方视为了面目可憎的敌人。她的面容开始模糊起来，眼前开始出现了幻象一般的景致——似乎凌空飞在了半空中，脚下就是朵朵白云，被阳光穿上了绚丽的光衣。然后是山峦起伏，重峦叠嶂，极目苍翠，都在他的脚下。片刻后，幻象消失了。

萧扬使劲眨了眨眼睛，这才知道刚才的一切不是幻象，因为他此刻正站在一座苍翠山峰的山崖下，雪衣女子衣袂飘飘，依旧站在他的对面。他这才回过神来，结结巴巴地问道："你……就是那位有千年神力的惊鸿？"

惊鸿却不答话，用手一指，一道粗若手臂的青藤凌空而下，如一条灵活的毒蛇，将萧扬的手臂团团环住，令他动弹不得，随即蜿蜒攀上山崖，将他凌空吊了起来。

萧扬惊道："姑娘这是要做什么？"惊鸿喝道："游龙是不是早已经死了？是不是你杀了游龙？快说！"她的声音听起来尖锐而有所畏惧，显然她已经知道了接下来的答案，但她却不愿意去听，或者是不敢去听。

萧扬实在是有些惊讶，这个刚才还无比娴静的女子，竟然会在瞬间突然变得如此暴躁，忙叫道："惊鸿姑娘，你先放我下来，听我解释！"他试图挣扎，但根本就毫无用处。

惊鸿道："快说实话！不然我就杀了你！"手指一抬，一道闪电从萧扬眼前劈过，发出凌厉的"噼噼啪啪"声。

萧扬苦笑道："姑娘还要我说什么？你不是已经都说出来了吗？"

惊鸿的面色苍白得可怕，呈现出半透明的惨白来，连连摇头道："不，不可能。我刚才还见过他……"

萧扬大声道："惊鸿，我知道你是神仙，你有我们凡人所没有的神力。难道你真的不知道游龙早已经死了吗？还是你一直不愿意承认这个事实，而将我当做是游龙的替身？你刚才看见的人明明是我，不是真的游龙。"

惊鸿似乎一下子被震慑住了，随即举袖一挥，那张贴合在萧扬脸上的软皮面具不知道如何到了她手中。她先看看萧扬，随即低下头去，泫然凝视着那张代表游龙身份的面具，脸上充满了悲凄与绝望。片刻后，大颗大颗的眼泪从她脸上簌簌滚落，泪水滴到她脚下的草叶上，那一大片苍翠的草地登时化做了斑斑褐色。

这幅场面，萧扬日后很久都没有忘记。他见她如此悲恸，只觉得心中生生作痛。他不知道自己为何也如此难过，但他真的不愿看到她有一丝哀伤，宁可自己立即变成她，代替她去承受这不及告别就已经永久分离的巨大痛苦。

惊鸿道："他……他说了什么？"萧扬道："他说不必为他难过，这是他的命运，请你也不要难过。"

惊鸿就此沉默了，她的眼神茫然而空洞，神情却是庄重肃穆，看起来像是在沉思，正要努力回忆起心底最深处的种种往事。这让萧扬很是为她担心，但又不敢随意惊扰了她。

时光在寂静中过去了很久很久，萧扬见她依旧沉溺于思虑中，仿若成了一尊塑像，忍不住地叫她道："惊鸿姑娘，你这个样子，游龙死了也不会心安。我……我也很难过……"他犹豫了一下，还是鼓足勇气说了出来："我会替他照顾你。"

惊鸿"啊"了一声，回过神来，长长的睫毛闪动，似是恢复了些神采，挥一挥手，那软皮面具又重新飞回到萧扬脸上。她这才彬彬有礼地问道："请问他是葬在龙城了么？"萧扬道："是。"

惊鸿道："那么请问他……是怎么死的？"

萧扬不禁一愣，只觉得这神仙女子的问话好生奇怪，先问人葬在哪里，再问人是怎么死的。但他转念间便明白过来，惊鸿刚才一定是运用了法力，看到了当日发生的情形，她这么问，只是要听听他怎么说。事已至此，他也无可回避，何况根本瞒不过她，只能实话实说，从如何与游龙相遇开始，一直讲述到来到车师的情形。

惊鸿一直静静站在那里，从头至尾都没有打断过萧扬。她看起来仍然充满了伤感，但显然已经平静了许多。

萧扬道："姑娘既然有神力，该知道我没有骗你。人死不能复生，请姑娘节哀顺变。"惊鸿只是微微点了点头，随即又摇了摇头，轻轻道："我仍然不敢相信，他答应过我，永远不会丢下我不管。我……我要去看看他。"竟是转身预备离开。

萧扬忙道："请惊鸿姑娘先放我下来，等我办完事再陪你一起去。"惊鸿头也不回地道："你必须暂时留在这里。除非验证了你说的是真话，我才能放你走。还有，不准你再叫我惊鸿，只有游龙才可以这么叫，我是天女。"

萧扬大急叫道："喂，姑娘不是神仙么，怎会不知道我说的是真话？惊鸿……不，天女，你就是不愿意承认事实，自欺欺人……喂，你不能将我绑在这里，我还有重要的事情赶着去办……"

但惊鸿的身影瞬间便不见了，空山寂寂，只有萧扬他自己的回音。

萧扬又气又怒，努力挣扎，只是那青藤结实异常，他腰间虽然带有割玉刀和匕首，然双手被青藤圈住，无法够着刀柄，人在半空，无处着力，任凭力气再大，也是无济于事。一番尝试，却只能在半空中荡来荡去，反而更加难受，只好作罢。

时值正午，日头正烈，阳光毒辣地照在萧扬身上，仿若人的怒火。他只觉得眼前白茫茫一片，越来越亮，越来越刺眼，等到他再也无法睁开眼睛时，光明陡然变成黑暗，他失去了意识。

再醒过来时，却是躺在一张简陋的木床上。房里还有两人，笑笑生正在把玩割玉刀，阿飞则守在床边，见萧扬睁了眼睛，立即欣喜地叫了起来："游龙师傅，你醒了。"

萧扬坐了起来，除了腹中感到有些饥饿，并无任何不适，又顺手摸了一下脸上，面具还在，心中大奇，问道："这是什么地方？我怎么到了这里？"笑笑生道："这里是郫城客栈啊，你不知道怎么进来的么？我还想问你怎么睡到我床上了呢。"

萧扬料到必是惊鸿施展法力将自己送了回来，便道："嗯，我自己也是糊里糊涂的。"阿飞道："师傅，你的黄马也在外面，我去帮你卸下马鞍行李，再喂马吃些草料。"

萧扬道："不必多此一举，我还有事……"笑笑生笑道："怎么是多此一举呢？黄马虽然神骏，也该好好饲养，万一累坏了它，如何对得起它的前任主人？"

萧扬听他话中有话，心念一动。却见笑笑生连连催促阿飞道："快去，快去。"打发走阿飞，掩好房门，这才回身道："游龙跪下，笑先生我要审你。"

萧扬见惯了他嬉笑的神情，此刻见他如此肃色，倒是颇为意外，问道："审我做什么？"笑笑生道："审你为什么要冒充游龙。"见萧扬不答，将手中的割玉刀一挥，厉声道："快说！"那架势倒好像对方如果不立即吐实，他就要动武威逼一样。

萧扬道："我不明白先生在说什么。"笑笑生道："你还要跟我装傻充愣么？适才我进来时你人还没有清醒，我悄悄揭开过你的面具，你明明是萧扬，为何要冒充游龙？不过你戴上这面具，还真看不出来是假的。游龙人呢？"

萧扬叹了口气，道："今日既然被先生撞破，我愿意以实情相告。只是事关重大，请笑先生一定保密。"笑笑生不耐烦地道："怎么，你看先生我长得像是个多嘴多舌的人？快说，游龙到底怎么了？"说到最末一句，语气已是十分焦急。

萧扬道："客栈人多眼杂，我正好要去交河办事，不如请先生跟我同行一段，到僻静之处，我才方便在路上告知。"笑笑生着急知道事情究竟，满口应道："好。"

二人出来房间，正遇见阿飞抱着行囊走过来，问道："我见过这长剑和强弓，是那汉人强盗萧扬的，如何会在师傅这里？"萧扬道："这个……"

笑笑生忙插口道："当然是你师傅游龙杀了萧扬，收了他兵刃啦！"阿飞笑道："我想也该是如此，不过是怕那坏人用过的兵器脏了师傅的手。"

萧扬哼了一声，道："我和笑先生要去出去一趟，你先留在这里。"阿飞有心跟着一道前去，却不敢忤逆师傅命令，只得应道："是。"

萧扬和笑笑生牵马出来邺城客栈，一路往北而行。

萧扬问道："笑先生自称会法术，当日能隔物视物，透过水袋看到夜明珠，当真有这回事么？"笑笑生道："千真万确。怎么，你不相信先生我？"

萧扬只觉得这道士疯疯癫癫，说精不精，说傻不傻，也不知道该不该相信他的话，只好含含糊糊地道："信吧。先生既会法术，可相信这世上还有神仙一说？"

笑笑生笑道："神仙自然是有的，不过他们都回去了天上，这里已不是属于他们的世界，通往昆仑山顶的大门早就被永久封闭。你小子问这个做什么？莫非你遇见了什么神仙鬼怪？"萧扬道："这个……我也说不好。"

笑笑生笑道："神仙可不是轻易就能遇到的，你小子做白日梦吧。对了，游龙的事你还没有交代清楚……"转眼见日落西山，道上行人稀少，不由心生警惕，忙勒马伫立，狐疑问道："你小子不会是想要把我骗出来，好杀我灭口吧？"

萧扬先是愕然，随即忍不住笑出声来，道："笑先生不说，我倒还没有想起这回事。割玉刀一直被先生拿在手中，我手无寸铁，如何能杀人灭口？"

笑笑生道："你是朝廷通缉的江洋大盗，本领高强，徒手也照样能杀人灭口。"萧扬道："嗯，既然如此，笑先生大可拔刀制住我，我绝不反抗。"

笑笑生见他神色坦荡，不似做作，这才略微放心，道："那倒也不必了，你总算从于阗人和古丽小姑娘手中救过我性命，先生我勉勉强强可以相信你。现下四周无人，你可以说出你为什么要假冒游龙了。"

萧扬不得已，只得说明当日在大漠相遇真的游龙便已经受伤，惊退马贼后不久便伤重死去，临死前将游龙的身份和责任托付给他。又道："我并非想要冒充游龙，只是游龙说得对，游龙不能死。在我找到游龙传人之前，我只能继续冒充下去。笑先生，这件事事关重大，我请求你……"

笑笑生打断了他，肃然道："你不必再多说，先生我懂。"将割玉刀递还过来，叮嘱道："萧扬老弟，你可要好自为之，千万不能辜负游龙的重托。"萧扬道："是。"微一犹豫，还是忍不住问道："先生既知道我是被中原朝廷通缉的重犯，为何还相信我的话？"

笑笑生道："不相信能行么？万一你歹心一起，要杀先生我灭口怎么办？我只好假装先相信了。"萧扬闻言简直哭笑不得。

笑笑生道："对于你本人，先生虽然还有那么一点疑虑，不过既然游龙临死前选中了你，我相信他的眼光，你应该不是坏人。"萧扬道："多谢先生。"

笑笑生忽然话锋一转，嘻嘻笑道："我觉得你本人相貌长得很有些窝囊，还是戴着面具装扮成游龙比较威风。"萧扬心道："你当这是小孩子扮过家家好玩么？自从化身游龙以来，我可一天都没有睡好过。"不便多提，只好笑笑不答。

笑笑生问道："你是要赶去交河么？去做什么？"萧扬道："我要去王宫见车师国王。笑先生，天色不早，你先回去邺城客栈，我办完事再来寻你。"

笑笑生道："我也正想去见识见识车师王宫呢，不如一道去吧。"萧扬道："车师国王重病缠身，已不见外人，我这一趟怕是要担些风险。万一事情不顺，就会牵累先生。"

笑笑生一听有危险，登时迟疑了起来，但片刻后还是下定决心，道："反正也到车师了，总该去看看王宫是什么样子。咱们两个一起出来，偏偏只有我一人回去客栈，你不担心阿飞起疑么？"萧扬微一凝思，道："也好，那么先生就跟我同去吧。"

忽听得背后大起呼喝之声："急报，让开！快些让开！"

二人刚提马避让道旁，便有两名红衣军士骑着骆驼呼啸而过。

萧扬心道："这是善走的明驼，驼上之人是负责传信的明驼使，如此神色慌张，一定是有紧急军情了。"忙道："笑先生，咱们得快点。"

二人进来交河，萧扬向城门军士打听张姓大夫的住处。此刻暮色苍茫，城门军士正待关闭城门，见他策马直闯进城，面容诡秘，身后还跟着个中原道士，疑心大起，喝问道："你们是什么人？是不是墨山人派来的探子？"

萧扬听他不说于阗人的探子，一张口就是墨山，忙问道："是不是墨山已经向车师开战？"那军士疑虑更重，回头招手道："快来人……"

笑笑生大叫道："喂，你不认得他么？他是游龙！"

游龙的名字果然震烁西域，围过来的军士立即愣在当场，不约而同地望着萧扬腰间，那柄长刀正隐隐发出暗红的光泽。

领头的军士讪讪问道："这就是传说中削金断玉、无坚不摧的割玉刀么？"萧扬沉声道："不错，这就是割玉刀。张大夫人在哪里？"军士道："就在前面，第一个路口左拐便是。"萧扬道："多谢。"提马缓行，昂然从军士中穿了过去。在场约有二十余名军士，尽呆呆地望着他，再无一人上前盘问拦阻。

刚到第一个路口，便闻见一股强烈的草药味道。循味来到一座火光闪烁的屋子，萧扬先悄悄溜到窗下，将窗户推开一条缝——只见屋子中央摆着个火盆，满满一盆石炭烧得正旺，火盆上架着个陶制的药罐，正不断有热气冒出来。一名中年汉子在屋角的簸箕中忙着扒拉干草药，大约就是那张大夫。

萧扬上前打门叫道："张大夫在么？"片刻后，那中年男子来开了门，不耐烦地道："没看见门上挂的牌子么？今日不看病。你先回去，明日再来。"萧扬道："我这是急病。"

张大夫道："急病也不行，我正要进宫给国王陛下送药。"萧扬道："那实在太好了，我正有事要进宫面见国王陛下，这就请张大夫带我一起去吧。"挺出长刀，抵在张大夫胸前，逼他退到屋里。

张大夫吓得牙齿咯咯直撞，颤声问道："你……你是什么人？想……做什么？"萧扬道："我只想求见车师国王。"

张大夫听出他的口音，奇道："你是中原人？我也是中原来的……"萧扬道："那我们算得上是同国了。你想要谋害车师国王的阴谋已尽被我知晓，想要活命，就带我去见国王。现下你是大夫，这位笑先生是你师兄，医术比你还要高明，我呢，就扮做你的药童吧。"

笑笑生道："先生我只精通术数，医术可不怎么高明。"萧扬道："事情紧急，少不得要先将就一下。张大夫，你说呢？"扬刀一挥，登时将桌案上的一只捣药用的铜炉劈成两半。

张大夫从未见过如此神兵利器，只吓得面色如土，浑身抖得筛糠一般，结结巴巴地道："是……是……笑先生医术高明。那么以后……进宫以后呢？"萧扬道："你只要带我们进宫，之后的事情自由我来处置。"收了割玉刀，走过去端起药罐，道："咱们走吧。"

张大夫道："这药……药没用了……"萧扬道："你怎么知道没用了？噢，对了，你往里面下了毒，是不是？不过你放心，只要你带我们进宫，保证从此离开车师，再也不害人，我就不戳穿你的阴谋，如何？"

张大夫想不通往药汤下毒如此机密之事如何会被对方知晓，然而见对方武功神奇，又不敢多问，无可奈何之下，只得顺从，提了个灯笼，领着二人往王宫而来。

车师王宫远不及中原皇宫规模宏大，甚至还不及洛阳和长安的一些达官贵人的豪华私邸有气势，看起来不过是个三进落的大院子而已。王宫制度粗疏，戒备也不怎么严密，这倒让人大为惊讶。

进宫极为顺利。张大夫是王宫新请的大夫，近来频频出入王宫，侍卫待他极是客气，甚至都没有搜查笑笑生和萧扬二人。

两名侍卫领着三人穿过甬道，来到国王寝殿外。殿内灯火通明，亮如白昼，却是寂静无声，间有低沉的气喘声传出。侍卫进去禀报，片刻后便赶出来请三人进去。

殿内上首摆放着一张卧榻，一名年近六十的老者正斜靠在榻上，正是车师国王力比。他看起来老态龙钟，面色蜡黄，双眼凹陷，左眼已经失明，只剩余一只混沌的右眼，眯缝着打量一根柱子。

张大夫向国王鞠了一躬，道："国王陛下！"力比转过头来，道："张大夫来得正好，本王气闷得紧，很不舒服，快些把药呈上来。"张大夫转头看了萧扬，不知该如何是好。

萧扬上前道："陛下……"力比不经意地看到他的脸，不禁一愣，问道："你……你是谁？"话音未落，便是一阵剧烈的咳嗽。萧扬忙将药罐交给一旁的侍女，道："我是张大夫的药童，或许有办法能止咳，请陛下准我冒昧试上一试。"

力比握手成拳，咳嗽不止，无法说出话来。萧扬便一步踏上前去，掀开国王衣襟，蹲下身去，将手指搭在他胸部锁骨下的俞府穴和或中穴上。

王宫侍卫和侍女见这陌生男子胆大妄为，敢上前随意对国王动手，无不骇然。但他自称能够治病，国王既无反对表示，他们也不便阻止，只得站在一旁，紧盯着他的一举一动。

萧扬手指逐渐加劲。他是习武之人，对人体穴道有一些了解，知道俞府、或中两穴是脏腑精气输注之处，更是治疗气喘之要穴。看这老国王不过是患了严重的气喘，只要在这两处穴位上按摩，便能够清通肺门，虽然无法从根本上治愈病症，但却可立时缓解咳嗽和痰气。果见力比咳嗽渐止，气息平复下来，慢慢坐直了身子。

老国王身患顽疾已经多年，以往一旦发病，总是要咳嗽很长时间，最后精疲力竭甚至昏死过去，车师名医均对此状束手无策。西域人对经络穴位之学全然不懂，见萧扬不用药汤，仅在国王身上摸了摸便轻易止住了咳嗽，还以为他在施展什么邪术，不由得面面相觑。侍卫长坎亚里使了个眼色，示意侍卫暗中戒备。

萧扬又将手搭上国王颈部的天突穴，力比气息蓦然为之一阻，只觉得胸口一股热流直涌向上面，却在喉间为异物所阻，难受憋闷之下，双手徒然揪扯喉咙，恨不得立即将喉管扯开。

侍卫长坎亚里忙上前喝道："你做什么？快些退下！"转身见到那

道士笑笑生道袍下显露出杆形硬物，分明是件兵器，更是大惊失色，叫道："来人，快将这三人拿下了！"

众侍卫便一齐围了上来，反剪了张大夫和笑笑生手臂，拖到一旁。

笑笑生怒道："你们就是这样对待来为你们国王治病的大夫么？"侍卫从他道袍下搜出割玉刀，道："这是什么？你私带兵器进宫，分明是想刺杀国王陛下。"笑笑生忙朝萧扬一努嘴，辩解道："这不是我的兵器，是他非要藏在我身上的。"

变故陡起，萧扬却依旧手按力比的穴位，上前的侍卫生怕他伤了国王，一时不敢动粗，只不断呼喝他放手，他却恍若未闻一般。侍卫长坎亚里便亲自来拿萧扬手臂。萧扬沉声喝道："退下！谁敢上前一步，我就杀了老国王。"

坎亚里呆得一呆，见老国王呼吸困难，脸颊憋得通红，口中"呼哧呼哧"不止，情形十分危急，便命侍卫将张大夫、笑笑生二人拖到殿中跪下，拿刀架在二人颈上，喝道："你再不放开国王，我就杀了你同伴。"

张大夫早吓得瘫软在地，一句求饶的话也说不出来，胯下还湿了一大块。笑笑生则大叫道："喂，先生我就要人头不保了，你小子还不放开国王？"

坎亚里见萧扬不应，点了点头。侍卫举起刀来，刀风闪过，笑笑生惊叫一声，滚落的却是张大夫的人头。

坎亚里道："再不放开国王，这道士就是下一个！"笑笑生道："喂，你快放手啊，他们不是开玩笑，真的死人了！"萧扬却依旧不听。

坎亚里一咬牙，命道："斩下这道士的头！"侍卫应声举刀。笑笑生大叫道："游龙！他是游龙！"侍卫一呆，愕然停手。

坎亚里问道："你说什么？"笑笑生道："他就是游龙，不信你可以看那把刀，那是游龙的独门兵刃割玉刀。他是来救你们国王的，张大夫往药中下了毒，若不是他事先揭破，你们国王早中毒死了。"

恰在此时，力比国王低吼一声，一口浓痰喷出。萧扬便松手起身，退到一旁，侍卫上前擒拿时，也不反抗。

坎亚里忙上前问道："陛下，你……"力比满面笑容，呵呵笑道："舒服！好久没有这么舒服了！侍卫长，还不放开贵客。"

坎亚里这才明白适才萧扬是用法子强逼出积压在国王喉间的老痰，忙命人松开绑缚，亲自上前赔罪道："都怪坎亚里鲁莽，适才多有误会，还误杀了张大夫。"

笑笑生笑道："没有误杀。侍卫长，你眼力很好，先杀了坏人，要是先砍先生我的脑袋，那可就真是误杀了。"一念及此，不免心中有怨，恨恨道："先生我危在旦夕，你居然无动于衷？"萧扬道："抱歉。"一时不及多解释，上前躬身道："陛下，请恕我适才无礼，我与笑先生冒昧进宫，原是有要紧事禀报。"

力比道："你就是名驰大漠的游龙么？"萧扬道："是。"力比喜道："游龙君，本王久闻你大名……"

忽闻脚步纷沓之声，掌玺大臣多秸赫不顾侍卫阻拦，率几名官吏直闯了进来，气急败坏地禀告道："陛下，有紧急军情。墨山倾举国之兵宣称与车师开战，昨日凌晨突破我国边防线，目下已深入国境，估计他们的前锋轻骑明晚就能抵达邺城。"

殿中顿起一片哗然之声，就连力比国王也露出了忧虑之色。他确实该忧虑了，王都的两千精锐守军已经被大王子带去大漠接应粮队、围剿马贼，其余各地精兵已经被征召赶赴鄢金，抵挡仿若天降的于阗奇兵。交河无兵可守，无将可调，已成为一座空城，王都门户邺城也只有五百守军，如何能抵挡墨山数千军队？现在看来，这一连串的事件都是于阗有计划的阴谋，他们有意声东击西，令车师内部空虚，好一举突破王都。既然起因跟二王子昌迈有关，怕是他也落入了于阗人的掌握，凶多吉少了。

他素来疼爱二王子，不由得深深叹了口气，明知没有答案，还是出于天性问道："找到昌迈了么？"多秸赫道："二王子还没有寻到。不过派去大漠的人放回了信鸽，称已经找到了大王子，他应该正在返回途中。"力比叹道："唉，昌迈……"

萧扬见老国王流下两行清泪，显是爱子情深，一时犹豫该不该把昌迈手下军师无价指使张大夫下毒一事告知，忽见力比转过头来，严肃地道："游龙君，本王想请你出任统帅，率领我车师军民抵挡墨山大军。"萧扬愕然而惊，问道："我？"

力比仿若忽然焕发了活力的老树，双目炯炯，晶亮有神，缓缓道："不错，游龙的威名，足以抵得过千万大军。本王老了，车师的命运就交给你了。"命侍卫长取出金牌令箭，亲手交到萧扬手中。

当晚萧扬派出王宫卫队，挨家挨户强行征召所有十五岁以上、六十岁以下的男子入伍，抗拒不遵即以叛国罪逮捕。交河既是车师王都，住在城中的多是达官贵人以及富有的商人及工匠，家中多蓄有精壮奴仆。在西域，奴仆的数目多少跟马匹、骆驼一样，都是衡量主人财产的重要标志。如此扰动全城一番，虽然弄得怨声载道，但还是临时召到了一支千余人的队伍。

萧扬又请力比国王打开国库，给这些人每人发了两个金币，又许诺退敌后再补十个金币。如此软硬兼施，紧急动员，将一千余人武装起来，连夜在交河城墙外、护城河内里抢挖了一道壕沟，征用了所有富人家私藏的石脂。那石脂是一种深褐色的黏稠液体，生于水际砂石，与泉水相杂，既能冬季取暖，也可以平日照明用，将其倒入壕沟中，在关键时刻点燃，不但能阻隔敌人进攻，还能截断敌人后路，令其退无可退，有死无生，取得相当的威慑效果。

笑笑生则被派往邺城，以力比国王身份发布命令，让所有军民立即撤出邺城，尽数退往交河。

掌玺大臣多秸赫对萧扬弃险不守感到不可理解。萧扬解释道："墨山的最终目标是交河，他们知道邺城是王都门户，必然早有准备，会倾尽全力来攻。敌众我寡，邺城最终还是会失守。守不住邺城，对车师士气是很大的打击，交河也难以守住。但若主动放弃邺城，不但能令墨山起疑，摸不清我们的路数，还能集中兵力守卫交河，一鼓作气抗敌。"

多秸赫听了不免半信半疑，然而对方既持有至高无上的金牌令箭，等同于车师国王亲临，也无可奈何，只能遵命行事。

忙碌了一整夜，萧扬安排妥当，又派出侦伺游骑，这才感到有些累了，不免露出疲倦之色来，干脆倚靠城墙上，想让墙头的风让自己清醒一些。恍恍惚惚中，他竟然又看见了惊鸿。她就在城墙上，凌风而立，眼波来回流转，注视着萧扬。忽然间，几颗大大的泪珠从她莹白如玉的脸颊上滚落下来。萧扬大吃一惊，正要去叫她，她的身影却渐渐淡去，随即有个声音在他耳边轻轻道："虽然你不是游龙，我还是会帮助你。你将会在清晨看到大雾，这场大雾会拖延墨山骑兵进程，但只能为你赢得一天的时间。最后能否保住车师消弭这场人类的战争，还是要靠你自己。"

萧扬蓦然惊醒，使劲眨了眨眼睛，既没有惊鸿，也没有其他的人，他几乎怀疑是自己的错觉，或者又是一个虚无缥缈的梦。

就在这个时候，平地里开始起雾，空中弥漫着潮湿的味道。一切开始朦胧起来，似有似无，似明似暗。开始还能看到城外胡杨木林淡灰色的边缘，渐渐地消隐在一片白茫茫之中。雾气凝成了一张巨大乳白色的帷幔，铺天盖地而来，四周几步之外便不见人影。人站在这个浑浊的天地中，感到有些惘惘不知所措的闷意。

墨山国方圆一万多里，因境内有黑色的库鲁克塔格山，所以称墨山。其王都为营盘[1]城，北依山脉，南临孔雀河，方圆二十多里，是西域大城之一。这里因群山绵延，气候炎热，风暴极多，不利于农业，然而却出产金、银、黄铜、紫铜和铁，尤其擅长制作中原人喜爱的黄铜饰品[2]，因而国民家家户户十分富有。

最为奇特的是，这个国家出产美女，大多数墨山女子都有着靓丽的容貌，她们喜欢穿耀眼的白色衣裳，称其为"朝霞衣"。

不过当今的"朝霞王后"并非地道的墨山人氏，而是位年轻漂亮

---

[1]墨山：今新疆罗布泊一带。营盘：探险家斯文·赫定所称"燕平"。斯文·赫定曾于1900年和1904年两次考察过营盘，在《亚洲腹地旅行记》一书中对营盘遗址有详细描述。

[2]中国以擅长冶炼青铜器名闻世界。黄铜冶炼工艺始于古罗马帝国，后经波斯传入西域，成为丝绸之路贸易中的重要商品。直到公元十一世纪以后，中原才掌握了人工冶炼黄铜技术。

的中原女子。这位新王后名叫卫师师，二十岁左右，跟墨山国王手印的女儿差不多年纪。她非但容貌姣好，能歌善舞，且很有几分政治才干，协助国王处理政事井井有条，以致逐渐倦怠国事的手印国王很乐于将政务都交给王后处理。

墨山趁车师国内空虚举兵入境确实是早与于阗谋划好的计划中的一步。手印国王跟于阗国王希盾是远亲，但他却并没有太大的野心，之所以找借口出兵车师，全然是因为希盾以及新娶王后卫师师的敦促。

正当手印在深宫中拥着卫师师一边风流快活一边憧憬车师国土人口尽数并入墨山的时候，约藏王子突然闯了进来，一见之下，忙背转身去，道："父王，儿臣有急事禀告。"

卫师师扯好衣衫，扶着颇为狼狈的国王在卧榻上坐好，不满地道："约藏，你虽然是王子身份，可不得召唤即擅自闯入国王寝殿，未免太大胆无礼了些。你眼中可还有你父王和我这个王后？"

约藏对这个女人怀恨已久，见她公然摆出王后的样子，大怒道："全是你这个贱女人坏事，出什么攻打车师的鬼主意。"上前将卫师师拉起来，粗暴地推到一边。

手印骇然道："约藏，你怎敢对继母如此无礼？来人……"约藏急道："父王，楼兰人已经攻进来了，我带你走！"

手印一呆，道："什么？"卫师师抢过来道："你胡说八道些什么？楼兰人远在天边，怎么可能说到就到？况且希盾国王早料到楼兰会派兵援救车师，已经亲自率兵屯住在我国南部边境，哪来的楼兰人？"

约藏一脚飞出，正中卫师师小腹，登时将她踢翻在地，骂道："你这个死女人，你就留在这里，等楼兰人来收拾你。"上前扶了手印便走。

手印犹自回头叫道："师师……师师……"卫师师哭叫道："陛下救我……救我……"却怎么也爬不起身来，只能眼睁睁地看着约藏挟持着手印离去。

约藏所言并非骇人听闻，确实有一支五百人的楼兰轻骑奇迹般地攻进了营盘王宫，领头的就是楼兰王子傲文。

傲文生父是已故楼兰大将军泉苏，母亲桑紫则是当今楼兰王后阿曼达之妹，他自小被接进王宫，在国王、王后身边长大，成人后高大英俊，聪明勇敢，狂野不羁。问天国王没有子嗣，国人均认为他比问地亲王的独生爱子刀夫王子更有能力，更有资格成为未来的王储。

这一次傲文奉问天国王之命率军护送粮队经白龙堆沙漠到车师，半途遇到车师大王子昌意带军队来迎，遂将运粮之事交接给昌意，自己则率部回国。走不多远，便遇到一小伙马贼，这才从俘获的马贼口中得知他们是受人指使，有意袭击车师边境，好激怒执掌车师兵权的大王子昌意。不久后车师即有使者追来，告知于阗派奇军穿越了塔克拉玛干大沙漠，兵临车师重镇鄢金，昌意王子要率军赶回国援救，想请傲文继续领兵护送粮队。

傲文当即道："马贼、鄢金都是调虎离山之计，致命一击一定在墨山一方。要救车师，唯有抢先攻下墨山腹心之地。"

傲文的外公阿胡是地地道道的车师人，论起来他也有一半车师血统，当即决意出尽全力帮助车师应付危机，既不答应昌意之请，也不派人回楼兰国向问天国王请示对策，而是果断地率五百骑兵赶赴墨山王都营盘城。

当时，于阗不断有后部骑兵绕开楼兰防线后经沙漠进入墨山境内，布防在南部边境，原本是要阻止楼兰出师营救车师。傲文一行虽然全副武装，却均是便服装扮，当他们从东部白龙堆沙漠进入墨山边境时，竟被墨山边将误当成是于阗的骑兵。傲文干脆将错就错，长驱直入，奔袭王都营盘城。居然一路畅行无阻，直到强闯墨山王宫时才暴露了身份。谁也料不到会有一支楼兰骑兵出现在墨山王宫前，傲文轻而易举地抢占了宫门要害之处，随即命人闭门清宫，王宫侍卫大多在莫名其妙中当了俘虏，少数仓促抵抗者则被当场杀死。

过了大半个时辰，王宫被彻底搜过一遍，侍卫、仆役、侍女等被俘虏者被集中关押在一处。在后花园被捕获的国王手印则被押来大殿中。

手印只穿了贴身内衣短裤，脸上犹残留有女子的红色唇印。傲文一见就冷笑道："原来手印国王是春梦刚醒。"

手印被推到桌案前，犹自带着不能相信眼前一切的表情紧盯着眼前这位年轻傲慢的王子——他年纪很轻，黝黑英俊的脸上带着几分傲气，又带着几分野气，眼睛黑得发蓝，薄薄的嘴唇显得坚强而冷酷，看似一只精力充沛的豹子，又似一块令人寒栗的冰。

傲文道："陛下，这就请你写道手令，召回你派去车师国的军队吧。"手印问道："你就是楼兰王子傲文？"傲文道："不错。"手印道："你……你……"

却见两名兵士扭着一名年轻靓丽的女子进来，禀告道："傲文王子，这就是新任墨山王后卫师师。"

傲文上下打量着衣衫不整的卫师师，道："新王后姿色不错呀，手印国王当真艳福不浅，难怪会大白天地躲在深宫中发春梦。"楼兰兵士一齐哄笑起来。

傲文道："王后，听说手印国王的爱女也是国色天香的大美人，不知道你跟你的继女相比，谁要更美些？"

兵士见卫师师不应，喝道："还当自己是王后么，你可是俘虏身份。傲文王子问你话，还不快答？"卫师师满脸通红，嗫嚅道："公主……更美些……"

手印大叫一声，陡然发难，抢过了身旁楼兰兵士小伦的佩刀。小伦惊叫一声，一旁兵士立即各自拔出兵刃，围了上来。不料手印并不是要反抗，而是回刀往颈中一抹，登时鲜血迸射。他扔了刀，双手扶住脖子，"嘣嘣"两声，便倒了下去。

这一切来得太过突然，兵士们不由得面面相觑。

兵士首领大伦道："他……他到底是墨山国王，这该如何是好？"傲文不屑地道："先把尸首拉到一边去。"走到面色惨白的卫师师面前，问道："王后，你可想要横刀自杀，追随你脓包夫君而去？我大可以成全你，刀就在这里。"

他的眼神冰冷异常，就像一把留在郊外过夜的刀刃，上面盖满了冬霜。卫师师不敢多看，低下头去，一声不吭。

傲文哼了一声，道："怪不得能当上王后，果然是个聪明人。这就请王后写道手令，召回军队吧。"

卫师师不敢有丝毫违抗，顺从地写好手令，双手奉过去，等傲文过目后满意地点点头，这才盖上大印封好。

傲文命人押过一名被俘的王宫侍卫，道："你带信赶去车师，召你们军队回国。记住了，你们国王、王后尽在我掌握中，若敢妄动，玉石俱焚。"那侍卫不知国王已死，投鼠忌器，只得应道："是。"

傲文命人带他出宫，又招手叫过心腹大伦，低声问道："可有搜到墨山王子和公主？"大伦摇头道："没有，宫中都搜遍了，也没有见到，可能兄妹二人本来就不在王宫中。殿下，外面墨山军队已经包围了王宫，他们一时不敢进攻，是因为怕伤害到他们国王，可眼下手印国王自杀，咱们没有了人质，该如何脱险？"

傲文微一沉吟，低声交代几句，再命人带卫师师过来，道："王后，少不得要请你护送我们离开墨山了。"卫师师颤声道："我……我对你们没用的，我只是个女流之辈，虽然有王后的名分，可墨山子民并不真心服我。你们没有搜到约藏王子么？他一定还在宫中，我适才还见过他。"

傲文道："原来王后尚且有自知之明。说实话，约藏王子确实比你价值更大，可是这墨山王宫说大不大，说小不小，重新搜索一遍不容易，说不定还有密室什么的，咱们可赶不及要回去楼兰了。这就有劳王后跟我们走一趟吧。况且你的国王丈夫新死，按照墨山国习俗，寡妇必须划伤自己的脸来表示哀思。你肯自毁你这副花容月貌么？"

卫师师紧咬嘴唇，沉默不语，傲文便命兵士拥着她出来。来到殿外，却见宫门处正站着一个披着金色斗篷的男子。卫师师一见之下，登时若见到鬼怪一般，惊叫道："陛下，你……你不是已经死了么？"

那男子回过头来，却是楼兰兵士大伦，穿戴了手印国王的衣冠。他身形高矮跟手印差不多，再披上斗篷，遮住大半边脸，望上去确实有几分手印的模样。

傲文道："王后明白我的意思了么？咱们眼下可是坐同一条船，要么同生，要么同死。"卫师师道："是，明白。"傲文道："那就好。走吧。"

众人一起登上宫墙。宫外是一片空阔的广场，围有一大群墨山军士，手执兵器，神色紧张，然而静声肃气，似在等待时机或是命令。忽见国王和王后被押上城头，颈后各架着两柄明晃晃的刀，顿时大起哗然。

傲文毫不客气地推了卫师师一下，她不得已，只得大声叫道："国王陛下有令，立即开城放楼兰人离去，任何人不得阻拦。只要到了边境，他们自然会放了我和国王陛下。"墨山军士一齐呆望墙头，没有一个人站出来应声。

傲文道："王后，你果然不顶用。"卫师师见识过这位楼兰王子的冷酷无情，生怕他就此杀了自己，忙道："殿下可以让这位假国王下令，国王已经久不上殿，这些人离得又远，应该分辨不出来的。"

傲文便朝大伦点点头，大伦压低嗓音，学着手印音调道："你们敢不听本王号令么？"因为紧张，声音有些发抖，不过听起来倒更像是被抓做人质的国王害怕而起的反应。

城下一名铠甲将军听到国王发话，微微迟疑，即应道："遵令。"一举手，墨山军士登时让出一条路来。

小伦喜道："成了！"正要走下城墙，却听见马蹄如鼓点般逼近。举目望去，大道上驰过来一大群黑甲骑士，一面黑色牛氅大旗在如血的残阳中格外醒目。待得队伍近些，便看清大旗上面绣着一头张牙舞爪的白牛，在风中飒飒作响，那是于阗王室的特有标志，"于阗"本来的意思就是"牛国"。

小伦不由失声惊叫道："是于阗的黑甲武士。王子殿下，该不会是……是……"傲文道："是于阗国王希盾到了。"语气中既有几分失望，也有几分惊喜。

果见那铠甲将军迎上前去，躬身叫道："希盾国王陛下。"

领头的老者正是于阗国王希盾，他看上去确实是一名王者，一股天然的霸气笼罩在他的四周，因少年历经磨难，成人后又不断驰骋沙场，他的脸上布满了岁月的沧桑，但一双眼睛凌厉有神，显示出他依然精力充沛。身后紧跟着一名衣冠楚楚的王子，高高的额头，双目深陷，鼻梁挺拔，容貌跟希盾十分相似，一望便知道于阗国王的儿子。只是这位王子看上去和善沉静，在父亲盛气凌人的气度的笼罩下，甚至显得有些怯懦软弱。

希盾翻身下马，问道："出了什么事？"铠甲将军上前低声禀告一番，指了指墙头。

希盾道："不能放他们离开。"他的话语简短而有力，话音刚落，黑甲武士便纵马四下散开，高声发令，重新将王宫包围起来。

铠甲将军提马走到城墙下，叫道："希盾国王请你们楼兰首领站出来说话。"傲文便命人将假国王和真王后带下，走到城墙跺口处，道："我就是首领。"

希盾道："你就是傲文？"傲文道："你就是希盾？"

希盾哈哈大笑道："好个楼兰王子，被困在这里，还敢如此狂妄。"傲文道："谁说我困在这里了？我正要请墨山国王和王后护送我回楼兰呢。"

希盾道："刚才那国王是假的。傲文，你这一招骗不了我。手印是我亲属，他的为人我最了解，宁可死，也不会让你有机会当众羞辱他。告诉我，手印是不是已经死了？"

傲文见对方精明厉害无比，既诧异又佩服，见已难以瞒过，干脆承认道："不错，手印国王刚刚在大殿上自杀了。"

手印在国中颇得人心，宫外墨山军士听闻国王已死，登时一片沸腾，有愤怒激动者立即叫嚷要攻打王宫，将楼兰人碎尸万段，好为国王报仇。希盾挥手止住众人，叫道："傲文，手印国王被你逼死，这笔账要算在你头上。你也看见了，你今日走不出这里。"傲文道："那又如何？"

希盾道："你自认为你凭区区几百兵马，就能挡得住本王两千精兵吗？况且这里还有这么多要杀你报仇的墨山军民。"傲文道："挡不挡得住要看本事，你试试就知道了。"希盾道："年轻人，本王很钦佩你突袭墨山王宫的胆气，也极想见识见识你还有什么本事能与本王大军抗衡。不过，这是你我之间的较量，你先将宫中的俘虏放了。"

傲文沉吟片刻，干脆地应道："好，反正这些俘虏于我也没有用处。"下令武士释放了被囚禁在宫中的侍卫、侍女等，包括王后卫师师也放了出去。

希盾不见约藏兄妹，很是奇怪，问道："墨山王子和公主呢？"卫师师道："禀陛下，楼兰人围宫时，他们兄妹二人抢先逃了。"

希盾点点头，仰头叫道："傲文，你既然如此爽快，本王也该还你个人情，我允准你派信使回国，报信也好，送遗书也好，随你选。"傲文昂然道："多谢陛下好意，不过我不需要送信回楼兰，若是我傲文没本事走出这里，最多不过是玉石俱焚。"

卫师师听他要纵火，忙道："陛下，手印国王的遗体还在宫里，你可千万不能让楼兰人放火烧毁宫殿。"希盾哼了一声，道："你是心疼你那些绫罗绸缎、金银首饰吧？"卫师师垂下头去，低声道："是，一切逃不过陛下法眼。"

希盾想了想，叫道："傲文，你是楼兰王子，自然是不怕死的，可你想要你手下这么多人跟你陪葬在异国他乡么？只要你放下兵器，乖乖出来投降，本王非但不为难你手下，还派人送他们回楼兰国，怎样？"傲文傲然道："我们楼兰全是誓死不降的勇士，你休想诱捕我。"

希盾道："好！很好！"转头命道："生擒傲文者，封大将军，本王以公主下嫁；杀死傲文者，赏金千斤。"

宫外众人登时欢声雷动，齐声应道："生擒傲文！杀死傲文！"一时声震天地，响彻云霄。墙头楼兰军士无不骇然。

本以为于阗和墨山军队要立即发起进攻，不想那些人只是喊了一阵，便退到弓弩射程外设置栅栏路障，将道路彻底封死，防止楼兰人突围而出。

王宫等同于一座堡垒，四周围有石砌的宫墙，规模虽然远远不及王城城墙，但也有三丈高，徒手难以攀援。傲文料来希盾暂时退走是要准备木梯、钩索等攻城器械，默默走下城墙，扶在树上。他也预想不到会陷入如此困境，按照他原先的计划——直闯墨山王宫，俘虏国王、王子、公主等关键人物，逼迫他们写下召军队回墨山的手令，再挟持这些人质从容出城回国。孰料墨山国王手印自杀，王子和公主失踪，于阗国王希盾又在关键时刻赶到，一眼识破了大伦冒充的假国王。而今他手中没有任何筹码，唯一的路就只有死守到底。可他们只有五百人，箭矢有限，这王宫中又没有什么可利用的物事，如何能挡得住于阗和墨山联军的进攻？

他将头转向正指挥兵士加固宫门的大伦、小伦兄弟，心头颇起波澜。他很清楚，所有的人包括他自己战死在这里只是时间早晚问题，只是小伦才十六岁，有必要让他一起陪葬么？是不是该考虑希盾之前的提议，用他自己换取手下五百人的性命？但一想到要屈膝跪在那不可一世的希盾面前，他又觉得实在无法忍受。当即重重将拳头砸在树上，心道："宁死不降！"

转身叫过小伦，取下贴身玉佩交给他，命道："你带着我的玉佩回楼兰报信。希盾有言在先，他不会派人拦你。"小伦迟疑了下，道："可我不想在这个时候离开王子。"傲文厉声喝道："你敢违抗我的命令么？"

小伦无奈，只得问道："王子口信是什么？"傲文道："没有口信。你将玉佩交给国王，他自会明白。去吧。"小伦躬身道："遵命。"收好玉佩，命兵士开了大门，挺身走出宫去。

傲文命大伦将其余兵士召集在一起，慨然道："而今大敌当前，我已派了小伦回楼兰送信。不过有件事要事先告诉大家，我们深入墨山腹地，被敌人重重包围住，没有人会来救我们，也没有人能来救我们，小伦回国，只是要告诉国王我们这些人已经战死在这里。你们可愿意跟我一起奋战到底，至死方休？"兵士齐声应道："愿意！"傲文道："很好。"随即安排人手，拆毁王宫的门窗等物，用做防御工具。

王宫中有丰富的食物储备，酒肉如山，还有两口甜水井，饮食暂时不会成问题。当晚楼兰兵士个个放开肚皮，饭足肉饱。

到半夜时，忽听见宫外金鼓声大作。傲文衣不解带，就睡在宫墙下，闻声急忙召集兵士登上墙头。却见远处路障人影幢幢，墙下却是一片漆黑，当即拔出佩刀，凝神戒备。等了许久，依旧不见动静，这才明白这是敌人的惊扰之计，遂命兵士收起兵器，散开休息。

隔了半个时辰，金鼓之声再起，依旧只是敌人的虚张声势。如此反复多次，楼兰诸人已是疲累不堪。然而当鼓声再响，却又不得不全部登城防守，以防于阗人真的发动袭击。

傲文心道："这是希盾的疲敌攻心之计，明日一早，他必会发起真正的进攻。明日，将会是我见到的最后一次太阳升起。"

这一夜，难以入眠的不只有傲文，也有希盾父子。希盾听见军营外鼓声阵阵，很是满意，向身旁的二王子道："须沙，明日就由你带队攻打墨山王宫。"

须沙是庶子身份，并非王后所生，但却比嫡出的大王子永丹更得父王宠爱，希盾每每出行，都要将他带在身边。他听父王让他担任攻城主帅，微一犹豫，即应道："是。"

希盾道："这是王宫地图，傲文必会将兵力重点布置在宫门之处。明日一早，我先派菹鹰从正门进攻，吸引楼兰人注意力。你趁机带黑甲武士从左翼登城，这里是花园入口，是王宫防卫最薄弱之处，楼兰人没有足够的兵力防御这里，从这里穿插过去，自后包抄，必能一举奏效。"须沙道："是。"犹豫了下，又问道："父王预备如何处置傲文王子？"

希盾道："傲文看起来十分骄傲自大，想来他是不会让人活捉他受辱的。不过就算抓到他，我也不会动他一根寒毛，只会将他捆起来交给墨山人处置。他占领墨山王宫，逼死手印国王，有什么下场可想而知。"顿了顿，又道："其实我倒是很喜欢这个傲文，有胆略，有豪气，不过这是他自己上门送死，将来问天可不能怪我。"

须沙道："可听说傲文王子是未来的楼兰王储，他被杀死在这里，楼兰人岂能善罢甘休？"希盾哈哈大笑道："须沙，你不懂的，楼兰人这次可真要吃哑巴亏了！墨山和楼兰虽不和睦，可并非敌国，两国从未宣战。傲文无缘无故率军闯入墨山王宫，逼死手印国王，等同于行刺，无论到哪里都说不过理去。他明日是非死不可，最妙的是楼兰人对此根本无话可说。"

须沙嘴唇讪讪嗫嚅了两下，却没有说出话来。希盾立即注意到了，道："怎么，你想替傲文求情么？"

须沙知道父王秉性坚毅，绝不会因旁人而改变主意，只得违心地答道："他是楼兰王子，儿臣今日才第一次见他，怎敢为他求情？"希盾道："嗯，你为他求情，倒也情有可原。"

须沙闻言不免大是惊异，他虽为父王宠爱，父王却总嫌他性情太过温和宽厚，每逢他心软之时，希盾总会厉声呵斥，哪知今日却仅仅是一句"情有可原"，实在是出人意料。

希盾又道："借墨山之手杀死傲文，对楼兰也算是个不小的打击。不过，本王也不是非要他死不可，除非……除非那个人亲自跪下来求我。"

须沙一听事有转机，正要设法打听"那个人"是谁，忽见左大相范木匆匆进来禀道："陛下，车师方面有军情传来。"

希盾见他神色不善，问道："莫非墨山军队没有攻下交河？"范木道："是，非但如此，统帅康宁将军还被射杀在交河城下。"

希盾哼了一声，道："车师精锐兵力要么去了白龙堆围剿马贼，要么被牵制在鄢金，交河早已是一座空城，康宁带有六千精骑，踏平交河轻而易举，怎么还会发生这样的事？"他的声音陡然高亢严厉了起来，"是谁，是谁在指挥守城？"范木不敢再看国王的脸，低下头去，道："是游龙。"

原来萧扬以游龙身份进入车师后遭遇一番离奇经历，更是意外被车师国王力比赋予守城重任。萧扬下令主动放弃王都交河门户邺城，将所有兵力集中守卫交河。墨山大将康宁突破车师边境后，一路几乎没有遇到抵抗，如入无人之境。然而就在将要抵达邺城时，忽然遭遇一场罕见的大雾，咫尺不辨人影，军中人马相撞，多有误伤，康宁不得不下令暂时停止行军。

大雾持续了整整一天，一直到晚上才突如其来地消失。康宁连夜拔营赶路，终于在次日到达邺城，原以为在这处王都门户会有一场恶战，哪知道城门大开，城中空无一人，令人惊疑。康宁甚至一度认为这是车师的诡计，想将墨山骑兵诱入城中巷战，连番派出游哨打探，捉到一名楼兰向导阿飞，审问过后才知道车师人已经弃守邺城，而今指挥车师的统帅就是有不死之身的大漠游侠游龙。

康宁闻言半信半疑，遂挥军进抵交河城下。当时天光黯淡，他自以为兵强马壮，交河又无险可守，想劝诱车师国王投降，上前喊话时，却被城墙上飞出的一支紫色羽箭当场射穿了胸膛。墨山军队见车师一方有如此强弓，能射到寻常弩箭箭力远远不及之处，无不大骇，当即阵势松动，由副将阿赛指挥，退入邺城过夜。

当晚邺城内外不断有各种奇怪的声音——呼哧声，敲锣声，打鼓声，砍物声。城墙外则人影晃动，有许多骑士举着火把来回奔驰叫喊，称车师大军已经回师，明日就会抵达王都。墨山军人数虽多，却是孤军深入，加上大军未动，主帅先亡，更觉惶惶不安，既不敢出城追击，又不敢饮用城中的水，生怕已经被车师人事先下了毒。

次日一早，阿赛挥军强攻交河，藤牌手冒着箭雨通过了护城河，却在城墙根下为一道燃烧的壕沟所阻，大火连带烧毁了墨山军抢搭在护城河上的桥板等攻城器械，导致第一批通过护城河的攻城兵士不能撤退，要么被活活烧死，要么被车师羽箭射死。

阿赛大怒，欲等壕沟石脂耗尽再行强攻，却听见左右两翼喊杀阵阵、尘土大扬，以为车师援军已经赶回，心下大惧，因为他很清楚车师国力远在墨山之上，军队人数也比墨山要多，此次偷袭得手不过是乘虚而入，担心退路被截断，成为瓮中之鳖，遂就此弃攻退师。

希盾闻听经过，一拳砸在桌案上，怒道："车师事不能成，竟是被游龙坏事！阿赛脓包一个！莫说所谓的车师援军是疑兵之计，就算是真的，他也应该学学傲文的胆识和勇气，一举攻下交河，只要能俘获力比国王，就算车师所有军队赶来交河援救，也照样能全身而退。脓包！不中用的脓包！"

范木小心翼翼地道："其实也不能全怪阿赛将军，实在是游龙威名太盛，又诡计多端，听说他每每登上交河城头，城中的欢呼声都惊天动地。"

希盾道："而今墨山败局已定，车师危机已解，我们千里奔袭，却

只是如此结果。哼，要扳回局势，只有一个法子，生擒傲文。来人，传本王军令，立即准备攻打墨山王宫，务必活捉傲文。"

须沙道："父王……"希盾道："须沙，你留在这里，本王要亲自领军。黑甲武士，叫领兵的将领们进来。"

忽见黑甲武士首领尼巴匆匆进来禀道："外面有个楼兰信使求见国王陛下。"希盾冷笑道："傲文派回去送信的小子昨日才走，今日凌晨就有楼兰信使到来，看来问天对墨山早有图谋。也好，看看他要说什么。"命人带那信使进来。

那楼兰信使却是楼兰商人甘奇，向希盾深深鞠了一躬，道："希盾国王陛下。"希盾大奇问道："甘奇，怎么是你？"随即脸色一沉，喝问道："你不过是个商人，来这里做什么？"甘奇道："甘奇奉命来劝陛下退兵。"

希盾道："谁派你来的？是阿曼达王后么？"甘奇道："不是，是桑紫夫人。陛下，我有机密要事要禀告。"希盾冷笑道："机密要事？不就是桑紫想利用旧情来劝本王退兵么？她可是大错特错了。噢，我倒是忘了，傲文是她的宝贝儿子，等本王捉住傲文，一定砍下她爱子的一只手，托你转交给她。来人，传令，立即攻打王宫。"

甘奇道："等一等！"希盾勃然大怒，道："什么时候轮得到你在本王面前发号施令？来人，将甘奇拉出去，砍去右手，以儆效尤。"

黑甲武士抢过来抓住甘奇，径自往营帐外拖去。甘奇深知傲文的生死存亡即在此一刻，挣扎大叫道："陛下，你务必要听我说，不然将后悔莫及。"

希盾想了想，挥手命人带回甘奇，一字一句地道："好，就给你个机会，你若说不清楚这件令本王后悔莫及的事，我就让你跟傲文一起死，死得其惨无比。"

甘奇忍不住哆嗦了一下身子，颤声道："是。不过这件事事关重大，甘奇只能讲给陛下一人听。"范木忙道："这甘奇花样甚多，说不准是有什么阴谋诡计要害国王陛下，陛下可不要轻信他的话。"

甘奇忙道："不，不，我一向敬畏希盾国王，怎敢有丝毫歹意？

实在是因为这件事是陛下私事，只能对陛下一人说。"希盾挥手命道："你们都退下。"

旁人知道国王意志坚决，话一出口，恰如覆水，万难收回，虽不情愿，也只得退了出去。

帐外繁星点点，夜凉如水。须沙深深吸了一口气，扭头问道："左大相，游龙……他当真有传说中的那般神勇么？"范木料不到二王子会忽然问出这样的话，一时不知道该如何回答，半晌才道："嗯。"须沙道："我真的很想见见他。"

范木低声道："二王子，这样的话，你切记不能在国王面前提起。游龙屡次坏国王大事，国王早恨其入骨，你切不可因他忤逆你父王。"须沙深深叹了口气，黯然道："我知道。"

忽听见希盾在帐中大声叫道："都进来。"

须沙不由一愣，心道："那甘奇神神秘秘，称有机密要事，怎么这么快就说完了？"一时不及多想，忙进来营帐。却见希盾虎着脸坐在上首，甘奇垂首站在一旁，大气也不敢出。

希盾道："传令，暂停攻打王宫。在王宫外再多挖一道壕沟，不准楼兰一人一骑逃脱。"

左大相范木、将领范鹰等人大感意外，不能理解这道命令的意义——王宫并非墙高池深的艰险之地，楼兰兵力不足，不能全线防守，又无箭矢储备及防城器具，只要倾尽全力，一鼓作气，攻克王宫只在瞬息之间。为何不立即发动进攻，反倒要白费兵士力气去挖壕沟？

但国王令出如山，范鹰立即躬身应道："领命。"赶出去传令撤掉攻城器械。

希盾道："甘奇，这是本王次子须沙，你可看清楚了。"甘奇道："是。"口中应着，却是头也不敢抬一下。须沙更是大奇，心道："父王在这个时候提我做什么？"

希盾道："你这就回去楼兰，告诉你们国王问天，本王可以就此罢兵回国，也可以从墨山人手中救出傲文，条件是于阗、楼兰两国必须联姻结盟，请问天将他的宝贝女儿芙蕖公主嫁给须沙。"

众人闻言均是面面相觑。须沙更是目瞪口呆，艰难地不知所措。只有甘奇毫不惊奇，应道："是。"向希盾鞠了个躬，恭谨地退了出去。

须沙结结巴巴地问道："父王，这……这是为什么？"希盾道："男大当婚，女大当嫁。须沙，你也不小了，该为你选一门好亲事。你哥哥娶了中原公主，你也不能太差。放眼西域，能与我们于阗匹敌的只有楼兰，芙蕖公主是问天和阿曼达王后唯一的爱女，堪可配你。"须沙道："可是……"

希盾道："你心怀仁厚，一直希望父王能止戈息兵，这样难道不好么？"须沙道："好是好，可是……"一时难以想通那楼兰商人甘奇到底说了什么机密要事，竟使得一心要征服西域的父王突然之间完全变了一个人。

希盾却没有心思再纠缠这件事，挥手道："这件事等楼兰一方有了回应再议不迟。左大相，你过来。"茫木道："是，陛下有何吩咐？"

希盾道："本王问你，那游龙当真是不死之身么？"茫木道："当日臣出使中原归国，曾在大漠与游龙巧遇。臣见他是尾随马贼而来，担心他坏了大事，有意与他搭话，趁他转身离开完全没有防备时，命黑甲武士发出弩箭。他的坐骑神骏无比，脚力极快，瞬间便到了十几丈外，但臣敢肯定有一支弩箭射中了他背心要害，他却恍若无事，头也没有回一下。听说他后来追上马贼，一举射杀了头领赤木詹，惊散群贼……"

希盾不耐烦地打断了话头，道："这些故事本王都已经听你说过了。我只问你一句，游龙当真是不死之身么？"茫木见国王眉眼阴森，心中一凛，迟疑了下，不得不答道："当然不是。"

希盾道："游龙武艺再强，也不过是一介平民，却能在西域国中有如此声望，不仅令商民敬畏，就连一国国王也奉其为上宾，放心将兵权交到他手中。此人不除，日后必成心腹大患。左大相当时在大漠既能肯定他已经中箭，为何不立即派黑甲武士追击？"

茫木心道："用弩箭暗算游龙是一回事，公然派武士追杀则是另外一回事，别说那些敬佩游龙为人的黑甲武士不肯，我又怎能有胆量下这样的命令？万一事露，我不但是全西域的敌人不说，一定还会被国王推出来当替罪羊。"心中虽如此想，嘴上却不敢明说，只好道："臣当时以为游龙已身负重伤，自会被马贼轻易料理掉，谁想……是臣办事不力，恳请陛下准臣将功赎罪。"

希盾道："嗯，左大相，你就挑选精干人手，专心去办这件事。无论是死是活，都要将游龙带回来见我。"涫木道："遵命。"不敢再多留帐中，躬身退了出去。

一旁须沙看见父王再一次显露出本性，一张古铜色的脸阴沉得如同昆仑山深处的诡秘树林，幽森可怕，不禁打了个冷战。面前的人是他血肉至亲的父王，即便如此，他也难以弄明白他到底是怎样一个人，他内心深处到底在想些什么。

墨山王宫中的楼兰兵士一直处于高度紧张中，众人均以为今天是生平最后一次看见日出。然而一直等到日中，也不见敌人来攻城。困乏的兵士终于松懈下来，各自倒头睡去。

傲文扶刀屹立在墙头，静静凝视那些正在抢挖壕沟的墨山军士。

大伦挠挠头，不解地道："这希盾国王葫芦里到底卖的什么药？"傲文道："他知道我们逃不掉，大概是想彻底困住我们，以此来跟国王谈条件。"

大伦道："那咱们还等什么？干脆就此冲杀出去，跟他们拼个鱼死网破，你死我活。"傲文摇摇头，道："希盾是何等人物，他定然早有防备，贸然冲出去等于送死。我们就守在这里，静观其变。反正这里有吃有喝，一时也饿不死。"

他倒也真沉得住气，果真取来酒肉，坐在城头大嚼大吃，丝毫不以外面强敌环伺为意。楼兰兵士早各自存了死念，见王子如此坦然，也学着他的样子，放怀畅饮。

如此过了五日，兵士忽来禀报有三人正走来宫门。傲文登上墙头，那三人居然都是自己人，一人是与他私交极好的前任王宫卫队侍卫长未翔，一人是商人甘奇，也是傲文外公阿胡的心腹家奴，另一人则是心腹小伦。

傲文惊奇不已，忙命兵士开门，见三人风尘仆仆，各有疲色，显是远道赶来，问道："希盾怎么会放你们过来？"未翔道："楼兰和于阗议和已成。王子殿下，我们是来接你回国的。"

傲文诧异不已，一时难明究竟，问道："甘奇，你怎么也会来这里？"甘奇笑道："我凑巧陪同主人在墨山办事，一直滞留在营盘。主人听说你闯入墨山王宫，逼得手印国王自杀，又被于阗、墨山大军包围，很是担心，所以派我来看看。"

傲文又惊又喜，问道："我外公他人也在营盘城中？"甘奇道："是。不过眼下的局势，主人不方便露面，还是不见的好。王子，这就走吧。"

傲文尚是半信半疑，问道："希盾这次真的肯放过我？国王答应了他什么条件？"未翔道："大相苏录正在于阗军中，王子若想知道，可亲自去问他。"

傲文遂召集人手，一道出宫。楼兰兵士本以为这次必死无疑，忽听说两国和谈已成，再也不必兵戎相见，均是欣喜无限。

来到于阗军帐，兵马环布，希盾正陪着楼兰大相苏录站在帐外，见到傲文一行，当即招手叫道："傲文，你过来。"

傲文微一犹豫，即昂然走过去，问道："怎么，希盾国王还是有所不甘么？"语气甚是无礼。

希盾居然也不生气，指着身边的王子道："这是本王的次子须沙。"须沙当即点点头，招呼道："傲文王子。"

傲文却是理也不理，问道："苏录，国王陛下答应了他们什么条件？"苏录道："这个……"

希盾笑道："这可不是什么条件，而是一件大大的好事，须沙将要迎娶你的表妹芙蕖公主。"傲文大惊色变，道："什么？"转过头去，问道："这是真的么？"苏录点点头，道："是真的。"

希盾笑眯眯地道："傲文，咱们今后就是一家人了。你记住本王的话。"走上前来，抬手欲拍傲文的肩膀。

傲文当即退后两步，本能地去握刀柄。一旁黑甲武士见他有异动，生怕他对国王不利，立即围了上来。傲文属下也不甘示弱，个个亮出了兵刃。

希盾却是脸不变色，挥手命黑甲武士退下，道："今日是和谈的大好日子，不宜动刀动剑。"苏录忙喝道："还不快收起兵器！傲文王子，问天国王有令，命你即刻赶回楼兰王都，不得有误。"

傲文却只紧盯着希盾不动，问道："让芙蕖做于阗的儿媳，这是谁出的主意？"

苏录知道希盾智计百出，行事果断狠辣，见傲文敌意极重，生怕再惹出变故，忙向未翔使个眼色。未翔上前低声道："王子，苏录大相会留在这里处理一切事宜，咱们还是先走吧。"

傲文大声道："我问这是谁出的馊主意？"

未翔也是个果敢之人，见傲文一时难以劝转，当即命道："带王子走！"与大伦一左一右握住傲文手臂，将他强行拉出于阗军营才放开。

傲文大怒道："你们想以下犯上么？"未翔道："这是我下的命令，王子若是有气要撒，就罚我一人好了。"

傲文素来与未翔交好，比武时侍卫们因为他的王子身份总是不敢出尽全力，只有未翔从不肯相让，由此也赢得了王子的尊敬和友谊。二人一道在宫中习武多年，情同手足。傲文听未翔这么说，也只得罢了，只是心中犹自愤愤难平。

甘奇劝道："营盘已是是非之地，王子还是尽快离开为好。至于事情经过，未翔将军自会在路上向王子解释。"

傲文遂率众出城，沿途遇见不少墨山军民百姓，均对楼兰一行怒目相向，他也不以为意。

一路南驰，穿过墨山边境进入楼兰境内时，北方有消息传来——入侵车师的墨山军队已经溃败回国，车师大王子和二王子均赶回了王都交河，一场灭国危机消弭于无形之间。因墨山王子约藏失踪，墨山国政暂时由王后卫师师主持。墨山国人都认为是楼兰王子傲文暗害了约藏，加上其逼死手印国王在先，无不恨得咬牙切齿。只是碍于于阗的压力，不得已暂压怒火。于阗与楼兰签署和平协议，约定永不起干戈，对于普通老百姓来说，这自然是天大的好消息了。

最令人瞩目的人当然是傲文，这位勇闯墨山腹心之地的楼兰王子一时间成为了西域风头最劲的人物，跟那位力挽狂澜的孤胆英雄游龙一样，成为人们争相谈论的传奇。但是楼兰国王问天是出名的保守谨慎，傲文王子此番实在是太过胆大妄为，尤其墨山国王手印之死，虽是意外，但毕竟因他而起，且这件事后患无穷，人们都相当好奇他回楼兰国后会面临什么样的际遇，是受到国王褒奖，还是要遭受无情的处罚？

第三章

冤家聚首

外面的夜空中响起了一声霹雳，那声音不但巨大，而且带着阴惨的气息。西边天空的边际不断有红光闪烁，映出黑黝黝的天空，仿若来自地狱的魔鬼的眼睛。

深蓝色的山脉连绵起伏，逶迤曲折。高耸入云的山峰终年为冰雪覆盖，银装素裹。天穹的边缘总是浮动着淡红色的云彩，美丽而神秘。这就是西域西部的边界葱岭，也是孔雀河的发源地。

孔雀河从葱岭山巅奔泻而下，沿着塔克拉玛干沙漠的边缘由西到东，自南疆到北疆，流经西域的许多国家后，最终冲流入一片深绿色的草原，在临近白龙堆沙漠的低洼处与源自昆仑山的另一条大河车尔臣河交汇，形成一处广阔的湖泊。草原上长满牧草，点缀着姹紫嫣红的各色野花。湖泊碧波荡漾，清澈透明，四周长满葭苇、柽柳、胡桐和白草。巨大的草原绿毡与清澈的湖泊水镜交相辉映，成为湛蓝苍穹下最壮观、最美丽的画卷。这处草原，正是楼兰国所在地。这处湖泊，就是蒲昌海，也是楼兰人生息繁衍的乐园。

楼兰王都扜泥[1]位于蒲昌海西南方，古朴厚重的城墙耸立在蓝天白云之下，虽然经历了几个世纪的风霜，却依旧坚挺如初。城内房屋建筑多为尖形塔顶，这也是西域特有的建筑风格，由于建筑材料多为黄土和戈壁石，使得这座城市整体呈现出一种明亮的金黄色来，气度非凡，令人过目难忘。

整座城池方圆四十里，是个规规矩矩的正方形，开有东、南、北三座城门，据说东门正对的就是玉门关西关门。自东门进来扜泥，一条笔直的大道直通到最西面的王宫广场，宽大气派，道路两边商铺林立，有专门出售皮货的皮行，有专门出售铜器的铜行，其他如棉行、糖行、麻行、桃行等，均是各有分工，满目风光，世态万象。

这座巍峨壮观的城市也是西域最璀璨的明珠，汇集着东西方的财富，有着车水马龙的街道，人声鼎沸的市集，满街飘香的美食，醉人心田的乐舞，来往于丝绸之路的行商无不惊叹它独特的风情，酷爱徘

---

[1] 扜泥：今新疆罗布泊一带。

徜流连于此。

令人痛惜的是，楼兰这颗明珠正在慢慢失去它的光泽——孔雀河上游的龟兹、墨山等国不断开渠引水，导致这条河流量大减。于阗灭掉楼兰南部的小宛、且末等国后，也采取同样手段引走了车尔臣河的水。没有了水源，蒲昌海水量急剧减少，日益枯竭。楼兰地处内陆，气候本就干燥，又逢连年大旱，久不降雨，这对以畜牧业、农业和园艺业为主的楼兰来说是致命的打击，牧草、小麦、葡萄等楼兰百姓依赖谋生的经济作物大片枯死。若是干旱再持续下去，局面进一步恶化，连人畜的饮水都会变得困难。

除了天灾，亦有人祸。楼兰上至达官贵人，下到平民百姓，均时兴厚葬，要为死者修建巨大的太阳墓——在墓穴外层层环绕多圈圆木，圈外还有呈放射状四面散开的列木，整个外形酷似一个太阳。通常一座墓穴要用到上千根成材圆木，如此一来，成片成片的树木被人们砍伐，用来修建墓地，导致水土流失得更加严重，环境急遽恶化。墨山、楼兰是邻国，两个国家的南北边界之间原本是一块十几里长的戈壁，然而近年在东部白龙堆和西部塔克拉玛干的不断侵蚀下，伴随着各种天灾人祸，戈壁已然演变成一大块近百里的沙漠。许多良田被风沙湮没，房屋被沙丘埋压，以致当地有"沙骑墙，羊上房，骆驼结在树梢上"的说法。

为了遏制厚葬风气，有效地保护林木，问天国王不得不召集群臣紧急制定了一条法律，规定树活着时将树砍断致死罚马一匹，砍断树枝则罚母牛一头。然而大自然的失衡已然造成，严刑峻法也不能挽回损失。靠近楼兰东部的绿洲则被来自白龙堆的风沙肆意侵蚀，就连那些有"大漠英雄树"之称的生命力极其顽强的胡杨树也开始衰败。

回到王都扜泥当日，傲文即代替抱恙在身的问天国王前往王宫北面的孔雀岛神殿祭天求雨。上天当真是眷顾这位幸运得不能再幸运的王子，他以大无畏的勇气勇闯敌营，面对传说中狮子一般凶狠的于阗国王希盾毫无惧色，传奇般地脱离险境后，又为久旱的楼兰国求来了一场飘泼大雨。人们笑逐颜开，奔走相告——傲文即将被立为王储，这位声誉日隆的王子将会是未来的楼兰国王。当年有中原相士为车师巨富阿胡之女相面，说两个女儿均贵不可言，长女阿曼达将母仪天下，次女桑紫之子则将成为国王，阿曼达成人后成为楼兰王后，而今桑紫的儿子傲文又将成为王储，传说中的预言果然即将成为现实。

傲文也料不到自己能求下大雨，事先毫无准备，被淋得落汤鸡一般，颇为狼狈地回来王宫时，正遇到表妹芙蕖。

这位楼兰公主不过二十出头年纪，五官轮廓清晰而标致，具有典型西域女子的特点：深陷的眼窝、挺直的鼻梁，小麦般的黑亮肌肤，苗条挺拔的身材，纤细而有弹性的腰肢和低宽浑圆的臀部。她的黑发如瀑布般披散开来，光可鉴人，右侧编有一根细细的辫子拢住头发，辫子上斜插着一支彩色的羽毛；脖子间挂着一串贝壳做成的项链，项链的底部有一块细绳拴住的凝脂般的玉佩；淡黄色的上襟外，套着一件柔软的羊毛坎肩，配上五彩长裙、高筒靴子，正是西域贵族女子最常见的打扮。

芙蕖一直在宫门口来回徘徊，一见到傲文就气势汹汹地上前问道："表哥，你为什么要这么做？"

傲文回国后还是第一次见到这位娇憨任性的表妹，愕然问道："我做什么了？竟惹得表妹如此生气。"芙蕖道："你为了自己从墨山王宫脱险，要将我嫁给于阗二王子须沙！"傲文摇头道："这可不是我的主意。表妹，你该知道我的为人，我怎么可能用你的终身幸福来换取我的性命？我若是事先知道，宁可我自己死，也绝不会让他们这么做。"

芙蕖登时转怒为喜，道："我就知道表哥不会这么做。"两朵红云飞上了脸颊，露出小女孩的羞涩来，顿了顿，才道："你放心，我死也不嫁给须沙。"

傲文知道这位刁蛮任性的表妹一直热恋自己，正感到难以回答之时，芙蕖赧然而笑，已转身跑开。

忽见问地亲王领着他的宝贝儿子刀夫施然走过来。问地五十岁不到，肥头大耳，满面油光笑容。刀夫大概二十七八岁的样子，撅着阔厚的嘴唇，粗黑的眉毛挑得老高，一张方脸拉得老长。傲文素来不喜欢这对笑脸冷脸反差极大的父子，一时避之不及，只得勉强招呼了一声："殿下。"

问地笑眯眯地道："傲文，你愈发长进了啊。刀夫，你该好好向你表弟学习。"刀夫"哼"了一声，扬起下巴，非但一言不发，看也不看傲文一眼。

傲文正要走开，问地忙叫道："傲文王子别急着走，我的国王大哥对你这位外甥相当器重呢，又有什么重要事情要交代你去做。他正在内殿书房等你，快去吧。"

傲文很不喜欢亲王这种怪腔怪调，表面和和气气，语气中却总透露出一种冷嘲热讽的伪善，只淡淡应了一声，疾步回房换了衣服，带着大伦、小伦两个心腹从望内殿而来。

国王书房位于王宫西面。门前的庭院中绕着围墙根种有数株极大的紫藤，花架均用粗木搭成，枝繁叶茂，仿若一片花林。其中一株最大的紫藤的蔓枝侧引到书房上，竟然覆盖了整个房顶，房顶房檐皆是紫色的花朵，屋檐上垂下无数紫藤花蔓，火光中仿佛蒙上层朦胧的轻纱，紫云垂地，霭霭浮动，香气袭衣。书房北面则是烟波浩渺的千羽湖，风景极佳。

到了书房外，门前侍卫道："国王有令，只让傲文王子一人进去。"傲文便示意大伦兄弟留在门外，独自跨进房来。却见国王问天和王后阿曼达正携手站在北窗前，凝视着窗外灰幕般的大雨。

傲文料不到王后也在这里，一时有些慌乱起来。与外人想象不同的是，他对阿曼达王后的畏惧要远远胜过问天国王，问天就像是慈爱的父亲，表面对他不闻不问，其实暗地里很有些纵容他。而阿曼达则是位精明的母亲，明亮的眼睛总能看透人心最深处，傲文在她面前常常有无所遁形的感觉，每每他做错什么事，她虽然不骂不说，只淡淡望着他，但那种眼神比责骂鞭打还要令他难受。

阿曼达最先回过头来，叫道："傲文来了。"傲文只得上前行礼，道："姨父，姨母。"

问天道："过来坐吧。我叫你来，是要商议芙蕖婚事。"

傲文早猜到事情会跟表妹有关，一向敏捷的他居然不知道该如何应对，只要想到芙蕖嫁去于阗是为了救他，他就有说不出的难受。忽见到王后正用奇怪的眼神望着他，更是无地自容，当即起身跪下道："全是傲文的错，若不是因为我被困在墨山，就不会给于阗可乘之机。芙蕖表妹既然不愿意嫁给须沙王子，不如由我去当面向希盾国王说明，他肯罢手最好，若是不肯罢休，我愿意以命相抵。"

问天愕然道："你在胡说些什么？起来！"傲文只得悻悻站了起来。

阿曼达道："傲文，你不必内疚，希盾国王肯放过你，并不是因为他想要芙蕖当儿媳妇，而是另有原因。"傲文道："什么原因？"

问天道："这件事，我们答应过你母亲，不能对你提起。"傲文涨红了脸，大声道："她算什么母亲？自小将我丢进王宫，这么多年，从来没有看过我一次。到底是什么原因？我想知道。"

门外侍卫听见书房里有异，一齐推门闯了进来。问天道："这里没事。"挥手命侍卫退出去。

阿曼达上前拉起傲文的手，道："这件事，你还是不知道的好。"傲文道："不，我要知道，我要知道希盾放我走的真正原因。"

阿曼达回头望向丈夫，问天叹了口气，无奈地点点头。阿曼达便道："你母亲在嫁给泉苏大将军之前，曾经与希盾有过一段恩怨。当时希盾还不是于阗国王，只是个被放逐在外的落魄王子，而且因为他早已经娶妻生子，所以，所有人都反对桑紫跟他在一起，但他们还是生了个孩子。后来两个人也因为种种原因分手，孩子归桑紫抚养。再后来，希盾归国，夺取了于阗王位，派人用武力从桑紫手中抢走了孩子……"

傲文失声道："难道那孩子就是须沙王子？"阿曼达道："于阗只有两位王子，大王子永丹是涫秋王后所生，须沙身份是庶出，应该就是桑紫的孩子。"

傲文这才恍然大悟，难怪他的亲生母亲不愿意养他，总是一副痛不欲生的表情，原来她还有过另一个孩子。想来她隐居在蒲昌海深处，日日想念的就是那个被希盾抢走的孩子。转念道："可这还是不对，西域人尽知我母亲是桑紫夫人，希盾不可能不知道，他一开始明明是要置我于死地，怎么会突然改变主意？"

阿曼达道："这全亏了甘奇。当时他正陪你外公在墨山王都营盘办事，听说变故后设法去求见了须沙王子。须沙听说你是他同母异父的兄弟，不愿意发生手足相残的惨剧，所以出面说情。"

问天道："而且当时局势对希盾国王并不利。因为游龙的出现，墨山军队未能按计划及时攻克车师王都，失去了良机，又在归途中遭遇大王子昌意的截击，一溃千里。车师发现所谓鄢金城下的于阗骑兵只是少量诱兵后，即调集重兵压向墨山边境。我国也在北部边境紧急集结了军队，实际上希盾率领的军队已经被合围在墨山国中。若是没有议和，车师必然出尽全力攻打墨山，墨山国弱，全仗于阗支持，但希盾千里穿越沙漠而来，所带兵力有限，就算我国不出兵，他也只能勉强和车师抗衡，胜败难卜。墨山国王手印因你而死，若是你再被杀死在墨山，两国结下死仇，必然开战，希盾处境更加不利。他是个绝顶聪明的人，非常善于审时度势，正好甘奇赶去为你说情，他遂以联姻为条件议和。我召集群臣商议此事，均认为政治联姻是件大大的好事。希盾自登基以来，弄得西域乌烟瘴气，这次肯主动停火，表示永保和平，当然是最好不过。"

傲文道："那么芙蕖表妹是要嫁给须沙了？"阿曼达道："王国利益本来就是凌驾是在个人幸福之上的，身为公主更是如此，这是芙蕖的命运。就算没有这次事件，我和国王也是打算将芙蕖嫁给车师王子或是墨山王子。这次她能够嫁给须沙王子，既亲上加亲，又能给西域带来和平，不是天大的好事么？须沙终究是你的亲哥哥呀。"

傲文道："可是……"他知道芙蕖狂热地爱着他，虽然她爱发脾气，又刁蛮又任性，可她对他是真的很好，所有人都看在眼中，所有人都以为将来芙蕖公主必然嫁给傲文王子，亲上加亲。可到现在他才明白，国王和王后对公主的婚事早有打算，一时心头百般复杂滋味。

阿曼达道："自古以来，王子和公主的婚姻都不能任由自己的意志。傲文，我希望你能记住这一点，芙蕖的这一幕将来很可能也会发生在你身上。"

傲文道："什么？"阿曼达道："你是楼兰王子，将来也可能要娶你不爱的于阗公主为妻。"傲文呆在那里，无言以对。

问天素来爱惜傲文如亲子，见他发窘，忙安慰道："这都是将来的事，而且未必真会如此。傲文，我今天叫你来，是因为楼兰、于阗和谈已成，我将下令准许希盾国王从楼兰过境回去于阗。另外，既然已是亲家，我会在王宫举办一场宴会，盛情款待希盾国王和须沙王子一行，就由你负责准备。"傲文极不情愿，却不得不躬身应道："遵命。"

阿曼达道："芙蕖也要出席宴会，跟她的未婚夫须沙王子正式见面，傲文，这是你确保要做到的第一件事。"傲文道："芙蕖表妹如果实在不愿意出嫁，我该怎么办？"阿曼达道："这是你自己要解决的事，而且你绝不能告诉她须沙是你的亲兄弟。桑紫是须沙生母一事，绝不能向任何人提起。"傲文摇头道："不行，我实在做不来这件事，请陛下和王后另选高明。"

阿曼达见他一口拒绝，便朝丈夫点点头。问天道："你不愿意做，我也不勉强你。来人，去叫未翔来。"

等了一刻工夫，未翔被侍卫领了进来，见傲文板着脸站在一边，一时不明究竟。

问天道："未翔，你之前保护昌迈王子不力，惹出一连串的大事，我暂停你侍卫长之职，你可心服？"未翔道："臣心服。"

问天道："你一向能干，我想给你个机会戴罪立功，眼下有一件大事要交给你去办。"又将宴会的事重新交代了一遍，道："芙蕖公主能否盛装出席是这场宴会的关键，你可明白？"未翔道："臣明白。"问天道："你去吧。傲文，你也退下。"

一出来书房，未翔便问道："宴会本来该是王子的任务，对不对？"傲文"哼"了一声，抬脚便走。

未翔道："喂，王子可不能就此撒手不管，芙蕖公主那边我要怎么办？"傲文头也不回地道："你还能没法子么？大不了把公主绑起来，送到宴会上。"

傲文表面说不再理会宴会之事，一想到事关表妹的终身，终究放不下心，又想到阿曼达那一番意味深长的话，心中着实烦闷无比。

小伦见王子回到房前却不进门，只在回廊中走来走去，很是不解，问道："殿下现在是西域的大英雄，又为楼兰求来了大雨，高兴还来不及，如何还这般苦恼？"傲文摇了摇头，道："你不会懂的。你们这就去准备，我要回老宅去住，不想再待在宫里了。"

大伦与小伦闻言面面相觑，不知道王子为何要突然搬离生活了二十年的王宫。

傲文道："还愣着做什么？快去办事。"大伦兄弟只得应道："是。"

傲文也不告知任何人，只率领数名心腹侍从冒雨驰出王宫，悄悄回到父亲泉苏的旧宅。

这是一处美丽静谧的庄园，修建在城外的一个小山坡上。庄园内外植满石榴，正逢花季，红白花色相间，繁茂似锦。

旧宅虽然尚有老仆留守打扫，终究已经多年无人居住，显出几分破落的苍凉来。傲文也不多理会，径直进来房中，命人搬进来酒肉食物，自斟自酌，直至饮得烂醉。

如此过了数日。一日正午，傲文宿醉刚醒，又喊着要喝酒。大伦道："殿下，酒已经喝光了。"傲文道："再派人到城中买。"大伦道："属下不敢，现在满城都在搜捕王子，属下若是回去扒泥，准会被国王派人抓起来，严刑拷问王子下落。"

傲文吃了一惊，坐起来问道："竟有这回事？"大伦忙笑道："酒没有了是真的，其余是属下瞎编开玩笑的。殿下酒可是吓醒了？"

傲文又气恼又好笑，披衣出门，站在门前葡萄藤下，远远望见蒲昌海风光旖旎，湖水映照着天空的变幻，银光闪烁，宛若仙境，忍不住心中一动，叫道："来人，备马！"

大伦抢过来问道："殿下要去哪里？是回城么？听说于阗一行明日就该到王都了。"傲文道："不，去蒲昌海。"大伦这才明白王子是要去探望久违的母亲桑紫夫人，忙应道："是。"

蒲昌海水质洁净，清澈见底。在以前水源充足的时候，湖面烟水缥缈，浩瀚无际，还常常能看到云气，如宫室、台楼、城堞、人物、车马、冠盖等，历历可见，楼兰人称之为海市。

除了海市外，湖边蒹葭丛中大量生有一种蒲昌海特有的小鸟，名为白顶溪鸲，飞行敏捷，专门以捕食湖中浮游生物为生。最奇特的是，这种鸟见人不惧，平常无事时就会飞临水面，衔取湖中草叶，所以被人戏称"净湖鸟"、"净水童子"。

到海边时，傲文即勒马放慢脚步。他想见到母亲，可又不想那么快见到她，这是一种极矛盾的心理。他去见她是为了什么？是想问她与希盾的往事么？还是想问她为何那么思念须沙，甚至宁可放弃抚养自己的另一个儿子？

正神思之时，树上一只白顶溪鸲飞起，鸣声啾啾，掠着傲文发髻飞过。傲文吓了一跳，几乎跌下马来。小伦见溪鸲惊吓了王子，举箭要射。傲文道："不必了。"转眼望着水位日益下降的蒲昌海，不由得深深叹息一声。

王子既有心事，侍从也只能跟在他后面慢慢前进，一行人走得极为迟缓。忽有两匹快马自后面赶了上来，一掠而过。

小伦喝彩道："好一匹骏马！"

傲文这才留意到前面一名男子胯下一匹黄色大马极是神骏，微一愣间，前面两骑已去得远了。

大伦上前道："殿下，往北边只有一条路，这两个人不是本地人，会不会也是去找桑紫夫人？"傲文蓦然醒悟，忙一打马，匆忙往母亲隐居之处赶去。

到了精舍前，果见那一老一少两名男子正将马匹拴在树上。傲文翻身下马，狐疑问道："你们是什么人？"完全是一副审讯罪犯的口吻，极不客气。

那年轻男子道："我叫萧扬，这位是笑笑生。"傲文道："你们是中原人，来我母亲的精舍做什么？"

笑笑生奇道："你就是傲文王子么？"傲文道："是我。你们来这里做什么？"笑笑生嘻嘻笑道："我其实也不知道来这里做什么，我是跟着萧扬来的，王子得问他。"

原来萧扬以游龙身份在交河以寡击众、力退强敌后，就成为车师举国称颂的大英雄，他不堪忍受走到哪里都是欢呼阵阵，见墨山大军退走，交河危机已解，便悄悄溜走。他取下游龙软皮面具，塞入割玉刀刀柄的空隙处，用麻布套上刀鞘，再也无人能认出他就是游龙，因而混出交河相当容易。可偏偏笑笑生知道他就是新游龙，又设法追了上来，非要一路跟着他，说是要从旁监视，不准他以游龙的身份做坏事。他无可奈何，只得一道同行。即将离开车师国境时，忽然听到楼兰王子傲文直捣墨山王宫的传奇故事，萧扬想起来游龙临死前曾经提到他的本名就叫傲文，一时间怀疑这其中有什么关联。正好他预备赶去塔克拉玛干沙漠寻找轩辕剑，便顺路来到楼兰，一番打听之后，决意先来找傲文生母桑紫。哪知道未见到桑紫，就先见到了傲文本人。他仔细观察傲文，这位楼兰王子傲气十足，举手投足颐指气使，气派极大，跟游龙不仅面貌完全没有半分相同，而且性格迥异。如果不是名字的巧合，游龙本来叫傲文，那么这位傲文又该是谁？

傲文喝问道："你来做什么？"萧扬迟疑了下，道："我有一件事要来向桑紫夫人请教。"

傲文道："什么事？"萧扬道："恕我暂时不能奉告。"

侍从当即上前喝道："大胆，还不快回答王子问话？"傲文挥手止住侍从，道："你们先等在这里，等我见过我母亲再说。"萧扬道："是。"

傲文便带头跨进篱笆，微一犹豫，最终还是没有叫出声来。大伦便上前叫道："桑紫夫人，傲文王子到了。"

却见一名披着黑色幂幂的侍女匆匆开门出来应道："桑紫夫人不在家，已经出了远门了。"

傲文闻言大奇，母亲不问世事，深居简出二十年，连王都抒泥也很少回去，为何凑巧在自己来探望的时候出了远门？忽想到大伦曾告知希盾、须沙一行明日就要抵达扜泥，心中恍然有所醒悟，脸色立即阴沉了下来，转身就走。

大伦忙问道："这两个中原人要一起带走么？"傲文哪里还有心思理会别的事，道："不必了，回王宫去。"

一路驰回王都，正巧在北门遇到一名王宫侍卫。那侍卫慌忙禀告道："王子到哪里去了，好教人着急！王后正急召王子回宫。"

傲文满腔怒火正无处发泄，扬手一鞭，恨恨甩在那侍卫脸上。那侍卫尚不知道如何惹怒了王子，摸着火辣辣的脸，又是委屈又是莫名其妙。

王宫位于王都的最西面，坐西朝东，别名叫做"三间房"，传说是开创楼兰国的三位先人的最初居住之地。而今的三间房仿若一座豪华的城堡，左右衬托着圆锥形的尖塔，中间则是拱形城门。正殿后有一座三层尖塔，称"明光塔"，高近百尺，是扜泥城中最高的建筑。

王宫正东门前则是座巨大的广场，正中间有座年代久远的喷泉。喷泉中央是用白玉石砌成的四边形的多层塔柱，底部有一组铜铸的孔雀图像，每只孔雀口中都能喷涌出水柱。整座喷泉斑斓晶莹，光耀夺目，是扜泥城中一道亮丽的风景。

傲文刚到宫门处，便有两名侍卫迎上前来道："王后有令，请傲文王子回宫后立即去见她。"随即上前一左一右夹住傲文，仿佛生怕他逃逸一般。

傲文喝道："做什么？"侍卫忙赔笑道："殿下别生气，实在是王后有严令，说是一见到王子回来，就得立即带去见她。"傲文"哼"了一声，径直赶来王后宫室。

王宫内植有大量葡萄，葡萄酒是楼兰最重要的手工业。王宫中的葡萄都是老树，老藤的浓荫形成一道道的绿色走廊，给这炎热的夏季带来不少清凉。

而今因即将有楼兰、于阗两国国王盛会，甬道上的葡萄藤均被张灯结彩，虽然平添了不少喜气洋洋的气氛，却令傲文感到相当做作。

他进来王后宫室，只鞠了一躬，便一言不发地站在门口。

阿曼达令侍从、侍女尽数退出，这才招手道："傲文，你过来。"傲文走出两步，即又停住。

阿曼达问道："你不打招呼，擅自离开王宫回去大将军老宅，是在怪姨母么？"傲文道："不是。"阿曼达道："那么你是在生谁的气？脸色这么难看。"傲文道："没有生气，我就是不高兴。"

阿曼达叹道："你本来可以自由自在地生活，如果不是我坚持要留你在宫中，你就不会有王子的身份，也就不会有这么多的烦恼。而今国王要立王储，刀夫为人平庸，我们都知道你的才干远在他之上，可姨母是真心希望国王能立刀夫王子，而不是傲文你。"傲文睁大了眼睛，道："什么？"

阿曼达道："你现在才是王子身份，已经如此为难。当了王储，就再也不能做回你自己了。成为一国君主，得到的不仅仅有至高的权力，还有漫无边际的负重和责任。傲文，姨母真的不想看到你将来痛苦，就跟不想看到芙蕖现在哭闹一样。可没有办法呀，公主有公主的命，王储有王储的运。傲文，你老实告诉我，你想当王储么？"

王后说得慢条斯理，语气也很平静，傲文却是听得惊心动魄，心中波澜大起，一时张口结舌，难以回答。他自然是想当王储的，他既有成为一国之王的雄心和志向，又因为他知道刀夫想当王储，他瞧不起那样一个人，所以他要处处压着他，占到上风。他也一直以为凭他的本领才能，王储之位是手到擒来之事，可当阿曼达突然说出了这样一番令人百感丛生的话时，他倒真的有所犹豫了。

阿曼达一字一句地问道："姨母再问你一次，你想当王储么？"傲文终于点了点头。虽然只是轻微一个动作，但却是很坚定的决心。

阿曼达道："这可是你自己的选择，到死不能后悔。"傲文道："是。"阿曼达道："好，你退下吧，好好去准备一下。国王有令，明日由你和苏录大相出城迎接希盾国王一行。"傲文沉默半晌，应道："遵命。"鞠了个躬，退了出来。

一名侍女正在门外等他，忙迎上前小声道："公主请王子立即去后苑树林。"

傲文便独自赶来后苑。芙蕖正站在一棵大树下搓手，神色焦急，见到傲文，便立即扑了上来，轻骂道："你怎么才来？急死我了。"傲文轻轻推开这位青梅竹马的表妹，问道："表妹找我有事么？"

芙蕖仰起头，热切地凝视着他，道："表哥，你带我走吧，我们一起远走高飞。"傲文一呆："什么？"

芙蕖娇笑道："我不做公主了，你也不做王子，我们一起私奔，离开楼兰到中原去，好不好？"她的嘴角泛着动人的笑意，俏丽的脸庞上红晕点点，满脸是幸福的光芒。

傲文却没有她那么兴奋欣喜，心头只是一片茫然，又想起适才姨母的话——"这可是你自己的选择，到死不能后悔"。

芙蕖见他不答，催问道："表哥说话呀，再不走可就晚了。"傲文喉结动了两下，答道："不，我不能答应你。"

芙蕖大是震惊，问道："为什么？"傲文道："因为我要当王储。"

他的声音很轻声，但是在芙蕖听来却如针穿一样刺耳。失望的表情瞬间凝结在公主脸上，随即转为浓重的哀戚和难过。这短短一刻，对傲文而言，像一生那么漫长。

芙蕖终于转过身子，踟蹰着离去，一步一步，一脚一脚，趔趔趄趄，蹒跚而行，呆滞得仿佛是在丛林中彻底迷失了方向的孩子。

傲文心中有些怅然，有些失落，有些遗憾。他有心要追上去，脚步却如被钉到了地上，半分也挪动不得，因而只是默默地看着她。直到她消失在视线中后，他还继续呆伫在这块少年时常与芙蕖一道来玩耍的地方，连他自己也不知道到底在这里呆了多久。

夕阳的余晖彻底消逝后，寒气侵人，天空中开始飘起星星点点的小雪。几点雪花被风吹落到傲文脸上，瞬间融化，带来森森的冰凉。夜幕如影随形地悄然降临，如同一张漫天渔网抛开，天终于完全黑了下来。

萧扬和笑笑生到达楼兰王都的时候正好是清晨。旭日渐升，金色的光芒洒在扜泥城上，晨雾渐渐褪去，这座古城露出了本来的黄色，在朝阳中呈现出深刻的冷静和沧桑。但城市还没有彻底苏醒，整座王都显得有些寂静冷清。巨大的城门刚刚打开，空无一人，只有城墙上无数守卫兵士来回游弋，枪尖熠熠生辉。

忽听见城内马蹄嘚嘚，清晨的宁静被打碎了，数名棕甲骑士驰到北城门，大声叫道："傲文王子和苏录大相就要到了，快准备。"一边喊叫发令，一边驰出城去。

兵士们一窝蜂拥下城墙，在城门四周戒备，禁人出入。萧扬和笑笑生一时不得进城，只得让到一边。

笑笑生道："傲文王子的母亲可真是奇怪，如此绝色美人隐居在蒹葭深处，与世隔绝不说，连亲生儿子来了也托辞不肯相见。喂，萧扬，咱们要不要一会儿将这消息告诉那位傲慢无礼的王子？"萧扬摇摇头道："他们母子不和，想来必有原因。"

原来昨日傲文来蒲昌海探访母亲不遇愤而离开后，萧扬上前向那披着黑色幂幂的侍女打听道："桑紫夫人什么时候能够回来？"侍女道："夫人没有交代过，这可不好说。"萧扬道："那好，他日再来拜访。"

正当离开时，笑笑生忽然道："屋子后面拴有两匹马，马鞍都没有卸下呢。"萧扬心念一动，暗道："这一定是家中有客，既有客人在堂，主人如何会不在家？"忙重新到门前叫道："我自中原来，有要紧事想请教桑紫夫人，还望夫人不吝赐见。"

那侍女重新开门出来，恼道："早告诉你说夫人出远门了，王子都已经走了，你还在这里纠缠做什么？"笑笑生笑道："小姑娘撒谎眼睛都不眨一下。我问你，屋后那两匹马是谁的？"侍女一时惊住。

笑笑生道："答不上来了吧？快请你家夫人出来相见。"侍女道："夫人说了，不想见客。"萧扬道："那好，我们就先等在外面，等到夫人肯赐见为止。"侍女微一迟疑，即转身进去。

萧扬温文有礼，笑笑生可不理这一套，见那侍女正要跨进门槛，一步抢上去，意欲紧随进去，却被门槛绊了一跤，"哎哟"一声，跌入堂中。刚狼狈地爬起来，不及转身，只觉得颈中一凉，那侍女不知从哪里拔出一柄短刀，正架在他脖子上。

笑笑生这一惊非同小可，忙道："有话好说，我这就出去，这就出去。"那侍女也是紧张之极，握刀的手颤抖不止。

萧扬抢进来道："笑先生多有鲁莽之处，我替他赔罪。不过我们并无恶意，请姑娘先放下刀。"那侍女不答，只频繁地往内室望去。

萧扬见堂中并无旁人，心头疑云大起，朗声道："桑紫夫人，你在里面么？请出来一见。"见无人应声，便道："如此，我可要冒昧得罪了。咦，夫人你……"趁那侍女惊然回头之际，上前拿住她手腕，微一用力，短刀即应声落地。

侍女痛呼道："放开我！"萧扬道："抱歉，暂时放不得。"将她手臂反拧到背后，正要揭开她头上的幂羃，好看清她的面目，忽听见有人喝道："放手！"

却见一名纤瘦的紫衣妇人走出堂来，虽然年纪已不轻，可依旧有着清丽的容颜、绝代的芳华。萧扬立即肯定她就是昔日的西域第一美人桑紫，忙放开侍女，躬身道："桑紫夫人。"

桑紫挥手斥退侍女，径直到堂中坐下，问道："你是什么人？为何来我这里捣乱？"萧扬便报了姓名，问道："夫人可听说过游龙这个人？"桑紫态度极是冷淡，道："没有。萧公子，笑先生，我隐居在蒲昌海已经有二十年，非但不知道你们想问的人和事，也极不愿意见到外人，你们这就走吧。"

萧扬道："夫人，这件事跟傲文王子……"桑紫一张脸如罩寒霜，冰冷得没有任何生气，道："傲文虽然是我的孩子，可并不在我身边长大，他的事我一概不知。来人，送客。"黑衣侍女便又重新出来，从地上拾了短刀，道："二位请吧。"

萧扬无奈，只得与笑笑生告辞出来。一路笑笑生对桑紫的容貌赞不绝口，又问道："咱们什么时候再来？"

萧扬心道："桑紫夫人听到游龙名字时没有任何反应，她未必就知道游龙跟傲文的联系。可身为母亲，如此冷淡自己的亲生儿子，实在是大违常理，这背后一定有什么故事。也罢，眼下最要紧的还是找到轩辕剑，然后再以游龙的身份回去大漠。"便对笑笑生道："我要去塔克拉玛干寻一件东西，暂时不会再来了。"笑笑生忙道："你干脆把游龙的面具和割玉刀给我，我代你变成游龙，也四处去耍耍威风，尝尝被人当做英雄欢呼的滋味。"

萧扬道："欢呼的背后，可都是刀枪剑戟，先生可愿意过这种危险的生活？"笑笑生忙摆手道："我只是说着玩儿，还是跟你一起去大漠寻找周穆王宝藏更妥当。"

萧扬道："什么？"笑笑生道："难道你不是去寻宝的么？告诉你，这种藏宝之处处处都布有机关，先生我精通八卦五行，一准儿能帮上你的忙。"萧扬笑道："这倒是不错，那咱们就继续同行，寻到宝藏一起平分。"

笑笑生"嘿嘿"了两声，道："其实我早算出你小子找的不是宝藏，你不肯说实话，也由得你，日后自有你哭着喊着求先生的时候。"萧扬道："先生既然算到我不是找宝藏，如何还要跟着我？"笑笑生道："你找你的东西，我找我的宝藏，咱们同路，是不是？"

萧扬只觉得这笑先生十分难懂，有时候稀里糊涂，有时候又目光如炬，但他确实风趣可爱，笑料不断，有他相伴，旅途总是会热闹些。两人遂结伴南行，因贪恋蒲昌海的暮色风光而错过了扞泥城门关闭时间，只好将就在城外的小客栈过了一晚，预备一早进城，买些必要的物品后便一道上路，不料刚好遇到傲文王子出行，被兵士阻在城门外。

等了小半个时辰，聚集在城门预备进城的人越来越多。萧扬听到旁人议论，这才知道今日楼兰要在三间房王宫宴请于阗国王希盾一行，心道："希盾野心不小，这次和议出人意料，怕是另有文章。之前他手下左大相范木担心夜明珠真相泄露，买通马贼捕捉我和笑先生几人，又在大漠中用弩箭暗算游龙，导致一代英雄豪杰就此抱憾而终，游龙可以说是为救我而死，我若不能为他报仇，未免太对不起他。可范木心机深远，表面一直不肯与我翻脸，所以才召来马贼出面捕捉我，他当已经知道是游龙从马贼手中救了我，我若去行刺，不是明着告诉于阗人游龙已死么？万一失手，个人生死事小，游龙的事业又该怎么办？”

一时矛盾不已，这才更能体会游龙存世的艰难——在游龙的面具下，没有自我，一切要为游龙的事业考虑。是靠多少勇士前赴后继的奉献和牺牲，才换来了大漠中游龙的不死声名？那本来该叫傲文的游龙，是不是本来也该是楼兰王子的身份，该享受王子的权势富贵？又是什么样的机遇，让他无畏地走上了游龙的艰险之路，最终默默葬身在茫茫沙海之中，成为一堆无名的白骨？

忽听得马蹄嘚嘚，大批骑士呼啸而来。有人叫道："傲文王子到了！"

却见傲文一身铠甲，当先驰出北门。几名侍卫打着楼兰王室的旗帜，紧随在他身后。后面跟着数百名棕甲武士，个个手执银枪，腰跨佩刀，极是威武。

等到傲文一行远去，兵士这才放百姓出入。萧扬道："笑先生，劳烦你去置办物品，我还有点私事。"笑笑生警惕地道："你才第一次到楼兰，人生地不熟，能有什么私事？"

萧扬道："嗯，我要去打听一点事情。笑先生，游龙的汗血宝马和割玉刀暂时交给你保管，最好先找个妥当的地方藏起来。于阗人就要进城，他们知道你我是谁，万一被发现游龙的私人物品在我这里，事情就糟糕了。"笑笑生抱怨道："这些东西既然这么重要，我也是第一次来楼兰，能有什么妥当的地方？"

萧扬沉吟片刻，道："不如暂存在小客栈，先生再看看能不能找阿飞帮忙找个稳妥的地方。"笑笑生顿时笑逐颜开，道："是了，倒忘记阿飞了，希望他已经回来楼兰了。我早说他不错，仅从夜明珠一件事，便可看出他为人忠义，有舍己为人之心，是继承游龙衣钵的不二人选。"萧扬道："阿飞是个很好的人，只是成为游龙这件事非同小可，还要再仔细考虑。"笑笑生道："那好，我先去找阿飞，你办完事就来他家里找我。"

萧扬遂独自打听着往楼兰王宫而来。王宫门前站有不少棕甲武士，不准外人靠近。萧扬其实也不知道自己到底想要做什么，见戒备颇为森严，正待转身，忽见一戎装武士昂然走了出来，很是脸熟，登时记起曾在玉门关前见过这男子，当时他是楼兰商队中的护卫首领，原来真实的身份是王宫侍卫。忙举手叫道："将军！"

那戎装武士正是未翔，远远见到一名年轻男子朝自己招手，微微一愣，即走过来问道："你是谁？有什么事吗？"萧扬正待回答，从旁忽然闪出一人，一把抓住他手臂，嚷道："未翔将军，这人是中原的通缉犯，是个杀人放火的大强盗。"

未翔恍然大悟，道："难怪我看你脸熟，原来是在玉门关见过通缉你的告示。"招一招手，立即奔过来几名武士，将萧扬围了起来。

萧扬当此境遇，简直哭笑不得——那认出他的人，正是曾在车师拜他为师的楼兰向导阿飞。阿飞昨日才回到扜泥，他是世袭向导，算是官职人员，所以一早到王宫南侧的官署述职报道，官署上上下下都忙着准备迎接于阗国王的欢宴，哪里有空理他。他便想顺路来王宫前看看热闹，哪知道正好撞见萧扬，他根本不知道眼前这个"江洋大盗"就是他的师傅游龙，只是揪住不放，恨不得要立即暴打这坏人一顿。

未翔问道："你从中原逃来我们楼兰，想做什么？"阿飞插口道："他是跟着于阗人混出关的。于阗左大相萢木对他可客气了，夜明珠的事，他还替于阗人向我逼供，他们是一伙儿的。"萧扬一时难以辩解清楚，只缄口不言。

未翔也不明究竟，不过眼下没有工夫理会这件事，便命武士先逮捕萧扬下狱，日后再审问清楚。

萧扬道："等一等！我虽被中原通缉，可并没有做违反楼兰法律的事，将军凭什么拿我？况且这位向导已经指出我跟于阗是一伙，而今楼兰、于阗是一家，之前的恩怨早一笔勾销，将军下令拿我，非但于情于理不合，而且会被视为有意破坏和谈之举。"

未翔沉吟片刻，道："你说得不错。来人，送萧扬公子到驿馆歇息，等希盾国王到了禀告后再行处置。"

萧扬料不到一番强辩，居然会收到奇效，被软禁在驿馆总比被关进监狱要容易逃走得多，当即不再反抗，顺从地跟着武士往官署走去。

阿飞恨恨道："如此岂不是太便宜了他？"未翔道："阿飞，眼下事情很多，一切要等到宴会之后再说。你先回去，回头我再找你。"阿飞道："是。"

送走阿飞，未翔又巡查了一遍，见一切已安排妥当，便径直进来内宫。他跟傲文王子交好，最清楚芙蕖公主的心思，她自幼对表哥傲文钟情，却突然成为和谈的条件，要嫁去于阗，万一她不肯出席今日的宴会，抑或是在宴会上冷眉冷眼、恶声恶气地闹一顿，事情就不好收场了。虽然阿曼达王后称已有安排，公主从昨晚开始也一直很平静，不再大吵大闹，但他仍然不怎么放心。

来到公主寝殿外，侍女们正聚集在一起窃窃私语。未翔道："你们在做什么？"一名侍女忙禀告道："侍卫长，公主今日可奇怪了，对待下人特别客气，倒像完全变了一个人。"未翔道："我已经不是侍卫长。公主在里面么？"

芙蕖在里面听见，叫道："是未翔来了么？快请他进来。"

未翔一听公主用了个"请"字，这可是破天荒的事，顿时诧异万分。侍女打开帘子，请他进来内室。却见公主丰妆靓饰，正坐在铜镜前化妆。

未翔躬身道："公主。"芙蕖转过身来，嫣然笑道："你看我美不美？"未翔道："美。"芙蕖嗔道："你都没抬头看我一眼呢。"未翔便匆匆瞟了一眼，道："公主很美。"

芙蕖道："你看须沙王子会喜欢我这身打扮么？"未翔一时呆住，他几乎怀疑公主本来要说的是"你看傲文王子会喜欢我这身打扮么"。

芙蕖又道："表哥已经出城去接须沙了么？我真是迫不及待地要见到他呢。"未翔道："是，等贵客到了，属下自会派人来请公主。"

匆匆告退，赶来大殿。问天国王与问地亲王正忙着召集群臣。阿曼达独自站在一旁，若有所思，在忙碌的大殿中，只有她显得沉静，如同蒲昌海一般。王后穿着一身白色的麻布袍子，领口和袖口绣着天蓝色的精致花边，益发使她显得瘦削英气。她已经年逾四旬，却仍然拥有挺立的身段和丰润的脸庞。一见到未翔进来，便敏捷地转过头来。

未翔上前低声道："王后，请到一边说话。"进来内殿，说了芙蕖公主的异样，道："公主一向刚烈任性，突然变得如此听话，会不会有什么厉害的后招？"阿曼达道："不会。"未翔不知道王后为何如此肯定，但知女莫若母，便不再多问，退出殿来。

过了一个多时辰，有棕甲骑士驰回禀道："傲文王子和苏录大相已经迎送到于阗国王，再过大半个时辰就该到王都，文书大臣阿里已经赶到北门迎候。"

随即不断有骑士来回驰报傲文和于阗人的行踪，又等了一个时辰，傲文终于引着于阗一行到达三间房的广场。问天夫妇率领群臣迎出宫门，希盾翻身下马，脱下金色大氅甩给身后的武士，大踏步走过来，道："问天国王陛下。"问天道："希盾国王陛下。"

希盾眼睛一转，落到阿曼达身上，笑道："阿曼达王后，很久不见。"阿曼达道："希盾国王陛下。"

希盾转身招手叫过须沙，道："来见过你未来的岳父岳母。"须沙上前道："国王陛下，王后。"

阿曼达问道："你就是须沙王子么？"须沙道："是，须沙见过王后。"阿曼达见他彬彬有礼，极有书卷气，与希盾迥然不同，很是欢喜，上前携了他的手，道："你居然长这么大了！"

问天轻轻咳嗽了声，道："先请国王陛下进宫吧。"当即引着希盾进来三间房大殿，分宾主坐了，相互介绍重要臣属，寒暄一番。问天见已过正午，便下令开宴。希盾道："芙蕖公主呢？"问天道："这就请须沙王子和我一道去接芙蕖出来。"

今日宴会实际上是楼兰公主和于阗王子的订婚宴，按照西域礼仪，要由父亲和男方一起迎接女方出闺房，代表第一眼见到新娘的男人是她生命中最为重要的两个人。希盾便命须沙跟随问天去迎公主出来。

问地亲王笑容满面，引着刀夫王子过来招呼道："希盾国王陛下。"希盾道："问地亲王。"随即招了招手。一旁左大相菹木立即会意，低声道："问地亲王，刀夫王子，有一件大事想先跟二位殿下商议，事关刀夫王子，请过来说话。"问地先是一怔，随即笑道："好，好。"

希盾等问地几人走远，这才有意踱近阿曼达，低声问道："桑紫人呢？怎么不见她？"阿曼达道："原来陛下还记得我妹妹。"希盾道："当然。我如何能不记得她？对阿曼达你也是一样的。"

阿曼达道："既是如此，当日在墨山营盘，陛下已经知道傲文是我妹妹的爱子，如何还要下狠手？"希盾呵呵一笑，道："傲文太骄傲自大，本王只是要吓吓唬唬他，让他得点教训。你看，他逼死了手印国王，本王最终不还是从愤怒的墨山人手中救了他么？阿曼达，我实话告诉你，我喜欢傲文，我宁可他是我的儿子。"

阿曼达道："陛下，傲文是泉苏大将军和我妹妹桑紫的儿子。"希盾道："本王知道，我说的是宁可……"

忽听得有人叫道："桑紫夫人到了！"

众人均吃了一惊，最意外的当然是傲文王子。他紧紧盯着门口，却见那位天下最美丽的母亲一身淡紫纱衣，华容婀娜，气若幽兰，飘然走了进来，身后紧跟着一名黑衣侍从。她就那么昂首挺胸，旁若无人，似乎满殿人都不在她的眼中。

问地亲王站得靠近殿门，最先回过神来，迎上前笑道："桑紫夫人。"

桑紫夺人魂魄的容颜上没有任何表情，只淡淡"嗯"了一声，甚至未转头看亲王一眼，径直朝站在殿首的希盾走去。

阿曼达急上前挡在妹妹面前，低声问道："桑紫，你怎么来了？"桑紫道："怎么，我不能来么？姊姊请让开，我有几句话要对希盾说，说完就走。"

阿曼达道："桑紫，今日是芙蕖……"桑紫道："我知道。姊姊如果不想太难看，就请让开。"转头招手叫过傲文，道："傲文，请你姨母让开。"傲文一呆，道："什么？"

阿曼达劝道："桑紫……"桑紫道："姊姊早已贵为楼兰王后，要什么有什么，连我的孩子都只认你这个姨母，我却什么也没有，没有了夫君，没有了儿子……"傲文怒气上冲，道："母亲怎么能这么说？明明是你自己不愿意养我……"

阿曼达忙斥退傲文，将桑紫拉到殿首边上，道："今日是楼兰和于阗的大日子，我可不能让你……"桑紫道："姊姊，我没有别的意思，我只是听说希盾来了，想当面问问他，我的孩子还好不好。"她所说的孩子，自然是指她和希盾生的儿子须沙。

阿曼达一时间回忆起无数往事来，想到妹妹原本是西域第一美人，是无数王子公孙追求的目标，她却将一生中最宝贵的青春年华都耗在那个人身上，到头来什么都没有得到，正如她自己所言——什么也没有。望着她脸上凄凉的悲意，心头不禁一阵恻然，再也无力拒绝她的要求，只得应道："那好吧。"转身退到一边。

桑紫便招手叫道："希盾！"希盾坦然走过来道："桑紫，多年不见，你还好么？"桑紫道："我想介绍个人给你认识。"希盾笑道："什么人？莫非是我另一个儿子？"

桑紫也不理睬他的调笑，转过头去，却不见了一直紧随在自己身后的黑衣侍从，不由得愣住，问道："人呢？"希盾道："桑紫，我知道你心中一直怨我……"

桑紫心思却根本不在他身上，不断扫视四周，搜寻自己的侍从，神色焦虑紧张之极，蓦然一时愣住。希盾感觉到她神色有异，顺着她的目光望去，一名黑衣侍从正右手抚胸，疾步走向傲文。傲文正与阿曼达低声交谈，丝毫没有觉察到危险正在逼近。

希盾"啊"了一声，随手扯下佩刀，大力朝那侍从甩去。那侍从已贴到傲文背后，从怀中掏出一把短柄匕首，正用力刺出，蓦然凭空飞来一把力道极大的重物，砸在臂膀上，一阵剧痛，脚下踉跄，身子一倾，匕首斜向前一挺，划着傲文右臂而过。

希盾大叫道："有刺客！"

傲文已然惊觉，不顾手臂擦伤，右手捉住刺客握刀的手臂，左肘后撞，使力将他侧翻摔倒在地。那刺客正要翻身爬起，傲文心腹侍从大伦已带领侍卫赶过来，拔刀制住他，反剪过手臂，绑了起来。

众人万料不到大殿盛宴上忽然会发生如此变故，尽皆瞠目结舌。傲文更料不到居然是希盾救了自己，只捂住手臂伤处，望着他发呆。

桑紫急扑过来，握住儿子鲜血淋漓的手臂，叫道："傲文，你有没有事？有没有受伤？"慈母的天性流露无疑。傲文还是第一次发现母亲原来如此关切自己，愣了好半晌，才道："我没事。"

桑紫泣声道："我不知道他要行刺的人是你，对不起，对不起……"傲文道："什么？"

阿曼达皱眉道："这到底是怎么回事？刺客是如何混进来的？"大伦低声道："王后，这刺客就是桑紫夫人带进大殿的侍从。"

阿曼达满脸愕然，一时不及思虑更多，道："有贵客在此，先带刺客下去，回头再审问不迟。"大伦道："遵令。"

希盾道："等一等！王后，刺客来路不明，意图不轨，最好是当场在这里审问清楚，以免外人说楼兰有包庇刺客之嫌。"

他早已经明白过来，桑紫将刺客装扮成侍从带进王宫，目的就是要刺杀他，可不知道因为什么缘故，刺客又临时选择了傲文作为行刺对象。他心中疑虑甚多，岂肯让楼兰一方就此将人带走？当即抢过来，狠狠瞪了桑紫一眼，伸手扯下那刺客脸上的假胡须，露出一张浓眉大眼的方脸来，可却不由得愣住——那刺客不是旁人，正是失踪已久的墨山王子约藏。

约藏见伪装已被撕去，冷笑一声，道："希盾国王陛下，你好啊。"阿曼达问道："他是谁？"希盾道："墨山国王子约藏。约藏，本王派人四处找你，你如何来了楼兰？"约藏怒道："陛下不是明知故问么？傲文逼死我父王，我跟他仇深似海，非杀了他报仇不可。还有你，希盾国王，你将那狐媚贱人卫师师送给我父王，根本就没安什么好心。"

外人原本不知道墨山新王后卫师师的来历，忽听约藏宣称是希盾所送，大是惊奇。问天国王尚未出来，事情又牵涉到自己的亲妹妹，阿曼达一时也不知道该如何是好，便问道："问地亲王，你执掌本国刑律，你看该如何处置？"

问地微一沉吟，即答道："天下人均知楼兰刑法的根本是'凡在当地犯罪者，务必死于当地'。约藏是墨山国王子，不可能不知道这一条。他既然踏上楼兰国境，就等于认同这条法令。如今他混进王宫行

刺傲文，意欲破坏楼兰、于阗和谈，罪大恶极，即使他是王子身份也不容宽恕，应该立即押出殿外处死。"阿曼达道："嗯，这个……"

问天和须沙正引着盛装的芙蕖出来大殿，忽见侍卫押着一名五花大绑的男子站在一旁，不觉惊诧万分。扈从在国王身后的未翔忙抢过来问道："出了什么事？"

旁人不及回答，约藏已大声道："我是墨山国王子约藏，今日到此，特意来杀傲文。"

之前变故突生，约藏虽然被捕，但殿下众官员离得甚远，并不知道究竟，忽听到刺客自报身份，登时一片哗然。

问天皱眉道："既是墨山约藏王子，还不赶快松开。"命人解开绑绳，道，"王子，手印国王意外去世，确实跟我楼兰有很大干系，对此本王也不想多辩解什么……"

刀夫忽插口道："手印国王之死分明是傲文一个人的错，伯父为何要替他揽过？"问天朗声道："傲文是我楼兰国王储，他言行举止所引发的一切后果，自然要由楼兰国来承担。"

刀夫"啊"了一声，结结巴巴地问道："伯父，你……你要立傲文为王储？"他既意外又震惊，脸本能地阴沉了下来，沉得好像即将有一场大雨倾盆浇下。

问天道："不错，从今日开始，傲文王子就是楼兰国的王储。"走到约藏面前，道："王子，尊父新逝，墨山无主，你还是尽快赶回营盘继承王位吧。"

约藏恨恨道："你们今日不杀我，来日我必定要兴兵报复。"问天道："那么，楼兰将会严阵以待。未翔，送约藏王子出城。"未翔道："遵命。"示意侍卫挟了约藏的手臂，将他带出大殿。

希盾哈哈大笑道："傲文，你小子真是好运，今日大难不死，又被立为王储，当真要好好贺喜。"转头见到楼兰公主芙蕖容颜美丽，千娇百媚，正牵着须沙的手，显是十分亲昵，更是喜上眉梢。

桑紫呆呆盯了须沙好大一会儿，忽见须沙转过头，正好面对她，望着那熟悉的眉眼轮廓，不由得心如波涛，起起伏伏，思绪随着回忆飘向远方。

傲文早得阿曼达暗中嘱咐，见母亲脚下一动，便立即挽住她手臂。桑紫一挣未能挣脱，道："你做什么？快些放手。"

傲文见母亲正与须沙对视，各自流泻出一种莫名难言的奇妙情感，心中不知道什么怪异滋味，当即道："不，我不放。就算母亲要放开我，我也绝不会放开母亲。"桑紫闻言一震，转过头来，怔怔地凝视着他，仿若从来没有见过这个亲生儿子。

问天见约藏已被带走，正要宣布宴会开始，傲文忽道："陛下，我手臂受伤，怕多有失仪，请求告退。"问天见他左手捂住的伤处不断有鲜血渗出，才知外甥受伤不轻，忙道："好，你先下去，快传御医。"

傲文转过身，朗声道："感谢诸位来我楼兰做客，傲文身上有伤，不得不先告退，请各位远客务必尽兴。"欠了欠身，这才扶了母亲，昂然出殿。

在场的楼兰大臣不少，均了解王子为人，不明白一向狂妄傲慢、桀骜不驯的傲文为何忽然变得如此礼数周全，显示出罕见的楼兰王子的大家之气，莫非是因为当了王储的缘故？

傲文扶着桑紫回到自己的宫殿，肃色问道："母亲如何会认得约藏王子？"桑紫道："是他自己来蒲昌海找我。傲文，昨日你来精舍，我本来想出来见你，可被约藏王子制住。他要我带他到王宫参加宴会，我以为他要杀的是希盾。对不起，是阿母害你受伤。"

原来当日傲文率奇兵占领墨山王宫，手印国王见宫门被封，逃走已来不及，便让约藏王子和约素公主化装成仆役、侍女，他自己则被楼兰兵士搜获后押去大殿，不堪忍受楼兰王子傲文污辱而自杀。约藏兄妹也当了俘虏，不过混杂在一群侍女中，身份尚未暴露。后来傲文被于阗国王希盾反困在王宫中，依照约定释放了人质，约藏也得以逃生。他本待立即上前表明身份，却看见王后卫师师与希盾眉眼暧昧，这才恍然明白希盾是有意将卫师师送给父王，又一再促使父王立其为王后，根本就是为了控制墨山。他遂没有站出来，而是寻找机会带着妹妹约素逃到可靠的心腹家中，后来果然听说卫师师派出军队在营盘城中寻找他们兄妹，更是不敢轻易露面，怕被王后加害。

不久后的局势更是匪夷所思，于阗与楼兰议和，希盾居然下令放走了傲文，又不准墨山军民向楼兰人报复，朝政也由王后卫师师全面把持。约藏对此自然是怒火冲天，决意复仇，既然墨山暂时难以立足，便与妹妹约素一路跟随傲文来了楼兰，预备行刺。可傲文本人武艺不弱，身边又是武士环伺，他根本无法近身。

然而对于有心人来说，事情总会有所转折，到楼兰王都扜泥后，约藏无意中听说傲文生母桑紫多年来一直隐居在蒲昌海，遂赶来蒲昌海精舍，挟持了桑紫，预备利用她混进王宫宴会，当着于阗国王希盾的面刺死傲文。这样他不但能报父仇，给希盾一个下马威，希盾也不会好意思让楼兰人当场杀他，说不定能全身而退。

刚好那时萧扬、傲文两批人前后脚赶到，若不是傲文身边带了不少侍从，约藏又顾念妹妹约素的安危，说不定就会立即冲出去血战一场。那披着黑色羃羃的侍女正是墨山公主约素，她出面应付，谎称桑紫夫人出了远门，顺利诓走了傲文王子。不料笑笑生发现了屋后没有卸下马鞍的马匹，萧扬起了疑心，遂又折返回来。笑笑生闯进屋时，约素本就十分紧张，还以为行迹已经败露，立即出刀制住了他。

桑紫被约藏用刀制在内室，对外面一切动静听得一清二楚，她得知约藏是想混进楼兰为迎接于阗王举行的盛宴，一厢情愿地以为他是要行刺希盾，立即主动表示愿意提供帮助。约藏自然不信。桑紫告知与希盾有不解深仇，她最大的心愿，就是看着他死在她面前。约藏这才明白这女人会错了意，当即将错就错，也不点破。突然发生了约素举刀对付笑笑生事件后，约藏正犹豫该不该冲出去，约素又反被萧扬制住。桑紫再次表示愿意帮忙，他遂放开了她。桑紫出来堂中，几句话就打发走了萧扬。

次日，约藏化装成侍从，跟随桑紫进宫。按照桑紫的步骤，她直接带着约藏走到希盾面前，一刀杀死他。计划倒是顺利得很，只是她万万料不到约藏真正要刺杀的目标是她的亲生儿子傲文。幸好希盾及时觉察，不然后果万难预料。

傲文明白了事情究竟，叹了口气，道："我这就送母亲回去。"桑紫道："可是我还想再见见须沙。傲文，你会帮助阿母，对不对？他其实是你的……"傲文打断了她，坚决地道："母亲，你绝不能再留在这里，暂时也不能回蒲昌海精舍，我先送你去外公的宅邸。"

桑紫道："我还是想……"傲文厉声道："我说了不行。"桑紫便低下头，不再言语。

傲文料来以希盾睚眦必报的性格，绝不会就此干休，万一要求问天处罚母亲，事情可就不好办了。当即匆匆裹了伤口，换了便服，让桑紫也换了一身大而肥的侍卫衣服，掩盖住倾城国色，这才召集心腹侍从，出来王宫。

三间房前的广场上，人海如潮，熙熙攘攘，有扈从希盾的黑甲武士，更多的是赶来看热闹的楼兰百姓。忽见傲文王子出来，立即高声欢呼道："王子！王子！"傲文点点头，向人群示意。

侍从在前面开出一条道来，扶王子上马。傲文忽然留意到人群中一张熟悉的面孔，正是昨日在母亲精舍前见过的中原男子萧扬，微微一愣间，他却一闪即没入人群不见了。

走出广场，转入人流稍少的东大街，傲文即叫过大伦道："你送夫人到东寺我外公住处，别让人看见。再告诉那里的管家，没有我的命令，不准夫人出门，明白么？"大伦道："明白。"和弟弟小伦带了两人，护着桑紫往东寺而去。

傲文便往北转了一圈，拨转马头欲抄近道回宫。刚步入小巷，便听见里面"叮叮当当"有兵刃交接声，正有几名黑衣男子各举兵刃，在围攻一名中原男子。一名道士站在一旁，脸色煞白，瑟瑟发抖。侍从大惊失色，急忙拔出兵刃，护住王子。

傲文认出那中原男子和道士正是昨日在母亲精舍前见过的萧扬和笑笑生，很是奇怪，却不上前，只站在一旁静观其变。

却见那中原男子使一柄钝剑，兵器虽钝，却是剑法精绝，迅若雷霆，疾如风雨。剑光霍霍，恍若一道光圈，护住全身。那几名黑衣男子招式不及对方精妙，一时间难以攻进剑圈，却是配合默契，进退有据，牢牢困住敌人。

一名侍从道："王子，看这些黑衣人围攻的身手步伐，应该是训练有素的军人。"傲文点点头，道："是脱了戎装的于阗黑甲武士。"当即扬声叫道："住手！"

正在恶斗的众人均吃了一惊。笑笑生扭转头一看，即大叫道："杀人啦！杀人啦！"双手乱舞，奔近傲文，指着背后道："傲文王子，他们要杀人！要杀人！"生怕背后的敌人追来，抬脚便走，竟穿过侍从队伍，就此奔出巷去。

黑衣人听说来者就是楼兰王子傲文，互相使个眼色，舍了萧扬，往巷口另一端逃去。

侍从正要追赶，傲文道："不必了，带那中原人过来。"侍从便过来缴了萧扬的长剑，将他推到傲文面前。

傲文道："我们是第二次见面了，看不出你的剑法居然这么好。"萧扬道："多谢王子褒奖。"

傲文问道："你明明可以伤人脱身，为何只取守势？"萧扬道："伤他们确实不难，可我听说楼兰国刑律森严，凡在本地犯罪者，务必死于当地。当街斗殴伤人罪名不轻，我不敢轻易冒犯。"

傲文道："你倒是很识得轻重。那么我问你，你昨日去蒲昌海精舍找我母亲做什么？可是与今日大殿行刺之事有关？"萧扬惊道："今日宴会上有人行刺么？不，我完全不知情，我去拜访桑紫夫人，只是要打听一个人。王子走后，我的同伴发现屋后有两匹马，马鞍还未及卸下，猜想桑紫夫人应该在家，遂又回来求见。一番周折后，倒是如愿见到了夫人，却被她很快打发走了，原来她根本不认得我要打听的人。"

傲文见他所言与母亲的描述完全能对上，便完全相信了，又问道："适才那些于阗武士为什么要追杀你？"萧扬微一犹豫，道："有些私人恩怨。"

其实他知道这不仅仅是私人恩怨，于阗人也不是要杀他，而是要活捉他，好拷问出游龙下落。之前阿飞指认出他中原通缉重犯的身份，随即被未翔下令带去驿馆软禁。不久，于阗国王到达三间房，驿馆上下都蜂拥出去看热闹，他即找机会逃了出来。正好遇到楼兰文书大臣阿里引着部分于阗黑甲武士来驿馆歇息，武士首领尼巴认出了萧扬，立即派人追踪他。萧扬在广场上转悠了半天，就是为了甩掉背后的于阗武士。出来广场时，正好遇到赶来寻他的笑笑生，遂一道离开三间房。哪知道还是被于阗武士在小巷中追到，一场厮杀，又意外遇到了楼兰王子傲文。

傲文见萧扬神情，料来他没有说实话，不过内心很赞赏对方出神入化的剑法，能使出这样一手剑法的人，应该也不是平常人，不愿意多加为难，命侍从将剑递还，道："现在城里有不少于阗人，你可要多加小心了。"提马欲行。

萧扬忙道："等一等！王子，你可有听过游龙的名字？"傲文道："当然，大漠中令马贼闻风丧胆的英雄，也是拯救车师的英雄，西域人谁能没有听过他的名字？"

萧扬道："那么王子可认得游龙？"傲文道："不认得。听说他已经悄悄离开了车师，不然我倒真想请他来我们楼兰做客。你问这些做什么？"萧扬道："我也只是仰慕游龙，想多知道一些他的事迹。"当即让到一边，道，"王子先请。"目送傲文一行走远，才转身往巷口走去。

笑笑生不知道从哪里钻了出来，抹抹额头的汗，道："刚才好险！喂，到底要不要告诉阿飞你就是游龙？我才刚刚把你的坐骑、割玉刀寄存在客栈就遇见了他，他一直痛骂你呢。"萧扬道："不必了，我们还是尽快离开楼兰为好。"

楼兰、于阗两国盛宴百年难遇，虽然出了点小风波，导致新王储傲文王子受伤退席，但之后却进行得相当顺利，双方君臣不断相互敬酒，芙蕖公主更是大方得体，无论是问天夫妇，还是希盾父子，都很满意。欢宴一直持续到太阳下山，希盾国王已露醺态，只得扶了须沙回来驿馆歇息。

一进房间，希盾即推开须沙的手，命道："你先回房歇息，茫木留下。"须沙这才明白父王是在装醉，也不敢多问，只得应道："是。"

希盾等须沙退出，这才坐下来问道："派出人手去追踪约藏了吗？"茫木道："已经派了六名精干武士出城。臣交代他们化装成马贼，在楼兰、墨山边境处杀掉约藏王子。"

原来墨山王后卫师师正是希盾处心积虑安插在墨山国的棋子。通过今日在大殿的言行，希盾感到约藏王子难以控制，决意除掉他，永绝后患。最妙的是约藏今日在楼兰王宫大殿公然行刺楼兰王储傲文，大大闹了一场，他死在回国继承王位的路上，楼兰的杀人嫌疑自然最大。

希盾道："嗯，这样安排很好。"

茫木犹豫了下，还是问道："臣还是不明白，陛下为何要在大殿上救傲文一命？当初在墨山营盘放过他，是因为局面对我方不利，情有可原，今日若是让约藏当众杀了他，墨山、楼兰从此是死敌，局势岂不是对我们更有利？"希盾道："你不明白，傲文是本王安排的一颗关键棋子，日后将有大用，可不能就让他这么白白被约藏捅死。"

茫木道："还有一件事，问地亲王也希望与我们于阗结亲。"希盾冷笑道："就凭他那窝囊儿子刀夫就想娶我的女儿么？不过别着急拒绝他。刀夫也想当王储，咱们必要的时候得帮帮他。"

茫木听国王既要坚决地支持傲文，又要支持刀夫，百般不解之时，武士首领尼巴不待通报便闯了进来，禀告发现萧扬踪影但追捕未获一事。

茫木立即起身道："臣这就亲自带人去围捕萧扬，好追踪游龙下落。"希盾道："既然已被傲文撞见，暂且不必了。如今咱们在楼兰国境，动静闹得太大反而不好。"茫木道："是。"

希盾又想起白日大殿之事来，道："桑紫这贱人竟敢公然将刺客带到本王面前，我这次绝不会轻易放过她！"举起拳头，狠狠砸在桌案上。茫木道："臣这就派人去办。"刚躬身退出，又匆匆进来禀告道："陛下，有客。"引着一人进来。

那人披着一件宽大的藏青色大氅，全身笼罩在漆黑当中，看不清面孔。希盾笑道："王后，我早知道你会暗中背着你夫君来与我相会。"那人揭下帽子，当真是楼兰王后阿曼达。

希盾挥手命范木和所有侍卫退出，亲自掩好房门，笑道："你是来看我醉酒醒了么？"阿曼达肃色道："不，我是为我妹妹桑紫之事而来，而且也已经告知夫君我来了这里。"

希盾道："那么，问天就不怕你我之间旧情复燃么？"一边说着，一边伸手往她肩头扶去。阿曼达退后一步，道："陛下，事情已经过去二十多年，而今你我膝下儿女已经长大成人，我们又结成了亲家，这就请你将往事忘了吧。"

希盾不悦地道："就算我肯忘，桑紫肯么？你亲眼所见，她带约藏入宫，原本是想要杀我。这贱人当真是不安分，处处想置我于死地，不肯让你的女儿嫁给我的儿子。"阿曼达道："陛下，桑紫确实有不对的地方，我替她向你道歉。"希盾冷笑道："阿曼达，我和桑紫之间的恩怨可不是你一句道歉就能化解。你也知道我的为人，今日之仇我非报不可。"

阿曼达道："桑紫当年那么爱你，你却伤透了她的心，难道陛下自己一点责任都没有么？"希盾怒气顿生，道："哼，她当年爱我是没错，错就错在她不该为了得到我的爱不断从中挑拨离间，如果不是她，你本来该是我的王后！"

阿曼达摇头道："不，就算没有桑紫，我也不会嫁给你。陛下，时过境迁，多提无益，若是你还念一点往日情分，请你这次放过桑紫，她是我唯一的亲妹妹，而且……而且也是须沙的生母。你难道不能为须沙多想想么？"

希盾长叹一声，语气缓和了下来，问道："你喜欢须沙么？"阿曼达叹道："很喜欢。我今日看到他，就好像看见了年轻时候的你。"希盾低声道："阿曼达！"上前一步，握住了她的手。

两人四目交汇，几十年的风云在脸上急剧翻滚着，心底深处最柔软的草地忽然沐浴到一阵和风细雨，细细的嫩芽冒了出来，一片翠绿中幻化出奔腾的骏马、快乐的年轻男女。原来岁月并没有抹平记忆，那些往事一直还留在原地。

希盾喃喃道："阿曼达，这二十多年来，我无时无刻不在想念你。"俯下头，朝阿曼达嘴唇吻去。阿曼达身上大氅滑落，她陡然惊醒过来，急忙推开希盾，道："陛下，正如我所言，桑紫是须沙王子的母亲，请你多为他考虑。"捡起大氅重新披好，匆匆开门走了出去。

希盾望着她的身影瞬息没入黑暗中，忽然感到一丝倦意，坐到椅子中，闭目眯了一会儿，忽感到有阴风穿堂入室，蓦然张大了眼睛。

几乎就在同时，外面的夜空中响起了一声霹雳。那声音不但巨大，而且带着阴惨的气息，就连从来处变不惊的希盾也感到一阵莫名的惊悸。他从座位上跳了起来，奔过去推开窗户，却见西边的天空边际不断有红光闪烁，映出黑黝黝的天空，仿若来自地狱的魔鬼的眼睛。

霹雳不但惊动了于阗国王希盾，也震撼了楼兰君臣百姓。此刻正是酷暑夏季，正是楼兰一年中最喧闹的季节。王都扜泥的夜市本来正如往常一样，火树银花，亮如白昼，挤满了本地人和外地人，蜂屯蚁聚，纷纷攘攘，热闹非凡。蓦然空中一声惊雷巨响，登时压过了满街的欢声笑语，人们各自呆立住，不自觉地感到一阵战栗，心跳加快。

漆黑的夜空更黑了，甚至呈现出一种死人的恐怖灰色来。片刻后，更多的炸雷滚滚而来，如波涛汹涌，从遥远的天际投到扜泥的上空，掷到人们的头顶。天幕压得更低了，仿若伸手就能触摸到。一股狂风平地掠过，像张牙舞爪的怪兽，肆意席卷着全城，鸡蛋大小的冰雹如豆子般倾天而降，无情地砸向地面的一切。人们在片刻的惊愕后，这才四下惊散，发疯一般寻找遮蔽之处。他们互相冲撞着，拥挤着，踩踏着，尖叫声、哭喊声响成一片。

问天国王和阿曼达王后闻声登上三间房的最高建筑明光塔，居高临下地俯瞰扜泥全城，既惊奇又畏惧地望着上天凭空而降的灾难。国王夫妇长久地不发一言，眉头紧锁，显得心事重重。

天空又是一声惊雷巨响。阿曼达终于失去了王后的冷静和风度，攀住丈夫的手臂，颤抖问道："难道……难道厄运真的要降临到楼兰头上了么？"她似乎已经预见到命运的可怕变化，心里惴惴不安，总觉得有比狂风冰雹更凶恶的命运冲着楼兰而来，她和所有的子民将无法逃避。

问天没有回答，他强作镇定的表情掩饰不住内心的紧张和焦虑，不由自主地抓紧了妻子的手腕……

全楼兰最镇定的人当属傲文，他只在第一声霹雳响时从床上惊起，随即便又重新躺回床上。他有着自己浓厚彷徨的心事，并没有因为当上王储而高兴起来。他想知道母亲和希盾的往事，想知道她是不是因为太爱须沙才如此恨希盾，想知道芙蕖表妹为何忽然完全变了一个人，他想得太多，甚至根本想不起要去关心外面的雷声和冰雹声。

也不知道过了多久，外面陡然安静了下来，他便歪头沉沉睡去，直到侍卫进来床前禀告，说国王召他立即赶去书房。

傲文穿好衣服，往内宫而来，看到院中地上积满了冰雹，足有一尺来厚，不觉露出惊奇之色。侍卫领他径直进来书房，转过屏风，递过来一盏灯笼，指着墙上一道小门道："这里是禁地，属下不敢擅入，请王子自己进去。"傲文点点头，推开铁门，拾级而下。

这似乎是一个天然的地下石洞，两旁的岩石上轻微地渗着水，潮湿使通道的台阶变得格外湿滑。傲文小心翼翼地举灯走了很长一段路，才到达一间密室前。密室的门正虚掩着，他没有贸然进去，只朗声叫道："姨父，傲文求见。"只听见问天在里面应道："进来吧。"

国王的声音空旷有回响，听起来异常疲惫，这不免让傲文有了一种很不好的感觉。微一踌躇，还是举手推门而入。

跟外面通道的潮湿阴冷不同的是，这间石室温暖而干燥。在摇曳不定的烛影中，十几丈高的密室尤显得空阔悠远。楼兰国王问天背朝大门，静静伫立在案桌前，痴痴发呆的样子仿佛是在回忆一个遥远的梦。略显单薄的身板被光影拉得老长，给这间石室平添了几分神秘。

傲文走上前去，却见那张玉石案桌上方挂着一幅图，看上去年代已久，画的是中原传说的女娲补天。图中女娲螺髻高额，正抬头仰视炉鼎，鼎中热气冉冉升入空中。画面生气勃勃，栩栩如生。

傲文四下打量，从适才禁地的入口和走过石级的距离来判断，这密室应该就位于王宫的护城河下。他实在是有些惊讶，自小在王宫中长大的他竟然从来不知道王宫地下还有这样一间密室。建造这石室决非一日之功，看来应该是祖辈所建。可为什么要在护城河下建这样一间空荡荡的密室呢？

尽管心中有很多疑问，但傲文还是很好地保持了一贯的沉静和冷漠，悄然站立在一旁，一言不发。

问天细眉细眼，外貌寻常而普通。只有当他抿起嘴时，才会流露出一丝国王的威严。平和的双眼中，偶然也有精光一闪。他面色凝重，似乎正要决定什么重大事情，身子因为紧张而有些发抖。

傲文从未见过国王如此焦虑，正待发问，问天蓦然转过身来，沉声道："自从楼兰建国以来，就有一个天大的秘密，在历代国王中代代相传。傲文，你过来，现在是时候告诉你了。你要知道，我们楼兰未来的命运就全在这里。"

傲文有些莫名惊诧，不懂国王到底在说什么。但他依旧不动声色，走上前去，顺着国王手指的方向望去——桌案上有一面瑞兽铭带玉镜，直径大约一尺，内区有四只麒麟绕镜作奔驰状，麒麟间用缠枝葡萄做装饰，外区有一圈铭文带，似是什么古怪的文字，又似花鸟蚊虫图案。

问天道："这是我们楼兰的镇国之宝，是先人留下来的古物，已经有几千年的历史。"他面色凝重，眉宇间的忧虑更重了。

傲文不禁一呆，疑惑地说："但这分明是中原的东西、中原的文字……"他又一指那幅图："这是中原人奉为开天辟地始祖的女娲么？为什么这里也会有供奉？而且，我从来都没有见过……"

问天先是点点头，接着深深叹了口气："我们楼兰，跟中原本来就是一脉相承……"

傲文一向是一个很沉得住气的人，但他听了这话还是大吃了一惊:"怎么可能?"问天叹道:"这要从很早之前说起,我们楼兰和中原的渊源说起来都是几千年前的事了……"

国王缓缓讲完了一段惊心动魄的往事,神色开始悲戚起来,叹惜道:"我们的先人为了避免给后代带来灾难,几乎摈弃了一切中原的特征,语言、文字、服饰、生活习惯……如果不是因为那个诅咒,很可能连我都不会知道这段古老的传说……"

傲文开始觉得不可思议,随即感觉有些可笑,道:"难道姨父也相信这些么?就算我们楼兰的先祖真的被黄帝用鲜血诅咒,但他已经死去了几千年,难道他盛怒下的气话还真能成为不死的幽灵,永久地笼罩在我们楼兰头上?姨父,你一直为楼兰干旱忧心不已,最近西域又发生了这么多事情,我看你是太累了,不如好好休息一下,不用再去担心这个所谓的诅咒……"

问天无奈地道:"你这孩子,我就知道你不会相信。"一边说着,一边飞速地从腰间拔出匕首,割破左手食指,将血滴在那面瑞兽铭带玉镜上。

傲文大惊失色,抢上前来道:"姨父,你这是做什么?"

问天却毫不客气地将他推开,道:"这面玉镜,就是当年中原黄帝的兄弟——炎帝的遗物,据说它跟黄帝所拥有的轩辕剑一样,都蕴藏有上天赐予的神力……"

傲文很是不以为然,他正待再劝说国王不要再为这种捕风捉影的传闻而苦恼,就在这个时候,那面玉镜起了一些微妙的变化。他立时注意到了,死死盯着玉镜,突然觉得口舌有些发干,不觉舔了舔嘴唇,艰难地道:"……这怎么可能……难道这……这会是真的?"

第四章

大漠奇遇

果见天宇寥廓，芬芬尘寰，沙海极目之处，一道笔直劲拔的青烟升入天空，直指苍穹。斜阳似火，孤烟如柱，气象萧索，一幅雄奇画面。

沙漠浩瀚无边，有沙漠就会有辽阔壮丽的奇景——平沙漠漠，绵延无尽，弧状的天际空旷静谧，气势磅礴，雄浑壮阔。阳光轻轻抚慰着柔软的沙子，沙子却抗拒般反射出耀眼的光芒。而一旦风暴来临，风沙狂野暴戾，咆哮着，怒吼着，如同一只巨大的无形的手，残酷地撕扯着一切。莽莽沙雾下，只有无边的肆虐与压抑。这是一个粗犷野性的世界，不肯沾染丝毫的红尘温软气息。

希盾率领大军离开楼兰数日后，楼兰王储傲文也带着问天国王亲自交付的秘密使命上路了，只不过这次他扮作了一位普通行商，身边也只带了大伦、小伦以及阿库、刀郎四名侍卫——大伦兄弟是他自幼的心腹；阿库和刀郎则是从王宫卫队中精挑出来的老侍卫，均已年过四旬，阿库在大漠绿洲中长大，有着丰富的沙漠生活经验，刀郎年轻时当过向导，曾有穿越塔克拉玛干的经历。

这并不是傲文第一次踏上大漠，可当他不像从前那样左呼右拥而是有了时间来留意身边的一草一木时，他才真正发现大漠的无情和美丽。

小伦笑道："王子可有听人说过，'沙漠美丽，因为沙漠的某处隐藏着一个美丽神秘的女人'。"傲文不以为然地嗤笑一声，道："这样的地方，再美的女人也变得不美了。"

大伦道："塔克拉玛干这么大，我们要到哪里去找王子殿下要找的东西？阿库和刀郎不是都从来没有听说过轩辕之丘这个地方么？"傲文道："嗯，我们暂时只能往大漠深处走，等待海市蜃楼出现，然后沿着蜃景的线索寻找。"

五人便继续西行，风餐露宿。对傲文这样养尊处优惯了的王子来说，此番大漠之旅自然要吃不少苦头。临行前刀郎本建议乘骑骆驼，但傲文不同意，坚持骑马出行。在西域，骆驼是商队最常使用的乘坐和运载工具，贵族和达官偏好骑马，尤其是大宛国产的骏马。然而骆驼有"沙漠之舟"之称，马匹在耐力和抗风沙能力上远远不及，因而愈深入大漠，脚程愈发减慢。

尤其糟糕的是，这一带所找到的水源都带有咸味，根本无法解渴。幸好刀郎极有经验，带了一袋生面粉，放在水中煮开，可以吸掉大部分的盐分。

四周荒无人烟，晚上只能寻找背风处宿营。有一日，小伦不知从何处寻来了两个死人骷髅，分给兄长一个，夜晚睡觉时当做枕头枕在头下。到了夜半时分，忽有绿色鬼火闪耀，那两个骷髅竟然如同活人一般，蠕蠕掀动。大伦兄弟吓得跳了起来，瞪视那两个活动的骷髅半晌，大叫一声"有鬼"，各自拔出佩刀便朝骷髅斩去。

余人早被惊醒。刀郎忙叫道："千万不要动手！不然它们的冤气就缠上你们了。这不是有鬼，是这两人死得冤枉，是被人斩断首级而死。因一刀来得太快，死时生气未能散尽，郁伏于首级中。适才你们兄弟枕着它们睡觉，人气温蒸，激发了它们内中生气散发出来，所以它们会自己跳来跳去。但其中生气有限，很快就会耗尽了。"果见那骷髅又滚动了几下，便彻底顿住不动了。

小伦吓得不轻，再也不敢拿骷髅当枕头用，当即在营地边上挖了个坑，将骷髅仔细埋好，合十鞠了一躬，这才作罢。

路途虽然越来越艰险，然而总有许多从未经历过的新鲜体验，众人倒也不觉为苦。

这一日，终于抵达阿库生长的垓下。这是一个不小的村落，建在一块宽一里、长十余里的狭长绿洲上。一条地下河神奇地从村首冒出地面，穿越了整个村子。轻灵缥缈的景色里，林木葱翠，绿草如茵，透露出浓郁的生命气息。一些不知名的花儿吐出淡淡芬芳，令人心旷神怡。

绿洲之民最为好客，更不要说阿库还是生长在这里，一行人受到了最热烈的欢迎。村民虽不知道傲文是楼兰王储，然而见他气派十足，阿库等人对他极是尊敬，料来他大有来头，也将其奉为尊客。

阿库去向村里最年长的老人打听轩辕之丘所在，一无所获。但却意外得知前几日有两个中原汉人来过垓下，也打听过这个地方。傲文闻报，大吃一惊，仔细问明中原人外貌身形，居然很像是曾有过两面之缘的萧扬和笑笑生。一时间惊疑不定，心道："姨父说轩辕之丘埋藏着破解黄帝诅咒的神物，是我楼兰最最机密要紧之事，只在历代国王中相传，那萧扬和笑笑生如何会知道轩辕之丘？莫非他们也想得到神物，好以此来掌控我们楼兰国的命运？于阗黑甲武士当日追杀这二人，莫非也是跟神物有关？"一想到轩辕之丘涉及整个楼兰国的命运，不免十分后悔不该两次将萧、笑二人从自己眼皮底下放走。忙叫来大伦低声嘱咐一通，命他和阿库立即折返回楼兰，将情况禀报国王。

大伦道："我们走了，王子身边只剩下两个人，大漠茫茫，如何能让人放心。"当即请阿库从村民中挑了两名可靠的精壮男子阿勇和阿峰，护送傲文王子继续西行。

这次傲文听从村长的建议，换骑了骆驼。这是因为前面的道路越来越艰难，充满不可预知的危险，骆驼比马匹更能适应环境。而且人乘坐起来平稳舒服，远较骑马节省体力。

骆驼长着小脑袋、大眼睛、长睫毛，身上棕黄色的绒毛不但很厚，而且与沙漠浑然一体。驼掌扁平，既宽又厚，走路时脚趾分开，不会陷入松软的沙里，因而特别适合在沙漠中行走，然而在戈壁这样的硬地上却很容易损伤蹄子。它的脚上还有一大片厚实的胼胝，等于脚下有块又厚又软的肉垫子，能很好地隔热，行走在滚热的沙石上也不会觉得烫。驼峰则是个贮存养料的仓库，只要让骆驼一次吃饱喝足，在沙漠中可以不吃不喝坚持走十几天。它还是茫茫沙海中的"向导"，它对风沙敏感，鼻孔会开闭，一遇风沙，就会紧紧闭合。在风暴未来临之前，它会有所预感，自行趴下，提示主人预先做好防备。

唯有一点不足，骆驼脚底柔软，到冬天不能像马匹那样刮去草地上的冰雪吃草，完全得靠饲料喂食。不过现在既不到冬季，沙漠上也没有草地可吃，这缺点完全可以忽视。

走了几天，傲文渐渐喜欢上了骆驼，虽然它长得憨态可笑，然而有着伟岸的躯干、稳重的步伐以及坚韧不拔的毅力，最适合任重道远的艰险路途。

一路深入大漠。瀚海无垠，萧条万里，别说人影，就连活的动物也没有遇上半只。沙丘的前面是沙丘，后面还是沙丘，处处是沉重的单调，挑战着途人忍耐的极限。在这样浩荡的天地中，人像一叶孤舟踽踽飘浮，不免感到格外渺小，格外孤寂。而沙漠的神秘和可怕之处在于——即使它是寂静无声的，也绝不是空无一物，寂静的背后充满难以想象的企图以及难以抵挡的阴谋。威胁时时刻刻如影随形。

某日夕阳时分，忽见到几只苍鹰在一架陡峭的沙梁上飞上飞下，空旋徘徊，甚至远远能望见它们眼睛中锐光发亮。刀郎忙道："那边一定有尸首。"

驰得近些，便看到前面沙丘下半坐着一名灰头土脸的汉子，下半身都埋在沙中，似乎人还活着，所以那几只苍鹰尽管馋涎欲滴，还是不敢冒险扑下去啄食。

刀郎忙翻身跳下骆驼，抢过去将那汉子挖出来，却见他腹部被捅了两刀，尽是凝固的黑血，已然活不成了。

傲文见他一身中原汉人打扮，很是惊奇，问道："你是中原人么？"那汉子勉强点了点头。傲文道："是谁伤了你？"汉子道："宝藏……周穆王宝藏……"身子一挺，就此死去。

阿勇道："这一定是结伴来大漠寻宝的中原人，起了内讧，他是被他同伴杀死。"傲文道："你怎么知道？"阿勇笑道："从我爷爷那代人开始就听说这种事，见怪不怪了。王子，你真相信有周穆王宝藏这回事么？"傲文道："我可不关心这个。"

刀郎道："属下以前当向导的时候听过宝藏的故事，据说最开始是一个商人发现的，他因为财物被马贼抢走，欠下了一身的债，后来被债主逼得没有办法，只好逃入大漠，预备埋骨黄沙，安安静静地死去。哪知道无意中走进了一座废弃的古城，发现了成堆的金银财宝，他不但还清了债，还一跃成为大富翁。之后无数人去寻找那座古城，却都是有去无回。"他讲得兴起，旁人也听得入迷，只有傲文对所谓的宝藏之事不以为然。

几人任由汉人的尸体留在了原地，无须人力来刻意安葬他，大漠风沙很快会吞噬他的肉体，直至剩下一堆白骨，供后来的寻宝者生火取暖。

夕阳下的大漠有种特别浓沉的璀璨，金灿灿的辉煌铺天盖地。小伦忽远远见到前面有异动，忙道："王子，快看，那边有户人家。"

果见天宇寥廓，莽莽尘寰，沙海极目之处，一道笔直劲拔的青烟升入天空，直指苍穹。斜阳似火，孤烟如柱，气象萧索，一幅雄奇画面。五人精神大振，忙循烟而去。

行了大约十几里，眼前蓦然出现一小块绿洲——一潭泉水呈现出蓝宝石一般的光泽，水面上浮着几只黑头鸟，水边则生有一片胡杨和红柳，几匹马和一群羊正在林间悠闲地吃草，静谧恬淡，生机盎然，一派诗情画意。

更不可思议的是，树林边上建有一座黄色土房，围着低矮的土墙。墙体以红柳、芨芨、芦苇、罗布麻等天然植物混合砂土、碎石叠压夯筑而成，比石墙还要坚固，能够抵御大漠最厉害的狂风，正是大漠中独有的"苇墙"建筑。

院子中只有一棵柽柳树，余处晒满供烧火用的马粪，以致房子四周弥漫着浓厚的马粪味道。一名年轻的蓝衣女子挽着衣袖，正在树下的水井处打水，听到马蹄声靠近，只抬头看了一眼，便又冷漠地低下头去，提了水往屋里去，腰肢一扭一扭如水蛇般灵活。

眼前所见，尽为美景，如同梦寐，又仿佛是生命中的奇迹。

小伦笑道："原来传说是真的，沙漠的某处真的隐藏着一个美丽神秘的女人。"刀郎见傲文点头示意，便翻身下驼，走进院中道："我们是路过此处的行商，想进来喝口水，暂作歇息，可以么？"

那女子又提着空桶出来，冷冷道："水可以随便喝，歇脚、吃饭、住宿都要加倍算钱。"刀郎道："原来这里还做客栈的生意。"

蓝衣女子道："来这里寻宝的人这么多，白吃白住你受得了么？"刀郎便掏出两枚金币递过去，问道："这个够了么？天色不早，我们想在这里住一晚，明天一早再走。"

他出手如此阔绰，原以为多少能赢得蓝衣女子的青睐，不料她只是接了金币，道："够了，你们先自己进去坐。"依旧形容冷淡。

刀郎问道，"姑娘怎么称呼？"那女子道："梦娘。"傲文心道："当真是人如其名，这里的一切还真是像做梦一样。"

阿勇、阿峰自牵了骆驼去马棚拴好，卸下鞍座、行李，往水袋中灌满水。小伦、刀郎先护着傲文进屋。厅堂并不大，可居然也摆了三张桌子，收拾得整整齐齐、干干净净。傲文道："想不到大漠中还有这种地方。"

过了一会儿，梦娘提水进来，面带绯红，一缕卷发被汗水粘在额上，让她显得更加娇媚动人。自到厨下烧水，为五人端来热水洗脸，态度虽然冷淡，照顾客人倒也算周到。

到晚上天黑时，梦娘做好饭菜端上来，热气腾腾，味道也不错，居然还有一罐羊奶和一瓶香气扑鼻的葡萄酒，酒虽不多，可在这样的地方有这样的美酒，足以解解馋了。

这石屋除了厅堂外，只有两间小房，一间梦娘自住，一间给傲文几人。五人酒足饭饱，傲文带着侍卫进来客房，阿勇、阿峰则去马棚打地铺。客房里面只有一个石块砌成的大通炕，上面铺了一层羊皮褥子，其他什么也没有。好在傲文几人自己带了上好的毛毡。

这些毛毡产自楼兰最高明的工匠之手，制作工艺极为复杂，要先将一条称做"母毡"的旧毛毡浸水后在地上铺平，然后在上面铺上三层羊毛及一层蒲草，每一层都要用水浸透，然后用兽皮包起来，紧紧捆住，压实后再摊开，取走蒲草，这样得到所谓的"女儿毡"。再在女儿毡铺三层羊毛及一层蒲草，重复上面的过程。一条上好的毛毡往往要重复多次。傲文等人使用的毛毡的毛更是未曾剪过毛的羊的绒毛，不仅金贵，而且异常暖和，搭在身上，总算可以勉强将就入睡。

到了半夜，傲文忽然觉察到头顶有异动，蓦然惊醒，本能地去抓身边的佩刀，手不及举起，寒光一闪，两柄刀已经指住了他的胸口。

屋内火烛大盛，小伦和刀郎都不见了，两名面目狰狞的大汉举刀站在炕前。梦娘站在门口，手中正抚摸玩弄着傲文的佩刀。

傲文恨恨道："原来你这里是家黑店。"梦娘笑道："不错，就是黑店，专门捕捉你们这些贪心的寻宝人的黑店。"忽然间变得爽朗起来，笑得十分放荡，完全没有之前那种冷若冰霜的姿态。

原来梦娘引诱过不少寻宝人入住，她在饭菜中下了迷药，到半夜时再将这些人制服绑住。昨晚她放倒了三个中原来的汉人，人绑在地道中还没有送走，本来傍晚放青烟是要召唤同伙半夜来运人，哪知道竟被傲文一行看见，寻烟上门，又成了送入虎口的肥羊。

傲文怒道："你可知道我是谁？"梦娘笑道："本来不知道，可我手下阿色刚刚认出了你，你是楼兰王子傲文，值钱得很。"

那叫阿色的大汉道："傲文王子，你不认得我了么？上次你带人护送车师粮队经过白龙堆，我们见过的，你和你手下杀光了我兄弟，只有我一个人侥幸活了下来。"

傲文虽不认得他面貌，却也反应过来他就是上次在白龙堆遭遇战中逃脱的马贼，不由得很是吃惊地望着梦娘，道："你……你居然是马贼？"梦娘道："很意外么？王子，我得告诉你我的真实身份，我就是马贼首领赤木詹的女儿，哈哈哈。来人，带王子出去。"

两名马贼不由分说，上前将傲文从褥子上拉起来。傲文还要反抗，梦娘笑道："王子，你中了我的迷药，暂时动不了啦。"

傲文这才发现浑身乏力，一阵酸疼，手指虽然能动，却连举起手臂的力气也没有。马贼取出绳索，将他反手绑上，搜走身上所有物品，这才扯出屋子来。

却见院中站有数名彪形大汉，各举火把。另有数名男子跪在干马粪中，均是双手反剪，嘴中塞了什么东西，"呜呜"叫不出声来。除了小伦、刀郎、阿勇、阿峰外，其余三人都是中原人打扮。

阿色将傲文重重掼在地上，道："今日要为我阿弟和那些兄弟复仇。"举刀就朝他背心斩去。小伦、刀郎"呜呜"怪叫连声，却各自被身后的马贼按住，无力援救。

刀光一闪，阿色手中的弯刀被磕得飞了出去，竟然是梦娘出手救了傲文。

阿色道："梦娘你……"梦娘道："杀了他，你弟弟就能复活么？于阗跟楼兰是死敌，咱们把他交给于阗，肯定能换到大批金银珠宝。你放心，我一定会好好补偿你的。"阿色不敢再辩，只得应道："是。"

梦娘道："阿色，你去把地道封上，咱们这就回去。有了傲文王子，咱们也不用继续留在这里开黑店啦。"走到一名中原人面前，托起他的下巴，无限惋惜地叹道："你们这些傻瓜，哪里有什么周穆王宝藏，都是历代马贼编出来好诱骗你们这些贪心的寻宝人来送死。我得告诉你实话，在你之前到这里的那些寻宝人，不是变成肉羹，就是被卖去北方给那些野蛮人当奴隶了。总之，你已经是我的肉奴，这辈子是别想回去中原了。"一边说着，一边咯咯大笑起来。那中原男子恐惧得浑身发抖，却是一个字也说不出来。

此时天光微亮，傲文被蒙住双眼，倒坐着扶上一匹黑马，为了防止他逃逸，马贼又将他双脚捆绑在马腹上。其他俘虏也各自被绑好，各自由一名马贼牵了坐骑。

傲文本难以辨明方向，等到太阳升起，才能从光影判断是在往西南方向行驶。忽听到一名马贼叫了一声，随即一片惊叹之声，他猜应该是出现了海市蜃楼，想到自己这次寻找轩辕之丘的任务须得靠蜃景提供线索，可惜双眼被蒙住，根本无法瞧见四周景色，心中焦急万状，可又不愿意开口恳求那蛇蝎般的美人梦娘。

到晌午时分，众人到达一片胡杨林，梦娘下令停下歇脚。傲文等人被放下马来，取下蒙眼的黑布，分绑在胡杨树上，大约已经接近目的地，梦娘已经不惧怕俘虏们知道方位位置。马贼们在一旁大吃大喝，却不肯给傲文等人一口水喝。

傲文又饿又渴，想到自己堂堂王储，居然沦落到如此境地，又气又怒，大声问道："你们要带我们去哪里？"梦娘笑道："当然要请王子去马鬃山了。难道王子没有听过么？"

西域人都知道马鬃山是马贼巢穴，但却从来没有人能说出它到底在什么地方。因为马贼习惯在白龙堆出入，常人均推断马鬃山必然在东部沙漠的一处隐秘之地，谁知道竟会是在塔克拉玛干的腹心之地，这实在是令人意外了。

又走了五十多里，遇到一大片枯死的胡杨林，一片浓郁的惨白色昭示着大漠风沙的无情和残酷。

胡杨林过后，是一道长七八里、宽五六百丈、高二三丈的土梁，梁上梁下到处堆集着多为指甲盖大小的或白色或灰色的贝壳，因此这里有"贝壳梁"之称。贝壳梁过后二十里地，陡然出现一大片戈壁，戈壁的尽头就是大漠中人闻名无不色变的马鬃山。

马鬃山远看像一个镂空的悬在半空中的岩洞，约有五六十丈高，宛若一轮满月刚刚爬上山巅，所以又有人称它为"月亮山"。天气晴好的时候，若有浮云飘来，如薄纱般笼罩在马鬃山上，半遮半掩，更为它陡添了诗意。只要领略过月亮山的风情，无不为大自然的鬼斧神工和神奇造化所感动。马鬃山不但自产石脂，山下还有地热，四季如春，可谓是大漠中的天堂。但就是这样一个传奇而美丽的地方，却从来没有外人能轻易靠近，因为这里聚集着大漠中最凶悍最残忍的马贼。

马鬃山的入口是一道峡谷，宽处不过数丈，窄处仅容一人一骑通过。才刚刚走进峡谷，已经可以听到里面的呼喝欢笑声。真实的马鬃山并不是人们想象中那样恐怖，山谷中总是热闹得很，终日飘荡着酒香肉香，洋溢着单纯而野性的快乐。在寂静孤绝的塔克拉玛干中，唯独这里有喧闹的狂欢，有放肆的叫骂，有浪荡的笑声，有女人的安慰。

十数名马贼喽啰已闻声迎接出来，笑道："梦娘这次捉的肉奴真不少。"梦娘笑道："货色也相当不错呢。这一位，就是楼兰王子傲文。"

马贼们先是一愣，随即大声欢呼。一人上前解开傲文脚上的绳索，将他拖下马来，扬手给了他两巴掌，扔在地上。旁边有人哄笑道："想不到不可一世的傲文王子也有今天。"

傲文努力坐了起来，往地上"呸"一口，冷冷道："除非你们杀了我，否则他日我必定要你们死无葬身之地。"梦娘笑道："我们可舍不得杀你，谁叫你是楼兰王子呢。"

马贼们登时哄笑不止，纷纷嚷道："王子发怒了，好害怕呀。还不快些拿出好酒好肉招待傲文王子。"

阿色的弟弟被傲文部属杀死，早有心报仇，闻声忙道："让我来。"取出绳索，打了活结，套到傲文颈间，随即翻身上马，催马立行。傲文被拉着走了几步，即仆倒在地。阿色非但不停，反而打马继续加速。这一路被拖进去，傲文的身上擦伤无数，口鼻中尽是尘土，呼吸喘气都异常困难。

马贼听说抓到了楼兰王子傲文，均蜂拥而出去看热闹。马鬃山山中是一大块平地，北面石壁下有一座高约两丈的土台，傲文一直被拖到土台下。阿色跳下马，命人扶傲文站定，取下颈中绳索，伸手就去解他的衣服。

傲文惊道："做什么？"一名马贼指着土台旁边笑道："王子，你眼下已经不是王子身份了，而是肉奴。你看，我们这里的肉奴，都是要剥光衣服供人观看消遣的。"

傲文这才发现土台左侧挖了一个大坑，上面架着一个漆黑铁笼，不及一人高，长约十丈，宽仅一丈，里面蜷缩着几名赤身裸体的男子。稍微靠近铁笼，便是恶臭阵阵，想来被囚禁的男子是就地便溺，秽物拉在了大坑里。

小伦等人也被押到铁笼边上，马贼先拖过一人，解开绑绳，扒光衣服，只留下脚上靴袜，再将其塞入铁笼中。

阿色正要对傲文如法炮制，梦娘走过来笑道："这些肉奴都是要给人贩子挑选论价的，傲文王子本身就值大价钱，可以区别对待。阿色，去叫铁匠过来。"转头问道："西术人呢？我有事找他。"一名喽啰道："西术说是闷得发慌，带人出去打牙祭了。沙其库倒是在后山上，梦娘要去看看么？"

梦娘"嗯"了一声，走出几步，又回头叮嘱道："没我的命令，谁也不准拷打傲文王子。"

马贼大声答应，数人一拥而上，将傲文推到土台石壁下，强迫他跪在那里。

过了一会儿，来了个孔武有力的彪形大汉，一手提着一副粗重的镣铐，一手提着个大铁锤，大约就是梦娘口中的铁匠。铁匠命看守的马贼割断傲文绑缚，用镣铐锁了双手，从怀中取出一根带有圆环的铁锥，将锥尖自镣铐中间的链孔穿过去，再用力锤击铁锥，钉入石壁。傲文一天滴水未沾，体力耗尽，又被数只大手强按在地上跪下，空有一身武艺，丝毫反抗不得，忍不住破口大骂。铁匠也不理他，将镣铐钉好后就带着马贼离去，任其孤零零地留在那里。

傲文双手镣铐被固定锁死在石壁上，只能高举着双手，勉强倚壁而坐。他是楼兰王子，自小在王宫中长大，富贵荣华，享之不尽，哪里吃过这般苦，大骂了一阵，始终无人理解。还是土台旁侧铁笼中的小伦呜呜哭叫道："王子殿下！王子殿下！"

傲文心中怒极，可当此境地，又怎能有办法脱困？梦娘说要把他高价卖给于阗人，显然尚不知道于阗与楼兰已经联姻结盟，可他若当真指出了这一点，对他的处境又会有好处么？马贼利字当头，若不能将他卖给于阗牟利，多半要卖给墨山，那他可就真是死路一条了。

天光渐渐暗了下来，山谷、山腰马贼的房屋中都亮起了灯火。囚禁肉奴的铁笼前也燃起两堆马粪用以照明，马粪上所淋之物即是马鬃山一道山沟中自产的石脂。

傲文又饥又渴，更挡不住疲累的侵蚀，刚沉沉睡去，忽又听见呼哨声大起，有人高声叫道："西术回来了。"

只见十数骑飞马驰进山谷，领头的三十多岁的汉子正是西术。他飞快地驰到土台下，翻身下马，几步登上土台，将怀中的物事丢在地上，喜滋滋地道："这是老子今日在大漠中白捡到的，大伙儿来看看货色怎么样。"又转身叫道："举火，好让大伙儿瞧个清楚。"

那被西术扔在地上的是个身材窈窕的姑娘，年纪不过二十，只穿着一件雪白的紧身衣，在火把的映照下，腰肢楚楚，丰满的胸脯正一起一伏，显得格外肉感。围观的马贼不免露出了垂涎之色，可知道西术武艺厉害，不敢跟他当面争抢，只得说些赞扬的奉承话，道："真是个美人！瞧那脸蛋粉嫩得能拧出水来！"

西术愈发得意，他命人取来酒袋，吸了一口酒，喷到那女子脸上。那女子轻哼一声，缓缓睁开眼睛，随即坐起身来，茫然不解地望着四周。马贼们哄笑道："果然是个美人儿！"

那女子道："我这是在哪里？我……我不是在沙漠中迷路了么？"西术凑到她面前，一本正经地道："是我救了姑娘，你该怎么感谢我？"那女子道："谢谢……"蓦然发觉周围全是双眼放光冒火的男子，眼前跟自己说话的那人也飞快地脱去了上衣，露出一身结实的肌肉来，这才意识到不妙，"啊"了一声，西术却已经扑了上来，将她压在身下，直接伸手去解她的裙子。

忽听得"啪"的一声，西术背上不知如何吃了一鞭，火辣辣作疼，登时大怒，回头一看，却是梦娘，火气顿时消了下来，爬起来笑道："梦娘回来了。"梦娘道："你不是已经有两名女奴了么？"西术笑道："那两名女奴我早玩厌了，这妞儿可是新来的。"

梦娘道："西术，我来是告诉你，从今日起，我要在马鬃山长住。"西术道："好呀，那再好不过。"梦娘道："不过我也需要一名侍女。"指着地上那女子道："嗯，就是她了。"

西术脸色一变，但还是强行压制了怒色，道："不如我将我自己的两名女奴送给梦娘如何？她们来马鬃山也有二三年了，熟手熟路，保管伺候得你舒舒服服。"梦娘道："不，那两名女奴你还是自己留着，我想要这个。既然已经是我的人，你可不能再动她，你们谁都不能再动她。"

西术见事情难以挽回，只得赌气道："好，就听梦娘的。"悻悻跳下土台去了。四周马贼见一场好戏风消云散，也顿觉无趣，各自散去。

梦娘上前扶起那女子，问道："你叫什么名字？"那女子道："小菊。"梦娘道："小菊，你从此以后就是我的女奴，只要你听我的话，好好服侍我，我保证这里没有人敢动你一根毫毛。"小菊低声应道："是。"梦娘见她温婉柔顺，很是欢喜，道："你先去那边厨下吃些东西，然后取一碗羊汤，去喂那边石壁下的男子。"

小菊这才发现石壁边上插有两支火把，亮光下坐着一个人，影影绰绰地看不清面孔。

梦娘道："你不用害怕，他被铁链锁住了，动不了。你要好好服侍他，他可是楼兰王子，性命值钱得很。"小菊道："是。"当真从厨下端了一碗羊汤，摸着黑，小心翼翼地走到石壁下，叫道："傲文王子，汤来了。"

傲文被锁在土台边，早看到小菊险些被马贼当众强暴的一幕，此刻见她脸色煞白，全身发抖，显然惊魂未定，不觉生出几分同情来。

小菊见他不应，问道："你不是傲文王子么？"傲文道："是我。"勉强坐直身子。小菊便将汤碗凑到他嘴边，喂他喝了下去，问道："王子如何会落入马贼之手？"傲文道："说来话长。你是楼兰人么？"小菊道："嗯，所以我认得王子。"站起身来，正要离开。傲文道："等一等！"慢慢扶着石壁站起身来。

小菊道："王子还想要什么？"傲文神色犹豫，似乎矛盾得厉害，交织徘徊，一时还不能下定决心，见小菊转身要走，还是不得已说了出来，道："我要解手，我双手被锁住，够不到腰带，劳烦姑娘帮我解开裤子。"

小菊顿时羞得满脸通红，幸好天黑无人看见，她咬咬牙，转身飞一般地跑下土台。傲文不觉懊恼异常，颓然坐下。可这人内急起来当真是件要命的事，越是强行忍耐越是有那方面的意念。

正当傲文几近绝望之时，小菊居然又回来了，双手捧着一只瓦罐，奔近石壁，一声不吭地将瓦罐放在他脚边，扶他站起来，转过头去，解开他裤带，将裤子褪下来。等他蹲下来往瓦罐中解完手，她又重新上前帮他穿好裤子。

傲文不敢去看小菊脸上的表情，但他自己早已经噪得脸面发烫。虽然他在王宫是被无数侍女服侍着长大，也不是第一次在女子面前袒身露体，但像今晚这样得靠不相识的女子帮助才能解手的窘迫局面，他还从来没有遇到过。心中一直惴惴不安，直到小菊端着瓦罐转身离开，他才想起来没有道谢，低声道："谢谢你。"

小菊只是沉默地迅速离开，大概她也极不愿意做这样的事。望着她瘦削的身形没入黑暗中，傲文的心中，陡然升起一股强烈的眷念。

次日一早，晨曦映红了马鬃山。小菊又提着篮子和瓦罐来到土台。阳光洒在她美丽的脸上，高高的鼻梁，薄薄的嘴唇，一双精灵闪亮的眼睛像泉水一样清澈，仿佛也沾染了她的温柔。

这还是傲文第一次看清她的面容，不觉一愣，道："我好像在哪里见过你。"小菊道："怎么会呢？小女子卑贱低微，怎会有机会让王子看到？不过王子出行时，我倒是在路边望过。"当即上前服侍傲文吃喝拉撒。

傲文很是过意不去，低声道："如果我能活着离开这里，一定设法救你出去，再好好补偿你。"

小菊蓦然睁大眼睛，问道："王子预备如何补偿我？"傲文道："你想要什么？只要我能办到，你要什么我都给你。"小菊面色蓦然一沉。傲文道："怎么，你不相信我么？"小菊甚是冷淡，却不肯回答傲文的话。

傲文心中大是不解，不知道如何惹得她生气，有心问个明白，却又放不下王子的面子。小菊默默喂他吃完东西，收拾了东西便自行离开。

大漠温差极大，白天骄阳似火的时候，都能把人烤化。傲文被锁的位置从早到晚都能被太阳照射到，直将他晒得昏昏沉沉。土台的边缘生有几棵小小的仙人掌，日光挑在每一根细小的刺尖上，仿若毒辣无比的利箭。他根本不知道一天都是怎么过来的，只觉得时间过得极慢，是前所未有的度日如年的感觉，唯一的安慰就是一日三餐见到小菊的身影了，即便自从傲文问过她想要什么补偿后，她再也不肯跟他说话。

时光慢慢流逝，也不知道过去了多少日子，傲文脸上的胡须都已经长出二三寸长。天气也在明显转凉，尽管马鬃山有天然地热御寒，但遇到有大风的晚上，气温还是会剧降，冰冷刺骨，以致马贼不得不给俘虏们各发了一件羊皮外套御寒。

　　这一日傍晚，小菊照旧带着食物来照顾傲文，西术忽领着几名马贼蹿上土台，不无嫉妒地道："啧啧，到底是王子出身，成了肉奴也照样有如此美丽的女奴伺候。傲文王子，你艳福可真不浅。"傲文冷冷道："你也可以来尝尝被绑在这里让人伺候的滋味。"

　　西术大怒，伸手便去拔刀。一名马贼忙劝道："梦娘有话，这个人万万动不得，他全身可都是金银财宝啊。"

　　西术恨恨地还刀入鞘，朝地上"呸"了一声，仍是怒气难消，命道："去带两个肉奴出来。"

　　马贼便随意到铁笼中拉了两名肉奴，带上土台，一人是名中原汉人，另一人却是垓下村的村民阿峰，受托护送傲文一行。西术命人将二人衣服重新剥光，各丢了一把钢刀在面前，道："你们两个人中只要谁能杀死对方，我就放他走。这就动手吧。"带着马贼退到一旁，凝神观看。

　　那中原汉人哆哆嗦嗦地先捡起钢刀，却不敢上前动手，只四下张望。他浑身上下被剥得一丝不挂，那情形煞是可笑。一旁马贼见他有心无胆的样子，已先自大笑了起来。阿峰忿然大叫一声，用脚尖挑起钢刀，抄入右手中，扬手一挥，便朝那汉人扑了过去。汉人料不到他说打就打，一时骇住，竟连本能的闪避也忘记了。钢刀即将砍到汉人身上时，阿峰陡然转身，直奔北面石壁方向而去。

　　小菊忽见到一名全身精光的男子举刀朝自己奔来，骇异地大叫一声，本能地往傲文身上靠去。傲文早已经站起来，他料到阿峰冲过来是要营救自己，可锁住自己的镣铐粗若小孩臂膀，非神兵利器难以斩断，如此局面之下，岂不等于白白送死？还不如先杀了那汉人，设法离开马鬃山，然后再设法回来相救。忙叫道："阿峰，不要来救我，杀了那汉人，你自己逃命去吧。"

　　阿峰从小到大未远离过垓下村，心思单纯，一时哪能想到这么远，他一心要救出王子，只凭一股蛮力冲到石壁前，道："王子殿下，阿峰救你来了。"举刀用力朝镣铐斩去，"铛"的一声火星四溅，镣铐毫发无损，刀却被磕掉一个大口子。正待砍第二刀，忽听得傲文惊道：

"小心背后！"阿峰只觉得背心被火猛烈地炙了一下，剧痛瞬即波及全身，他的手臂慢慢软了下来，就此仆倒在石壁下。小菊登时吓得双手捂住脸，尖叫起来。

那中原汉人一呆，随即欢声笑道："我杀了他……我杀了他……"西术道："很好，你这就离开马鬃山吧，我保证绝不会有人拦你。"汉人道："那么，请归还我的衣服马匹。"西术厉声道："你想跟我讨价还价么？要么就这样走出去，要么就回去铁笼。"汉人忙道："我走，我走。"抛下刀，飞快地奔下土台，往山谷口赶去。

西术摇头道："为什么傻子这么多，没有马，没有水，连件衣服都没有，能走出多远？"虽然没有看到预想中的肉奴拼死搏杀，心情总算好了很多，命人将阿峰尸首拖下土台，丢在铁笼前，狠狠瞪了傲文和小菊一眼，这才回屋去饮酒作乐。

小菊一直紧紧抓着傲文的手，将头扭转过去，连多看一眼的勇气也没有，问道："他们……他们走了么？"傲文道："嗯。"小菊道："我好怕。"其时两人相距甚近，彼此呼吸的气息都能感觉到。傲文见到一个绝色少女如此依恋自己，不由怦然心动，涌起无限柔情来。

铁笼中的阿勇等人见到同伴惨死、横尸眼前，无不悲愤异常。小伦转过头去，狠狠瞪着剩下的两名中原汉人。其中一人神色冷淡，仿佛什么事都没有发生过；另一人则慌忙解释道："不关我的事……你们可别冲我动手……"

不久后梦娘赶来，听说肉奴死了一个、走了一个，不觉叹道："又少赚了十个金币。"

傲文本来也是个冷酷的人，但见到这些马贼视人为动物，百般虐待蹂躏，不由得也义愤填膺起来，心中暗暗发誓道："阿峰是为我而死，今生不荡平马鬃山，我傲文誓不为人。"

夜幕降临时间，马贼提了一桶石脂淋在阿峰尸首上，举火点燃，竟是将人体当成了燃料照明。小伦忍不住放声大哭，阿勇将头往铁栏上撞得出血，只有刀郎一直沉默着。

这一日，梦娘领了数名打扮怪异的人来到铁笼前，捂着鼻子叽叽咕咕讲了一通。一名头上缠着灰色头巾的中年男子举手指了指，梦娘便示意马贼开了铁笼，将那人指到的肉奴叫出来，剥下羊皮外套，执住手臂，拖到前面站定。

头巾男子一共指中四人，小伦、刀郎、阿勇均在其中，还有一人是跟傲文一样被梦娘下药擒获的中原汉人。头巾男子前后反复看过，这才满意地点点头。随从立即从包袱中取出一堆戒具，却是个黑色铁环，开口两端连着两条一尺余长的铁链手铐。他用力将铁环开口处掰开，朝前套到肉奴颈中，再用手铐铐环锁住双手。肉奴双手被吊在胸前，无法伸缩，再也难以反抗。

轮到小伦时，他不愿意像牲口般被拴住，挣脱掌握，将面前的随从推倒在地，却最终还是寡不敌众，被几名马贼围殴一阵，反拧双臂强按倒在地上。

头巾男子见这最年轻最能卖出高价的肉奴反而最不驯服，打个呼哨，随从便将刑具开口朝后套入小伦颈中，两只手反铐在背后。他手臂重量拉扯着铁环，紧紧勒住前颈喉咙，呼吸顿时为之阻塞，长途跋涉下，少不得要比别人多吃许多苦头。

等手下用戒具将肉奴一一锁好后，头巾男子这才从怀中取出一袋金币，点清数目，付给梦娘。

梦娘道："你辛苦跑这么远一趟，就只相中这么几名肉奴？"头巾男子笑道："不瞒梦娘说，我来这里的路上撞见四个落单的寻宝人，向我讨水喝，被我顺手下药放倒，白得了四名肉奴，这趟可是一点都不亏。"示意随从用绳子串了四名买下的肉奴颈中的铁环，牵出去拴在马后。

小伦不舍得傲文王子，频繁回头大哭大叫不止。傲文心头也是一片恻然，小伦是楼兰贵族子弟，自幼跟在他身边，跟他的亲弟弟一样，不知道会被该死的人贩子卖去何处。此去一别，是否还有相见之日？只是他实在不愿意在马贼面前示弱，有意摆出一副冷漠的表情来。

头巾男子奇道："这被单独锁在一旁的肉奴居然就是傲文王子？"

不由得好奇地走上土台，仔细凝视着眼前这个神情木然的年轻人。

梦娘笑道："如何？虽然在这里被锁了多日，样子有些狼狈，但却是货真价实的楼兰王子。"

头巾男子见傲文虽然衣衫不整，风尘满面，料来吃过不少苦头，受了不少折磨，但还是不失贵公子的傲气和做派，不禁啧啧称赞道："呀，奇货可居，奇货可居。梦娘，傲文不仅是楼兰王子，而且已经被立为王储。"梦娘又惊又喜，道："当真？那么可以让楼兰国用重金来赎回他们的王储了。"

头巾男子摇头道："不妥，就算能得到金钱，却是后患无穷。梦娘想想，楼兰国王肯干休么？傲文王子肯干休么？而今于阗跟楼兰正要打仗，梦娘若是将傲文交给于阗国王，既能得财，又能借于阗人之手除去后患。"

梦娘道："我本来早有这个打算，可派出去的人半途折返回来，说于阗和楼兰已经联姻结盟，难道是假的么？"头巾男子道："联姻结盟倒是不假，只不过双方都是利益之徒，楼兰急着从墨山王宫救出他们的王子，于阗生怕腹背受敌，想借楼兰国境回国，所以弄个盟约假意休战，既然目的已经达到，又该撕毁盟约重新开战了。梦娘，现在正是你将楼兰王储卖给于阗的最好机会，大可以坐地起价。"梦娘登时笑靥如花，道："多谢老财指点，就这么办。"

老财笑道："而今梦娘不仅发了横财，还是马鬃山新的头领，日后可不要忘记关照老朋友。"梦娘爽快地应道："行。老财，这笼子里还剩下好几个肉奴，我也不想要了，全白送给你。"

老财又惊又喜，道："当真？"梦娘道："你不知道，马鬃山的规矩，卖不掉的肉奴都不能白养着，得给大伙儿消遣。"

老财不免十分好奇，道："这些都是男肉奴，如何消遣法？"梦娘道："很简单，将这些肉奴都放出来，让他们自相残杀，最后的幸存者可以活下来当苦力。"老财咋舌道："如此岂不可惜？这些肉奴虽不及刚才那几个，可若带去西方，也还是能卖得出去的。那我可就全部带走了，也好给梦娘你省点心。"

他二人旁若无人地高谈阔论一番，傲文听见不禁暗暗心惊，见那老财转身要走，忍不住叫道："喂！"老财道："王子是在叫我么？"

傲文道："你刚才说于阗和楼兰正要打仗，是从哪里打听来的消息？"老财笑道："不用打听，西域人都知道，而今楼兰和于阗各自往边境聚集重兵，楼兰国王问天甚至亲自率军赶往南部边境，马上就要爆发一场旷世大战呢。"

傲文无论如何都不会相信老财声称的于阗和楼兰大战在即的消息，因为他离开楼兰时，于阗希盾国王参加完扜泥王宫的盛宴，才刚刚离开楼兰不久，于阗与楼兰和谈已成，楼兰公主与于阗王子联姻，又从哪里冒出来一场旷世大战呢？当即冷笑道："你这话，骗骗三岁的小孩子还差不多。"老财见他不信，也只一笑置之，赶下土台去张罗免费肉奴的事了。

梦娘见铁笼已经清空，便命人叫来铁匠，用巨斧砍断铁锥。那铁锥是生铁铸成，遇重力立即崩断。傲文双手虽然仍然戴有镣铐，但再也不用被锁在石壁上不得动弹。只是被锁日久，手臂已然僵直，完全失去灵活性，竟没能推开过来扶他的马贼。两名马贼一左一右抓住他，将他拽入铁笼中囚禁。

原以为铁笼多少有些活动空间，哪知道也不好受——傲文身材修长高大，比铁笼高出许多，根本无法站直，只能或坐或躺。而那铁笼下的大坑中尽是以前肉奴们拉出的黄白之物，铁笼底部也不可避免地沾有污迹，傲文看都不愿意看一眼，更不要提坐在上面了。还真不如被锁在石壁上，有小菊伺候。

一想到小菊，他心头便有些茫然起来，这女子在他人生最困境的时候帮助了他，挽救了他，是他的大恩人，他一定要报答她。可她为什么不肯说出想要什么补偿？莫非她不相信他还有逃出魔窟的机会？

到天黑掌灯时分，傲文正坐在铁门边上闭目休息，铁笼中只有那块落在地上，没有屎尿的痕迹。小菊忽然跌跌撞撞地跑近来，迭声叫道："王子，救救我，快救救我。"

傲文道："出了什么事？"小菊道："梦娘还没有回来。西术他……

他闯进来，说梦娘今晚不会回来，他想对我……我……我没有别的地方可去，也不认识别的什么人，只有王子你……"傲文明知道眼下根本没有能力保护她，还是紧紧握住她的手，道："我绝不会让别人伤害你。"

却见西术浑身酒气，跌跌撞撞地追了过来，嘻嘻笑道："小菊，小美人，快过来。"扯住小菊就往外拖。小菊放声大哭，死死抓住铁栏杆不肯放手。西术威胁道："你再不听话，我就剥光你的衣衫，将你关入铁笼中，跟那些肉奴一样。"

傲文喝道："马贼不是该横行大漠、杀人越货吗？你就会欺负女人，算什么本事，有能耐冲我来。"

西术一呆，问道："其他肉奴呢？怎么就剩了你一个人？"傲文道："就我一个人就能打赢你。你放我出来，若是我赢了你，你不准再动小菊一下。"

一旁赶来看热闹的马贼登时大声起哄，纷纷嚷道："哈，王子向西术挑战了！西术是我们马鬃山第一勇士，你居然敢向他挑战？西术，让王子见识见识厉害。"

西术酒劲正浓，受激不过，气往上冲，一把将小菊推开，道："好，放他出来，今日就看是傲文王子厉害，还是我马鬃山西术厉害。"

土台上登时燃起无数火炬，亮如白昼。傲文被带了上来，有人往他手中塞了一把单刀，他手上镣铐长不逾尺，体力也没有完全恢复，明知道会吃很大亏，还是摆开架势，道："来吧。"

西术生怕被占先机，拔出腰刀，抢身上前，拔刀便向傲文斩来。傲文听见刀风飒飒，不敢硬接，侧身疾避，转一个圈子，手中的刀一激，瞅准空隙，反斩西术腰部。他武艺曾得名师指点，本来这招巧妙无比，后发先至，立时可重创敌人，却因为他双手被镣铐拉扯住，比往日慢了许多。西术慌忙躲开，刀锋擦着腰侧而过，惊险之极，吓得酒全醒了，这才知道眼前这位王子并非绣花枕头，当即脱掉上衣，凝神对敌。

傲文挥刀径向西术手腕斩来，西术挺出兵刃迎上，劲力十足。两人兵刃相交，火光四射。傲文被囚禁日久，身心备受折磨，气力远远弱于西术，连退数步方才站定。西术哈哈大笑，挥刀上前追击。他武功虽不甚高明，却过惯了刀头饮血的日子，极为凶悍狠辣，加上臂力沉猛，所用腰刀也是从中原行商护卫手中抢来的环首刀。这种是中原武士惯用的兵刃，刀直背直刃，刀背较厚，刀柄呈扁圆环状，长不到一丈，便于抽杀劈砍，比寻常钢刀要重数倍。傲文被西术逼住，勉强硬接了数招，虎口震得发麻，半边手臂酸软无力，额头、鼻上微有汗珠渗出，细细密密。忽听得小菊惊叫一声，不禁转过头去，刀光一闪，西术的腰刀在空中划过一道圆弧，击得他钢刀脱手飞出。

西术笑道："王子，你输了。"

傲文手中已无兵刃，情急之下，便用脚勾起地上的一块砖头，向西术砸去。西术挥刀一磕，即将砖头磕飞，却被砖头屑弄了一脸，不禁怒火冲天，大骂一声，扬刀便向傲文砍来。傲文退无可退，只得将双手一挥，拿双腕间的铁链去格那柄重刀。西术这一招出尽全力，傲文只觉得手臂剧烈一震，千斤大力就势压来，铁链虽没有被斩断，但也未能挡住重刀，先是铁链磕上他的额头，刀锋也随即跟到，他能清晰听到重刀砍进额骨的声音。鲜血汩汩流下，蒙住了眼睛，眼前一片红色。重刀余势不尽，他甚至来不及挪动脚步缓解对手攻势，便已经被压得一屁股坐倒在地。

西术杀得兴起，赶上前来，飞起一脚将傲文踢翻，举刀便朝他胸口插去。小菊忽然扑了过来，遮住傲文身子，哭道："求你放过他，我……我愿意伺候你。"

西术大感意外，随即喜道："美人开口，有何不可？"抛了重刀，拉起小菊笑道，"小美人，我想得到你已经很久了！今晚咱们就大战三百回合，包管叫你欲仙欲死！"

一名马贼笑道："西术，干脆就在这里替美人宽衣解带，也好让我们都开开眼界。"立即引来群声附和。西术当即应道："好，就在这里！"

傲文满面是血，几近昏迷，喃喃叫道："不要……不要……"然而马贼笑闹吵嚷声正浓，又有谁能听到他微弱的呼喊。

喧闹声蓦然停了下来，梦娘虎着脸走上土台，问道：“你们这是在做什么？西术，还不快放开我的女奴。”

西术垂涎小菊美色已久，每次快要得手时都为梦娘所阻，心中一直愤愤难平，忽听到梦娘当众呵斥他，再也忍耐不住，大声道：“梦娘可不要欺人太甚！这小美人明明是我从大漠中捡回来的，按照规矩就是我的女奴，你强行夺走不说，还不让我们大伙儿占有她，马鬃山可没有这个规矩！”

马贼阿色是梦娘心腹，闻言很是不平，上前道：“上次梦娘捉到两个女肉奴，本可以卖出比男肉奴高出数倍的价钱，却被你糟蹋作践而死，又怎么说？”西术道：“女人不就是被糟蹋的么？不然你以为这里的有些人是怎么生出来的。”

他虽没有明说，然而马贼都知道他指的是梦娘——梦娘生母也是马贼从大漠中掳掠来的良家女子，被前马贼头领赤木詹看中后强行占有，后来才生下了梦娘。

梦娘面色阴沉得厉害，正要接话，忽转头见到傲文倒在地上，惊道：“你们杀了傲文王子？西术，又是你做的？你坏了我大事！”西术道：“你一个女流之辈，有什么大事？不错，你老爹赤木詹是马鬃山的头领，咱们大伙儿都服他。可你凭什么发号施令？杀父深仇，不共戴天，可自从你老爹被游龙射死，你不但不思报仇，还成天摆出一张笑脸，跟波斯人张罗着什么肉奴买卖，丢死我们马鬃山的人了。”

梦娘一张红扑扑的圆润脸庞仿若熟透的红石榴，也不知道是因为生气，还是火光的缘故。她环视了一圈，才缓缓道：“咱们当马贼抢劫商队，那是因为没有钱花。虽然是无本的买卖，可每次抢财抢物，咱们也会损失人手。肉奴买卖可不一样，自古以来就是极为赚钱的买卖，一本万利。尤其这位傲文王子，只要将他卖给于阗，就足够咱们所有人下半辈子吃喝。我可全是为大伙儿着想，难道你们还愿意过那种刀头舔血的日子么？”

土台上下静得出奇，所有人的目光都集中在梦娘身上，但却没有人答话。忽有一名汉子挤过人群跳上台来，怒道：“你们这是在做什么？想要造反么？梦娘是咱们马鬃山的新头领，这是大伙儿早就商量定了的事，谁敢不服，我沙其库第一个砍下他脑袋！"转身走近西术，冷笑道："亏你还敢自称马鬃山第一勇士！当日你我均跟随头领前去白龙堆截击楼兰粮队，头领被游龙意外射死后，你连还手都不敢，跳上马逃得飞快！"西术脸涨得发紫，怒哼一声，拂袖而去。

沙其库道："还围在这里做什么？各自回屋睡觉去！"等马贼四散，这才丢了一瓶金创药给小菊，护着梦娘去了。

小菊用衣襟擦去傲文额头污血，见伤口甚深，血流如注，泪水忍不住就滚落下来。傲文一直强提一口气，好不失神志，忽见小菊落泪，心中激荡不已，终于昏晕了过去。

再醒来时，却是躺在一间低矮阴暗的土屋里，额头疼痛如裂，伸手一摸，才发觉裹了厚厚的药布。过了一会儿，小菊端着碗浓汤进来，扶他坐起来，细心喂他喝下。

傲文见她泪眼婆娑，不停用衣袖拂拭眼泪，忙问道："他们又欺负你了？"小菊摇了摇头。傲文道："那是因为什么事？"小菊道："我偷听到梦娘跟马贼的谈话，说要将你卖去于阗，今日就要送你走。"

原来梦娘之前意外捕捉到傲文后欣喜若狂，一心将王子高价卖给于阗，可派去于阗的人在半路听人说到于阗跟楼兰正联姻结盟，因而又返回来禀报。梦娘心中有所迟疑，直到从老财口中得知于阗跟楼兰正要开战，这才重新下定决心。她厌恶西术总是无事生非，决意将傲文先带离马鬃山藏在稳妥之处，再派人去跟于阗国王谈判。

傲文早知道这一天迟早会到来，闻言也不惊讶，他心中更关注的是那波斯人贩老财提到的于阗和楼兰大战在即到底是真是假。正想开口问问小菊有没有从梦娘那里听到这类消息，忽见梦娘大笑着走进屋来，道："咱们马鬃山虽好，却并非久留之地。王子，你该上路了。"

两名马贼抢上前来，将傲文拖下土炕。傲文挣扎着扭转头去，却见小菊正呆呆望着自己，不禁对这个女子产生一种奇妙的不舍感觉……

梦娘瞧在眼中，笑道："王子是不是有些舍不得小菊？我这女奴真是人见人爱呢。"傲文只觉得胸口一股气直往上冲，忍不住大声叫道："你放心，我一定会回来救你出去。"

梦娘惊讶地道："我们高傲的傲文王子是在跟你说话么？小菊，你可真是了不得，傲文王子自身难保，竟然还说要来救你，可见是对你动了真心呢。"表面虽然嘲笑不止，但内心深处却竟隐隐起了一丝嫉妒，挥手命道："快带王子走。"

两名马贼一左一右挟了傲文手臂，往山谷谷口走去。傲文还是忍不住回过头来，小菊也追了出去。却见她正凝视着他，深邃的眸子中满溢忧伤，露出沉重的悲哀来。他喉结动了动，内心深处突然升腾起深深的眷念，想要再说点什么，却被马贼不由分说地拖走。那立在山谷中的单薄的身形越来越渺小，当转进谷口的时候，她便彻底从视线中消失不见了。

傲文依旧倒骑在马上，双脚被缚住，前后左右共有十名马贼押送，领头的就是曾在土台上竭力维护梦娘的沙其库。

这群马贼脚力甚快，不多久马鬃山便隐没在地平线上。近晌午时，众人发现了一具精赤着身子的尸首，脚上只剩一只靴子，手中则紧紧握着另半只靴子，半埋在黄沙中，已然腐烂发臭。

沙其库皱眉道："这一定又是缺粮缺水死去的肉奴。"

傲文见那尸首后颈有颗大大的红痣，知道就是当日杀死阿峰的汉人男子，虽不如何同情死者，但想到侍卫小伦、刀郎也被卖做了肉奴，不知道他们眼下命运如何，也许跟这肉奴一样，饥饿到不得不啃食自己的靴子，也许早已经毫无尊严地死在大漠中，不禁忧虑愤恨不止。

一名马贼忽道："快看那边。"却见到西面沙丘上远远有一人在拼命招手，离奇的是那人竟然也是赤身裸体。

沙其库立时便留意到了，道："说不定是从波斯人手中逃脱的肉奴。伐那，乌巴，你们去带他过来。"

那两名被点到的马贼应了一声，策马朝那男子驰去。那男子见到人过来，转身奔下沙丘，瞬即消失不见。伐那、乌巴驰上沙丘，又径直冲了下去。过了一会儿，两匹空马奔上沙丘，主人却是消失不见了。

那裸身男子竟又奔上沙丘，在那里挥手示意，情状极是诡异。

沙其库命道："请傲文王子下马。你们两个留下来，若是王子敢有异动，立即斩下他双脚。"拔出兵刃，大声发令，率领剩余马贼朝沙丘攻杀冲去。那裸身男子"妈呀"惊叫一声，照旧奔下沙丘躲藏。

只听见利箭破空之声，队伍中落在最后的两名马贼背心各中一箭，跌下马来。沙其库忽闻背后有异，这才知道是敌人调虎离山之计，忙勒转马头。东面沙丘中忽站起一名黄衣人，持弓连射，箭无虚发，沙其库和剩下三名马贼相继中箭落马。

那神射手埋伏之地离傲文的位置极近，两名留守的马贼本可以立即上前夹攻，缓解危机，然而惊见如此神箭，竟是骇异得呆了，半晌才颤声道："游……游龙来了……"

他二人的注意力全在那个令所有马贼魂飞魄散的神奇人物身上，不防身后的傲文早悄悄爬起，伸脚一勾，绊倒其中一人，又用镣铐勒住另一人脖颈。迁延片刻，游龙已然赶到，一刀结果了那爬起来正要暗算傲文的马贼。傲文松开手，马贼颓然歪倒在地，双眼鼓出，竟已经被勒死。

傲文道："你就是游龙？"惊喜之外更有几分钦佩。游龙道："是。王子请站开些。"举刀用力斩下，红光一闪，镣铐应声而断。又将铐环斩断，均如摧枯拉朽。

傲文双手得脱束缚，喜不自胜，一边抚摸手腕伤破处，一边问道："游龙君如何会认得我？"

那游龙正是萧扬假扮，闻言不禁一愣，知道不经意间已露出破绽。他本可以推托是听到马贼称呼"傲文王子"，但想到曾两次与傲文照面交谈，怕是难以继续伪装下去，万一被拆穿，结果反而更糟糕，当即答道："我们见过面的，我其实并不是真的游龙，只是游龙的替身。"还刀入鞘，伸手揭下面具来。

傲文果然惊然失色，道："啊，你不是萧扬么？如何又变成了游龙？"萧扬道："当日我来西域，在大漠里幸运地遇到游龙，受他嘱托，以他的身份去解救车师危机。事情办成后，还没有来得及归还面具和兵器。"这是笑笑生为他编的一番谎话，好在露出破绽时使用，想不到今日当真用上了。

傲文道："你身负如此神奇箭术，难怪当日能将墨山主帅康宁一举射毙在交河城下。那么当日在抒泥城中，于阗黑甲武士追杀你，也是因为你假扮游龙而起？"萧扬道："不错。不过于阗人并不知道车师的游龙是我假扮，他们只知道我曾与游龙在一起，游龙曾多次破坏于阗国王希盾称霸西域的计划，他派人围捕我，其实也是想要追踪游龙的下落。"

傲文心中再无怀疑，点头道："原来如此。萧扬公子，劳烦你将游龙的割玉刀借给我看看。"

习武之人，任谁看到割玉刀这样的神兵利器都会赞赏心仪不已，萧扬便拔出长刀，递了过来。傲文伸指在刀身上一弹，"嗡嗡"之声绵延不绝于耳，不禁赞道："好刀！当真是好刀！"蓦然挺出刀尖，对准萧扬胸膛，喝问道："你救我到底有什么目的？"

萧扬先是满脸愕然，随即醒悟过来，道："莫非王子以为我是贪图什么赏赐？我认得这领头的马贼，见他带人押着一名俘虏，料来有所图谋，所以才起心营救。之前我根本不知道俘虏就是王子你。"

傲文道："不是关于这个。"他见识过萧扬箭法出神入化、武功高明不凡，丝毫不敢大意，喝道："抛下弓箭，慢慢转过身去，跪下，手交叉放在肩上。"萧扬不明究竟，见对方声色俱厉，如临大敌，不似作伪，只得照做。

傲文厉声道："不管你出于什么目的救我，我一点也不感激你。现在我问你话，你得老老实实地回答，不然我就将你的肉一块一块割下来，懂了么？"

萧扬道："王子想知道什么？"傲文道："你来大漠做什么？"萧扬道："找一件东西。"

傲文道："什么东西？"萧扬道："这个……跟王子无关，恕我不能奉告。"只觉得背心一紧，刀尖已经刺破肌肤，生生作疼。

傲文道："我再问你一次，找什么东西？"萧扬道："不知道王子为何敌意如此浓重？我找的东西本是中原之物，跟你们楼兰毫无干系。"傲文冷笑道："谁说毫无干系？你想找的地方，不是轩辕之丘么？"

萧扬大惊失色，问道："王子如何会知道轩辕之丘？"傲文道："这是我应该问你的话。说，你是怎么知道轩辕之丘的？你那个傻乎乎的道士同伴呢？适才那脱光衣服的男子是……"忽觉得背后微风飒然，不及回头，只觉得后脑勺剧烈一痛，登时晕了过去。

再醒来时，正仰面躺在沙地上，萧扬和笑笑生坐在一旁争论些什么。傲文坐了起来，发现自己手脚并没有被捆绑住，不觉很是奇怪。

笑笑生侧头叫道："哎，醒了！王子，你可是大错特错了！先生我虽然出卖色相吸引马贼注意力，立下大功，不过说到底还是靠萧扬老弟的箭术救了你，你不感激不说，还恩将仇报，对他拔刀相向。尤其不可饶恕的是，你居然在背后骂先生我傻！你……你到底是不是个正常人？"

傲文站起身来，见割玉刀已经被萧扬取回，料来以自己目前的体力非其对手，当即冷笑一声，俯身拣了死去马贼的兵器挂在腰间，转身去牵马匹。

萧扬问道："王子要去哪里？"傲文道："回马贼的老巢马鬃山救人。"笑笑生奇道："什么？"随即嚷道："瞧，我就说他不是个正常人了，刚刚脱险，额头还有伤，又要回去送死。"

萧扬却道："等一等，我跟王子一起去。"站起身来，将手指抿在嘴唇上一吹，打了个呼哨，一匹黄色骏马蓦然出现在不远的沙丘上，欢快地向主人奔来。

傲文大感意外，问道："你去那里做什么？"萧扬淡淡道："我自然不想去，也很想劝王子不要回去送死。可你是王子，言出如山，是断然不会听旁人劝的。那么只好我陪王子一起去送死了。"

傲文问道："你为什么要这么做？"萧扬道："因为游龙一定会这么做。"

不知道为什么，这句话深深打动了傲文，也令他对眼前的中原汉人产生了一种莫名的信任，他始终警觉的面色终于松弛了下来，道：

"就算是游龙，也没有必要如此冒险，马鬃山中可有上百名马贼。"萧扬道："如此，我更不能让王子孤身涉险。"

傲文也是果决之人，微一沉吟，即道："好，那我们走吧。"翻身上马，走出几步才想了起来，转头道，"多谢。"他是高高在上的王子，自小要风得风，要雨得雨，专横霸道，傲气十足，从他口中对并不熟识的人说出一个"谢"字，可谓相当不易了。

笑笑生大叫道："喂，要去你们两个去，我可不想去马贼的老巢。"傲文冷冷道："先生大可不必跟随傲文冒险，请自便。"策马便行。

萧扬道："笑先生是嘴硬心软，一会儿自然会追上来的。王子，你不是好好在扦泥城中当王储么，如何会落入马贼手中？"傲文道："这事说来话长。"他心中疑虑还是不能解开，便坦白地道，"适才我对萧扬公子多有冒犯，不过也是情非得已。不瞒公子，此次我来大漠也是为了寻找轩辕之丘。"

萧扬极是意外，问道："你们楼兰也想要得到轩辕剑么？"傲文更是惊奇，道："公子是在寻找轩辕剑？"萧扬道："不错。"

傲文想起来姨父曾提及楼兰与中原本是一脉相承，难道他要找的神物和轩辕剑本就藏在同一处地方？一时难以弄清这是巧合，还是有什么关联。越想越是心惊，忙问道："你找轩辕剑做什么？"忽听得背后有人道："他本是黄帝后人，轩辕剑是黄帝遗物，本来就该归他所有。"

原来笑笑生不知如何又骑马来了身后，仿佛鬼魅幽灵从地下冒出一般，倒让傲文吓了一跳。他听说萧扬是黄帝后人，又想起黄帝的诅咒来，一时间，心头分外沉重。

萧扬早习惯了笑笑生的神出鬼没，可突然听到他张口称自己是黄帝后人，不由得瞪大了眼睛，显是困惑之极。

笑笑生忙道："老弟别那么瞪着我，怪瘆人的，我是开玩笑的啦。炎帝和黄帝是华夏始祖，咱们中原人都是炎黄子孙，都可以说得上是黄帝后人。"嘻嘻一笑，又换了一副神情，转头问道："傲文王子，莫非你也是在找轩辕剑，想用它来控制我们中原？"傲文摇头道：

"不是。"

萧扬见他不愿意多提，便道："此去马鬃山凶险异常，还请王子将所见到的地形、布防都详细指出来。"笑笑生插口道："你是楼兰王子，身边应该有不少侍卫，他们人呢？"

傲文便详细讲述了到大漠和马鬃山后的种种奇遇，本来他被马贼捕获，更是被当做肉奴一样贩卖，是一件十分丢脸的事，他也不愿意外人知道，但对方既肯跟他同生共死，又是鼎鼎大名的游龙所信任的人，情形格外不同，是以毫不隐瞒，唯一只不提他一度双手被锁连方便都要靠女奴帮助之事。

萧扬道："如此说来，此处距离马鬃山已然不远，咱们不能这么过去，不然很容易被进出的马贼发现。"当即改变方向，预备兜大圈子先绕到马鬃山山后再说。

笑笑生嘻嘻笑道："听王子的讲述，那些马贼并不如何服梦娘当头领，若是能挑拨他们自己内讧，咱们救人可就容易多了。"他历来爱瞎出主意，这次也不例外。傲文眼前一亮，道："笑先生提醒得好，我倒有个主意。"当即说了自己的计划。

笑笑生头摇得如拨浪鼓一般，连声道："不行！绝对不行！先生我不会武艺，王子想让我打头阵，不是让我去送死么？让萧扬去，他最擅长冒充了，冒充游龙不是把车师上下那么多人都骗过去了么？"

萧扬道："不是我不想去，而是赤木詹被游龙杀死的那一战我也在场，许多马贼见过我的本来面目，更不可能用游龙的面具混进去，只有先生你一人是生面孔。"

笑笑生道："那你为什么不用游龙的身份？马贼一听到游龙的名字不就吓得屁滚尿流么？"萧扬道："游龙威名虽盛，可马鬃山是马贼根本之地，若是听到游龙到来，即使害怕，也会拼死反抗。还是傲文王子这个法子胜算最高，只是需要先生冒些险。"

笑笑生道："你们这是把先生我生生往火坑里推。傲文王子，你已经是楼兰王储，身边的女人数都数不过来，干吗非要冒性命危险去救一个女奴？"傲文正色道："她不是普通的女奴，而是我生命中最重要的女人，我宁可自己不要性命，也要救她出来。先生若是怕死，大可自行离去。"

笑笑生嘟囔道："谁怕死了？怕死又怎样？让我打头阵，还不让人发牢骚么？最重要的女人，哼哼哼，回头你就知道当你的女人是什么样的下场。"傲文大怒，道："你胡说些什么？"

萧扬忙道："王子息怒。笑先生有口无心，不必与他计较。"傲文也知道笑笑生疯疯癫癫，怒气稍解，也就算了。

夜色降临时，三人终于到达马鬃山。黑黢黢的夜中，那里看起来只是影影绰绰的轮廓，只有谷口隐隐有火光透出。

萧扬从行囊中取出一块白布，一圈圈地往笑笑生头上缠好，笑道："先生还真有几分波斯人的样子。"笑笑生"哼"了一声，跨马朝峡谷走去。

傲文知道成败在此一举，不免很有些忧心忡忡，问道："他能行么？"萧扬道："嗯。笑先生是有些怪诞，但自从我认识他以来，他从来没有坏过事。而且屡次在重要关头，他都能帮上大忙。王子可能还不清楚，当初在玉门关外解救楼兰商队危机的人就是笑先生，内中具体经过，王子可以等回国再召向导阿飞询问。"傲文还是第一次听说此事，惊奇不已。

笑笑生单骑来到峡谷，未及靠近，便听见弓弦之声，忙叫道："别射，千万别射，老财派我来的！波斯人老财！"黑暗中有人笑道："老财还真是个小心人。白日才刚刚把肉奴运回马鬃山，千叮咛万嘱咐的，晚上又派人来查看点数了。"言下之意，竟是那人贩子老财将昨日买走的肉奴又送回来了。

笑笑生不免吃了一惊，可又不敢询问究竟，生怕露馅，只得下马讪笑道："是啊，是啊。"蓦然火光一亮，有人举着火把到他面前，随意照了照，便道："跟我来吧。"笑笑生慌忙道谢，紧随那马贼进来山谷。

那马贼喽啰径直来到谷中土台下，道："肉奴都在铁笼里。"笑笑生举火一照，见铁笼里关着十名全身上下精光的男子，正冻得瑟瑟发抖，争相往铁笼前的火堆凑，只是人头太多，朦朦胧胧看不清面孔，忙道："暂时不必了。嗯，我有要紧事，想求见西术。"

马贼很是意外，道："马鬃山眼下是梦娘当家，老财不是一向跟西术合不来么？"笑笑生神秘地道："你小毛孩子懂什么？我家主人派我来，是有要紧事要告诉西术。"

西术虽不是头领，在马鬃山地位却是相当高，马贼喽啰不敢再问，领着笑笑生来到一间屋子外，道："就是这里了。"笑笑生见房门大开，便直接进来。

房中燃了一堆淋了石脂的枯骨，既能照明又能取暖，热气腾腾，烟雾弥漫。西术正坐靠在榻上喝闷酒，脚边跪着两名女奴，正一人抱着西术的一条大腿轻轻揉捏按摩。其中一名年纪大些的脸上尽是青紫淤痕，显是新近遭过殴打。

这两名女奴都是马贼先后从大漠丝路上劫来的良家女子，被西术奸淫后又充做女奴服侍他起居，只穿着一条皮裙，裸着上体，露出双乳。她们自被掳到马鬃山后便一直被迫如此装扮，早已习惯，也不再以为耻。笑笑生乍见之下却仿若挨了一记闷拳，"哎哟"一声，匆匆转过头去，道："这里的人都是不穿衣服的么？"话一出口，便知道露出了破绽，心道："老财的那些肉奴都被剥光了衣衫，我明明是扮他的随从，不该为这两个不雅的女子大惊小怪。"

幸好西术根本没有留意，他见一名波斯男子不打招呼便径直闯进来，微微一愣，即不耐烦地问道："你来做什么？"笑笑生忙笑道："老财派我来告诉头领一件机密大事。"

一句话正踩中西术痛处，当即将手中酒杯重重一顿，斥道："什么头领？你不知马鬃山新头领是梦娘么？"笑笑生笑道："可在小的和我家主人眼中，西术你才是真正压得住阵的头领。"

西术心下大悦，抬脚将女奴踢翻，喝道："都给我滚远点！"两名女奴慌忙爬起来，双手遮住上身，躬身退了出去。西术这才扯了扯衣领，咳嗽了声，问道："老财有什么事要告诉我？"

笑笑生道："头领可知道梦娘为什么要一心维护傲文王子？"西术

道："她不是要把王子卖去于阗赚大钱么？"笑笑生嘿嘿一笑，故作高深地道："决计不是，头领不信可以立即派人到于阗去问，绝没有买卖王子这回事。"

西术狐疑道："那梦娘要做什么？难不成她看上了傲文王子，想嫁给他做楼兰王后？"笑笑生道："傲文王子知道一个巨大秘密，得到了它，就可以称霸西域，可比什么大钱厉害多了。"

西术道："你怎么会知道？"随即蓦然醒悟，道："啊，老财买走的肉奴中有王子的侍卫。我就说呢，他堂堂楼兰王子，不在王宫里享福，来大漠受罪做什么？梦娘一定早就知道，所以才派沙其库押送。"忽然又警惕起来，问道："你主人老财折返回来，该不会也是为了这件事？"笑笑生道："是。主人担心凭一己之力办不成这件事，所以派我来告知头领，将来头领得到这个秘密，雄霸西域，也希望能分一杯羹。"

西术毕生愿望就是能当上马贼头领，哪知道突然冒出个人称他将来也有雄霸天下的一天，一时不觉飘飘然起来，那情形好像真的已经将西域踩在脚下一样，当即拍案而起，道："好，若是我将来成了西域霸主，就封你家主人当楼兰王。"急速冲出门，大声叫道，"来人！快来人！"意欲召集心腹人手，连夜去追赶押送傲文的沙其库一行，转头问道："老财现在人在哪里？"却不见了笑笑生踪影。

西术一时不明究竟，忙一边派人找寻波斯人，一边带人赶来土台铁笼，命人开了笼子，将所有肉奴拉出来跪成一排，问道："你们谁是傲文王子的侍从？"却是无人回答。

西术便命马贼往每人颈后架一把弯刀，喝道："再不说就一起死。"一名中原男子忙指着小伦和阿勇道："他们……他们两个是……"

西术道："王子怎么会只带两人出来？"中原男子道："本来有四个。其中一人被杀了，就是上次想砍断铁链营救王子的那个。还有一个叫刀郎的，被波斯人带走了。"

西术道："你还知道些什么？"中原男子道："好像是刀郎要带波斯人去找什么宝，波斯人嫌我们累赘，就将我们又送回来放在这里，等找到那个宝……"

小伦正跪那中原男子边上，蓦然大叫一声，伸手掐住那男子。他背后马贼举刀欲斩，西术道："留他性命！这两名肉奴留下，其余的关起来。"

笑笑生突然不见后，他本来已开始起疑，然而此刻见到眼前情形，便再无任何怀疑，命马贼拖开小伦和阿勇，胡乱套上衣服，捆住双手，正要带二人一起去追赶傲文王子，忽见梦娘领着数名马贼赶来，喝问道："西术，这肉奴已经被老财买下，你可不要再捣乱。"

西术见梦娘身后的马贼个个全副武装，手扶刀柄，神色警觉，心中有数，道："我可没空跟你捣什么乱。梦娘，你不知道老财已经出卖你了么？你花那么多心思在傲文王子身上，敢把你的目的说出来给大伙儿听听么？"

梦娘冷笑道："我明白了，你是想要造反。"西术道："我不是要造反，而是要当马鬃山的头领。我们这么多弟兄都是男人，难道要听你一个女流之辈的号令么？你不用往后看，沙其库人不在这里。他不是被你派去押送傲文王子了么？梦娘，你不配做头领，但你可以做头领夫人。只要我当上头领，你从此就跟着我，包你吃香喝辣，再也不用去做什么肉奴买卖。"梦娘大怒，道："你好大胆……"

马贼群中忽然有人射出一箭，正中西术左臂。西术当即道："臭娘们，老子今日非杀了你不可。"拔刀朝梦娘砍去，却被她身后闪出的两人横刀挡住。忽听得有人大叫道："火拼啦！火拼啦！谁杀死西术，梦娘就嫁给他当老婆！"

西术愈发怒气冲天，回头叫道："死人，你们还在等什么？"他的心腹如大梦初醒，这才拔出兵刃加入战团。

土台附近聚集了不少马贼，争斗一团，登时一片混战。夜色正浓，虽有灯火，毕竟还是瞧不大清楚，误杀误伤导致越来越多的马贼加入战团。

小伦和阿勇本来被缚在一旁，见马贼陡起内讧，忙缩到人群后，混乱黑暗中也无人留意到二人。正待设法磨断绳索，抢两匹马逃走，忽闻背后有人轻叫道："喂！"惊然回头，不由得又惊又喜，竟然是傲文王子。身后还跟着两人，小伦竟也认得，是在蒲昌海桑紫夫人精舍外见过的萧扬和笑笑生。

傲文拔刀割断二人绑索，轻声问道："刀郎人呢？"小伦愤然道："刀郎已经投降了波斯人。不仅如此，他还要领着波斯人去寻宝呢。"傲文一时不明究竟，便道："先离开这里再说。"

萧扬见马鬃山局面乱七八糟，完全失控，不禁叹道："可惜咱们人太少了，若是有一支一二百人的奇兵，趁此机会全力出击，尽必然能全歼马贼，彻底荡平马鬃山。"

傲文道："也许有别的法子。我听小菊说过，马鬃山有一条流出石脂的山沟，这里的照明取暖全靠它。小伦，阿勇，你们二人跟着笑先生去寻找那条山沟，将它点燃，说不定能连根烧掉马鬃山。我和萧扬赶去救小菊，一会儿咱们在山外会合。"

小伦连日被剥光衣服像牲口一般囚禁在铁笼中，受尽马贼污辱和折磨，早憋了一肚子恶气，闻言大喜道："遵命。"

傲文便与萧扬往梦娘住处赶来，只听见山谷中不断有人乱喊道："杀！杀死西术！杀！杀死梦娘！"显是笑笑生的声音，片刻后又加进来小伦的声音，到后来竟有不少马贼呼喊应和，此起彼伏。二人觉得有趣，相视而笑。

上山道走不多远，便有一条纤细的人影从树丛中钻出来，哭道："王子，我就知道你会回来救我。"径直扑入傲文怀中。原来小菊听到外面厮杀声惊天动地，预料有大事发生，赶出来想看看究竟，听见人声便躲进树丛，直到认出来人是傲文，才出来相见。

二人相别还不到一日，却感觉已经经历了漫长岁月。傲文心中无限爱怜，抚摸她的秀发，轻声叫道："小菊！"萧扬见这对男女紧紧拥抱在一起，始终不肯放开对方，忍不住催促道："王子，咱们该走了。"

三人便一道往谷口赶去。土台上下正展开一场热血酣战，有人义愤填膺地要杀西术，有人受到鼓动想杀梦娘，也有人什么目的都没有就加入了战团，反正马贼横行大漠就是杀字当头。激烈的内讧导致谷口都无人放哨，三人轻而易举地闯出关口。

回头却不见山中火起，傲文以为笑笑生、小伦、阿勇三人还未得手，正忧心忡忡之时，忽见小伦从黑暗中钻出来，叫道："王子！"傲文见阿勇和笑笑生也跟在他身后，问道："点燃石脂沟了么？"小伦道："我们本来找到了那条沟，笑先生却坚决不肯让我放火。"

傲文愕然问道："这是为何？"笑笑生忙道："山后住着不少女人孩子，火一烧起来，最先遭殃的就是他们。"

傲文勃然大怒，道："那些女人孩子都是马贼眷属，根本不值得同情。笑笑生，你坏了大事！"笑笑生见他发怒，也伸长脖子抗辩道："孩子都喊马贼'阿爹'没错，可那些女人都是被掳来的，并不是真心要嫁马贼。王子，你别跟我发这么大火，马鬃山尚有生机，命不该绝，日后你自会知道。到那时，你还要千恩万谢地感激我呢。"

傲文气极，斥道："小伦，阿勇，你二人亲眼看见马贼如何对待阿峰，不仅惨死，而且被烧得尸骨无存，你们难道也愿意就此罢手？"小伦道："当然不是，属下恨马贼入骨，恨不得将他们都烧死才好。我本来是要去点火的，不知怎的火灭了，我和阿勇迷迷糊糊地就跟着笑先生出来了，他肯定会妖法。"

傲文瞪视着笑笑生，手抚刀柄，恨不得立即要将他斩在刀下，一想到这次脱险笑笑生多有功劳，足以功过相抵，勉强松开了手，恨恨道："若你是我下属，我这就以违抗军令的罪名将你当场斩首。"笑笑生嘻嘻笑道："亏得我不是。"

萧扬见傲文又要发怒，忙道："事情已是如此，难以弥补，咱们还是先离开这里。王子想要报仇，日后总有机会。"

六人遂翻身上马，连夜赶路，一口气奔到次日大亮，马匹疲累不堪，直吐白沫，遂寻了处水源歇脚，敲冰烧水供应人马。傲文这才有空细细问及刀郎背叛经过。

原来波斯人老财带着肉奴们离开马鬃山离开后一路往北，来到一处山峦，山洞里有两名波斯男子持刀看守着另外四名被剥光衣衫绑在一起的中原男子。两路人马会合后继续上路。老财见这次肉奴人数不少，均是结实的男子，便命手下人给他们灌下混了幻药的汤水，好让他们迷糊过去，分不清东南西北，也没有力气挣扎反抗。哪知道刀郎坚持不肯喝，还连声喊叫要投降，极其肉麻地称呼那波斯人老财为主人，还说有重大机密相告。老财心生好奇，便命人将他带出来，问道："你有什么机密？"刀郎道："小的愿意带主人到大漠寻宝。"老财一听就哈哈大笑道："是周穆王宝藏么？那是假的。你们这些寻宝人都上了梦娘的当了，若不是贪心，也不会沦落到当肉奴了。"刀郎道："先不要笑。主人想想看，傲文王子已经被立为楼兰王储，也就是将来的楼兰国王，身份何等尊贵，财富应有尽有，他怎么可能为了所谓的周穆王宝藏亲自来大漠涉险？王子这次是为了别的宝贝，他虽然没有告诉小的是什么，但一定非同小可。"老财盘算了很久，命人解开刀郎绑绳，取来衣服为他穿上，道："好，你带我们去寻宝。"可他还随身带着一群肉奴，多有不便，而且这些肉奴都是精壮男子，随时都可能挣脱绳索反抗，当即决意折返回马鬃山，除了带走刀郎外，将余下的肉奴暂且寄存在铁笼里，对梦娘只说有要紧事得去楼兰王都一趟。

小伦讲完经过，恨恨道："刀郎背叛王子，等于背叛国家，势同谋逆，该诛三族。王子，等你回国后，就立即派兵逮捕他家人。"

萧扬摇头道："不，是刀郎救了你们两个。"小伦道："什么？"萧扬道："如果不是刀郎假意投降，你们所有人早被带离大漠，说不定去了西方，怎么可能凑巧在今晚得救呢？"

傲文道："你如何能肯定刀郎是假意投降？"萧扬道："几位侍从均已经知道王子在找轩辕之丘，这是关键信息，但刀郎却没有告诉老财，只模棱两可地说什么非同小可的宝贝，不过是要引诱老财上当，好寻到机会逃脱。老财也不是傻子，他当然已经想到能劳动傲文王子亲自出马寻找的宝，一定价值巨大。"

笑笑生嘻嘻道："不错，这招先生我也对那马贼西术用过，我告诉他说谁能得到王子寻找的宝贝，就能称霸西域。"

傲文本就对他一肚子怨言，闻言怒气又生，道："我不是特意告知先生要强调我是来寻周穆王宝藏的么？你又如何编造了称霸西域的宝贝出来？万一那些马贼信以为真，消息传扬出去，无数人赶来大漠，拼了命去寻找，岂不麻烦得紧？"笑笑生吐舌笑道："我就是爱灵机一动，信口胡编，王子又不是不知道。"

萧扬忙道："寻宝一事并不新鲜，那梦娘专捉寻宝人当肉奴，周穆王宝藏如何能取信马贼？笑先生不过是随机应变。况且他只告诉西术一人，马贼混战，西术未必就有命活下来，还是我们自己尽快找到轩辕之丘才好。"

一行人遂继续上路，一直到傍晚日落后才找到一处背风处落脚，拣了些粪便、枯骨，阿勇又拿出自己的马鞍，勉强升了堆火取暖。众人身心疲惫，劳累异常，各自倒头睡下，不久便听见小伦鼾声大起。

萧扬当值第一班，坐在营地边上。夜凉如水，仰望着迢迢银河，想到明日不可预测的路途，不禁神魂飞越。恍恍惚惚间，他似乎看到了一个极大的湖泊，湖水清似明镜，不论深浅去处，尽能一眼望到底。岸边长满绿草和优昙钵花，鲜华可爱。一名雪衣女子坐在湖边，正痴痴迷迷地盯着湖面——一泊静水，清风涟漪，仿若那里面盛满了前世今生的回忆。蓦然大风拂过水面，掀起的巨浪仿若一柄长剑，又仿若一件裙裾。萧扬惊然转头，去寻找雪衣女子踪迹，她原来还坐在那里，依旧只是深沉地凝视着湖水……

蓦地里，一颗彗星曳着长长的光尾，自东而西划过黑幕天空，转眼消失不见，萧扬顿时从幻梦中惊醒，一时不知道适才所见是梦是幻。忽听得背后笑笑生道："彗星不是吉兆，一定有什么不祥的事发生。"走过来一屁股坐在萧扬边上。

萧扬问道："先生睡不着么？"笑笑生叹道："实在是冷，冷得睡不着啊。"

萧扬这才意识到已经是秋季，沉默半晌，轻轻吟道："袅袅桂花香，娉婷五彩乡。素娥享静谧，玉兔守苍茫。尘俗欢娱少，高天酣咏长。清风明月夜，独坐慰情伤。"笑笑生拍手道："好诗！好诗！想不到萧扬老弟能文能武。"萧扬道："随口胡诌几句，让先生见笑了。"

笑笑生道："好就是好。这诗可有名字？"萧扬道："名字嘛，就叫《天上人间》吧。"笑笑生道："好个《天上人间》，恐怕是有感而发吧。我也来一首。"顿了顿，拉长声音吟道："夤夜倚高楼，情天独唱酬。玉盘浮碧汉，卿我结诗俦。蕙质芳心淡，琴声胜境幽。淹留挥落寞，煮酒宿芳洲。名字就叫《望月遥寄》。"

萧扬默一吟诵，只觉得意味深长，便道："先生果然才情高远。"笑笑生笑道："我年轻的时候也爱玩玩这个。"他回头望了一眼熟睡中的傲文几人，摇摇头道："可惜，咱们中原的风雅玩意儿，他们西域人不懂。喂，你小子先去睡吧，我来守夜。"

萧扬便回来火堆边找了块空处躺下，却是难以成眠，不仅仅是透骨的秋凉驱之不去，还有适才那幅幻象不断浮现在他的脑海中。忽听得身后有轻微动静，转过头来，见傲文正脱下外衣，轻轻搭在小菊身上。傲文见萧扬仍未睡着，便打了个手势。二人一道到营地边上替下笑笑生。

萧扬问道："王子一直没有睡着么？可是有心事？"傲文道："嗯。萧扬，你觉得明日咱们该往哪个方向去？"萧扬思忖道："如今已是深秋，马上就进入冬季，我们衣衫单薄，难以抵御寒冬，不如先去绿洲补给，再行上路。"

傲文一心要尽快找到神物，完成使命，不愿意花费时日返回绿洲，正要一口否决，忽然又想到小菊是女子，身子单薄，经不起风霜雨雪，微一迟疑，便改变了主意，表示赞同萧扬的意见，道："好，咱们这就返回垓下去。"

萧扬道："还有一事，虽然并无把握，不过我还是想告诉王子，我想我可能知道轩辕之丘是处什么所在了。"傲文又惊又喜，连声问道："轩辕之丘在哪里？快告诉我它在哪里！"萧扬道："嘘，请王子小点声。"傲文不以为然地道："这里总共就六个人，又不是外人，听见也无妨。"

萧扬道："其实我还不知道轩辕之丘在哪里，但我猜想它应该就是天女的住处。"

他虽然口中这么说，心里却不能肯定——当日游龙濒死前曾亲口告诉过他，故剑难寻，那位有神力的朋友也感应不到轩辕剑所在。脑海中登时又浮现出那个忧伤的雪衣女子惊鸿来，他时常梦见她，总觉得她离自己并不远，虽然她想陪伴的人是死去的游龙，可有了她的身影，他独自行走在茫茫大漠中的时候，总会生出一些勇气来。

傲文闻言大奇，道："我们楼兰也有神殿，供奉着天女。你如何能知道轩辕之丘跟天女有关？"萧扬道："我见过天女，不过当时我还不知道她跟我要找的轩辕剑有关。"

傲文不免又惊又疑，道："天女是神仙，你是说你见过神仙？"萧扬不能泄露真游龙已死，自然也无法详细讲述这段际遇，只略微点点头，道："是，我见过她本人一次。王子信得过我的话么？"傲文道："当然信得过。"

萧扬道："我适才产生幻象，看到了天女，也看到了轩辕剑，我想这应该是一种有意的暗示。"傲文道："你还看见了什么？"萧扬道："我不能十分肯定。如果王子信得过我，就请将所寻找的神物的来历告诉我，我才能帮上忙。"

傲文一时踌躇起来，他曾一度以为这名武艺高强的中原男子是敌人，不惜拔刀相向，虽然在马鬃山一战结下了惺惺相惜的友谊，但终究二人的相处时间加起来也不到两天。他当然信得过萧扬的为人，可对方毕竟是中原人，是炎帝黄帝的子孙，而那笼罩在楼兰头上的千年诅咒的始作俑者，正是黄帝。他久久凝视着萧扬的眼睛，却没有发现有一丝不轨的痕迹，回想起大漠共驰骋、同闯马贼巢穴的激扬意气，他想不出有任何理由来怀疑这个人，甚至他认为他与这位游龙替身的相遇相识相知，本身也是冥冥中命运的安排。

傲文终于下定了决心，道："这件事，说起来很有些匪夷所思，老实说，若不是我亲眼看见神镜中的预象，我自己都不能相信这些是真的。"当即详细讲述了昔日黄帝在轩辕台上用鲜血诅咒楼兰的三位先人，先人虽幸运避祸，诅咒却被辗转带到楼兰国头上。

萧扬自到西域来后不断遇到各种奇闻怪事，但听了傲文一番话后，还是愣住，半晌说不出一句话来。他当然是不相信的，或者说不愿意相信华夏的先祖会因为嫉妒和误解而诅咒了一个无辜的国家，但他也很清楚如果不是与楼兰国运休戚相关的大事，傲文王子又怎么可能涉身大漠？

傲文见萧扬神色变幻不定，知道他一时难以接受这一切，深深叹道："你现在该知道为什么我听到你也在找轩辕之丘后会有那么大的反应了，那里关系到楼兰未来的命运，我不能让其他人得到，不然楼兰将会就此消沉，永不复存。"

萧扬沉默许久，才期期艾艾地问道："那么王子要寻找的东西也是跟黄帝诅咒有关？"傲文点点头，道："先人曾得到天女神示，称黄帝去世前有所悔悟，请天神以神力在西域腹心之地修建了轩辕之丘，内中藏有一件法力无边的神物，可以破解对楼兰的诅咒。"

萧扬迟疑道："那件神物……是不是一件女子裙裾？"傲文惊道："这是我楼兰国的机密，天下人只有国王和我二人知道，你……你怎么会……"萧扬道："我在幻象中看见了它，适才我看见轩辕剑的时候，也看见了它。"

月亮终于露出来了，一边孤独地徜徉于天幕中，一边泻下无边的清辉。大漠也热切地回应着，放出清冷的寒光来，几分诡秘，几分清奇，几分阴冷。

天地依旧一片沉寂。这是一种最浩渺最深沉的沉寂，静得令人决计不敢起心去惊扰它。

次日一早，傲文当众宣布要暂时返回绿洲垓下。阿勇闻言很是激动，又是欢喜又是难过，欢喜马上就可以回到家乡，难过的是他与阿峰两人一道护送王子出来，却只有他一人回去。

本来傲文还想回去梦娘诱捕他的那间石屋，放一把火烧掉，免得再贻害别人，但竟再也没有寻到那块绿洲，只得悻悻作罢。

一路往东走了几日，阿勇认出地形，禀告离绿洲已经不远。果然到了傍晚，垓下村又神奇出现在众人眼前。村长听说长子阿峰为救王子而死，虽然难过，但还是道："这是阿峰该做的，能为王子而死，是他的荣幸。"又告知十余日前阿库和大伦也回来过垓下,还领着一名叫未翔的男子,据说是王宫卫队侍卫长。

傲文意识到事情不妙,问道:"未翔来大漠做什么?"村长道:"说是来找芙蕖公主。"

傲文登时明白过来,定然是他离开王都扜泥后,芙蕖不知如何知道他来了大漠,所以偷偷溜了出来。她即将出嫁于阗,就此失踪当然非同小可,所以国王派了最为精干的未翔前来寻找。

村长不知道芙蕖订婚又逃婚之事,还以为是小女孩淘气出来玩耍,见傲文脸上深有忧色,忙安慰道:"王子不必担心,未翔侍卫长和阿库他们三人已经出发去寻找公主,我们村里也派了精干人手四处搜寻,应该很快就有消息。"又从怀中取出一封信,道:"这是未翔侍卫长留下的,说是如果再见到傲文王子就交给你。"

那信封粗糙厚实,一望便是树皮所制。当时造纸术为中原所独有,在西域,即使是麻纸也尚不普及,来自中原的蔡侯纸更是被视为等同丝绸的奢侈品,因而书和信主要书写在贝叶上,其实就是蒸煮加工的桦树皮。信封的封口处盖有一个胶泥的印戳,胶泥边缘插有一根小小的白色羽毛,那是楼兰王族的标志。

傲文神情立即严肃了起来,双手接信,飞快地拆开,凑近灯火,仔细读过一遍,面色愈发凝重,转头告诉众人道:"原来楼兰和于阗真的要开战了,国王将要亲自率领大军攻打于阗。"

第五章

瀚海百波

此时正是晌午时分，正是日光最强的时候，适才还晴朗无比的天空，像被蒙上一层面纱，骤然黯淡了下来，呈现出骇人的暗黑色，黑暗得近乎惨淡，令人压抑。

秋天是收获的季节，西域绿洲国家的秋天更是谷物飘香、果实累累的黄金季节。然而对楼兰来说，却是有史以来最艰难的一年，各种原因导致的水源减少以及持续干旱给这个以畜牧业和农业为主的国家造成了巨大损失。往年这个时候，国王会选派税吏到各地征收赋税，这些税吏不仅负责收税，而且掌管地方的土地纠纷、谷物播种诸多事宜，通常由掌握实权的王公贵族担任。然而今年却再也没有官员肯主动站出来担任税吏，因为按照法律规定，收不齐税会受到严惩。

就连王室名下的农庄、果园、牧场也没有什么好的收成，进贡给王宫的麦粉、葡萄酒、奶酪、酥油、食肉等都比往年差了许多。问天国王不得已，只能下令免去全国百姓一年的赋税。

然而对扞泥官民而言，生活似乎暂时还没有受到太大影响，这里毕竟是王都，是丝绸之路上最繁华的城市，有着充足的储备和必需的供应。市集照样聚集了来自世界各地的商人，华丽的酒楼中也继续上演着浓酒柔情、曼舞轻歌的一幕。

刀夫王子正在楼兰最大最豪华的宝月酒楼饮酒，准确地说，他已经在这里昏天胡地地混了一天一夜，连他也分不清楚外面天亮了又黑，还是黑了又亮。

雅室旁侧的案桌上置放着一只香炉，轻烟袅袅，香气溺溺。上首正中铺着一大张精美柔软的绣榻，榻前的几案上，白玉酒斛泛出柔和的光泽，一大盆羊肉早已经凉透。四周墙壁围以薄纱轻幔，微风拂动，有着如梦似幻的景致。

刀夫王子有一张方脸盘，嘴唇宽阔厚实，眉毛粗黑高耸，生得膀大腰圆、壮硕结实。虽然面前摆着美酒佳肴，堂下还有动人的乐舞，他始终阴沉着脸，看起来满腹心事，显得很抑郁。王子的随从都远远地躲在门外，生怕一不小心就成为他发怒的对象。刀夫王子经常无缘无故地鞭打身边的侍从是众所周知的事实，几乎所有人都对他畏而远之。

此刻，刀夫王子半躺着身子，一只脚正好蹬在地毯的图案上——那是一对栩栩如生的麒麟，状似麋鹿，马蹄牛尾，头上有独角，闪亮的丝线将它们的全身打造得光鲜亮丽，格外栩栩如生，只是其中一只雌麒麟的脸部被刀夫的大靴子踩蹭得有些变形扭曲。刀夫根本没有留意到这一点，他那只踩着麒麟的脚正合着悦耳动听的音乐颠动，不时将酒斛晃上几晃，送到嘴边饮上一口，唇边的两撮胡子明显沾染了葡萄酒水的痕迹。

舞娘阿莎是个身材窈窕的姑娘，皮肤光洁如玉，乌黑的长发盘成许多条小辫子，一直垂到腰间。她舞得正酣，伴随着欢快密集的节奏，柔软的腰肢正如细蛇一般尽情地扭动，裙裾上缀着的玉片流苏"哗啦哗啦"有节奏地作响，赤裸的双足如绽放的两朵莲花，忽左忽右，忽前忽后，仿佛是行走在涓涓流淌的溪流边，妖娆妩媚，风情十足。

不知怎的，刀夫忽然被这跳得欢愉忘情的舞娘吸引住了，他放下酒斛，目不转睛地看着阿莎，彪悍的容貌里有着几分邪气，脸色也开始由阴转晴。陡然，心底里升腾起一股强烈的欲望，咧开了嘴笑了笑，举手重重一拍桌子。一名伴奏的乐师受到了惊吓，手一抖，划出了一道走调的乐音，十分刺耳。刹那间，雅室中的歌舞戛然而止。

刀夫招手叫道："你，舞娘，过来！"

阿莎停止转动，依言向刀夫走去。在扞泥，行商、酒客看上歌妓、舞娘是常有的事，况且酒楼本身也是风月之地。阿莎早已经见怪不怪，她自己也好几次向有钱的富翁主动献身，可不知为什么，当她看清刀夫王子脸上的笑容时，心中有些莫名的恐惧。在距离王子两丈远的地方，她缩手缩脚地停了下来，行了个礼，问道："王子殿下有何吩咐？"

刀夫端起酒斛，饮了一口，放在旁边的地毯上，命道："你把剩下的酒喝掉。"

阿莎茫然望着眼前这位极有权势的王子，虽不知道他葫芦里到底卖的是什么药，但还是不敢怠慢，走上几步，俯身去拿那杯酒。刀夫笑道："不准用手。今日来玩点新鲜的花样。你，转过身去！舞娘的腰肢不是最柔软吗？现在，你要往后弯下腰去，把这杯酒捡起来喝掉，不能用手，只能用你的嘴唇。明白了么？如果你能做到，王子有赏。如果做不到，就该受罚。"

刀夫的要求对阿莎这样一个以跳舞为生的舞娘来说，难度并不算太大，但她闻见背后王子身上浓厚的酒气，听到他不怀好意的笑声，已经预料到将有更大的不幸发生。泪水开始在她的眼眶里打转，她不敢回头，只能遵从命令，将双腿分得开些，摆好姿势站好，深吸一口气，慢慢地将身体往后弯曲。

刀夫先是从阿莎张开的大腿中看到了她的面庞，虽然是倒着的，但仍然是那么美丽，梨花带雨，更令人亢奋不已。紧接着阿莎那雪白修长的脖颈也呈现在了王子面前，而且距离得那么近。她的腰真是柔软，身体全部弯了下来，看上去丝毫不费什么力气。很快，她的嘴唇触到了酒斛边缘，她张开了樱桃般鲜红的嘴唇，用洁白的牙齿一口咬住了酒斛。但在将要抬起身子的时候，刀夫突然重重拍了一下桌子。阿莎受惊，身体登时失去了平衡，摔倒在地上，酒斛脱口飞出，撞上墙壁，立即破成了好几块。

刀夫故作惊讶地道："呀，舞娘不但没有做到，还摔坏了王子的酒斛，该如何罚你呢？"阿莎哭道："我……我不是有意的……"

刀夫阴恻恻一笑，从怀中掏出一把匕首，在阿莎双脚上来回比划，笑道："嗯，就跺下这两只脚，如何？"阿莎恐惧异常，当即放声大哭起来。几名乐师早吓得屁滚尿流，争相夺门而逃。酒楼老板闻声赶来劝解，却被王子侍从挡在门外。

正当刀夫尽情享受折磨羞辱舞娘所带来的种种快意时，忽一个人影抢进室内，伸手一挥，已然轻松将匕首从刀夫手中夺过，沉声道："刀夫王子，你的宝贵时间不该花在这些下等人身上。"刀夫勃然大怒，道："你是谁？竟敢私闯王子酒室，来人……"

那人全身裹在一件墨绿色的大斗篷中，帽子遮住了脸面，只能看见两只精光四射的眼睛。他飞快地道："王子难道没有听过摩诃这个名字么？"他的声音极轻极微，但却一字一句，清晰异常。

刀夫一呆，问道："你……难道你就是巫师摩诃？"那人傲然道："不错。王子，在你小的时候我还抱过你。"一边说着，一边将匕首奉回给刀夫。

刀夫一时又惊又疑。他记得父亲曾经提过，西域幽密森林中住着一个神秘的巫师摩诃，所预言之事无不奇中，被视为神人，但却极少出山，且行踪诡秘，常人求见他一面也是十分难得，更不要说占卜了。然而就在刀夫出生后不久，摩诃巫师却主动来了问地亲王府邸，告诉亲王说他的独生爱子将要成为一个伟大的国王。这个预言从此伴随着刀夫长大，每当关键的时候，它就像一道影子，一个幽灵，一种无法抗拒的力量，在冥冥之中飘荡在他们父子的心灵深处。果然，问天国王一直没有子嗣，那么，侄子刀夫是楼兰王室的唯一后人，将来继承楼兰王位就是顺理成章之事。可前不久国王偏偏立了外姓人傲文为王储，多年的念想一日成空，如何能让人不气愤？

摩诃道："莫非王子是在怀疑本座？"刀夫挥手命侍从和阿莎退出，这才恨恨道："不错，不过我不是怀疑你是不是摩诃巫师本人，而是怀疑你的预言。"摩诃哈哈笑道："自古以来，成大事者没有一帆风顺的。王子，你是将来的楼兰国王，可千万不能就此消沉下去。"

刀夫道："巫师还不知道么？我表弟傲文已经是楼兰的王储。"摩诃道："傲文不过才是王储，还不是国王，你才是真正的国王，这是预言，也是真理。本座此次出山，就是特意赶来助王子一臂之力，咱们这就走吧。"

刀夫道："去哪里？"摩诃道："回去问地亲王宅邸。王子忘了么？今日是你父亲诞辰，国王夫妇要来你家中参加晚宴，这回可是有好戏看了。"

刀夫这才想起今日是父亲生日，忙整整衣衫，与摩诃一道回到家中。

问地为人一向俭朴，亲王府的陈设也是普普通通，甚至比许多官员的宅邸还不如。因为国王夫妇要亲临家宴，亲王正亲自指挥奴仆布置，闻听爱子终于归家，立即笑容满面地迎出来。

刀夫面有愧色，道："刀夫多有不孝，摩诃巫师已经训斥过我。父亲大人放心，从此我绝不会再沉溺于酒色，无所作为。"问地道："好，这样最好。摩诃巫师，全亏了你。"

摩诃肃色道："本座不过是顺天行事而已。亲王，你先忙你的家宴，本座还有一些事要与刀夫王子商议。本座带来的那些人……"问地忙道："巫师放心，已经全部安顿好了。刀夫，快些请巫师进去。"见爱子顺从恭谨地引着摩诃往密室而去，一改之前的颓态，不由得笑得愈发开心。

忽有侍卫进来禀告道："王宫侍卫长未翔到了。"问地知道他是为国王、王后的到来打前站，忙迎出大门，笑道："未翔侍卫长，恭喜你官复原职。"

未翔祖父、父亲均是王宫卫队的侍卫，可谓侍卫世家，他本人三年前开始担任侍卫长，是楼兰有史以来最年轻的侍卫长，深为问天国王倚重，连一向眼高于顶很少把别人放在眼中的傲文王子也与他交好，情若兄弟。但数月前未翔因昌迈王子一事被罚俸停职，只以普通侍卫身份继续留在卫队效力，旁人均为他不平。然而问天国王也是无奈，不如此无法向车师交代，直至于阗和楼兰联姻结盟后，才又重新恢复了未翔侍卫长一职。

未翔只是略微点点头，便道："亲王寿宴安排得如何了？可有需要帮手的地方？"问地笑道："有劳侍卫长费神。其实只是个小小的家庭宴会，哥哥嫂子来为弟弟祝寿，一家人一起吃个饭，有什么好刻意安排的？"未翔道："亲王说得极是。只是未翔职责所在，要先带人在王府巡视一番，若有冒犯之处，还请亲王恕罪。"问地道："侍卫长请便。"

未翔欠身行了个礼，便分派侍卫进王府巡查警戒，他已经前后三次扈从国王来到王府参加寿宴，是以轻车熟路。转了一圈，见府邸中一切早安排得井井有条，并无任何疏漏之处，便又重新来到前院厅堂，问道："今日国王特意问起了砌州凶案，不知道亲王派人查得如何了？"

他所指的是几月前有四名黑衣男子死在了楼兰北部砌州城外。那四人身份不明，却是全副武装，且死状奇惨，面色漆黑，胸口各有个大血窟窿，一时震动砌州，成为一大悬案。州中传闻是黑衣老怪所伤，问天国王听说后，担心民间流言蛊惑人心，特命问地亲王负责调查。

问地道："凑巧得紧，我今日寻访到一个证人，刚好可以解开此案谜题。侍卫长，你可知道那四名死者其实是于阗的杀手？"未翔吃了一惊，道："他们要杀的目标是谁？"问地道："说出来更加令人难以相信，他们要杀的目标是约藏王子。"

未翔先是骇然，随即明白了过来——于阗和楼兰联姻结盟虽然来得有些突然，但确实是震动西域的大事。他被国王授令全权负责这次历史性的盛宴，之前曾预想了很多种坏的状况会出现，然而一件都没有发生。但终究还是发生了两件意料之外的事，一是刁蛮任性的芙蕖公主变得大方得体，二是王后的妹妹桑紫夫人竟然带了墨山国王子约藏进宫行刺。约藏刺杀傲文时，未翔虽不在场，但后来向侍卫了解经过，便知道了详细情形。他知道于阗国王希盾利用墨山王后卫师师来控制墨山，约藏王子当众表示过不满。以希盾之为人，派出杀手追杀约藏完全说得过去，若是约藏在楼兰国境内被杀，还可以趁机嫁祸到楼兰人甚至是傲文王子身上。可救下约藏的人又是谁？如何能以相同的手法一举杀死四名于阗杀手？

问地似乎看出他心底疑问，道："谁在关键时刻救了约藏没有人知道，也许是他自救，也许是旁人相助，也许是天意。我说的这位证人就是摩诃巫师，他师弟无计凑巧在当日经过砌州，意外遇到了四名死者和昏迷的约藏王子，无计匆匆留了一条消息给巫师，就带着约藏失踪了，再也没有人见过他们。"

这番言论前言不搭后语，后半部分更是离奇，未翔不免觉得有些好笑，但他生性沉静，喜怒不形于色，只点了点头，道："这件事，亲王日后再亲自禀告国王。"

夜幕降临后，轻骑简行的国王夫妇如时来到问地府中。问地亲迎进来，见芙蕖跟在父母身后，一副老大不高兴的样子，便笑着告知道："刀夫知道芙蕖最喜欢热闹，特意请了宝月酒楼的乐师舞娘来助兴呢。"芙蕖依然是神情淡淡，只应了声："是吗？"

问地忙招手叫过刀夫，道："领你妹妹去看看那些中原的玩意儿，让她多选几件回去玩儿。"芙蕖本来很不喜欢刀夫，但听说王府里有不少从中原运来的好东西，还是忍不住好奇之心，跟着刀夫去了。

等芙蕖走远，问地才问道："公主的婚事定下日期了么？"问天道："于阗说下个月就要派人来迎娶芙蕖。"轻叹一声，似对这门婚事有所顾虑。阿曼达道："今日是亲王寿宴，婚事日后再提不迟。"

正要进堂入席，忽见侍卫领着文书大臣阿里进来。问天一眼见到阿里手中拿着一封贝叶信，信口交叉盖着一个斧头模样的泥戳，登时心中一沉，问道："是墨山的国书么？"阿里道："正是。这是墨山国新国王约藏派人加急送来的国书。"

问天皱眉道："约藏回国这么久，如何到现在才正式登基？"

他料来必定是约藏履行前约，要向楼兰下正式战书，匆匆拆开一看，便即愣住。在信中，约藏国王竟表示要尽释前嫌，与楼兰修好。新国王也将理由交代得很清楚——之前墨山乘虚攻打车师，完全是于阗人的主意，前国王手印确是自杀，真正的罪魁祸首也应该是于阗人；于阗国王希盾不但利用卫师师来控制墨山，还派人追杀他，若不是得到天助，他早已经死在楼兰砌州城外；之后他又被卫师师派兵追捕，历经艰险，好不容易才复国登上王位；墨山若与南面楼兰为敌，势必也要引来北面车师开战，考虑到墨山内忧外患的局面，与左邻右舍和平相处才是最好的选择。

阿曼达见丈夫神色有异，凑过来一看即道："约藏当上国王后突然明白了事理，如此可就太好了。"又道："约藏称于阗人追杀他，那砌州城外的无名氏命案会不会……"问地忙道："那四名死者正是于阗国王派出的杀手。"

问天便招手叫过未翔，道："你这就去驿馆见见墨山信使，问明白墨山国内情形，再来回报。"未翔躬身道："遵命。"带了两名侍卫，快马朝驿馆而来。

墨山信使名叫穆费，是墨山大富商穆塔之子，不到三十岁年纪，妹妹是约藏最为得宠的侍妾。未翔进来时，他正坐在房中大快朵颐。未翔说了几句客气话，便命驿长多上好酒好菜，自己也坐下来陪酒，慢慢从穆费口中套问墨山情形。

原来自从墨山国王手印去世，墨山国政便完全落入卫师师手中。她以王后的名义秉政，在朝中大力排除异己，任用了不少于阗人担任官职，还暗中派人搜捕约藏王子和约素公主，如此倒行逆施，惹来墨山国民普遍不满。不久后传来约藏王子到楼兰王宫行刺失手被捕、获释后又失踪的消息，国民均以为约藏已经被楼兰人秘密处死。哪知道不久后约藏即偷偷潜回墨山王都营盘，在黑袍巫师无计的谋划下，联络老臣旧部，预备复国。但不知怎的消息走漏了出去，王后卫师师调动心腹军队前去围杀约藏，离奇的是，这支军队在半途遇到一场黑色浓密大雾，全然迷失了方向，有流言说这是巫师无计的法术。黑雾散后，军士们也倒戈相向，约藏得到大多数军民支持，终于成功复国，无计因功被封为国师。

未翔道："那么卫王后人呢？"穆费酒意正浓，大笑道："当然被新国王杀了，尸首砍成了数块，分别悬在城门要害处示众。不仅卫王后，就是那些担任高官的于阗人也个个没有好下场。"

未翔心道："约藏杀了于阗官员，会与于阗结下死仇，看来他要与楼兰修好一事是真的了。"见穆费已露醉态，便起身告辞。

刚出驿馆，便有侍卫飞驰来报道："国王、王后遇刺，请侍卫长速回亲王府。"

未翔大惊变色，问明国王、王后无恙，只有刀夫王子受了伤，这才略略放了心。

匆忙回来王府，却见庭院中摆着数具尸首，其中几人未翔均在之前巡视亲王府时见过，是宝月酒楼的舞娘阿莎和乐师，均是脸色发黑，很是诡异。两名仆从打扮的男子却是陌生面孔，另有一名年轻的仆从被五花大绑地押在一旁。

侍卫见首领回来，忙上前禀告道："侍卫长离开后不久就出了事，当时正有宝月酒楼的舞娘阿莎在献舞，她忽然捂住肚子倒在堂上，侍卫正去扶她时，她不知道如何又跳了起来，还有那些在一旁伴奏的乐师，都是脸色发黑，如同发狂一般，张牙舞爪，朝国王和王后扑去。当时可乱了套了，多亏他们进屋前被侍卫仔细搜过身，没有兵刃，侍卫刚刚上前将他们制住，三名刺客扮成仆从闯了进来。不过当时因为舞娘闹事，王宫和王府的侍卫大多赶来堂中待命，刺客一进来就被包围，混战中只伤了刀夫王子，有一名刺客在搏斗中被杀，另一人受伤被擒后服了藏在袖中的毒药而死，只活捉了这一人，还未来得及审问。乐师和舞娘被带出来后不久就已经这副模样死去，应该是事先中了什么毒。"

未翔大略知道了事情经过，点了点头，径直赶进后庭。国王夫妇正与问地一道出来。问天脸色一沉，问道："未翔，你已经事先赶来王府戒备，为何又弄出了这等事？"

未翔无言以对，只得道："是，属下失职，甘愿接受处罚。刀夫王子可还好？"阿曼达道："刀夫受伤不轻，一直在昏迷中，大夫正在为他诊治。"

未翔道："属下先护送陛下、王后回宫。"问天道："不，你留在这里，好好查清楚这件事。若是刀夫醒不过来，你也别回宫来见我，任由亲王处置。"问地忙道："王兄，这其实不关未翔侍卫长的事……"问天厉声道："不准为他求情。"狠狠瞪了未翔一眼，携了妻子的手，拂袖而去。

未翔只得押着被捕的刺客来到王府的地牢，问道："是谁派你来的？"见他神情倨傲，不肯回答，便命人将他吊起来鞭打。那刺客极是倔强，昏死过去好几次，非但不发一言，连哼也不哼一声。

未翔实在是不擅长严刑讯问之道，折腾了大半夜，也没能从刺客口中问出一个字，只好命人放他下来，亲手解开绳索，让出坐椅给他坐下，正色劝道："你是条汉子，我未翔很是佩服，也实在不愿意再对

你下重手。不过我职责所在，必须要查清楚这件事。你重伤了刀夫王子，肯定是活不成了，只要你肯交代出背后主使，我保证你不会再受任何苦楚，一定亲手给你一个痛快。"

那刺客仍然不肯吭声，只挑衅般地看了未翔一眼，便转过头去。

正苦无对策之时，问地走了进来，问道："他招出主使了么？"未翔摇摇头，道："这人很是顽固，怕是酷刑对他全无用处。"

问地恼恨刺客伤了爱子，命侍卫将他手指一根一根地折断。十指连心，那刺客终于忍不住大声惨叫。未翔一时有些不忍心，走出地牢外，问地跟出来问道："会不会是墨山国做的？我和王兄都是这个看法。"

未翔很是惊奇，问道："为什么陛下和亲王会这样认为？"问地道："刺客闯进来时，直奔王兄和刀夫而去，其他人都不放在眼中。王兄是一国之君，刺客首先要行刺于他是情理之中的事。可第二个为什么是刀夫呢？王嫂和我本人都在场，身份岂不比刀夫重要得多？"未翔道："不错。"

问地道："所以我猜想他们也许是将刀夫当成了傲文。傲文逼死手印国王，与约藏有杀父之仇，他怎么可能轻易释怀？他如今当上国王，一边假意派信使来修好，一边真心派刺客行刺，只是他不知道傲文去了中原办事，早已经不在王都。"未翔道："嗯，亲王推断得有理。"

问地道："那么侍卫长还在等什么？应该立即派兵到驿馆将墨山信使一行抓起来严刑拷问。"未翔沉吟道："我适才奉国王命令到驿馆见过墨山信使穆费，他因为一路风尘正在大吃大喝，若是他知道有行刺之事，不可能有如此轻松的神态。况且他也算得上是约藏的心腹，若是墨山有心行刺，信使立即会受到牵连，他为何要派心腹来送死？"

问地道："可除了墨山新国王约藏，我想不出还有第二个主使。"未翔道："亲王说得不错，我这就派人围住驿馆，先将穆费一行软禁起来，等得到这刺客的口供……"不由得踌躇起来，他听到地牢里不断有惨叫传出，却无一声求饶，料想要得到这刺客的口供比登天还难。

问地忽然叫道："摩诃巫师！"却见一名披着墨绿斗篷的中年男子

缓缓走了过来，道："刀夫王子已然脱险，亲王可以放心了。本座给他服了药，他已经昏睡过去了，要明早才能醒来。"问地大喜过望，忙道："多谢巫师。"

摩诃问道："刺客还没有招供么？"问地道："这刺客十分强硬，轻易难以折服。巫师神通广大，可有办法对付他？"摩诃道："本座倒可以试上一试。"

问地忙引着摩诃进来。那刺客十根手指均已经被折断，正痛得满地乱滚。摩诃命侍卫将他扶回椅子中坐下，用绳索牢牢缚住，取来一大杯极浓的葡萄酒灌入口中。

问地很是不解，道："这是上好的葡萄酒，岂不是便宜了他？"摩诃微微一笑，也不答话。

楼兰的葡萄酒最是浓郁醇厚，劲力十足，不多大一会儿，那刺客便满面通红，像泥一样瘫软在椅子上。他自己也甚是不解，问道："你们……想要对我做什么？"

摩诃从怀中掏出一枚药丸，扔入杯中，药丸"嗤"的一声，瞬间化入残酒中，又命人将那药酒强迫刺客饮下。片刻后，刺客开始摇头晃脑起来，一双阴鸷的大眼睛也神散气弱，完全失去了光彩。

摩诃道："本座给他服了特制的幻药，这会儿他脑海中正出现人间所能想象出的各种幻象，再拖延一刻，他就会彻底迷乱，再也无法自主控制意识，你们便可以趁机问话。之前给他饮下那么多葡萄酒，也是因为这人意志格外顽强，一开始用药会令他身体产生抗力，若是先拿浓酒麻醉他，他浑身酥软之下，只能完全被药力控制摆布了。"

巫师说得头头是道，在场众人则听得目瞪口呆。唯有问地一向真心信服摩诃的本事，连声赞道："好，好。"

过了一会儿，那刺客开始哼哼哈哈地乱叫，一张脸燥热得通红。他本已经被拷打折磨得奄奄一息，不知又从哪里生出了几分力气，不断扭动身子，努力挣扎，想挣脱绑索。

问地见摩诃点点头，忙抢上前问道："快说，是谁主使你来行刺的？"刺客迷迷糊糊地道："国王，是国王陛下。"未翔等人见摩诃这招居然有效，无不暗暗称奇。

问地道："是墨山约藏国王么？"刺客道："不，是希盾，希盾国王。"问地一时骇异得呆住。

未翔忙问道："你叫什么名字？"刺客道："范段。"

未翔道："你们怎么混进王府的？"范段道："我们一个月前就扮成仆役混进王府，等的就是今日。"未翔道："阿莎中毒是你们故意弄出来引开侍卫视线的么？"范段道："什么阿莎？是那舞娘么？"

问地抢上来问道："说，于阗国王为何要派你们来行刺？"范段道："这还用问？希盾国王要称霸西域，楼兰一日不除，国王陛下一日睡不安稳。"

问地道："既然如此，于阗为什么还要跟楼兰联姻结盟？"范段道："不过是暂时的权宜之计。何况希盾国王也喜欢阿曼达王后，想要得到她的女儿。"

问地"啊"了一声，显然被刺客的供词惊住了，转头望着未翔，不知该下面如何开口。

未翔本来还怀疑这刺客范段是有意假装被幻药控制，然后嫁祸给于阗，听到此处便完全相信了，再无疑虑。他虽然不十分清楚希盾和阿曼达、桑紫姊妹之间的恩恩怨怨，但他长期扈从国王和王后，知道的隐秘事件极多，多少能猜到一些。譬如他曾跟随阿曼达王后秘密到驿馆探访希盾国王，这是连傲文王子、问地亲王都不可能知道的私事。这范段能说出最后一句"希盾国王也喜欢阿曼达王后，想要得到她的女儿"，足见他是希盾国王身边的亲信武士。

好半晌，问地才讪讪问道："侍卫长，你看这……"未翔道："亲王，我得带刺客进宫，向国王陛下禀告这件事。"问地道："好，人你带走吧。"

摩诃道："侍卫长，这幻药不能持久，药力一过，刺客怕是不会再开口了。"未翔道："无妨，我已经得到他的口供。巫师，这次当真要多谢你。"摩诃道："嗯。"

未翔押着刺客范段回来三间房王宫。此刻正是凌晨，天光未亮，国王夫妇居然尚未就寝，听说未翔回来，忙紧急在内室召见。未翔遂将审问结果一一禀告，就连那一句"希盾国王也喜欢阿曼达王后，想要得到她的女儿"也没有敢隐瞒。

阿曼达王后倒不如何惊奇，似乎一切早在她意料之中。问天先是瞪大了眼睛，随即起身在室内走来走去，不断搓手跺脚，仿若一头受伤的野兽，显是内心愤怒之极。未翔从来见过国王如此神色，也不知道该如何相劝，只垂手站在一旁，大气也不敢出。

忽听得问天叫道："带刺客进来，我要亲自问他。"未翔犹豫道："那刺客是为巫师药力控制才招出了幕后主使，眼下药力已过，即使陛下亲自审问，怕也没有什么结果。"忽见国王面色如铁，眼睛快要冒出火来，心中不由得一凛，不敢再多说一句，忙出去命侍卫押了范段进来。

范段人已经清醒过来，又恢复那副傲慢神态，虽然因伤处疼痛难忍不断皱紧眉头，却是紧闭双唇，坚持不肯下跪。

问天道："你叫范段？你适才已经在无意识的情况下招出了所有真相。哼哼，我还真想不到希盾会来这一招，我原以为……"转头看了阿曼达一眼，这才道："我也不杀你，你这就回去告诉希盾，我会亲自带兵来拜访他，请他做好准备。"范段只是不住冷笑。

问天道："我瞧得出你有恃无恐，等到我楼兰大军兵临于阗王都西城城下时，再来看你是什么表情。未翔，立即派人送他走，当面交给希盾国王。"未翔道："遵命。"

阿曼达叫道："陛下……"问天决然道："王后不必再说。未翔，去，紧急召集亲王和将军们上殿！我将下令全国备战！"

未翔不敢有丝毫迟疑，立即出去分派侍卫传令，忙了一身大汗，稍微停下来喘息时，天色早已经大亮。侍卫忽又赶来道："侍卫长，王后急召你去。"

未翔不得已，只得赶来内宫。他满以为王后是要让他出面劝国王不要如此着急向于阗兴师问罪，不料阿曼达只是简短而仓促地道："芙蘡不见了。"

未翔心中一直担心会有这样的事发生，却料不到会在这个节骨眼儿，忙问道："这是什么时候的事？"阿曼达道："昨晚。昨晚刀夫领着芙蘡去挑礼物，半路她忽然说有些内急，刀夫就让侍女领着她去茅厕，结果半天都没有出来，茅厕里人影都没有，附近也没有找到。刀夫赶来厅堂，还来不及禀告，刺客突然杀了出来，后来的事你也知道了。我原以为芙蘡是不喜欢叔叔，自己赌气回了王宫，但我问过王宫侍卫才知道她根本没有回来后，派人四下找寻，始终没有发现踪迹。适才有侍卫来禀告，说南城门兵士记得有名黄衫女子一大早就骑马出城，模样身段很像是芙蘡。"

未翔道："公主应该是想去中原找傲文王子，如何会从南城门离开？"阿曼达道："不，她去了塔克拉玛干大漠。芙蘡从未出过远门，又是孤身一人。未翔，你带上阿库和大伦，去将芙蘡找回来。如果能及时找回她，还有可能阻止这场战场，不然的话……"

未翔道："可是公主尊贵娇气，就算属下找到她，她未必肯听我劝。"阿曼达道："那么你就用强带她回来，不必有任何顾忌。"未翔道："遵命。国王陛下那边……"阿曼达道："事情紧急，你须得立即动身出发，我自会跟国王交代。这里有封信，是写给傲文的，你见到他就转交给他。记住，去大漠的事不能让任何人知道，我也会对外宣称你是去了中原协助傲文王子。"未翔道："遵命。"当即出来，命人叫来阿库和大伦，打好行囊，疾速上路。

原以为芙蘡不过是个娇滴滴的不经世事的公主，从没有出过抒泥，走不多远应该就能赶上。可一路急追，居然没有发现半分踪迹。向沿途商贩店家打听，均道："黄衫女子没有见过，倒是有个年轻貌美的红衣女子，身边还跟着两个年轻男子，都是陌生面孔，买了不少干粮食物，朝大漠去了。"

未翔心道："莫非红衣女子就是公主？"忙仔细询问，却得知红衣女子是瓜子脸，跟芙蘡的圆脸迥然不同，身材高矮也有差别，这才明白是另外一个人。

未翔怀疑已经错过，又折返回去，还是没有公主的踪迹，徒然耽误了许多时间。

阿库毕竟年长，经验要丰富得多，道："眼下已是秋季，大漠奇寒无比，谁还会冒险往那里去？这三人一定是有什么特别的目的。公主虽然娇气，却也不傻，她肯定早猜到国王、王后会派人来追她回去。"未翔眼前一亮，道："公主很可能换了装扮，就混在那三人当中。"

果然打听到其中一名年轻男子有一张娃娃圆脸，甚是秀气，应当就是芙蕖公主。只是不知道另外的一男一女是谁。公主自小在深宫中长大，心中只有表哥傲文王子一人，从来没有过什么朋友，又临时到哪里寻来的大漠同伴？未翔虽不知道傲文王子亲赴大漠是要去做什么，但既然国王夫妇竭力掩饰他的行踪，料来定然身负重大使命。会不会是有什么人知道了这一点，有意利用公主去寻找王子？一念及此，更是着急，快马加鞭，但芙蕖三人脚力极快，一直到大漠边缘，还是未能追上。

阿库道："以我们的速度都没有追上，那一男一女肯定不是普通人。看他们买的物品，应该也有着丰富的沙漠生活经验。侍卫长多少可以放心了，眼下的状况，起码比公主一个人贸然闯入大漠要好很多。"大伦道："可是大漠这么大，茫茫数千里，找三个人岂不是比大海捞针还难？况且目下咱们也不知道傲文王子去了哪里。"未翔道："暂时也没有别的办法，先走一步算一步吧。"

大漠寻人当真是毫无踪迹可循，人马在黄沙上留下的脚印，瞬息又被风沙抚平。昏黄的天压着起伏的沙浪，迷迷茫茫没有界线。目力所及之处，除了沙浪，还是沙浪，别说三个人，就是寻找一支军队，也是难有头绪。时光和希望就像沙丘上的细沙，慢慢从指缝间滑走。

未翔三人一路寻找着来到阿库的生长地垓下绿洲，请村长派出人手协助寻找公主。考虑到即将入冬，离开已久的傲文王子一行很可能会重新回来绿洲补给，未翔特意将王后的信留给了村长，请他见到傲文王子后代为转交。

三人在绿洲歇了一宿，次日便又继续上路。几日后的一个中午，阿库忽然留意到前面黄沙中半埋着一个人，忙赶过去将那人挖了出来，翻过来一看，居然是刀郎，衣衫单薄褴褛，黑瘦得不成样子，呼吸极其微弱，已是命悬一线。

大伦忙取过水袋往他枯裂的嘴唇中灌了两口水，问道："你不是跟傲文王子一道么？王子人呢？我阿弟呢？"刀郎抬起手来，指着西面道："王子……马贼……马……"手蓦然垂了下来，头无力歪倒在一边。他连日经受饥饿干渴的折磨，早已经油尽灯枯，全仗心中一点意念苦苦支撑，此刻乍然见到同伴到来，一口气松下，生命之火也就此熄灭。

未翔三人又是恻然又是沉重，刀郎是脱水累死，那么傲文王子境况应该也不会很好，他临死前说"马贼"，又是什么意思？莫非傲文王子一行遭遇到了马贼？

阿库在刀郎身上摸索一阵，想找到一件私人物品带回给他的家人，却没有发现任何东西，只得割下一束头发，就此将他草草埋葬在黄沙下。

三人疾速上马往西，希望能发现傲文王子的踪迹。然而一连走了三四日，半个人影也没有看见。

这一日，三人所带饮水已经用尽，不得不停下来四处寻找水源。阿库好不容易找了一块背风之地，拿小铁镐挖了数下，见沙子略有湿气，喜道："这附近一定有地下河，说不定有绿洲。"

塔克拉玛干的地下河全是昆仑山上的雪水冲刷形成，当即朝西南昆仑山方向驰去。走了大半日，果然见到一片绿洲，有水有林，边上还有一户人家。

三人绝处逢生，大喜过望，然而进来院中，却是空无一人。阿库进屋转了一圈，出来禀道："看桌上灰尘，应该是很久没有人住过了。不过厨下有油有面有干肉，应该是有主人的。"未翔道："如此，咱们先在这里住一夜，明早离开时给主人留些钱便是。"阿库道："遵命。"

　　大伦牵马到马棚中拴好，又去井中打水，阿库则到院中搬了一些干马粪到厨下生火烧饭。未翔独自出来，四下翘望——血色残阳，如金沙海，只是不见一个人影。想到芙蕖公主下落不明，傲文王子生死难料，更加忧心忡忡。

　　忽听得西北方向有马蹄声，登时精神一振，忙闻声赶去。刚爬上沙丘，便见到前后三骑正朝这边驰来——最前面的是个蓝衣女子，似是受了伤，俯身低伏在马背上。后面两名彪悍男子浑身是血，一人举着一柄重刀，另一人则手持弯刀，大声叫骂，分明是在追杀那女子。

　　未翔忙伏下身子，拔出匕首和佩刀，等三人驰得近些，蓦然起身将匕首用力掷出，正中中间那男子脖颈，登时将他射下马来。马匹骤然失去负重，长嘶一声。后面那人忙生生顿住坐骑，待看清并无伏兵，发一声喊，便勒转马头，朝未翔冲来。未翔凝神不动，待到对方靠近时，长刀挥出，疾若流星，正斩下那人右手手臂。

　　那人重重跌下马来，左手捂住断臂之处，杀猪般地嚎叫不止。未翔上前用长刀指住他，问道：“你是马贼么？”那人大叫道：“杀了我……快杀了我……”未翔道：“告诉我实话，我就立即给你一刀，帮你了结痛苦。”那人道：“我是马贼……啊，痛死我了……快些杀了我。”

　　未翔道：“你可有见过傲文王子？”马贼道：“当然见过。本来头领捉住了王子，派沙其库押他去于阗，不过今日出来马鬃山时遇见押送的人带着箭伤回来，才听说王子已经被……被游龙给救走了……”未翔大奇，问道：“是那个鼎鼎大名的游龙么？他如何会来了这里？”

　　马贼道：“我不知道……真的不知道……快杀了我……”见未翔沉吟不答，似在凝思，蓦然大叫一声，用尽全身的力气，侧身抓起断臂上的弯刀，刚及坐起，只觉得背心一痛，身子晃了两晃，便倒了下去，背后犹插着一支羽箭。

　　却见那受伤的蓝衣女子不知何时下了马，手中正握着一副弓箭，站在不远处。

　　未翔道：“哎哟，你怎么射死了他？我还有许多话没有问清楚。”那女子道：“我……我见他要杀你……”话音未落，手中弓箭掉落，人也摔倒在地。

未翔急忙抢过来，却见那女子已然昏迷过去，胸腹、大腿、手臂均有刀伤，忙抱了她往石屋而来。大伦和阿库已闻声赶出，未翔道："那边有两个被我杀死的马贼，还有三匹马，去牵回来。"自己抱了蓝衣女子进屋，将她放在床上，到灶下瓮缸中打来热水，脱下那女子上衣，为她擦净身子，再往创口处敷上金创药，用布条裹好。

他本是豁达之人，不拘小节，当此局面下，要救这蓝衣女子性命，不得不如此做，他自认心无邪念，是以毫不迟疑。但是当他看到她如丝缎般光滑的皮肤上累累创伤时，还是忍不住心中大起异样感觉——如此一个柔弱女子，是如何经历了种种磨难，历经千辛万苦，才能从凶恶的马贼手中逃出？

世间的人和事，未必就尽如表面所显示的那样。未翔完全不知情的是，他从马贼手中救下的这名楚楚可怜、惹人爱惜的受伤女子，就是马贼的新头领梦娘。那被他用匕首射中脖颈而死的马贼，就是为争权而大动干戈的西术。

当日笑笑生冒充波斯人贩老财随从成功混进马鬃山，挑动起马贼内讧，几乎所有的马贼都加入了这场莫名其妙的大厮杀大混战，一直到凌晨众人精疲力竭时才自动结束。重伤的梦娘从血泊中爬起来，看见横七竖八的死伤者躺在晨雾中，耳边除了伤者的呻吟，还有从后山赶来的女人和孩子在血泊中寻找亲人的哭叫声。她忽然感到深深的厌倦，决意离开这个地方，回到绿洲的石屋去。然而她的对手西术也还没有死，看到梦娘上马离去，也紧追出来，意欲亲手杀死这位女头领，永绝后患，却料不到在最后关头时被未翔杀死，实在是冥冥中的离奇巧遇。

梦娘受伤极重，一直到次日天亮才醒过来。未翔正在床前徘徊不止，听见她嘤嘤出声，忙过来道："你终于醒了。姑娘，你叫什么名字？"

梦娘轻轻道："梦娘。"她无力坐起，侧头见到这男子装束停当，腰间挂着佩刀，问道："公子要走了么？"未翔道："是，我还有急事赶着去办。梦娘，你伤势沉重，我又分不出人手照顾你，只能将你暂时留在这片绿洲养伤。你……你自己能行么？"

梦娘道："公子一直在等梦娘醒过来，就是为了要跟我讲这些话？"未翔道："是。那两名马贼虽然已被我杀死，可要将梦娘孤身一人留在这里，我实在放心不下。"梦娘道："公子不必管我，请自去忙你的事要紧。"

未翔着急寻找傲文王子和芙蕖公主，确实没有更多的心思耗在这里，微一沉吟，即道："那好，等我办完事，再返回这里来接梦娘。外面屋里有水有食物。你的短刀和弓箭我放在床边，伸手就能够着，留给你以防万一。金创药在这边桌上，我……我昨晚已经替梦娘上过药了，恕我多有冒昧。"

梦娘这才会意过来，羞得满脸绯红。未翔见她忸怩，也不好意思再多谈，拱手道："那么，我先告辞了。只是我此去吉凶难料，也不知道什么时候能返回这里，梦娘请多保重。我留了马在马棚，若是一个月后还不见有人来，请梦娘骑了马往西去，只要方向不错，就能到达楼兰国。"

梦娘道："公子是楼兰国人？"未翔道："不错，我是楼兰王宫卫队侍卫长未翔。"蓦然心念一动，想起一件事来，忙问道："姑娘既是从马贼手中逃出，可有见过傲文王子？"

梦娘低声道："我……我不是很清楚傲文王子的事情。"垂下眼帘，不敢再多看未翔的脸，仿佛那上面尽是沟壑纵横，是岁月的风霜，是尘世的种种艰难。

未翔只以为她伤后无力，一时难以问清她如何来到大漠的详情经过，心中又着急上路，只得就此告辞。

比未翔更急于知道傲文下落的自然是芙蕖公主。确实如老侍卫阿库所料，她一出扞泥城就换了套男子衣衫，正当她莽莽撞撞地打听大漠方向时，忽有名男子认出了她，称她公主。那男子是楼兰专职向导阿飞，身边的红衣少女则是车师女子古丽。芙蕖并不认得这二人，也毫不关心，可当她得知阿飞是要陪伴古丽到大漠中寻找传说中的游龙时，登时喜上心来，是以决定与二人结伴同行。

阿飞得知芙蕖公主是偷偷溜出来去寻找傲文王子，本有心送公主回去，可是公主坚决不肯，古丽还与公主一拍即合——二人都是为了寻访心中的爱人不惜涉险大漠，很是惺惺相惜，不到半日便情若姊妹，无话不谈。阿飞自己也想早日找到师傅游龙，只得倚仗自己多年向导经验，冒险带着二女上路。

一进入大漠，三人便明显感到了无所适从——芙蕖只偷听到表哥来了大漠，却不知道到了何处；而游龙则更是行踪难觅，虽然有不少人声称看见过身材模样像游龙的人，但到底是不是真人，却无人能够肯定。

按照阿飞的本意，该往北方去寻找，因为塔克拉玛干北面有一块大漠与白龙堆沙漠相连，游龙果真出现的话，一定是为追踪马贼而来，那一带才该是马贼出没的地方。芙蕖却是不肯，非要往南方去寻找。她也没有什么特别的想法，只是简单地认为既然游龙去了北方，表哥一定是去了南方。阿飞当然不能让公主一人上路，只得劝动古丽一路往南而来。

这一日，沙海忽然变成了戈壁，褐色的砂石延伸到天边，前进得愈发艰难。三人累得精疲力竭心中越来越失望时，忽然远远见到前面有朦胧的山影，走得近些，才发觉那不是山峦，而是一大片浓翠得发黑的森林，周遭笼罩着苍莽深沉的雾霭，给人一种既神秘又狐魅的感觉。那一刻，几乎怀疑是看到了海市蜃楼，使劲眨了眨眼，才能肯定不是幻景，一时激动不已，拼命朝前赶去。到得森林边缘，天色已经暗了下来，夜幕轻轻闭合，正有数名波斯人在林边生火。

阿飞微一迟疑，即上前打了声招呼。领头的波斯人本很是冷淡，可当他看到后面的古丽时，便立即换上了笑容，热情邀请三人过去，问道："三位来大漠做什么？"

阿飞不知对方身份，见对方目光总是有意无意地往古丽身上瞟，不敢直接提到名字，只道："来找两位朋友，一位是这位姑娘的表哥，另一位是我的师傅。"波斯人居然也不多问，笑道："原来如此。"

阿飞道："那么几位来大漠做什么？"几名波斯人交换一下眼色，一齐笑道："寻宝。"

芙蕖忍不住问道："寻什么宝？宝贝是在这片森林中么？"

她一身男子装扮，暮色中波斯人没有发现她是女扮男装，此刻听到她娇声发问，才知道她是女子。一名波斯人笑道："要寻到才能知道是什么宝。不过这片森林可是万万进不得的。"

芙蕖道："为什么进不得？"波斯人道："姑娘是初来大漠么？传说这里是有魔力的幽密森林，只有法术高强的巫师才能进去，寻常人擅自闯入的话，必死无疑。"

芙蕖听了不免半信半疑，还待再问，忽见阿飞朝自己连使眼色，这才作罢。

当晚双方吃了各自带的干粮，在火堆附近铺了毛毡睡下。负责放哨的波斯人忽听到有细碎脚步声，忙拔出刀来，喝问道："是谁？"

四名男子从黑暗中冒了出来，各自手扶刀柄。其中一人道："我们不是故意来惊扰阁下的好梦，只要将那女子交出来，我们立即便走。"波斯人迟疑道："什么女子？"那男子冷笑道："何必装傻充愣？与我们为敌，任你是谁，也讨不了好去。"

这伙波斯人的头领正是贩卖肉奴为生的老财，他相信了刀郎的话，折返回来寻找傲文王子大漠之行的目标，哪知道不日刀郎即在半夜悄悄溜走。幸亏老财也没有完全相信他，有所防备，他未能盗走马匹、食物和水，料想他此去也走不了多远便会饿死渴死，是以也不去理会。但他坚信刀郎的话不全然是假，傲文以王储之尊到大漠涉险，所寻的东西必然是非同寻常的宝贝，所以仍然心存侥幸，留在大漠中继续寻找。一行人今日意外在幽密森林边上遇到阿飞三人，虽然不知道芙蕖就是楼兰国的公主，但老财却看上了古丽的美貌，得知芙蕖也是女子时更是惊喜交加，心中早已经将这一男二女当做了天上白白掉下来的肉奴，男肉奴自然是要卖掉，女肉奴则要等自己玩够以后再行处置，就算这次找不到宝贝，有了这两个女肉奴，也足以弥补风尘劳累了。

老财盘算得极美，做梦都是古丽细腰丰胸的身影晃来晃去，忽被人声惊醒，忙起身问道："什么事？"放哨的波斯人过来道："有四名男子守在外面，要带走那姑娘，该怎么办？"

老财一呆，随即骂道："奶奶的，这你还来问我？别人要抢咱们肉奴，你还干等着让他抢？都起来，抄家伙！"话音刚落，那四名男子已拔出了兵刃，急朝众人冲来。

老财本来只是赌气之语，兼有吓唬的意思，万料不到对方立即便动了手，见人就砍，"妈呀"一声滚到一边。

阿飞对波斯人有所警觉，一直没有入睡，凝神静听，起初听到有人闯来营地，大模大样地向波斯人索要"女子"，以为是来寻找芙蕖公主的王宫侍卫，忙推醒了芙蕖，悄声道："公主，捉你回去的人到了。"芙蕖吓了一跳，忙问道："是父王派来的侍卫么？咱们要往哪里逃？"古丽也醒了过来，指着后面的幽密森林道："那边如何？"

阿飞不及回答，变故陡起，四名全副武装的男子已冲进营地，刀光霍霍，转眼间就有一名波斯人倒地。芙蕖惊叫一声，起身就往幽密森林中跑去。古丽和阿飞微一迟疑，也跟了上去。

刚进密林，背后马嘶声、叫喊声、惨呼声、金刃交接声此起彼伏。旋即有人大声叫道："公主进森林了！快去追！"

芙蕖更是高一脚低一脚没命地往前奔跑。深邃的森林中到处是盲人般的黑暗，无半点微光。她不顾前面，不顾脚下，几次撞上树干，又几次被脚下藤草绊倒，弄出不少伤痛来，这才不得已慢了下来。忽听得古丽在不远处轻轻叫道："公主！公主！"芙蕖正要应声，阿飞道："嘘，他们来了！谁也别出声，我们看不见他们，他们也看不见我们，只要蹲下来藏好不说话，他们就找不到我们。"

一切都混沌了下来，似乎只能清晰听见自己的呼吸声。树林中弥漫着一股奇特的气味，阴森中夹杂着腐烂枝叶和动物尸首，仿若深入死亡的异境。虽然什么也看不见，却总感觉到死亡的阴影无处不在，死尸的幽灵正在四周游荡。人待在这里，如芒刺在背，不由自主地生出一种恐惧来。

过了一会儿，有几名男子的脚步声和说话声传来。一人道："你看到她逃去了哪里？"另一人道："就是这边。不过漆黑一片，要怎么找？不如咱们先……"先前那人厉声道："不行，不除掉公主，谁也别想活着回去。"有人道："她应该是穿过森林了，咱们还是继续追吧。"

那几人所站立之处离阿飞不远，一字一句清晰尽入耳中，他几乎忍不住要惊叫出声：原来这些人并不是国王派来寻找公主的侍卫，而是杀手。他与古丽离开王都扑泥在芙蕖公主之前，尚不知道楼兰与于阗已经开战的消息，一时想不通有谁会想要杀芙蕖公主——这位楼兰公主已经是于阗国名义上的王妃，谁又有那么大的胆量，不惜冒着得罪西域两大强国的危险，派出杀手赶来大漠追杀？况且她虽然是位金枝玉叶的公主，终究只是个弱女子呀。

正百思不得其解时，忽觉得耳边吹气如云，转过头去，才发现古丽正靠在自己肩头，浑身颤抖不止，显然也是极度震惊害怕。

这一夜，极度漫长，极度难熬。阿飞甚至不知道杀手们是什么时候离开的，总感觉周围笼罩着死尸般的冰冷，他的手心开始发冷，浑身冒出冷汗，几次想出声叫古丽，却又怕被她耻笑，好不容易才忍住。

直到一缕细碎的阳光透过层层枝叶飘洒在眼前的地方，阿飞才恍若大梦初醒，恢复了因恐惧而游离的神志——这幽密森林当真诡异无比，土地也呈现出异样的绛色来，像是鲜血染过一般。古丽已靠在他肩头睡着，长长的睫毛上还带着晶莹的水珠，阿飞忙推醒她，两个人相扶着站起来，才发觉腿早已经麻木得没有任何知觉。

古丽问道："公主人呢？"阿飞道："咱们四处找找，轻点。"古丽应道："好。"转身欲走，却被阿飞一把拉住，道："拉住我的手，不要分开，我可不想连你也弄丢了。"不知怎的，古丽心中登时涌起一股暖流，轻轻应道："是。"

二人借着亮光找寻一阵，却无公主踪迹，后来索性叫喊起来，也无人应声。古丽惊道："呀，公主会不会已经被……被……"始终不敢说出下面那个字来。

阿飞道："昨夜那么黑，杀手不可能就这么发现公主，更不可能无声无息地杀了她，咱们再找找看，实在找不到就到外面等，公主如果人还在森林里，终究是要顺着亮光出来的。"

又摸索着找了小半个时辰，还是没有发现公主，阿飞见越往森林深处越是幽深诡秘，便牵着古丽的手出来。却见昨夜宿营处横七竖八地躺着数具尸首，那些波斯人已尽数被杀手杀死。阿飞忙捂住古丽的眼睛，道："别看！"拉着她远远离开营地才放开手。

马匹、行囊都还在原处，遂收拾了过来。想了想，又取了部分波斯人的补给，将多余的马匹放了。那些马一脱缰绳，立即往东北方飞奔驰去，似也急切地要离开这片幽密森林。

等到中午，古丽忍不住站起身来，道："这样干等也不是办法……"话音未落，便听到阿飞欢声叫道："公主！公主！"

果见芙蕖从森林中钻了出来，披头散发，圆脸蛋上划破好几道血口子，模样很是狼狈，恍恍惚惚径直朝阿飞奔过来，竟连营地的波斯人死尸都未停下来瞧上一眼。

古丽忙迎上前去，问道："公主昨夜去了哪里？"芙蕖喘息未定，遍体战栗，含含糊糊地道："我很害怕，又不敢叫出声，后来就晕了过去。再后来我看见了一名黑袍巫师，跟着他去了迷宫……密林里面有座好大好大的迷宫……"

古丽见公主表情古怪之极，神志似乎不是很清醒，有些痴痴呆呆，想到森林之中伸手不见五指，根本见不到周遭情形，知道她所言不过是昨晚昏睡过去后所做的噩梦，正要安慰几句，忽见四名杀手跌跌撞撞地从林中追了出来，忙道："快，快上马。"见阿飞伸手去拔腰刀，知道他恼恨这些杀手凶残成性，想要放手一搏，忙道："保护公主脱离险境要紧。"

阿飞一想也对，便扶公主上马，三人策马急行，瞬间将杀手甩在后面。杀手气得叽哇大叫，却再无多余马匹，只能眼睁睁地看着三人离去。

阿飞三人离奇摆脱杀手后，一直驰向北方，直到驰出戈壁，再次进入沙漠地带，看不到幽密森林的一点痕迹，这才停下来喝水歇息。回想起昨晚惊心动魄的经历，不由得心有余悸，再看看头顶光灿灿的太阳，大有劫后重生之感。

古丽问道："阿飞哥哥，你说那片森林里是不是真的有什么巫术魔法？"阿飞道："我也不知道……"蓦然站起身来，惊喜地叫道："是游龙师傅！快看！那不是游龙师傅和笑先生吗？"

却见远处沙丘上立着两人两骑，其中一人一骑也是全身土黄，与大漠近乎一体，若不是身边有另外一匹枣红大马相衬，实在难以分辨出来。

古丽欢声笑道："真的是游龙哥哥！啊，我终于找到他了！"一时捂住脸庞，喜极而泣。阿飞也是兴奋地大呼大叫，使劲招手示意。只有芙蕖闷闷不乐，不知道何时才能像古丽一样撞见心爱的表哥。

那游龙正是萧扬。他与傲文王子一行人从马鬃山脱险顺利到达绿洲埃下村后，傲文接到了王后阿曼达委托侍卫长未翔带来的信件，得知于阗派人在问地亲王寿宴上刺杀问天国王和刀夫王子，国王被深深激怒，意欲以此为理由攻打于阗，借机夺回车尔臣河源头的控制权，来缓和蒲昌海日益枯竭、楼兰干旱的危机。傲文身负更重要的使命，自然不可能因此而返回楼兰或是分心去寻找表妹芙蕖公主，他只是留了一封信在村长处，预备等未翔返回时带回楼兰交给王后，自己则准备继续上路。

萧扬完全是另外一番想法，他曾经答应过真的游龙要设法化解于阗和楼兰的宿怨，之前他本来一直不明白内中的原因，但后来意外在楼兰王都扜泥撞见于阗国王希盾领军出城回国时，他蓦然明白了过来，心中愈发坚定要替游龙完成最后的意愿——要阻止两国相争，要阻止西域内战。他本来希望傲文王子暂且放下寻找神物之事，返回楼兰阻止这场将牵动整个西域的战争，但傲文却态度坚决地道："于阗欺人太甚，我楼兰与希盾势不两立，若是我人在国内，一定亲自带领先锋前军攻打于阗王都西城。"傲文又开始怀疑萧扬的立场和用意，道："你是中原人，却在关键时候偏袒于阗一方，莫非是因为中原怀玉公主嫁给了于阗永丹王子？"萧扬道："当然不是。"

傲文见他神色有异，更加起疑，道："你是不是认得怀玉公主？"萧扬道："我的确与怀玉公主是旧识，不过却与我想要阻止两国开战无干。王子，你有没有想过，战火一起，多少家园良田将要无辜被毁，多少将士再也不能返回故乡？"

傲文道："你不懂，只有打赢这场战争，我们楼兰才能夺回水源，才能长治久安，少数的牺牲能换来更多人的幸福。"顿了顿，又冷笑道："话说回来，若不是你们中原始祖黄帝的诅咒，我们楼兰根本就不会干旱缺水，也许当真用不着打这场仗了。"

萧扬再也无言以对，只得决定与傲文分手，独自去阻止战争。他离开垓下村不久，笑笑生追上来主动表示要与他一起去，并建议他再次化身游龙，方便行事。

这一日，二人遇到几名从楼兰返回绿洲的垓下村民，得知问天国王不但在楼兰全国范围内征召大军，而且预备联兵墨山、车师两国，更是派了人去联络被于阗强力征服的莎车、精绝、且末等国贵族，意欲内外联合各方势力，彻底击败于阗。

笑笑生一听就道："呀，看来这次问天国王是彻底恼了，预备大动干戈。照这种情况，就算你是游龙，也难以扭转局面。"萧扬也深以为忧，苦无计策。笑笑生道："人力不行，只有靠神力。"建议萧扬折返回去与傲文王子会合，再次一起去寻找轩辕之丘，若是找到天女，或许她有办法阻止。萧扬虽觉这主意离奇，但居然鬼使神差地同意了。

只是等二人再返回垓下村时，傲文早已经带了小伦等人上路，就连小菊也跟着王子去了。萧扬只得一路追寻，昨晚笑笑生忽然说南方有妖魅之气出现，吵着要往这边赶来，居然凑巧遇上了阿飞三人。

萧扬策马驰将过来，刚翻身下马，古丽便扑了上来，叫道："游龙哥哥，我终于找到你了！"萧扬一听便知道她少女情怀，心中暗暗迷恋游龙，颇觉尴尬，轻轻将她推开，问道："这位姑娘是谁？"阿飞忙道："师傅，她是我们楼兰国的芙蕖公主，是来大漠寻找傲文王子的。"萧扬闻言不免吃了一惊。

芙蕖道："你就是游龙？我总听说你的名字。喂，你见过我表哥傲文王子么？"萧扬道："当然见过，我们不久前才在垓下村分手。"笑笑生笑道："我们也正要去追赶傲文王子，公主，你就跟着我们一道上路吧。"芙蕖大喜过望，道："好。"

萧扬将笑笑生拉到一边，道："我们不能带着公主上路。"笑笑生愕然道："这是为什么？她要找王子，咱们也要找王子，不过是顺路的事。"萧扬道："此去凶险难料，我不能让公主冒险。她本已经是于阗儿媳，出嫁在即，却突然逃婚跑来大漠，不是给于阗国开战的借口么？"

笑笑生道："哈哈，还需要什么开战的借口，于阗派人行刺问天国王，楼兰不正要全力进攻于阗么？"萧扬道："楼兰说于阗派人行刺，理亏在于阗，那么于阗可以说楼兰背约、公主逃婚，理亏在楼兰，双方各自以为自己心存正义，军民拼死力战，死伤岂不是更多？"笑笑生连连摇头道："这是什么道理，先生我也是个聪明人，完全不明白你在说什么。"

萧扬道："不管怎样，我们得先送公主回绿洲，阿飞和古丽也不能跟着我们。"笑笑生道："这是根本不可能办到的事，不信你试试看。"

萧扬便过来告诉阿飞三人说要先送他们去垓下村，承诺一找到傲文王子就会尽快返回绿洲。芙蕖居然应道："这样也好。"古丽只是默不作声，望着自己的脚尖发呆。萧扬道："既然都不反对，咱们这就上路吧。"

当晚宿营，萧扬当值第一轮。阿飞走过来道："师傅，我有话要跟你说。"萧扬道："好，你坐。"阿飞道："师傅当年从马贼手中救了古丽，她一直对你念念不忘，师傅你知道么？"萧扬道："嗯。"

阿飞道："师傅既然知道，为何还对古丽这么冷淡？她为了寻你，从车师来到楼兰，又从楼兰来到大漠。她只是一个弱女子，她容易么？她只想寻到师傅后跟在你身边，陪你说说话，为你做做饭，可你……你……"他越说越激动，声音陡然高亢了起来。

萧扬不动声色地道："你喜欢古丽，是也不是？"阿飞一怔，好半晌才道："我……我只是钦佩她的勇气和决心，才愿意护送她一路来寻找师傅。师傅，你虽然是我师傅，可是你不能这样对待古丽。"

萧扬道："那你想要我怎么做？"阿飞道："请师傅让我和古丽都跟在你身边，我们陪你一起去寻找傲文王子。"萧扬道："不行。"阿飞"噌"地站了起来，道："你……"萧扬道："你既然叫我师傅，就该听我的话，护送公主和古丽回去。"阿飞梗着脖子道："不行，师傅做得不对我可不能听。"

笑笑生忙赶过来道："哎呀，你们吵那么大声，还让人睡不睡觉？你们师徒也别大眼瞪小眼了，我有个法子来解决，阿飞，你跟你师傅比武，如果你输了，无论如何都要听他的话。如果你赢了，那么他就要听你的话。"阿飞道："好。"气急之下，居然立即拔出了弯刀。

萧扬道："我不想跟你动手。"阿飞道："我知道师傅武艺高强，可为了古丽，阿飞要冒犯了。"举刀便朝萧扬斩来。萧扬料不到他当真动手，只得就地滚开，爬起身来，举刀接招。

阿飞连连进逼，问道："师傅为何不拔刀？"萧扬道："割玉刀是用来对付敌人的。阿飞，你看清楚了。"

身形一晃，举刀横扫，出手迅捷之极。阿飞退避不及，被刀鞘尖扫过膝盖，脚下跟跄一下，心神稍分。萧扬已经乘隙抢上，右手刀鞘一摆，封住弯刀，左手探出，往刀身上一弹，阿飞虎口一震，手劲顿松，一惊之下，跃身退开。割玉刀仿若活的一般，如影随形，紧追而至，已从他的额头掠过。若不是萧扬收力，只怕要击中他太阳穴。

阿飞还是第一次亲眼见到萧扬显示武功，见他一招之内即击退了自己，立时惊得呆了。

萧扬叫道："别发愣，看清楚了。"扬刀出鞘，展开身形。

只见月光下人影闪动，招式奇绝，割玉刀闪映着红光，仿佛傍晚天际夕阳最后一抹红光，尽情喷吐着绚烂的辉艳。

一套刀法舞毕，萧扬自己也出了身大汗，收刀入鞘，走过去拍拍阿飞的肩膀，道："你总叫我师傅，我却没有教过你一招半式。适才那套刀法你可看清楚了？有空时须得勤加练习。"

阿飞得师傅指点武艺，可谓得偿平生所愿，可心中并无喜悦之情，只点点头，显然仍是为古丽之事耿耿于怀。

萧扬道："师傅既然赢了，你也该履行诺言。现在我要你听我的话，保护爱惜古丽一辈子。"阿飞一呆，道："什么？"萧扬道："我看得出你喜欢她……"

忽见古丽从荆棘丛后奔了出来，泪流满面，泣声道："游龙哥哥，你好狠……我这般爱你，你却拿我当衣服一样送人！我恨不得你当初没有在大漠中救过我，我恨不得……"再也说不下去，跺脚转身就走。

萧扬万料不到事情会发展到如此局面，见她伤心欲绝，只得追去拉住她，道："古丽姑娘，我……我不是你认得的那个游龙哥哥。"古丽道："你说什么？"萧扬只能取下面具，道："我不是真正的游龙。"古丽道："你……那你是谁？"

阿飞赶过来将古丽拉开，举刀对准萧扬胸膛，怒道："我认得你，你就是那个中原的逃犯萧扬。快说，你把游龙怎么了？"

笑笑生忙道："阿飞，先把刀放下来！"阿飞道："我不放，这人是个歹毒恶人。"笑笑生道："他是歹毒恶人的话，你还有命在么？他会任由你拿刀制住他？"阿飞却无论如何都不肯放下刀，问道："真的游龙师傅呢？是不是已经被你……被你……"

萧扬道："真的游龙确实已经去世。不过并不是我下的手。当日你在大漠见到我和游龙离去时，他已经身中致命弩箭。"阿飞暴喝道："胡说！游龙是山神的儿子，是不死之身，怎么可能身中弩箭而死？"挺出弯刀，刀锋登时割破了萧扬的肌肤。

笑笑生道："别动手，别动手！萧扬说的是真的。我们在大漠见到游龙时，是他留在人世间最后的背影。在车师的游龙，其实是你眼前的萧扬，你亲眼见他做了那么事，拯救了一个国家，该相信他不是什么坏人了吧。"

阿飞额头青筋暴出，激动之极，连声道："我不信，我不信，游龙明明是不死之身。"萧扬道："游龙不死，是因为不断有人继承他的事业。游龙一个人的名声，实际上是好多人用生命和鲜血换来的。现在，我就是游龙。而你，阿飞，也许就是下一任游龙。"

阿飞的手臂无力地坠落下来，一屁股坐到黄沙上。古丽愣在一旁，一个字也说不出来。

忽听得笑笑生惊叫道："呀，公主人呢？"萧扬心知不妙，忙抢进营地，不仅芙蕖公主不见了人影，还少了一匹马。

笑笑生道："坏了，公主表面答应要跟你回绿洲，其实早就打算自己去找傲文王子。"萧扬摸黑上马，四下追了一阵，却是不见人影，只得作罢。

次日清晨，古丽来向萧扬辞别，道："游龙哥哥，我和阿飞要走了，他要回去楼兰，我要回去车师。"

萧扬见她眼睛红肿，知道她哭了一夜，也不知道该如何安慰，只得道："现下你已经知道我不是那个救过你的游龙……"古丽道："但你现在就是游龙，是不是？游龙不能死，古丽知道的。游龙哥哥放心，昨晚的话我和阿飞绝不会对任何人说，死也不会说的。只是……只是，我心里好难过……好难过……"忍不住又流下眼泪来。

阿飞心中芥蒂未解，不肯过来与萧扬打招呼，只远远鞠了一躬，对他传授武功表示谢意，便默默上马，头也不回地护着古丽离去。走出老远，古丽蓦然回过头来，大声叫道："游龙哥哥，你多保重啊！为了西域，为了丝路，你要好好保重！"

不知怎的，萧扬又回想起了那个寂寥的夜晚——威震大漠的游龙躺在他怀中渐渐冷去，漫天星光带着透明的哀伤，废墟般的龙城中弥漫着刻骨的迷惘。他默默凝视着游龙脸上凝固的悲情，那是一种源于生命深处非自己能力所能控制的彻骨的悲意。虽然所有的苦难已经、正在、即将发生，虽然每个人的生命中都不可避免地包含着死亡，但他们才刚刚相识，便已经永久分离，他才刚刚知道他的名字，便要继续传承游龙的不死之躯……

蓦然间，鼻子一酸，两行热泪夺眶而出。那一瞬间，他透过泪眼仿佛看到了天空中有一双眸子，像一泓潭水，又深，又清澈。

偏偏笑笑生不识趣地凑过来道："我刚刚卜了一卦，已经能准确知道我们该往哪个方向去寻找轩辕之丘，傲文王子和芙蕖公主肯定也会往那里去。"萧扬举袖拂干眼泪，道："那好，咱们也上路吧。"

走了三天，依旧是一眼往望不到边际的黄沙。就连太阳也总被薄云遮住，周围环绕着黄色的晕圈。

萧扬很是疑惑，道："先生一会儿要往东，一会儿要往西，一会儿要往北，咱们到底该往哪个方向去？"笑笑生掐指算了半天，道："西南边，往西南，这次绝对不会错的。"

往西南走了几个时辰，二人意外遇到一处泉水，四周的沙子居然也是青灰色，颇为稀奇。笑笑生笑道："瞧，我就说是往西南了，这次肯定是对的。"

萧扬便将马牵到泉水边，将水袋灌满水。蓦然之间，黄马忽然抬起了头，露出警觉不安的神情来。萧扬与此马相处日久，知道它极有灵性，立即伸手抓起兵刃，俯耳到地上聆听，却没有听见任何声音。另一匹枣红马也骚动起来，与黄马各自寻找地方蹲下，将鼻子深深埋入沙中。

萧扬意识到什么，抬头向天际望着，一幕骇人的景象正出现在西方：远方的地平线上浮起了一层深褐色的沙雾，旋转着，升腾着，仿佛冲出了魔瓶正在显形的巨人，越来越高，越来越大，越来越近，颜色也越来越深。片刻后，便形成了一道高大的黑色霾墙，翻腾着滚滚向前，速度极快，如风扫落叶，一路卷扬起更多沙尘，沙雾愈发强悍厚重。此时正是晌午时分，正是日光最强的时候，适才还晴朗无比的天空，像被蒙上一层面纱，骤然黯淡了下来，呈现出骇人的暗黑色，黑暗得近乎惨淡，令人压抑。

笑笑生身子一抖，脱口叫道："黑风暴！黑风暴来了！快，快躲到低洼处！"

即使是见多识广的西域人，也只是听上辈提过黑风暴，据说这黑风暴百年难遇，所过之处，尘霾蔽天，不见天日。萧扬毕竟到西域日久，略有耳闻，立即蹲下身，开始用随身的匕首就地挖坑，预备躲入沙坑中。

又过了片刻，脚下的黄沙筛糠般颤抖不止，好像是决了堤的河水，开始潺潺流动起来。空中到处是尘土和腥风的味道，人的呼吸都要为之窒息，完全透不过气来。沙子抽打在脸上，如锉刀一般疼痛。黄马突然发出一声嘶鸣，头顶上狂啸声大作，沙墙铺天盖地，遽然扑来，霎时天昏地暗。

萧扬道："它来了！低下头！"在狂风呼啸中，这声音正如孤舟之淹没于海洋，霎时消失。幸好他已经触到笑笑生手臂，不由分说，将他拉入坑中紧紧抱住。

世界立即陷入了黑暗之中，整个大地都在颤动着。大风卷起了整片整片的沙尘，风沙互相挟裹着，拖着长长的尾巴从沙丘上扫荡而过。适才还高大的沙丘一段段被狂飚削去，片刻便被夷为平地……

再张开双眼时，又是晴空一片。笑笑生吐出几口沙子，又往鼻孔中挖了几下，只觉得喉咙里渴得像在冒火，呻吟一声，问道："我还活着么？"旁边有人接话道："活得好好的呢。"

笑笑生爬起身来，却见几名西域人正在一旁往口袋中铲沙子，不禁大奇，问道："黑风暴呢？你们怎么都没事？"一人笑道："哪有什么黑风暴？我活了几十岁都没见过呢。"

萧扬也醒了过来，嘴里、鼻子里、领口灌满了沙子，脸上蒙着厚厚的尘土，只有两只眼睛在转动，见周遭景物如旧，不觉大奇，问道："几位装这些灰色的沙子做什么用？这……这不是沙子么？"一人笑道："沙子对你们是没用，但我们几个是于阗的玉工，这些沙子比普通黄沙要重许多，可以用来打磨玉石，不但能琢磨玉器，还不会伤了玉的表面，因此磨玉的人都会来这里取沙。"

萧扬道："原来如此，受教了。"见这些玉工悠闲从容，绝口不提楼兰与于阗的战事，料来他们并不知情，心中犹豫了很久，还是忍不住问道，"几位既然是于阗人，可知道怀玉公主的消息？"

一名玉工道："公子是中原人？"萧扬道："是。"玉工道："怀玉公主来自中原大国，本来很受于阗国民爱戴，可她在宫里偷偷饲养了许多小蛇，被范秋王后发现，认为她居心不轨，所以将她驱逐到冷宫中囚禁，不准她跟永丹王子再见面。后来希盾国王回来西城，调查清楚才知道那些小蛇就是能吐出丝绸的蚕种，可惜都被范秋王后烧死了。"

萧扬道："那么怀玉公主人呢？"玉工道："当然是被希盾国王放出冷宫，与永丹王子重新团聚。听说公主已经怀孕，国王很快就会有长孙了。"

萧扬听说，一时心头涌上各种复杂滋味，也不知道该喜该忧。忽听得笑笑生催道："发什么呆呢？咱们该上路了。"萧扬道："去哪里？"笑笑生道："继续往西南方向走啊。玉工说了，前面六十里处有道山谷，谷中有座奇怪的黑色石林。"

萧扬这才回过神来，道："这里不是无边沙海，就是茫茫戈壁，哪来的石林？"笑笑生道："所以才说奇怪。听说里面有说话的石头、飞翔的猛兽、唱歌的沙丘、发笑的花葶，离奇得很，从来没有人敢进去，说不定正是我们要找的地方。不过听说那石林有时在那里，有时又不在那里，好像自己会走路一般，所以被人称为'迷城'。咱们这次能不能找到，就要靠运气了。"

萧扬心道："哪里有石林会走路，一定是跟海市蜃楼一样的道理，因为光线的缘故时隐时现罢了。既是如此神秘，说不定轩辕之丘就在迷城里。"

二人便辞别那些辛苦赶来大漠运沙的玉工，继续前行。走了几十里，居然真的见到前面平地中冒出两座巨大的黄色土堆，恍若山峰，情状类似之前萧扬见过的龙城。山峰中间夹着一道沟壑，远远望去，黝黑一片，倒像是个幽深不见底的山洞。

驰进山谷，却见谷中横七竖八地布满黑石，二人只得下马步行进去。却见那些黑色石头带着一道一道的纹路，仿若黑玉一般，隐隐透出光泽来，神秘诡异之极。

笑笑生瞪视半晌，蓦然醒悟，道："呀，这些不是石头，而是千万年前的树干。"

萧扬仔细观察，果见那些纹路很像是树木的年轮。原来这些石头当真是千万年前的树木，在大风暴中倒塌后，被沙子磨得如镜面般光滑，岁月荏苒中，又变成了化石。

笑笑生只听人说过树干在合适的条件下会变成化石，但还是第一次亲眼见到，一想到形成这些化石需要数千年甚至上万年的时间，连声嚷道："了不得！了不得！"激动不已，忍不住伸手去摸身边最大的一块黑石。手指刚触及石面，便立即缩了回来，仿佛遭了火烫一般，人也呆在那里。

萧扬道："怎么了？"笑笑生结结巴巴地道："它……它在跟我说话。"萧扬道："它？先生是指这块石头么？"感到有些好笑，也伸手去摸那块石头。

笑笑生大叫道："别摸！它叫你别摸！不然后果自负！"萧扬笑道："我可没有听到它说不要摸它。"当即重重抚摸了那块石头一下，又道："瞧，它还是没说不让我摸。"

笑笑生道："这些化石都是有灵性的神物，你不过是个普通的凡夫俗子，如何能听得到它们说话？先生我可不同……"

这时候，山谷上方一直呼啸盘旋的风忽然停了，仿佛有种阴冷的气息从山谷深处窜了出来，令人一阵哆嗦，不由自主地毛骨悚然起来。萧扬有所感觉，警惕地环顾四周，却什么都没有发现。四周是死一般的沉寂，更有一种无声无息的惊悸。

蓦然，山谷深处有一阵"嗡嗡"的怪音传来，那声音先是沉闷，随后变得尖细，像一把锋利的刀子从耳边划过，越来越近。

笑笑生神色紧张之极，忍不住埋怨道："都叫你不要乱摸了。这次是你惹的祸，不管来的是什么，你得好好挡住。"

萧扬目光敏锐，已看到一片黑云正朝这边快速飘来。过得片刻，"嗡嗡"越来越大，即辨认出那不是云，而是一大群飞得极快的鸟。

笑笑生道："哎哟，先是说话的石头，接下来该是飞翔的猛兽。"萧扬道："不是猛兽，是巨蜂！先生快跑！"

原来那是一群巨大的黄蜂，黑、黄、棕三色相间，大若鹦鹉。它们飞翔是如此之迅速，风驰电掣，萧扬话音刚落不久，他便能清晰地看到领头黄蜂触角下一双鼓起的眼睛以及腹部尾端挺出的毒蜂针。他已来不及转身奔逃，只得就地蹲下来，用披风捂住头。那群巨蜂却停也不停，迅疾去追正往谷外逃去的笑笑生。

笑笑生大叫道："哎哟，别追我，不是我惹的祸！是萧扬，快，快去追他。啊，救命！救命！"口中乱叫，脚下却丝毫不停，一口气奔出谷去。

那些巨蜂似被下了禁令一般，到谷口便又主动折返。萧扬已经站了起来，巨蜂却当他是隐形人，看也未多看他一眼，一团黑云滚滚涌过，瞬间没入谷中。

过了好半晌，萧扬见再无动静，这才到谷外叫笑笑生进来。

笑笑生抱头缩在坚如钢铁的土壁上，犹自惊魂未定，道："咱们还要再进去吗？"萧扬微一沉吟，即道："要不先生先留在谷口，等我先进去打探清楚再说。"

笑笑生连连摇头道："我可不敢一个人留在这里，谷口也不是什么安全的地方，你看咱们的马都自己挣脱缰绳跑了。"萧扬四下一看，果然不见了坐骑，一时也顾不上寻马，道："那好，咱们还是一道进去，相互也好有个照应。"笑笑生道："可以是可以，但不准你再乱摸乱动，知道么？"萧扬道："是，萧扬遵命。"

笑笑生道："那些巨蜂为什么不追你？"萧扬道："我也不知道。兴许是我穿着游龙的衣服，这衣服有些奇异之处，又接近大漠的本色，它们不容易发现。"笑笑生一听就不愿意了，道："这可不公平……"

正巧一阵寒风穿出山谷，风声中隐隐夹杂着金刃交接之声。萧扬道："山谷中有人在交手！"忙循声往谷中寻来。

好不容易穿越了布满黑石的谷口，又经过一道一里长的窄得仅容人侧身通过的脊沟，呼喝声、打斗声越来越大。转过一道高坎，眼前豁然开朗，出现了一块空阔之地。傲文王子正与一名黑衣男子交手，小菊缩在一旁目不转睛地观战。另外一边还躺着四具尸首，其中三人跟那黑衣男子一般的装束，另一人则是垓下村民阿勇。

原来萧扬和笑笑生先后离开垓下村后，傲文带足补给，决意再次踏上寻找神物之路。他本想将小菊留在绿洲，但她却坚决要跟在王子身边。凑巧侍卫小伦患了急病，无法随行，傲文又不欲更多人知道神物之事，因而便带了阿勇和小菊二人上路。出发不久后即看到海市蜃楼，三人遂沿着蜃景方向赶来，找到了这处石林。才刚进山谷，便有四名杀手追来，不问青红皂白地进攻。一场血战，阿勇已不幸身死。

萧扬见傲文已有力拙之势，难以支撑，忙叫道："王子，我来助你一臂之力。"

那黑衣男子武艺十分了得，傲文为保护小菊手臂已受了刀伤，正力穷智竭之际，忽得大援到来，大喜过望，叫道："萧扬，你来得正好。"

萧扬拔出割玉刀，但见红光一闪，尚不及上前相助，脚底忽然猛烈晃动颠簸起来，难以站稳。转眼间，整个山谷地动山摇。傲文情知不妙，急忙舍了对手，奔过去护住小菊。地面蓦地塌陷了下去，谷中的所有人不论敌友都随着地陷跌入了地底深处。仅有的光明消失了，世界重新陷入一片混沌黑暗中……

第六章

惊鸿一瞥

惊人的事情就在一刹那发生了，光线陡然暗了下来。人们不由自主地仰望天空，适才还光芒四射的太阳突然产生了缺口，光色也暗淡下来。缺口越来越大，终于完全变成了黑色，只有外面一圈日冕发出惨白色的光芒。天空群星闪耀，大地一片黑暗，寒气越来越重，而比寒意更侵蚀人心的则是莫名的恐惧。

巨大的黑暗犹如波涛一般，无声无息地涌动着，覆盖了所有一切。世人往往本能地讨厌它，其实有时候拯救他们的恰恰是这寂寂无边的黑暗。看不见旁人，看不见自己，反而有了温馨与安全的感觉。传闻那些隐士高人也都是在无尽的黑暗中思考，梦想着涅槃。

黑暗的沉寂陡然被打破了。只听得笑笑生大声叫道："萧扬！萧扬！"

萧扬呻吟一声，应道："我在这里。"笑笑生骂道："又是你小子惹祸！早叫你不要乱摸乱动了。"

萧扬心道："我不过是拔刀想相助王子，什么都来不及做，怎么地陷也跟我有关了？"因为眼前一片黑暗，不见四物，不知道身在何处，也不知道身边还有什么人，只得闷不作声，任凭笑笑生数落。

笑笑生又叫道："傲文王子！王子！"不远处傲文低声应道："我和小菊在这里。"笑笑生道："好，都还活着就好。"小菊颤声问道："这……这里是什么地方？怎么什么都看不见？我好怕……"

笑笑生道："这是间密室，是伏羲密室！我有感应，有感应！"往地上窸窸窣窣地摸索了一阵，叫道："萧扬，你到我这边来。"

萧扬不明所以，只得爬起来循声摸过去，问道："先生要我做什么？"笑笑生道："这里有处禁制，你拿你的割玉刀来打开它。"

萧扬往地上一摸，全是硬邦邦的石面，哪有什么机关禁制？一时迟疑起来，心道："割玉刀虽是神兵利器，可也不能胡乱拿来砍石头，万一有所损伤，我如何对得起游龙？"便道："这里没有什么机关，先生是不是弄错了。"

笑笑生道："哎呀，你怎么那么笨啊，这是禁制，不是机关。这密室是按伏羲八卦来布置，你站的这处地就是离卦所在地，离为火卦像，主光明绚丽，你只要打开禁制，咱们就不用黑灯瞎火地瞎子摸象了。"

萧扬还是不懂，道："可这里明明都是石面。"笑笑生骂道："笨，笨到姥姥家了！我有要你去削石面么？割玉刀是世间罕见的神器，有打开禁制的灵力，适才就是它无意中解开了密室入口的禁制，你现在只需要用你的气和意念去引导它。"

萧扬还是半懂不懂，但事已至此，少不得要试上一试，当即将割玉刀杵在脚下，凝神静气。蓦然间，割玉刀通体发出红光，众人不及惊讶出声，周遭已然亮堂了起来。果然是身处在一间巨大的石室中，石室四周封闭，无门无窗，中央有座巨大的石缸，里面盛满石脂，正燃起熊熊大火，红色的光晕溢满全室，亮如白昼。

石室的一端还耸立一条石雕的青龙，高大约三丈，长八丈，大半身匍匐在一块一丈高的大基石上，只有龙头高高昂起，虬须尽张，栩栩如生，仿佛就要凌空飞起。

笑笑生喜不自胜，手舞足蹈地道："哈哈，伏羲密室苏醒了！我唤醒了它，是我唤醒了它！"

萧扬与傲文、小菊面面相觑，简直不能相信眼前的一切。

萧扬四下打量了半天，才道："外面的土丘、山谷、黑石等看起来都是风力的鬼斧神工所为，但这条青龙……"他说到这里，没有再说下去。

傲文接口道："这青龙确实像是人力所为。但有谁能雕刻如此巨大的青龙，又将它运来了这人迹罕至的沙漠腹地呢？"他忽然想起来一件事，嘴角撇了一撇。

萧扬道："王子可是想起了什么？"傲文道："我曾听侍卫刀郎提过，沙漠中一直有个奇怪的流言，据说当青龙的眼睛变红的时候，就会有大批金银珠宝从地底涌现。不过……这只是个传说。我想只不过是那些来大漠寻宝的人抑或是马贼编出来的故事。"

忽见不久前还要杀他的男子尚躺在一旁呻吟，抢过去拔刀便要捅下。萧扬忙赶过来挡住，道："王子，请先留着他性命。我遇到过芙蕖公主，听说有四名杀手也在追杀她，就算不是同一批人，至少他们也应该是一伙的。"解下那男子腰带，将他双手拉到背后，牢牢反缚住，抄起他的兵刃丢了石缸大火中。

傲文忙问道："居然有杀手追杀芙蕖，她可有受伤？她现下人在哪里？"萧扬歉然道："我也不知道公主下落。"当即说了遇到公主后的经历。

傲文听说芙蕖宁可独自上路也要来寻找自己，半晌无语，蓦然转身揪住那杀手衣领，喝问道："是谁派你来的？追杀我无非因为我是楼兰王储，可你们为何还要追杀我表妹？"那杀手低头不语。

傲文冷笑道："我有许多法子能令你生不如死。"抓住那杀手头发，强迫他仰起头来，拔刀往他脸颊上割了一道又长又深的口子，登时鲜血淋漓，血流满面。正要举刀再往另半边脸上割下，杀手连声叫道："我说，我说实话，请王子放手。"喘了几口大气，这才道："是希盾国王派我们来的，我们四人一直藏身在扜泥城中，本来是要接应范段他们，后来范段到亲王府行刺失败，我们知道楼兰不能久待，打算就此回国。但出城时正好遇到芙蕖公主，心想杀不了楼兰国王和王子，杀了公主也是好的，就一路跟随。但公主约了帮手，脚力极快，竟甩开了我们。后来终于在幽密森林边上追上公主，几个波斯人却强行阻拦，我们就跟他们动了手，结果公主趁机跑进了森林中，我们杀了波斯人后，往森林中搜寻一夜，正发现公主踪迹时，又被她和她的帮手给跑了。我们好不容易寻回马匹，却不知道公主去向。后来看到海市蜃楼，心想公主可能来了这边，便赶过来，意外在山谷遇到傲文王子。杀了王子，自然比杀死公主价值更大，后来的事王子都已经知道了。"

他说得虽然简略，但相当清晰。萧扬已经听阿飞、古丽讲过部分情形，完全能对得上。傲文却道："你在撒谎！你是墨山新国王约藏派来的，是也不是？"杀手道："不，我没有撒谎，我是于阗人，是希盾国王派我来的。"

傲文道："你骗不过我。"正要上前再割破杀手的另半边脸颊。萧扬忙道："等一等！王子，你不是说阿曼达王后写信告诉你墨山已经与楼兰修好吗？而且我听说这次楼兰出兵于阗，墨山也是极力支持的。在目前局面下，确实只有于阗才最可能派出杀手来追杀你。"傲文摇头道："你不懂。"

原来阿曼达王后给傲文的信里提到了那句深深触怒问天国王的话——希盾国王也喜欢阿曼达王后，想要得到她的女儿。傲文看完后即烧毁了密信，未对任何人提过这句话，但心中很清楚，于阗国王希盾派人杀问天国王、杀楼兰王子并不奇怪，但决计不会派人去追杀芙蕖。只是这其中因由他不便说出来，只好再次强调道："他决计不是于阗杀手，我有十足把握。当日约藏在大殿行刺，他用那双充满仇恨的眼睛死死瞪着我，那代表着不解深仇，我永远都不会忘记，也能肯定他也不会忘记。"

萧扬道："我信得过王子的判断。"转过头来，问那杀手道："当真是墨山约藏国王派你来的么？这可实在太阴险了，表面联盟，暗中刺杀。"傲文道："我原也佩服约藏的勇气，千里迢迢追来楼兰，闯入王宫大殿向我行刺，想不到他当了国王后，反倒成了个阴谋小人。"

小菊本一直静静站在一旁，忽然插口道："不会，决计不会。"傲文道："不会什么？"随即安慰道："你别害怕，我也是不得已才用刑拷问他。你先过去陪着笑先生，免得一会儿他的脏血溅到你身上。"

忽听得笑笑生指着青龙基石叫道："你们快过来，这里有一道咒语！"

傲文便舍了那杀手，抢过去一看，便失声道："我见过类似的文字，楼兰镇国之宝玉镜上也有这样古怪的文字。笑先生，这咒语说的是什么？可是跟我要寻找的神物有关？"他本来一向瞧不起笑笑生，认为他不过是个插科打诨的小丑，然而适才亲眼见到他唤醒了伏羲密室，这才信服这疯疯癫癫的道士其实是个深藏不露的高人。

笑笑生道："这上面写的是'赤赤阳阳，日出东方。天道将毕，日月俱霜'，我也不知道作何解。要解开咒语，得靠有缘人。王子，劳烦你站过来，将双手放在咒语上，跟刚才我教萧扬一样，用你的意念去解读它，开启它，如果它真的跟楼兰的命运有关，自然会起感应。"傲文道："是，多谢指教。"

当即上前将双手按在基石咒语上，闭上眼睛。一时间，又想起当初在玉镜中所看到的各种景象——蚩尤和黄帝在涿鹿原野上大战，双方出尽全力，各有神仙助战，鲜血染红了大地；黄帝在轩辕台上擂起大鼓，用自己的鲜血发出了愤怒的诅咒；楼兰水干，树木枯萎，百姓感染瘟疫，尸横遍野……

忽听得一旁有人大声欢笑，傲文陡然从幻觉中惊醒，睁眼望去，基石的前侧不知道如何滑开了一块，露出一个方孔来。他慌忙伸手进去，捧出一方石匣来。石匣的中央，整整齐齐叠放着一件五彩色的裙裾，非布非丝，非羽非毛，却是光彩夺目。

萧扬道："不错，这正是我在幻象中见过的那件裙裾。"笑笑生在一旁看了半天，最终还是忍不住问道："这件彩裙当真能解除楼兰的诅咒？"傲文道："应该是这样。"

萧扬道："那么这个地方应该就是轩辕之丘了，轩辕剑也应该在这里。"傲文道："不错。"将石匣交给小菊，道："我们一起来帮你找剑。"

笑笑生嘻嘻笑道："这可当真是踏破铁鞋无觅处，得来全不费工夫。你二人今日都得偿所愿，可要好好谢谢先生我了。"傲文道："这是当然。"忽听到"叮当"一声巨响，转过头去，小菊正扔掉了石匣，举起彩裙往石缸大火中投去。

傲文大叫一声："你做什么？！"飞奔过去抢夺，却还是迟了一步，那件彩裙沾到火苗，瞬间便化成了灰烬。

傲文又急又气，伸手将小菊重重一推，登时将她推坐到地上，喝道："你疯了么？"小菊却甚是冷静，慢慢爬起来，道："我没疯。我就是要烧掉这件彩裙，好让你们楼兰被诅咒，这是我一直跟在你身边的目的。"

傲文大怒，扬手狠狠打了小菊一个耳光。他出手极重，她的脸登时肿了半边，嘴角沁出一丝血迹来。她见傲文满脸黑气，目光中尽是寒意，自认识他以来，还没见过他这么可怕的表情，心中登时惊惧异常，泪珠在眼睛里打转。

傲文气急败坏之下，还想要伸手拔刀伤人，只觉得胸口一热，口中发甜，一口鲜血喷出，接着猛烈地咳嗽了起来。

萧扬忙过来扶傲文到一边坐下，检视一番伤口，道："王子身上有两处刀伤，失血不少，之前与杀手力搏耗尽了气力，须得好好养息才行。"傲文道："不，你扶我起来，我要亲手杀了她！"萧扬道："杀她不急一时，让笑先生去问清楚，我先给王子上药。"

笑笑生忙过来问道："小菊，你一向温柔体贴，大家都很喜欢你。你一直跟在傲文王子身边，明知道彩裙是神物，对楼兰意义非凡，为什么还要这么做？"小菊擦了擦眼泪，昂然道："我本名叫约素，是墨山公主。傲文带兵攻入王宫，逼死我父王，这个理由够充分么？"

原来小菊就是墨山国王手印的女儿，她跟哥哥约藏一起到楼兰行刺傲文未果，约藏被楼兰国王问天派侍卫未翔强行送出王都扜泥。约藏决意回国继承王位后再谋复仇，找到妹妹约素后，预备一起回去墨山。哪知道半途约藏发现有人跟踪追杀，逃跑时兄妹失散。约素身后有两名杀手紧追不舍，她惊慌之下不辨方向，误打误撞闯入了大漠。杀手追击了一阵，见她单身一人一骑深入大漠，料来她难以活命，遂折返了回去。约素贵为公主，从未单独出过远门，更没有大漠生存经验，很快就水尽粮绝，马也跑了，她自己则昏倒在大漠中。至于后来她被马贼西术发现后带回马鬃山，又被梦娘救下成为女奴，更与杀父仇人傲文同为阶下囚，甚至不得不奉命服侍傲文，而为他所做的许多亲昵之事，则完全是机缘巧合了。

傲文听说小菊就是约素公主，这才恍然大悟，恨恨道："原来你坚持留在我身边，就是要报仇。"约素道："不错。杀父之仇，不共戴天，我岂能不报？本来离开马鬃山后我就要用从梦娘那里偷来的迷药迷倒你后再杀了你，但又意外听到你和萧扬谈话，提到什么楼兰诅咒。我想这是天赐良机，只要我一路跟随你，等你找到神物时再把它毁掉，不但可以毁了你，还可以毁了你们楼兰，岂不是比一刀杀死你更妙？"

傲文怒气冲天，扶着石壁站起来，拔出佩刀，嚷道："我杀了你。"萧扬忙道："王子，彩裙已毁，杀死约素公主于事无补，你先冷静些。"

傲文本就发号施令惯了，当此情形如何还能冷静得下来，怒道："滚开！"

萧扬本可以出手强行拦阻，可这对男女恩恩怨怨、爱爱恨恨难解难分，非旁人所能圆缓，见傲文伸手来推，便顺势避让到一边。

傲文举刀直冲过来，约素却是不躲不闪，只闭上眼睛，静静站在那里。正要挥刀斩下的那一刹那，他看到她紧闭的眼皮下沁出了眼泪，不知如何，他的心开始生生作痛，手臂劲道松了下来，再也斩不下去那一刀。

萧扬见状忙扶傲文重新到墙壁边坐下，收了约素身上的匕首，命她远远坐到石缸另一边，避开王子的视线，这才过去问笑笑生道："眼下神物已毁，又找不到轩辕剑，咱们没有水没有食物，得赶紧设法离开这里才行。"

笑笑生一直望着石缸中的火苗发呆，忽然得到了提示，道："这件彩裙应该不是真的神物。"

傲文本已经绝望，听到此话却仿佛溺水之人抓到一根救命的稻草，起身赶过来问道："此话当真？"笑笑生道："神物在轩辕之丘，这没错吧？轩辕剑也在轩辕之丘，这也没错吧？既然这里只有彩裙，没有轩辕剑，那么就不是真正的轩辕之丘。不信的话，我可以立即证明给你们看。"奔到青龙基石，将双手搁放在那道咒语上，片刻后，基石的前侧缓缓滑开一道小门，又露出方孔来。

笑笑生道："看，我是中原人，跟楼兰毫无干系，也照样能解开禁制，说明这孔里的彩裙不过是个幌子。"

傲文大喜过望，连声问道："那么真的神物在哪里？还请笑先生指点。"笑笑生道："咱们现下所在是个封闭的密室，它只是看起来封闭，一定还有出口，找到出口，就能找到真的神物。"

傲文不顾伤痛，忙四下找寻，却始终一无所获。他甚至一度怀疑出口就在装盛石脂的石缸下，然而用兵刃在缸上敲击，却并无空旷回音。笑笑生道："这里面有伏羲氏的光明之力，是密室气脉根源所在，决计不可能是出口。"

折腾了一通，众人疲累异常，遂决意先休息几个时辰再说，各自寻了块地方去睡觉。

傲文却根本睡不着，他走到那条青龙面前，前后左右反复查看。

适才他跟笑笑生一道检视过青龙，但并没有发现什么禁制机关。只是当他的手偶然抚摸到青龙身体的时候，他似乎听到了一声叹息，那声音深沉之极，仿若从地底深处传出，无悲无欢，却凝结了上千年的风霜雨露，听过的人再也不会忘记。然而当他问笑笑生和萧扬时，二人却什么也没有听见。

傲文总觉得这应该不是他的幻听，不过当他再次抚摸青龙躯干时，再也没有听到过那种浩渺的叹息声。又查了一遍，还是没有发现端倪，他只得悻悻罢手。转过身来，却见约素抱膝坐在一边，正炯炯注视着他。他先是一怔，随即"哼"了一声，别转脸去，自行走到另一边睡下。

身心如此疲惫不堪，却还是辗转反侧，难以入眠，是因为她么？傲文早已记起当日去蒲昌海探望母亲时，那披着黑色幂幂的侍女就是约素，她当时就已经见过杀父仇人的样子了，那么后来在马鬃山，她为他所做的那些事又是为什么？她明明有许多机会，可以不动声色地羞辱他，令他失去最后一点王子的尊严，而不必忍受臭气服侍他拉屎撒尿，仅仅是因为梦娘的命令么？还是她当时已经想到要尽力赢得他的信任，好利用他回来营救她，再在脱险之后杀掉他报仇？

他恨死了这个女人，他曾经在心中发誓要保护爱惜她一辈子，然而他现在却恨不得将她千刀万剐——她欺骗了他的理智，玩弄了他的情感，利用了他的信任，还毁掉了他千辛万苦找到的神物，若不是彩裙凑巧是假的，他早已是楼兰的千古罪人。可是为何他举刀的那一刻，又狠不下手来杀她？他可是冷酷的傲文王子呀。那一汤一勺的喂食，那因替他解系裤带而涨得通红的俏脸，一点一滴，当真那么难以忘记么？

他心中情感如波涛汹涌澎湃，正爱恨交织时，突然觉得地面在抖动，他一个激灵跳了起来。萧扬和笑笑生也瞬间惊醒，起身怔怔地望着那具石雕的青龙。约素不知道什么时候爬到了青龙上，正在用牙齿咬破手指，往青龙的眼睛上涂抹自己的指血。

傲文喝道："你又要做什么？"正待抢上前去拖约素下来，萧扬忙拉住他道："等一等！王子说过，传闻青龙眼睛变红的时候，就会有大批金银珠宝从地底涌现。说不定这正是打开禁制的法子。"

话音未落，地面又剧烈震了一下，青龙的眼睛陡然变成一种诡异的红色，浓浓的红色液体沿着青龙的眼睛往下流，仿佛血泪一样。片刻后，青龙的全身开始一片一片地渗出殷红色的液体，越渗越多，越积越浓，像一道道细细的殷红色的泉水。

众人一时无不目瞪口呆，都不知道接下来要发生什么事情。青龙的双眼闪耀了一下光芒，接着又黯淡了下去，全身的躯干"啪啪"作响，开始一点一点地慢慢裂来。傲文一个箭步抢上前去，翻越上基石，将约素抱了下来。她的脸色苍苍白白，额头上满是密密的汗珠，手脚不停地发抖，一刻之间，仿佛已经苍老了许多。

青龙终于一块块裂开，完全塌陷了下来，基石上缓缓浮现出一个巨大的门廊，慢慢从中央分开，往外打开，直到两扇门都完全张开为止。

笑笑生看得瞠目结舌，半天合不拢嘴，这时才反应过来，嚷道："原来传说是真的！想不到要让青龙眼睛变红是这么个变法！枉费了那么多聪明人的智慧，竟然还不如一个女子！这一定就是二级密室了！"狂喜之下，忙不迭地朝地道口奔去。

步下十余级台阶，果然又是另外一间巨大的石室，却只有跟上一间石室一模一样的石缸，再无他物。

萧扬和傲文紧跟了下来，见并没有神物和轩辕剑，问道："是不是又有什么别的禁制？"笑笑生摇头道："我感应不到。"忽然想到什么，道："王子，你快去请约素公主下来，她是女子，兴许能发现我们看不到的细处。"

傲文只是沉默，既不应也不动。萧扬道："还是我去吧。"上去叫了约素下来。

笑笑生道："公主，你和傲文王子的恩怨得暂且放一放，一切等咱们到了外面再说，到时你要杀他也好，他要砍你也好，那是你们自己的事，我和萧扬老弟绝不会干涉。现在呢，我要请你帮个小忙，你是个细心人，来看看这间石室跟上一间有什么不同。"

约素迟疑道："笑先生是个高人，你都看不出来，我不过一个普通女子，如何能看出不同来？"笑笑生笑道："这不一样，世事奇妙得很，有时候普通人的智慧就是要比智者的智慧更灵光。你看，青龙的秘密不就是你这么个普通女子发现的么？"

约素默默点点头，四下沿石壁转了一圈，重新回到石缸前，朝上指了指。众人仰头一看，却见头顶石壁正中绘着一幅巨大的伏羲先天八卦图，图的周围还有一些奇怪的符号。

傲文问道："这是什么意思？"笑笑生道："似乎是指向另一个地方的暗语。你们都先去一边等着，让我好好看看。"

几人闻言便退到一旁。傲文有意绕到萧扬另一边，好离得约素远些。约素瞧在眼中，使劲咬紧嘴唇，大滴泪珠还是抑制不住地滚落下来。她不愿意让人看见，尤其不愿意让傲文看见，举袖遮住面孔，又重新往上一层石室而去。

萧扬见傲文欲叫又止的样子，忍不住低声叹道："王子，你难道现在还不明白么？约素公主并不想要你死。不然的话，她大可以隐瞒打开青龙禁制的秘密，咱们都会被渴死饿死在上一层房间里。"

傲文冷笑道："哼，她有这么好心么？她不过是想自己脱险罢了。当初在马鬃山，我被马贼锁住，动弹不得，她有无数机会可以杀我报仇，为何不立即动手？不过是因为她知道马贼不会杀我，想要利用我逃出马鬃山罢了。"

萧扬道："当时是当时，现在是现在，这期间你们共同经历了不少事。我看得出来，王子对约素很好，她也对你很好。"傲文道："她分明是有意讨好我，好跟在我身边毁掉神物。难道她烧毁彩裙之事有假么？她亲口说跟在我身边就是要报仇，是我冤枉她了么？总之，我恨死了她。你若再替她说话，我可要跟你翻脸。"

萧扬道："那么我再多问一句，王子恨约素入骨，适才为何又要上去抱她脱险？"

傲文明显无法回答这个问题，一下子判若两人，全然没有了刚才的桀骜和冷漠，只能尴尬地"哼"了一声，别转脸去，不再理会。

忽见约素又从地道下来，只是手臂被反拧在后面，身后多了一人——竟是那杀手不知道如何挣脱了绑索，手中拿着一块尖锐的青龙碎石，对准约素的脖颈，喝道："都放下兵刃，不然我就杀了她！"

笑笑生道："这可有意思了，你不是墨山国王约藏派来的杀手么？约素是墨山国公主，是你们新国王的亲妹妹，你拿她来要挟我们，到底是怎么回事？"杀手冷笑道："我可不会再说第二遍。"手上加劲，约素嘤嘤叫了一声，一道血线沿着白玉般的脖子流了下来。

萧扬叹道："我们都看走眼了，他不是墨山人。"解下割玉刀，正要放在地上，傲文阻止道："做什么？就算他不是墨山杀手，约素可是我仇家，让他杀了她好了。"

萧扬向那杀手道："你也听到王子的话了，约素公主跟我们是敌非友，你不可能拿她来威胁我们。"杀手冷笑道："我才不信呢。我在一旁看得清清楚楚，这女人一双眼睛柔情蜜意，半刻没有离开过傲文王子，王子口中喊打喊杀的，却连看都不敢正眼看她一眼。天底下有这样的仇家么？分明是一对冤家。"

笑笑生嘿嘿两声，道："瞧不出你还是个明眼人，比他们二位当事者都明白，当杀手实在可惜。何不弃暗投明，就此投靠傲文王子？他是楼兰王储，你要当官还是要发财，随你挑选。"杀手道："少废话，放下兵刃，都给我站墙边去。"

萧扬道："你想要什么？你该知道，眼下我们都被困在伏羲密室中，凭你一人之力，是走不出这里的。"杀手道："你们中原人不是总说'士为知己者死'么？我本来也没打算活着出去。傲文王子，我要你，只要你肯走过来束手就擒，我立即放了约素公主。"

傲文冷笑道："笑话，你当我是……"忽听得约素惨叫一声，那尖石已陷入她颈中半分，心中一震，竟不由自主地改口叫道："好，我答应你，你放了她。"约素哭道："不要，王子，求求你不要过来。"

傲文漠然不应，还是一步一步地走了过来。

萧扬知道那杀手受雇于人，想要的是傲文的命。他是未来的楼兰国王，若是死在这里，就算能找到神物，也难以挽回楼兰的厄运，有心阻拦，但也知道拦不住王子的心意，一时脑海中转过无数个解救的法子，却没有一个可行，握住割玉刀的手满是冷汗。

杀手等傲文走近，笑道："很好，请王子就站在那里，转过身去，跪下来，将你的兵刃拔出来搁在右肩上，刃锋朝内，刀柄对着我。"

傲文毫不迟疑，一一照做。杀手用力将约素推倒在一旁，扔了石头，抢过来执住刀柄，狞笑道："自古英雄难过美人关，傲文王子也不能例外。抱歉了，王子。不过你有我陪葬，黄泉路上，也不会寂寞。"正要用力一拉长刀，就此割断王子的脖子，一了百了，忽听得笑笑生软语叫道："喂，年轻人，自古英雄难过美人关，你不也是英雄么？"

杀手一愣，问道："你说什么？"笑笑生道："士可不一定要为知己者死，更应该帮助知己者成就大业。难道你不想帮助你的主人做楼兰国王称霸西域么？只要得到神物和轩辕剑，别说西域，整个中原都会被你们踩在脚下。到时你可就是大大的英雄了。"

那杀手的脸忽然起了奇异的变化，一股淡淡的黑气在他脸上氤氲。正当萧扬伺机而动预备从背后接近他时，石缸的火焰陡然升腾得老高，一道白光射出，正穿过了杀手的脑门，他松了手，直挺挺地倒了下去。

萧扬抢过来拉起傲文，举刀对准杀手胸膛，却见他早已经气绝死去，只是脸上笼罩着浓重的黑色，恍如当初在大漠见过的于阗左大相范木侍从艾弟死后的样子。

萧扬惊道："这到底是怎么回事？"笑笑生道："这杀手身上有浓重的魔气，我只是用话语诱发出他魔气中最邪恶的一面。这里有伏羲氏的光明之力，会对邪恶之气有所反应。邪气越是霸道，反应愈是强烈。"

几人闻言均觉匪夷所思，然而亲眼所见，不得不信。

约素扑过来哭道："王子，你已经是楼兰王储，怎可为了约素而以身涉险？"傲文却冷冷将她推开。约素知道他还是不肯原谅自己，啮人心骨的疼痛开始细细密密渗透进她的心房，一点一点咬啮。她忍受不了这种感觉，背转身子，饮泣不止。

笑笑生道："王子，有件事，我一直没有来得及告诉你，公主身上……噢，不是这位约素公主，是你表妹芙蕖公主身上也有魔气。"

傲文一惊，道："此话当真？"笑笑生露出罕见的严肃之色来，沉声道："千真万确！听阿飞说，他们三人，包括那些杀手都去过一片所谓的幽密森林，也许就是在那里沾染了魔气，不过他们三人中只有芙蕖公主染上。"

傲文道："芙蕖会不会有生命危险？"笑笑生道："倒不会有生命危险，只是公主的性情有可能会有变化，也许会变得邪恶。当然也不尽然，这全在个人内心。譬如刚才这杀手若是根本没有野心，我的话就对他不会有任何作用。"

傲文道："芙蕖虽然有些蛮横，可是天真单纯，别说害人，就连防人之心都没有，我不信她会变成什么邪恶之人。"

笑笑生心道："我担心的可不是芙蕖公主的性情，她满怀情思都在王子你身上，不惜孤身步入大漠寻找，可王子却偏偏爱上了另一位公主，还有什么比心爱的男人更容易改变一个女人呢？"只是因为约素在场，他不便公然说出这些话来，便转移话题道："好了，先不提这些，咱们还是先想办法出去吧。"

萧扬问道："上面的八卦图没有指明密室的出口在哪里么？"笑笑生颓然道："没有。这里面应该有一处出口的禁制，可是我感应不到它。"拍拍肚皮，颓然叹道："再出不去的话，先生我可就要饿死在这里了。"

萧扬道："先生不是说这里有伏羲氏的光明之力么？"笑笑生道："是啊，光明之力是这处轩辕之丘的根本。"萧扬道："那么光明之力一定能打开所有禁制了。我有个不是办法的办法，这杀手面色如墨，可见魔气未散，若是将他的尸首投入火中，也许会激发出光明之力来，能引导我们出去也说不准。"

笑笑生眼前一亮，道："值得一试！"当即上前，与萧扬各抬了那杀手的手脚，往石缸里丢去。蓦然一道光柱射出，整个石室笼罩在一片耀眼的亮光之中，这光实在太亮，令人晕眩，众人不得不紧紧闭上眼睛……

再张眼时，石室消失不见了，却是站在一片沙丘上——没有太阳，没有月亮，没有星星，只有无数尘埃在头顶闪烁，发出阴惨惨的灰色光芒。时光彻底在这里停顿，好像又回到了开辟鸿蒙之初。

脚下的沙丘也格外不同，虽然表面看跟其他沙漠并没有什么异样，沙面上却有一股荒凉安静的气韵在来回飞速流动，带着浓厚的原始气息，摄人心魄。一切都凝固在这里，人站在其中，仿若到了天地玄黄、万古洪荒的隔绝之地，弱小得像只蝼蚁。

笑笑生满腹狐疑，道："这是什么鬼地方？"走出几步，却听见脚下发出"呱呱"的声音，仿若是夏日蛙鸣一般，不禁吓了一跳。俯下身往沙中刨了几下，除了"呱呱"鸣声，什么也没有。

萧扬道："不是说山谷中有唱歌的沙丘么？会不会就是这里？"抬脚跺了几跺，果然听见地下有声音传出，仿若松涛阵阵，煞是好听。

笑笑声不解地道："为何我跺脚就是青蛙叫？"萧扬道："大概跟人有关。"果然傲文走动时会有骏马奔腾嘶鸣声，约素跺脚则是蜂鸣般的"嗡嗡"声。

傲文道："这里没有日光，没有月影，要如何分辨方向，才好走出这里？"笑笑生道："这里一样下有禁制，只是不知道在哪里，又要如何解开。"

傲文道："最初是萧扬的割玉刀引我们进去伏羲密室，也许它也是我们离开的法宝。萧扬，请你试一下。"

萧扬依言拔出长刀，刚将刀尖杵在沙地上，便有一道闪电从空而降，正劈在他身上。等旁人定睛看时，萧扬已经不见了人影，原地除了两只脚印外，什么也没有留下，他就那么凭空消失了。

笑笑生嚷道："糟了，割玉刀打开了禁制，却只出去了萧扬一个人。"

萧扬却是被那道闪电击得昏了过去，醒过来时，发现正身处在一个明净的大湖旁，湖水像翡翠一般幽绿，湖边长满青草鲜花，正是他在梦中反复梦到过的那个地方。他蓦然意识到什么，回过头去——果然见那雪衣女子惊鸿站在他身后，倩影如梦，纤手弄舞。她是那么的美，美得不可方物，带着一点淡淡的忧伤，正凝视着他。

萧扬忙爬起身来，叫道："惊鸿……不，天女！"惊鸿道："你忘记你对游龙的承诺了么？"萧扬愕然道："什么？"转念便会意过来，道："抱歉。"转开割玉刀刀柄，取出游龙面具，重新戴上。

惊鸿道："你既然戴上了它，就已经是真正的游龙，绝不能再轻易取下来。"萧扬道："是。"

惊鸿道："那么，你现在可以说实话了，你到底是什么人？"萧扬道："我是游龙。"惊鸿道："我不是指这个。这个地方是我的住处，设有禁制，凡人是进不来的。"萧扬道："噢，应该是割玉刀的灵力。"当即说了如何在遇到傲文王子后被割玉刀带入伏羲密室等事。

惊鸿道："还是不对，割玉刀确实有灵力，可还是要看它的主人。当初游龙……是那个游龙，他有割玉刀在手，一样进不来这里。这地方只有神的后人才能进来。你到底是什么人？嗯，你来西域是要找轩辕剑，也许你就是轩辕剑故主的后人。"萧扬道："是。"惊鸿道："这就对了。"

萧扬担心傲文几人安危，忙道："我的几位朋友还困在外面，他们已经很长时间没有饮水进食，我想冒昧请天女出手相助。"

惊鸿道："你愿意全心全意帮助傲文王子取得神物来解除楼兰的千年诅咒么？"萧扬道："当然，即使要我付出生命的代价，我也在所不辞。"惊鸿道："好，我跟你一起去。"走过来握住萧扬的手，道："咱们走吧。"萧扬只觉得白光一闪，便又回到了原来的沙丘。

约素见到凭空忽然冒出两个陌生人，大是惊奇，问道："你们……你们是谁？"

傲文和笑笑生早明白萧扬又重新化身成了游龙，然而见到他身边的惊鸿时，还是目瞪口呆。

萧扬道："这位是天女。"又将几人一一介绍给惊鸿。

傲文结结巴巴地问道："你……你是神仙？"惊鸿道："我是远古天女的后人，可以说是神仙。"笑笑生道："那么你身上是否还有神力？"惊鸿道："神力还有，不过已经所剩无几，所以现在的我更像一个凡人。"她转过头来，饶有意味地看了萧扬一眼，这才道："几位都饿了吧，我先带你们离开这里。"

她举起衣袖挥了挥，周围的沙丘瞬息消失了，山谷的景象重新呈现在众人面前——老木寒云，充斥着暮气沉沉的衰飒。

惊鸿不知道从哪里变出几个桃子般大小的奇果，分给每人一个。萧扬等人早饿得发昏，接过来便啃。那果子鲜甜多汁，美味无比，入腹后饥渴感顿时消解。

惊鸿道："王子殿下，我们这就去轩辕之丘取回神物吧。"傲文欣喜万分，应道："是，谨听天女吩咐。"紧跟了上去。

约素见傲文一直不理睬自己，又是懊悔又是神伤，脚下只是不动。萧扬转过身叫道："约素公主，咱们该走了。"约素摇头道："我不想去。"萧扬也不知道该如何劝解，只得道："这里很危险，况且公主也不知道怎么出去。"约素道："你……你不是萧……"萧扬道："我就是游龙。"过来牵了约素的手，强拉着她去追赶惊鸿几人。

在狭长的山谷走了大约半个时辰，眼前蓦然出现了一个山洞，洞口有石门挡住不说，前面还长有一大片通体紫色的花朵。一株上只开一朵花，不但硕大如人首，就连形状也跟人脸极为相似，中心花蕊状似人鼻，上下则有眼睛、嘴巴形状的黑色花纹。放眼一看，真的好像是有无数紫色的人脸，紫气腾腾，妖艳诡气，在风中摇摆晃动，捍卫着身后秘密的王国。

惊鸿道："这里就是轩辕之丘了。不过大家最好站得远些，这些紫面郎君四周有剧毒瘴气，进前三步立死。"萧扬道："我来试试。"

从靴中拔出匕首，扬手掷出，匕首一连削断数根花枝，撞上石门才重重落下。然而奇怪的是，那数根花茎的断处却又立即生出新花来，比之前的还要大，颜色也更深，毒性显然也更深。

惊鸿道："看来不能用武力强行解决。"笑笑生道："笨人才会用武力解决！发笑的花荁，你不记得了么？"干笑了几声，见那些花全无反应，又叫道："你们大伙儿全都一起笑，快笑，这是解决掉这些紫面郎君的唯一法子。"

众人见他说得煞有其事，只得一齐放声大笑了起来。本没有什么可笑之事，忽有几人强作欢笑，情形倒真是可笑。笑了一阵，紫面郎君还是没有反应。几人停下来，面面相看，都不知道该如何是好。

约素忽道："既然是发笑的花苣，会不会是要它们自己笑才行？"笑笑生一经提醒，顿时醒悟，道："不错，正是这个意思，还是约素公主聪明。嗯，我先来。"

萧扬见他盘膝面朝洞口坐下，问道："先生要做什么？"笑笑生道："当然是要给这些紫面郎君讲个笑话啦。"咳嗽了声，道："开讲了啊。在敦煌，有个男人很怕自己的老婆。有一天，他趁老婆不在家的时候偷吃了一盒年糕。晚上被老婆发现了，把他狠狠骂了一通，罚他跪在堂前，三更才准他上床睡觉。这男人当然越想越不是滋味，不明白为什么别人家妻和子孝，自己的命却这样不好，于是就来到街上找先生我给他算算命。我问他说：'请问今年贵庚多少？'他赶忙回答：'没有跪多久，只跪到三更。'我见他会错了意，忙道：'我不是问这个，我是问你年高几何？'他说：'我还敢偷吃几盒？我只吃了一盒。'哈哈哈……"他自己一边说着，一边忍不住哈哈大笑起来。

傲文本来觉得极是荒诞无趣，却突然发现那些紫面郎君停止摆动，个个争相将花面朝向这边，真似在凝神静听一般，不由得大是称奇，忙道："有用，有用，它们在听呢。不过这个笑话不好笑，笑先生再换一个。"笑笑生道："不好笑么？我怎么觉得很好笑啊。那我再想一个。"

萧扬便道："我先来试试。我在中原有个马大哈朋友，一次出门时穿错了靴子，一只底儿厚，一只底儿薄，走起路来一脚高，一脚低，很不像样。他很是诧异，自言自语道：'为什么我的脚今儿个一只长一只短？想来是道路不平的缘故。'路上有人好心告诉他道：'你是穿错靴子了吧。'朋友这才恍然大悟，赶忙叫仆人回家去拿。仆人去了好久，空手而回，对主人说道：'不必换了，家里那两只靴子，也是一只底儿厚，一只底儿薄。'"

他一讲完，惊鸿先抿嘴而笑，那些紫面郎君还是静静伫立。

傲文道："你们讲的这两个都没引我发笑，我来讲一个吧，是从一名侍卫那里听来的。有个执政官员坐在堂上翻阅公文，堂下两侧站满仆从吏卒。忽然有人放了一个响屁，左右相看，都不肯承认是自己放的。官员大怒，喝道：'公堂之上，竟敢乱我威严，快将该屁拿来！'吏卒十分为难，回道：'屁如一阵风，来去无影踪，如何拿得？'官员道：'岂敢徇情买放，当知何罪？快快拿来便是！'吏卒无奈，只得取来干屎一块，面呈官员道：'启禀亲王，屁已逸去，不知所向，不过倒把它的家属拿来了。'"

笑笑生捧腹大笑道："哈哈哈，这个好笑！我敢说，这位下令拿屁的官员一定就是问地亲王，是也不是？"傲文微微一笑，虽不明确回答，却已是默认。

忽听得笑声大起，那些紫面郎君一齐舒张花瓣，左摇右晃，仿若真的在大笑一般。欢声大笑中，一大片紫色越来越淡，淡到不可见时，便神奇地消失不见了。

惊鸿惊喜地道："原来这样才能解开剧毒瘴气。"笑笑生得意洋洋地笑道："瞧，神仙也有许多不知道的事。下面该轮到先生我大显身手了，谁叫我是伏羲氏的后人呢！这里可完全是按伏羲八卦布置的，布置有不少机关，大家跟在我身后，千万不要乱走。"

众人见他嬉皮笑脸，也不知道其言是真是假。但傲文几人既已见识他的本领，也不敢再小觑他，慌忙跟了上去。

惊鸿有意落在最后。约素虽然纠结于自己的心事，但毕竟遇见神仙之事从所未有，对她很是好奇，悄声问道："天女姊姊，你是神仙，神仙会不会死？"惊鸿道："我有不朽的生命和永久的容颜，不会像你们人类那样生老病死。"

约素道："那姊姊岂不是很幸福？世上多少人费尽心机要追求长生不老呢。"惊鸿摇摇头，道："可我一开始就没有觉得幸福。这里已是人类的世界，我的同类都离开了，我因为使命而独自留下来。见惯了白云苍狗后，我常常觉得很孤独，直到……直到……"她深深叹了口气，没有再继续说下去。

约素道："姊姊是不是喜欢那位萧扬……不，游龙哥哥？我见你总去看他，他也总在留意你。"惊鸿一时不知道该怎样回答，只得道："事情不是那样的。你还小，你不懂。咱们快些走吧。"

到得石门前，笑笑生转过身来，道："正好咱们五个人。萧……游龙，你站在西面离位。天女，请你站在东面坎位。傲文王子，你站到东北巽位。约素公主，你过来，站在西北兑位。"

等众人一一站好，他蓦然单脚跳上门前的一块方砖，又反复跳了几下。只听得"嘎嘎"几声巨响后，那石门当真"轧轧"朝里面滑开了。

笑笑生极是得意，洋洋笑道："如何？"萧扬笑道："先生做得很不错。不过若要想听更多阿谀奉承的话，这里可没有人会那一套。"笑笑生不满地道："又不是要你们溜须拍马，夸夸先生我才高八斗、本领超群有那么难么？天女，你有什么可以发光照明的家伙么？"

惊鸿便拔下头上的发簪，道："这发簪是由女娲补天的五彩石所制，里面封存有天地初开时的星光，足以为大家引路。"笑笑生一把抢过来举在手中，喜滋滋地道："这可是件宝贝。咱们走吧。"

一进入黑魆魆的山洞中，那五彩发簪立即放出柔和的光芒，照亮四周。穿越了一个复杂的八卦迷宫后，终于来到一个大岩洞中。

笑笑生道："这里面应该有伏羲氏的光明之力。应该是在这里……"话音未落，便听见惊鸿叫道："小心！"

却见笑笑生所指的位置陡然冒出两团绿幽幽的磷火，似是动物的眼睛，蓦然一大团火焰从眼睛下面喷了出来，直扑笑笑生而来。火焰距离尚远，已是热浪扑面。笑笑生"妈呀"大叫一声，侧头就跑。幸亏他避开及时，那火焰喷到几丈远的地方力道便尽，自行熄灭。

只听见雷霆般一声巨吼，岩洞灯火大盛，四周按八卦方位排列的八口石缸中燃起熊熊大火。上首的神龛前站着一只大怪兽，高八尺五寸，龙头狮眼，虎背马身，生有双翼，通体发红，披满龙鳞，有一根牛一样的长尾巴，额部有根独角，正张大眼睛，弓着身子，虎视眈眈地瞪视着众人。

惊鸿道："这是守护神物的神兽麒麟，自上古便存活在这里。"傲文冷笑道："黄帝有意安排这么多机关陷阱，是真的不希望我们楼兰得到神物来解除诅咒，我偏偏不让他如愿。"拔出刀来，道："你们退开，让我来对付它。"惊鸿道："王子，不要……"

傲文却举刀已向麒麟冲去，不及近身，麒麟一声怒吼，微一张口，又一团炽热火焰喷出。傲文见热浪滚滚袭来，人力无法抵挡，只得侧身闪避。那一瞬间，麒麟已腾空而起，半飞半跃，朝傲文直扑下来。萧扬早抢过来相助，挥刀朝麒麟的前蹄斩去。笑笑声惊叫道："它是神兽，千万不要伤它！"

萧扬微一迟疑，凝手不发。电光火石的一刹那，麒麟挥翼一扇，已扫中了傲文的右肩，这一扇力道十足，立即将他撞出去老远。麒麟发出一声胜利的低吼，转头张口，一团火球登时喷向萧扬。萧扬见火势凌厉，粘上非死即是重伤，忙就地滚开。火焰擦着他小腿而过，直射到地上，噼啪乱响，将地面都烧焦了。

傲文肩头受伤，剧痛深入骨髓，一时难以缓解，再也无力举刀反击。那麒麟瞬间喷火击退萧扬，又再次扑向傲文，昂起头上独角直刺过来。忽有一条人影从旁扑了过来，却是约素用自己的身子遮住了傲文。麒麟极有灵性，只主动攻击那些对它具有威胁性的人，独角一触到约素背心，居然张翼退开，未伤她分毫。

惊鸿和笑笑生奔过来将萧扬拖到一边，助他扑灭裤脚上燃起的火苗，所幸只是轻微烧伤。然而傲文和约素却处在麒麟双翼笼罩下，无论如何是来不及营救了。

惊鸿道："麒麟太过厉害，虽然它是神兽，可为了救出王子，取到神物，我只能用仅存的神力来封印它了。"笑笑生道："决计不行。天女，你神力剩余不多，须得到最要紧关头才能使用。"

惊鸿道："麒麟是黄帝指命的神物的守护者，不封印它，无论如何都取不到神物。没有神物，就无法解除楼兰的诅咒。笑先生，我意已决，请你让开。"

走上前数步，双目微闭，食指朝天，正待使出最后的神力，那聪明的麒麟已感应到致命的威胁，张翅直扑过来，迅疾如电，惊鸿张开双眼时，已全然来不及闪避。正当那只独角要刺到她胸膛时，萧扬从斜侧飞身过来，及时将她扑倒，他自己却闷哼一声，背心被麒麟的独角划破长长一道口子。

惊鸿正好被萧扬压在身下，双脸相距不及寸余，那张熟悉得不能再熟悉的脸近在咫尺，美好的往事瞬间一一再现，如在眼前，一时心旌荡漾，忍不住伸手去抚摸爱人的脸，喃喃道："游龙，我好想念你。"萧扬道："抱歉，是我……我不是有意要冒犯天女……我……我受了伤，动不了……"

笑笑生赶了过来，将萧扬扶起，问道："你是不是姓姬？"萧扬一呆，道："先生如何能猜到？"笑笑生道："你看看那麒麟。"

萧扬转过头去，麒麟正趴在一旁，摇头摆尾，温顺之极，再无丝毫攻击之意。

笑笑生道："麒麟的旧主是黄帝，它用独角刺中了你，从你的血中认出你是黄帝直系后人，才会如此驯服。"

傲文正扶着约素走过来，闻言惊道："你……你真的是黄帝后人？"萧扬道："是。我本姓姬，是轩辕氏黄帝的后人。"

傲文道："你……你瞒得我好苦。"萧扬道："抱歉，王子，我并非有意想要隐瞒。尤其知道楼兰诅咒一事跟先祖有关后，我更是不知道该如何开口，抱歉。"前一句"抱歉"是为他隐瞒了真姓，后一句"抱歉"则是为他先祖黄帝了。

笑笑生道："行啦，是黄帝后人不正好么，不然谁能制服这会飞会喷火的麒麟？傲文王子，你也别耿耿于怀，黄帝后人来助你解除楼兰诅咒，这是天意，这就去取神物吧。"

几人遂来到神龛前，那上面摆着一具石匣，纹理分明，小巧精致，上面刻着三行奇怪的偈语："彩裙新娘，合二为一，收摄不祥。神镜轩辕，天女神力，共镇魔王。三物俱尽，日食之夜，蚩尤转阳。"打开匣盖，正是一件五彩的裙裾。

傲文并不识得那些字，问道："这上面写的是什么？"笑笑生道：

"前一句跟你们楼兰有关，我猜应该是找到一位合适的女子穿上彩裙作为新娘，彩裙和新娘合二为一，就能激发出神物的法力，收摄不祥之气，破除诅咒。是也不是，天女？"惊鸿道："嗯，先生解释得不错。"

傲文道："那后面两句呢？"笑笑生便将偈语念了一遍给众人听，道："后面两句似乎跟楼兰无关。天女，你的神力都用了镇压蚩尤的幽灵上，所以才会所剩无几，对不对？"惊鸿道："的确是这样。可是眼下幽灵的魔气越来越重，我的神力已经快要镇不住了。"

萧扬道："这上面不是说除了天女神力外，还有轩辕剑和神镜两样神物么？"惊鸿道："是的，轩辕剑的故主就是黄帝，这你已经知道了。神镜就是楼兰的镇国之宝瑞兽铭带玉镜，是炎帝的遗物。这两样东西是天地间最有法力的神器，可轩辕剑遗失已有上千年，一直以来，只是靠神镜和我的神力来镇压住魔王。"

傲文道："这偈语是说三物俱尽，魔王才会重新转世。神镜既是我楼兰国的镇国之宝，被收藏在王宫的最隐秘之处，那里戒备森严，外人绝难靠近，大家尽可放心。"惊鸿道："如此甚好。"望了萧扬一眼，道："只是还是要想个法子找到轩辕剑才好。"

傲文道："请教天女，我要如何找到那位新娘呢？"惊鸿道："这件彩裙是具有法力的神物，不是天下间所有的女子都能穿上，王子须得找到一位合适的女子，娶她为妻，她以楼兰王后的身份穿上彩裙，新娘和彩裙才能真正合二为一。"

傲文闻言大吃了一惊，道："什么？怎么会是我的新娘？"竟不自觉地转头看了一下约素。惊鸿点头道："傲文王子是王储身份，也是未来的楼兰国王，当然须得是你的新娘。"

傲文结结巴巴地道："可是……可是我要怎样才能找到她？"笑笑生重重拍了拍王子的肩膀，叹道："这就要靠缘分了。诅咒因情而生，也该因情而亡。"又道："你要不要把彩裙给约素公主试试？说不定她就能穿上。"

傲文瞪视着那件神物，漠然不应，然而胸口剧烈起伏不定，旁人均看得出他心中矛盾，情绪激荡。沉默许久，他还是将裙裾放回石匣盖好，仔细收入怀中，道："我们走吧。"

众人刚及转身，麒麟遽然站了起来，发出呜呜叫声。惊鸿道："游龙，它在叫你。"

萧扬便走过去，伸手轻轻抚摸麒麟的圆头。麒麟欢喜无限，长尾巴不停地摇来摆去。

萧扬道："你已经完成了先祖交给你的使命，你自由了。不过你是神兽，我希望你能留下来，帮助天女镇压魔王，好么？"麒麟"呜呜"一声，重新伏了下来，似是答应了他。

萧扬道："那好，我们要先走了，等我解决完外面的事情，再回来看你。"麒麟便恋恋不舍地跟在他身后，一直送到洞口处才止步。

惊鸿低声道："谢谢你。"萧扬不解地问道："明明是我该谢谢天女，怎么反倒谢起我来了？"惊鸿道："谢谢你委托麒麟助我一臂之力，还有……"苍白的脸上浮起一抹红晕，仿若天边一抹朝霞，续道："还有在山洞里面的时候，你舍身救了我。"

萧扬也不知道该说什么才好，忽听得前面傲文与笑笑生争吵起来，忙赶上前问道："出了什么事？"笑笑生道："我让傲文王子赶紧回去楼兰阻止战争，他却蛮不讲理，要重新赶去大漠寻找芙蕖公主。"

傲文道："芙蕖不过是个娇弱女子，孤身一个人在大漠中漂泊，我如何能放心得下？"笑笑生道："我告诉过王子，芙蕖公主在幽密森林中沾染了魔气，已经不是原来那个人了，她肯定有法子生存下去。"

傲文甚是倔强，道："越是如此，我越要尽快找到她。"笑笑生讶然道："哎呀，王子该不会认为芙蕖公主就是楼兰新娘吧？"

傲文怒道："你胡说什么？"惊鸿忙赶过来道："王子殿下，你须得立即回国，阻止楼兰和于阗的战争，对于你们楼兰来说，还有更大更强的敌人。"

傲文道："更大更强的敌人？是谁？"惊鸿道："眼下我还不能说，但王子自己很快就会知道。王子，我希望你郑重考虑我的建议，我不敢多说那些为两国百姓着想的话，就当是帮我个人一个忙。"

她是天女的身份，又助楼兰取得神物、解开偈语，可以说是楼兰的大恩人，傲文微一思虑，不得不应道："天女有命，傲文不敢不遵。"惊鸿大喜道："多谢王子。我愿意出尽神力来助王子一臂之力。"转头见萧扬正用一种奇怪的眼光凝视着她，不觉脸一红，走过去低声问道："你已经知道他是谁了，对吧？"

萧扬道："嗯，我在楼兰王都扜泥看到过须沙王子出城，那时候我就已经明白了。你放心，我一定会竭尽所能来完成游龙最后的心愿，他希望楼兰和于阗化解宿怨，我也会尽全力去做。"惊鸿微微叹了口气，道："为什么尘世间会有这么多的恩怨情仇？"

径直出来山谷，惊鸿不知道用什么法子召回了众人惊散的坐骑，五人遂上马直往西面而来。

几日后到达绿洲垓下村，小伦病情已经好转，正想要招募村民出去寻访王子，见到傲文一行归来，大喜过望。

傲文更是意外得知侍卫长未翔已经找到了芙蕖公主，几日前将她带回了绿洲。只是公主变得疯疯癫癫，经常狂性大发，见人就又打又咬。不知怎的她力大无穷，寻常男子都不是她对手，未翔不得已，只得强行捉住她绑住双手，命大伦和阿库带了几个健壮村民护送公主回去王都扜泥。

傲文道："未翔人呢？他为何不亲自护送芙蕖回去？"小伦道："侍卫长独自返回大漠去了，说是要去找个人。"忽然压低声音，道："王子，我有要紧话要私下禀告。"傲文便请村长先带萧扬几人去歇息。

萧扬道："阿峰和阿勇先后为保护王子不幸身死，我想去看看他们的家人。"村长已知道他就是鼎鼎有名的游龙，闻言很是感动，连声道："我带你去，他们见到游龙君亲临慰问，一定很高兴。"

小伦等几人走出屋外，掩好房门，才纳闷地问道："游龙君的声音听起来怎么跟萧扬公子那么像？而且，那把割玉刀……"傲文打断话头道："嗯，不要去管他。你到底要跟我说什么，这么神秘？"小伦道："我怀疑未翔侍卫长回去大漠是要去找马贼。"

傲文惊道："什么？上次马贼内讧虽然大伤元气，可毕竟还是人多势众，未翔怎可孤身一人前去？他也太没有头脑了，怎么当的侍卫长。"小伦道："王子误会了。我是说，未翔侍卫长要去找那个马贼头领梦娘。侍卫长带着公主回来这里后，我听我哥哥说他们到过一片有座石屋的绿洲，侍卫长在那里击杀了两名马贼，问到一些王子的消息，还救了一名受伤的女子。"

傲文问道："那女子就是梦娘么？"小伦道："不错，那女子亲口告诉未翔侍卫长她叫梦娘，不过侍卫长当时不知道她是马贼头领，只以为她是从马贼手中逃走的良家女子，给她留了金创药、食物、马匹等，还说等寻到公主就回去接她。"

傲文道："难道你没有告诉未翔，梦娘就是马贼的新头领么？"小伦道："我从我哥哥那里一听到绿洲石屋几个字，就立即跑去告诉侍卫长了。但他什么也没说，只是下令我哥哥和阿库送公主走，他自己要去大漠找人。我问他要找什么人，他也不肯说。"

傲文道："胡闹，你们就任由他去么？"小伦道："他是侍卫长，我们名义上都是他下属，敢拦他么？就算想拦，他武功那么强，也未必拦得住。"

未翔此番回去，也许能成功杀死梦娘，但更大的可能则是陷入马贼重重包围中，不被杀死也要沦为俘虏。之前傲文和小伦等人落入马贼手中后，遭受了种种非人的折磨，屈辱滋味难以言表。傲文与未翔情若兄弟，一想到他可能面临的可怕命运，不免忧心如焚。

忽听得有人敲了敲门，萧扬在门外叫道："王子！"傲文便命小伦去开门，萧扬进来道："情况相当紧急，王子，你得立即出发了。"

原来适才萧扬几人遇到从楼兰回来的村民，得知问天国王亲率大军击破于阗边军，挺进原且末的国境，于阗也正往东面集结大军，与楼兰在且末境内的燕山峡谷一带对峙。双方总共动员了超过十五万以上人数的兵力，西域有史以来的最大一场战事即将爆发。

傲文道："想不到战事已经发展到了如此局面，怕是我回去也难以阻止。"萧扬道："不错，此刻楼兰、于阗双方都是箭在弦上，不得不发，凭人力已经难以挽回。笑先生想了个法子，我认为可行，不过还需要王子努力来促成这件事。"上前附到傲文耳边低语了一阵。

傲文再也顾不上未翔之事，毫不迟疑道："好，我这就赶赴前线，你们留在绿洲见机行事。"命小伦立即去准备马匹和行囊上路。

走出门外，又想起了什么，却是欲言又止。惊鸿道："王子是想问约素公主么？王子请放心，凑巧有村民要去墨山购买铁器，公主预备跟他们一道，她离开家乡已久，很想回去看望哥哥。"

傲文微微叹了口气，道："这样再好不过。"嘴里虽如此说，心中却是蠢蠢然，有一种说不出的感觉。想了一想，又从怀中取出石匣交给惊鸿保管，道："神物事关重大，请天女先代为保管。若是傲文一月内不回来绿洲，就请天女带着神物前往楼兰王都扜泥。"惊鸿道："是，请王子放心，我一定保得神物周全。"

且末 [1] 在绿洲之南面，傲文着急赶路，也不先回楼兰，而是径直往南，预备抄近道直接穿越大漠。

这一日已经远远可以望见昆仑山的轮廓，再过半日，便可以走出沙漠，到达楼兰和且末的交界了。二人正坐下歇息时，忽听得马蹄声隆隆，走到沙丘高处一看，一队黑甲骑兵正朝北边驰来，有几百人之多。

小伦道："呀，是于阗人！"傲文道："好个狡诈的希盾，这一定是他派去袭击扰乱我楼兰后方的精兵。"

虽然恼恨希盾奸诈，却还是对这一出其不意的智计很是佩服。正苦思对策时，王子的坐骑不知如何受了惊吓，扬起前蹄长嘶一声。那队骑兵登时惊觉沙丘后伏有他人，呼啸一声，一大群人策马朝这边赶来。

小伦道："他们发现我们了！王子，要怎么办？"傲文站起身来，拔出兵刃，道："当然是要力战到底。小伦，你快去卸下马鞍、行囊，放一堆点燃，好给我们的人报烽火信。"小伦道："遵命。"飞奔至坐骑，取下马鞍行囊，举起火石刚要打火，一支弩箭飞来，射穿了他的手腕。

傲文脚下刚动，几支弩箭破空而至，钉入他靴子前面的黄沙中。

---

[1] 且末：今新疆且末一带。

微一迟疑间，于阗骑兵已然驰到，将他和小伦团团围住。

领头的于阗将军正是曾将傲文围困在墨山王宫的范鹰，提马上前，笑道："人生何处不相逢。傲文王子，想不到能在这里遇到你。听闻王子去了中原办事，如何又来了大漠荒野之地？"傲文只冷然凝视着他，也不答话。

范鹰道："这就请王子放下兵器，跟我走吧。希盾国王见到你，一定很开心。"见傲文不动声色，挥一挥手，一名武士一张弓弩，一箭洞穿了小伦脚踝。小伦痛得高声怒骂。

范鹰道："傲文王子，我虽不忍心用弩箭伤你，可就算你拼死奋战，最终还是要耗尽气力被我们擒住，何必让你手下人替你多受苦楚？"

傲文见几名武士手持弓弩对准小伦要害之处，迫不得已，只得抛下兵刃。数名于阗武士翻身下马，取出绳索，将他和小伦缚住。范鹰命人扶他们上马，立即押送回于阗军营。

一名武士道："将军，我们还要继续深入楼兰国境么？"范鹰道："不必，捉到楼兰王储，可比放火烧掉楼兰军队的补给有用多了。这次大伙儿都立下大功，这就回去吧。"

往北走了二三个时辰，逐渐出了大漠，慢慢看见衰草树木以及成片成片枯萎的芦苇，显然已进入且末故境。

且末原本是西域有名的泽国，其南面即是莽莽昆仑，夏季山上的雪水消融后顺山沟冲刷而下，形成了纵横的河流，除了车尔臣河是西域东南部径流量最大的河流外，还有塔什萨依河、喀拉米兰河、莫勒切河、米特河、博斯坦托格拉克河、安迪尔河等，尽情滋润灌溉着这片土地。这里风调雨顺，稼穑殷盛，水草肥美，四季瓜果飘香。然而自被于阗占领，百姓大多被迁往于阗供役属，土地则被强征为军队牧场，城郭岿然，人烟断绝。昔日富饶的土地上，修起了一座座的军营堡垒。

夕阳时分，纵马翻过一个山坡，便看见一大片平原以及玉带一般的喀拉米兰河，坐落在河东的一座座圆顶营帐错落有致，往北延伸出去，也不知道伸到了多远，无数的高头大马和无数的于阗兵士在其间奔驰，人马精悍，很是威武。

西域自古产良马，最好的马当数产自大宛国的汗血宝马。大宛位于葱岭之西，国中有高山，山上有天马，人力不可得，于是大宛人将五色母马放在山下，五色母马与天马相交，生下的马驹就是汗血马，因此汗血宝马又被称为天马子。这种马能够日行千里，是世间最好的马。大宛则是于阗最大的盟国，两国王公贵族大批联姻，于阗希盾国王自己的两个女儿、三个侄女均嫁给了大宛权贵，据称他如此刻意笼络大宛，就为了得到最精良的宝马。于阗军营中骏马马蹄轻快，奔驰如风，大约正是从大宛国得来的宝马。

一行人穿越了几排高高的木栅栏，进来军营，天色已然黑了下来。无数火炬点燃，给这森森寒夜增添微不足道的暖意。范鹰大声下令，命部属散去，自己带了数人押着傲文来到国王的金帐。

金帐中燃有数盆油脂，亮似白昼，温暖如春。希盾正伏在案桌的灯火下，瞪视地图凝思。四周武士环布，须沙王子、官员、将领们站在一旁，大气也不敢出。忽见范鹰进来禀告说捕到了楼兰王储傲文，无不惊讶。

希盾问明经过，道："范鹰，这是老天爷赏你的恩赐，你小子运气实在是好，堪称我于阗的一员福将。不过你不遵军令，未完成任务即擅自返回军营，本该责打军棍，姑念你捉到傲文，功过相抵，你可心服？"范鹰道："心服。"希盾道："嗯，那你先下去歇息。来人，带傲文进来。"

傲文被推了进来，武士还要强按他跪下，希盾挥手道："不必勉强王储。"走下案台，道："傲文，我们又见面了。你母亲桑紫还好么？"

傲文此次赶来边境本来是应惊鸿之请阻止战争，撞上于阗骑兵完全是个意外。被押送来于阗军营的路上，他已暗暗打定主意，要对希盾好言相劝，即使不能脱身，也要设法按照与萧扬的约定行事，便道："家母很好，多谢陛下挂念。"

希盾"咦"了一声，道："这可不像你傲文的回答，你如此低声下气，是想求本王看在你母亲的分上放了你么？也可以，王储只需当着我于阗全军将士的面，向本王规规矩矩地下跪投降，声明你从此以后永远臣服于我们于阗，本王立即放你回去。"

傲文本可一口答应，就此脱身回去楼兰军营，好按萧扬的计划行事。可他生性骄傲，要他向这个害得母亲一辈子郁郁寡欢的野蛮国王下跪求饶，还要永远臣服于他，无论如何也做不到。转头见到希盾脸上尽是得色，心头更是有气，当即大声道："休想。"

希盾也不意外，道："那么你该知道本王要如何对付你了。"傲文道："少废话，你想怎样？"

希盾道："嗯，明日一早本王就派人押你到前线，当着问天的面，用尽酷刑拷打你，再将你的肉一条条割下来烤着吃，直到他肯退兵为止。你觉得这个法子怎样？问天国王会为了你退兵么？还是宁可你血尽而死，他也要跟我这个老对手决一死战？那么你们楼兰可就没有王储了。接下来问天只能立刀夫王子当王储，都怪范段办事不力，若是上次刺死了刀夫，少不得问天还会为保全你的性命多考虑一些。"

傲文恨恨道："果然是你派人到亲王府行刺。"希盾笑道："本王这可完全是为了你好，问天死了，你就是新的楼兰国王，刀夫死了，就再也没人跟你争夺王位了。"傲文傲然道："我才不要听你胡说八道。既然落入你手，要杀要剐，悉听尊便。"

希盾终于被他的桀骜深深激怒了，拍案怒道："好，明日就绑你到阵前，当着问天的面活剐了你。"命武士押走傲文，仍是余怒未消，挥手道："你们都下去，本王要一个人静一静。"

将领们不敢多说，躬身退出。须沙退出帐外，想了一想，招手问了一名武士，摸黑赶来关押傲文的营帐。

傲文被缚了手脚，丢进一座空营帐的木笼中。他孤零零地困坐在笼中，心中多少有些懊悔，不该鲁莽拒绝向希盾下跪，暗道："而今我已寻到神物，可偏偏需要我的新娘才能破除楼兰诅咒。个人生死事小，楼兰存亡事大，若是我就此被希盾处死，楼兰的千年诅咒岂不是就要降临？可是我若就此向希盾臣服，就算解除了诅咒，楼兰日后总也抬不起头来。我……我到底该如何做才好？"

正反复思量矛盾不已时，忽见须沙王子走了进来，来到木笼边，蹲下叫道："傲文王子，你还记得我么？我是须沙。"

傲文冷冷道："你来做什么？"须沙道："我……我已经知道你是我同母异父的弟弟。"傲文不愿意承认，可又无法否认，只能沉默不应。

须沙道："永丹一向不理睬我，我……我想来找你说说话，可以么？"傲文道："你想说什么？"须沙道："你……还好么？芙蕖公主她……还好么？"

傲文心道："我这个哥哥傻里傻气的，我明日就要被希盾用酷刑处死，他居然还问我好不好。嗯，其实他想问的是芙蕖，看来他真的很喜欢她。只是他不知道他父王是个人面兽心的家伙。"

须沙见傲文不睬自己，便自顾自地道："我真是不明白，我们于阗、楼兰两国明明已经议和结盟，为什么这么快又要打仗？"傲文道："这就要去问你的父王了。"

须沙道："我问过他的，他说英雄人物就该是这样。可我总觉得一个人并非要在战场厮杀，以勇猛取胜才能成为英雄。那些诗人能够写出动人的诗句，那些僧人能够领悟修行的奥妙，还有那些龟兹乐师能够从弦乐中获取纯净的愉悦，他们都是些了不起的人物呀。"

傲文心中一动，心道："他说得不错，真正的英雄不一定是战场的英雄。须沙是个有大智慧的人，当真与希盾全然不同，芙蕖若是能嫁给他，也是一种福分。"忽觉被缚在背后的双手一松，转过头去，竟是须沙拔出匕首，伸进木笼隔断了绑索。

傲文道："你……"须沙道："你先拿着这柄匕首，我去安排一下，看看能不能设法放你出去，再帮你混出军营。"不待傲文答应，起身揭开帘子出帐去了。

傲文便用匕首割断脚上的绳索，他手足早被捆得发麻，失去知觉，活动了好多下才恢复了灵活性。又去撬那木笼的铁锁，却怎么也打不开，反而弄出声响，引进来看守的武士。傲文忙背过手去，假意歪倒在栏杆上睡觉。武士进来略扫了一眼，见傲文仍然坐在木笼中，便又放下帘子出去了。

傲文不敢再动，只能干等着。过了半个时辰，只听得外面武士叫道："须沙王子。"须沙"嗯"了一声，问道："怎么只有你一个人？"武士答道："天气实在太冷，我和波巴说好轮着烤火暖暖身子，他刚去那边营帐了。"话音刚落，便是一声闷哼。

须沙将那名被打晕的武士拖了进来，从他身上摸出钥匙，打开木笼铁锁，放傲文出来，道："快，跟他对换衣服。"

傲文立即会意，飞快地脱下衣衫，换上那武士的戎装盔甲，再将自己的衣服套在他身上，反绑住双手，撕下一片衣襟塞入口中，与须沙一道将他抬入木笼，重新锁好笼门。

须沙领傲文出来营帐，低声道："我已经备好了马匹，你伪装成我的侍卫，我带你出营。"傲文迟疑道："你放走了我，会不会惹祸上身？"须沙道："你放心，我是父王最宠爱的孩子，虎毒不食子，他决计不会拿我怎样，顶多挨一顿骂。"

傲文道："我还有个侍卫，名叫小伦……"须沙道："来不及打听营救了，你自己逃命要紧。你是楼兰王储，而你的侍卫不过是名普通的俘虏，父王不会拿他怎样。"傲文一想也对，忙拉低甲帽，低着头跟在须沙身后。

来到营门前，值守的将领见须沙王子深夜出行，身后只跟着一名侍卫，很是诧异，忙上前问道："王子要去哪里？要属下多派人护送么？"须沙道："不必，快开门！"将领发现王子不似往日那般和颜悦色，不敢再多问，挥手命兵士开门放行。

疾驰出数里，须沙勒马停了下来，道："我就送你到这里了。前面尚有不少游哨和关卡，不过你穿着黑甲武士的衣服，又有腰牌，料来无人敢拦你。"傲文道："多谢。"须沙点点头，道："阿弟，你多保重。我盼你回去后能说服问天国王，请他息兵止戈，我也会如此劝说父王的。"傲文道："傲文一定尽力而为。"不再迟疑，夹马离去。

须沙见傲文瞬间便没入黑暗中，头也没有再回一下，颇觉心情落窶。意兴阑珊地回来军营，却见父王正扶刀站在营门前，目光炯炯，注视着他。

须沙早有心理准备，倒也不如何惊慌，无论要面临什么样的惩罚，他都能坦然面对。只是他并没有从父王的目光看到惊讶和愤怒，而是殷殷切切的担心和关爱，这倒让他奇怪了。然而，只在那一瞬间，他便明白了过来，父王是有意纵他放走了傲文，不然以傲文楼兰王储的身份，看守何以会如此松弛？

一刹那间，他的眼睛竟有些发潮了。所有人都了解于阗国王希盾是个强硬的铁腕人物，他的妻子、孩子更是深知此点，均如臣民一般敬畏他，须沙也不例外。这还是第一次，须沙发现自己的父王原来也是个有血有肉的人物。

只是，希盾既有意放过傲文，为什么又要当众用性命来威胁他呢？傲文两次从希盾手中逃掉性命，是侥幸还是天意？

傲文一路摸黑北行，遇到关卡便亮出腰牌，称奉希盾国王命令到楼兰军营送信，居然一路畅行无阻，无人多问半句。

天蒙蒙亮之时，终于过了燕山峡谷。傲文正回头仔细观察这块形胜之地，忽听见前面有弓弦之声，有人厉声喝道："立即下马！不然休怪弓弩无情。"傲文依言下马，高声应道："我是来给问天国王送信的于阗黑甲武士。"

数名骑士驰过来围住傲文，领头将领厉声喝道："黑甲武士，抛下你的兵刃！"傲文笑道："我就不抛兵刃，你敢射死我吗？"

领头将领名叫泉川，是傲文的堂兄，闻声立即认了出来，慌忙下马拜倒，道："泉川不知道是王储到来，多有冒犯，请殿下恕罪。"傲文脱下于阗戎衣甩到一旁，道："起来，这不能怪你。国王在哪里？快带我去见他。"

泉川道："国王在北面三十里的播仙，泉川职责在身，不能亲自护送王储前去，抱歉。"招手叫过一名小校，命他带十名骑兵送傲文前去播仙。

到达播仙时天早已经大亮。这座城并不是真正意义上的城池，没有城门、城墙，它原来只是且末国北边的一个大市集，因为出产毛毡且与富庶的楼兰交界，人来人往，也很是繁华。于阗灭了且末后，将贵族、富人、工匠等都强行迁到于阗国境内居住，播仙也就慢慢衰微了，几成荒芜，再也不见人语喧闹、炊烟袅袅。然而主街道两旁一间一间的土屋鳞次栉比，依稀留有昔日商旅繁密如烟的影子。

国王的金帐设在城中心的旗亭中，原是管理市场的市令办公之处，蛛网四面盘结，角落里还有一副锈迹斑斑的犁铧。问天正为车师和墨山的援兵迟迟不至而烦恼，忽听得傲文到来，又惊又喜，忙命人迎他进来。

傲文一进来便拜倒在地，问天亲手扶起外甥，叹道："半年未见，你可黑瘦憔悴了不少。"

傲文不及寒暄，匆忙道："姨父，傲文有要事禀告。"问天料来是关于神物之事，忙命将领和侍卫退了出去。

傲文便简略禀告已取得了神物和偈语，正委托可靠的心腹送往王都扜泥，他自己赶来前线助战，昨日在大漠意外撞上于阗骑兵被俘，幸亏须沙王子出力营救，私自放走了他。

问天长吁了一口气，道："多亏天女保佑，你和神物都安然无恙。若不是大战在即，我被绊在这里，真想立即赶回扜泥，亲眼见到神物。"

傲文道："希盾诡计多端，令人防不胜防。我们楼兰干旱已久，军中粮草补给并不充裕，不宜长久与他对峙。"问天道："我也期待能速战速决，可于阗军力极强，非一日即能瓦解。原先车师和墨山均同意派精骑从两侧夹击于阗。你昨日被俘的大漠之地，按照计划该是车师人的防线。可不知道为什么，车师援兵迟迟未到。"

傲文道："墨山按兵不动倒能理解，约藏并未真正对我释怀，所谓结盟不过是表面说说，他只想坐山观虎斗。可车师素来与我楼兰同气连枝，如何也会袖手旁观？"问天道："这也是我觉得奇怪的地方。就算力比国王病情加重，一时无暇顾及，可大王子昌意掌管车师军队，他为人豪迈，既已答应要发兵相助，又怎会轻易失信？"

　　傲文道："也许车师国中发生了什么事也说不准。如此，不能再指望车师援兵。姨父，不如我们直接向于阗下战书，约希盾正大光明地较量一场。"问天道："噢？希盾历来花样百出，爱出奇计，你认为他会同意公开较量么？"

　　傲文道："我昨日在于阗军营，发现士兵的士气并不高，一是不久前于阗才刚刚动用精锐骑兵千里奔袭车师，军士还没有得到好的休养便又要再上战场；二是天寒地冻，士兵的体力耐力消耗殆尽，这点对我们楼兰也是一样。昨晚希盾已被我当众激怒，他的爱子又偷偷放我逃走，必然更加怒火冲天，想借来一战来提高军中士气也说不准。我们先下战书，约定十五日这天在燕山峡谷与于阗决一死战，希盾必然同意。"

　　问天心念神物，也想早日解决掉眼前的拉锯局面，微一思索，即点头道："好。"召唤官员进来，授意文书大臣阿里写了一封信给希盾，盖上封印，派人送去于阗军营。

　　一日后，信使返回末城，带来了于阗国王希盾的亲笔信，同意以一场痛快的决战来算清以往所有恩怨。十五日遂成了一个令人瞩目的大日子。

　　到了十五日这一天，于阗和楼兰两军在燕山峡谷相遇。阳光下旗鼓蔽天，短刀如雪，长枪如戟。两股巨大的怒潮均凝势待发，时时刻刻准备以雷霆万钧之力席卷向对方。大军未动，峡谷内外已经弥漫着浓厚的血腥之气，令人窒息。军士们都是第一次见到如此阵仗，个个握紧兵器，紧张得全身发抖。

　　希盾一身铠甲，提马来到阵前，高声道："叫问天和傲文出来！"傲文护着问天上前，问道："你还有什么话说？"希盾道："问天，本王与你签订城下之盟，约为儿女亲家，你为何要背叛盟约，不但不肯将芙蕖出嫁，还要出兵攻打我于阗？"问天道："你自己难道不清楚原因？既然已是盟国，你为何还要派刺客行刺？"希盾道："我这样做，完全是为了傲文好。"

问天道："什么？"希盾哈哈笑道："本王已经将原因告知傲文，你回去可以好好问他。问天，咱们今日先好好算算旧账吧。"

举手一挥，登时鼓声擂起，于阗盾牌兵和数排弓箭手抢在阵前，摆开架势。后面骑兵则左右穿梭，开始布阵。

傲文料不到对方说打就打，忙叫道："等一下！希盾国王，我还有话说！"希盾转过身来，问道："王储还想要说什么？"傲文道："嗯，这个……"

希盾笑道："婆婆妈妈可不是你傲文的做派，莫非你心中并不愿意打这场仗？还是你有什么难言之隐？问天，你何不现在就问问傲文，本王为何要派人刺杀你和刀夫？"

问天见他说得煞有其事，不由得转过头去，狐疑地望着傲文，问道："到底是为什么？"傲文道："姨父……"

惊人的事情就在一刹那发生了，光线陡然暗了下来。人们不由自主地仰望天空，适才还光芒四射的太阳突然产生了缺口，光色也暗淡下来。空中出现了两个巨大的女子头像，竟是楼兰、于阗两国分别供奉的天女和嫘祖的像，"妄动干戈 天地不容"八个大字飘浮在头像下，闪烁不止。

太阳的缺口越来越大，终于完全变成了黑色，只有外面一圈日冕发出惨白色的光芒。天空群星闪耀，大地一片黑暗，寒气越来越重，而比寒意更侵蚀人心的则是莫名的恐惧。当一股漩涡般的风开始滚来滚去时，双方阵势开始莫名松动，人群也骚乱起来。军士们的手臣服于冥冥中的某种神秘力量，慢慢离开了兵器。

傲文大声道："妄动干戈，天地不容。这是天意。退兵！"

举手一挥，登时发出"哗"的一声巨响，楼兰、于阗两军竟均奉号令，不约而同地转身，争相往自己的军营跑去。希盾与问天对视了一眼，也各自勒转马头，默默离去。

在双方惊退中，日食逐渐消失，太阳又恢复了光明。再抬头望去，头像和字样早已经消失不见。适才所发生的一切，仿若一个轻灵奇幻的梦。

第七章

真假王储

她一脸晴朗的微笑，灿烂而明丽，美如天边的云彩。那种惊喜全然是发自内心的流露，情真意切，半分做作不出来。他从马上跳下来，愣在原地，紧握刀柄的手也松开了。

在燕山峡谷上空出现的神奇异像很久以后都是西域人街谈巷议的话题，不仅仅是因为它在关键时刻消弭了一场大战，还有神示的厌恶干戈令人们开始思索战争的意义。

当然，只有极少数人知道日食和异象其实并非上苍的神示，而是笑笑生为阻止两国大战想出来的一点小把戏。他从惊鸿那里知道十五日这天将会出现最大的海市蜃楼，北疆的绿洲国家如于阗东部地区及已经亡国的精绝、且末故地均能看到，便在贝叶上绘出天女、嫘祖的画像，写下字样，请惊鸿事先放置在轩辕之丘的湖畔，蜃景出现时，也将画像和八个大字折射到空中，看起来跟神示一样。

日食则是惊鸿的神力所为，她也极愿意将所余不多的神力用来阻止战事。只是当神力用尽时，她便晕了过去，陷入昏迷中，再也没有醒过来，绿洲会治病的村民看过后也束手无策。

萧扬在惊鸿身边守护许久，只觉得她的身子不冷不温，极是怪异，便预备带她去楼兰王都扜泥寻找更高明的大夫。

笑笑生道："天女虽然神力用尽，可终究还是神仙，寻常大夫如何治得好她？你真想救她么？"萧扬道："当然。"笑笑生道："你自己就能救她。"萧扬大喜，连声问道："先生快说，我要如何做才能救她？"

笑笑生道："你这么聪明，怎么会想不到？"萧扬道："到底要怎么做？即便要我用命来换，我也愿意。"笑笑生道："昔日黄帝用鲜血诅咒，导致几千年来一个国家被厄运笼罩，可见他的血不仅尊贵无比，而且蕴含巨大的魔力。你是黄帝后人，你有他的血统……"

萧扬已然明白过来，当即从靴中拔出匕首，割开左手手腕，撑开惊鸿的嘴唇，将自己的血滴入她口中。等到伤口凝固，便又割了另一道口子。如此反复几次，手腕上早已是刀痕累累，他正要再换右手，忽听得惊鸿轻哼一声，缓缓睁开了眼睛，登时欣喜若狂，叫道："她醒了！"

笑笑生得意地道："先生我果然法眼无花。喂，快把你手腕包好，以后说不定大伙儿都得靠你的血救命。"

萧扬也不理会，将惊鸿扶起来，让她倚靠着土墙坐下，问道："天女好些了么？"惊鸿点点头，低声道："谢谢你愿意用自己的性命来换我。"萧扬这才知道她虽然昏迷，意识却是清醒，不由得有些尴尬。

惊鸿从怀中掏出一方手帕，轻轻包扎在萧扬手腕伤处上，低声道："你以后还是……还是叫我惊鸿吧，就跟我们第一次见面那样。"萧扬心中漾起一股奇妙的暖流，怡悦溢满全身，应道："是。"

笑笑生嘻嘻笑道："天女，既然你没事了，咱们就赶紧上路吧。"走过去打开案头上的石匣，不由得一愣，问道："神物呢？"惊鸿忙道："先生别慌，我之前怕出意外，有负傲文王子重托，所以将神物穿在了身上。"说罢自裙裾下取出彩裙，重新放入石匣中。

笑笑生道："啊，你可以穿上它，那你岂不就是该嫁给傲文王子的楼兰新娘？"惊鸿脸色一红，道："我不是楼兰新娘，我是神仙，自然能穿得上神物。"将石匣收入怀中，道："咱们走吧。"

三人辞别埈下村民，径直往西，不日进入楼兰境内，听到人们议论燕山峡谷之事，知道笑笑生计策已成，均感欣喜。只是他们不知道的是，因为惊鸿妄用神力干预人间战事，大大削弱了她自身的力量。就在发生日食的那一天，轩辕之丘下的某个地方开始震动，幽密森林的黑暗魔气也越来越重。

还未进扜泥，三人先遇到从绿洲一路追赶而来的傲文。惊鸿便将石匣原物奉还，道："多谢王子。"傲文道："实在是我该多谢天女才对。"他本来只是迫于惊鸿请求不得已答应去阻止战争，然后在回师途中，见属下将士均为能毫发无伤地返回家乡而欣喜，这才恍然明白一些事情。

笑笑生道："傲文王子，你寻到神物，又阻止了两国战争，而今你声望之隆，西域再无人能比，该好好大开宴席庆祝才是。"傲文道："确实该设宴款待几位，多谢盛情相助。这就请随我回去王都吧。"

楼兰、于阗战事平息，两国国王各自遣散军队，返回王都。春暖花开的时候，车师国方面随即有音讯传来，老国王力比终于病重去世，继承王位的却不是大王子昌意，而是二王子昌迈。楼兰对此自然很是疑惑，问天国王派问地亲王和刀夫王子前去车师国吊唁，借机弄清楚到底出了什么事。

问地和刀夫出发后不久，墨山国也有消息传来，墨山国王约藏为表示冰释前嫌，将亲自赶去北部边境与车师新国王昌迈结盟。为了促使这次结盟成功，约藏提出要将亲妹妹约素公主嫁给昌迈国王为王后。墨山国多出美女，约素公主又是美女中的美女，昌迈仰慕已久，当即一口应允，等到与墨山国签订盟约后，就要择吉日迎娶约素公主。

傲文最先听到这消息时的反应是如坠冰窖，手足发麻，好半天才从晕眩中回过神来。他想知道约素的境况，又不愿意派人去打探，不愿意让旁人知道他心中还有这个女人，可当真有关于她的讯息传来时，他还是猝不及防了，心里一下子有种被掏空的感觉。

大伦轻轻敲了敲门，进来禀告道："王子，未翔侍卫长回来了。"傲文"嗯"了一声，随口应道："让他进来。"话一出口，才会意过来，追问道，"是未翔回来了么？"大伦道："是啊。"傲文道："快叫他进来。"

话音未落，未翔已大踏步迈进屋来，躬身道："未翔参见王子殿下。"傲文道："你能平安回来实在是太好了，我正要派人去大漠找你。"未翔道："是，多谢王子挂念。"

傲文问道："你可有杀了梦娘？"未翔一愣，随即摇了摇头。

原来未翔在埌下绿洲意外得知他从马贼手中营救的蓝衣女子就是马贼新头领梦娘后，心潮起伏，不能自己，终于决定要独自去绿洲石屋。他是要去杀她为傲文王子和死去的侍卫、村民报仇，还是想要履行之前的诺言去接她离开那里，他自己也说不清道不明。一路心情极为复杂，有意放慢马速，恨不得永远到不了那里，不知道真相才好。

刚刚驰近绿洲，便远远望见梦娘从院子里飞奔出来迎接，一面奔跑招手，一面欢声笑道："你终于回来了！"

她一脸晴朗的微笑，灿烂而明丽，美如天边的云彩。那种惊喜全然是发自内心的流露，情真意切，半分做作不出来。他从马上跳下来，愣在原地，紧握刀柄的手也松开了。

梦娘奔到近前，从他的踌躇中看出了端倪，虽然笑容顿敛，但还是十分平静，问道："你已经知道了？"未翔道："嗯。"梦娘道："那你还回来这里做什么？是来杀我么？"

未翔不能回答，他甚至不敢去看她那张冷静从容的脸，他宁可她依旧是他记忆中受伤后楚楚可怜的模样，或者是刚才奔出来时笑容明媚、颜如舜华的样子。

他们就这样伫立了许久。梦娘忽然走近他，柔声道："我不做马贼了，你也不做侍卫长，我们一起留在这里，或是去更远的地方，别人永远找不到我们，好不好？"

未翔一时呆住，他料不到她会说出这样的话，半晌才问道："你……你为什么要骗我？"梦娘道："我没有骗你，我告诉你我的名字叫梦娘，并没有说我不是马贼。"

未翔心想不错，她确实没有对自己说过一句谎话，又问道："那你为什么要做马贼？"梦娘道："不是我想做马贼，我阿爹是马贼，我生下来就是马贼，没得选择，也没有能力改变。可是现在不同了，我终于有勇气选择自己的路。"她牵起未翔的手，低声道，"是你给了我勇气。你回答我，愿意让我陪你么？"

未翔不及回答，马蹄嘚嘚声中涌过来一大群马贼，翻身下马，将二人团团围住。他本能地挡在梦娘面前，拔出佩刀来。马贼见他反抗，纷纷拔出兵刃，嚷道："放开我们头领，饶你不死。"

未翔这才会意过来，牵着梦娘的手松开了。他本可以立即挟持她作为人质冲离马贼的包围，但他根本没有动过这个心思——内心一会儿被酸甜苦辣各种人生滋味涨得实实的，一会儿又被无情的事实勾勒得空空的，来回往复，折腾得他疲惫不堪。

领头的一名彪形大汉抢过来将梦娘拉开，大声道："铁匠特意来迎梦娘回马鬃山，替我们大伙儿做主。"

梦娘没有回答，只是静静凝视着未翔。铁匠侧头一看，即下令道："捉住这男人，带回马鬃山给梦娘当男奴。"

马贼发一声喊，一齐围了上来。梦娘喝道："住手！"重新走回到未翔面前，道："你还没有回答我。"

未翔心意已定，只冷冷反问道："是不是我不肯答应跟你走，你就要命手下捉住我，强迫我做你的男奴？"

梦娘睁大了眼睛，眼波流转中，期盼变成了失望，忽地扬起手来，狠狠扇在了未翔脸上，随即转身喝道："我们走！"决然率马贼离去，再也没有回过头来。

这片绿洲位于大漠腹心，马贼带走了所有的马匹，未翔无法靠脚力离开，不得不滞留下来。他怀疑梦娘是有意要将他困在这里，一时心中愤恨，宁可徒步上路，哪怕累死在大漠中，也决不令她如愿。

离开石屋后三日，铁匠率领数名马贼追上了精疲力竭的未翔，将马匹和行囊还给了他，他这才得以返回楼兰。

傲文自然不知道未翔有此番奇遇，见他身上并无伤痕，料来他未曾遭遇过马贼，梦娘也应该早已离开了那间石屋，便安慰道："人回来就好，日后总有机会杀光那群马贼。等我解决好眼前的问题，就会立即着手安排这件事，到时派你领兵，去铲平马鬃山。"未翔道："是。"

傲文道："走，我带你去见几位朋友。"领着未翔来到萧扬几人居住的别苑，郑重其事地作了介绍。

笑笑生笑道："不用介绍啦，我在玉门关就见过侍卫长了。"未翔道："笑先生我确实早已见过。游龙君，久仰大名，实在是幸会。"

萧扬曾被未翔下令捉拿软禁在驿馆中，畏他精明，生怕被识破真实身份，只淡淡点了点头，不敢开口接话。

傲文不见惊鸿，问道："天女呢？"笑笑生道："被阿曼达王后派人接去后宫了。"

傲文猜想是表妹的疯病又犯了，王后请惊鸿前去协助治疗。自从芙蕖从大漠回来，就变得癫狂，经常无故发疯，抓人打人甚至咬人，令王宫中的所有人提心吊胆。阿曼达王后给她戴上辟邪宝玉后才有所好转，只是人有些痴痴呆呆。惊鸿断定芙蕖公主是中了暗黑魔气，然而她自己神力已尽，无法施展法力为公主祛除魔障，只能配合辟邪宝玉勉强压制。笑笑生更是叹道："心生种种魔生，心灭种种魔灭。"断言芙蕖公主痴恋表哥傲文，入魔已深，还会惹出更大的乱子来。

傲文想到表妹只有在见到自己时才会神志清醒，重新展露笑颜，正想要去看望芙蕖公主，忽见侍卫扶着小伦进来，不免大喜，道："小伦，于阗人放你回来了。"小伦道："是。王子，我有重要的话要问你。"

傲文见他浑身是伤，很是愤然，道："他们拷打你了么？"小伦道："于阗人想知道王子到塔克拉玛干去做什么，我不肯说，他们就动重刑拷问。后来黑甲武士也打得累了，就坐在一旁歇息。他们以为我昏死了过去，其实我能听得见他们谈话。我听到他们议论，说傲文王子跟须沙王子其实是亲兄弟，是么？"

傲文和须沙是同母异父兄弟之事，只有问天国王夫妇等极少数人知情，就是萧扬、未翔都从未听过，闻言均大吃一惊，一齐望向傲文。傲文万料不到这件事会在这样的场合下被揭破出来，他不愿意当面欺骗自己最好的朋友，微一迟疑，即点了点头。

小伦道："难怪，难怪希盾两次放过了王子。"傲文肃色道："墨山营盘那次，我们被围困在墨山王宫中，希盾起初并没有打算放过我，小伦你当时在场，应该很清楚这一点。亏得游龙阻挡了攻入车师的墨山军队，破坏了希盾的全盘计划，局面对于阗十分不利，他才选择与楼兰议和，不过是出于利益考虑。至于上一次在于阗军营，希盾已经宣布次日要当众处死我，是须沙不忍心，偷偷放了我逃走，跟他没有任何干系。小伦，你这类的话，我再也不想听到。"

未翔见傲文面色不善，忙命侍卫先带小伦下去歇息。

傲文犹自余怒未消，道："希盾从始至终都知道我和须沙是同母异父的兄弟，却有意在最近散布开去，根本是别有用心。"

萧扬道："王子，请借一步说话。"傲文便跟他走到一边，问道："什么事？"萧扬道："尊母可有对王子说过你的身世？"

傲文此刻正最不愿意别人提及这件事，闻言相当不快，反问道："你问这个做什么？你我已是莫逆之交，连你也要怀疑我跟希盾有所勾结么？"

萧扬道："当然不是。有一件事，我一直想告诉王子……"正待说出游龙临死的那番话，忽有侍卫赶来禀告道："国王和王后召傲文王子速去书房，有要紧事商议。游龙君，笑先生，国王也请你们与王子同去。"

几人遂赶来书房，国王夫妇和惊鸿都在场。问天命所有侍卫退出，请众人坐下，才道："今日请几位来，是想正式商议楼兰新娘一事。傲文，你无须尴尬，你的婚事关系到未来楼兰的命运，早已经不是你自己的私事。况且这几位都与你是生死之交，还有什么话说不开？"傲文只得应道："是。"

阿曼达道："我们详细请教过天女，你的新娘应该是跟你有过机缘的。你自小在宫中长大，认识的女子除了侍女之外，就只有少数权贵的女儿。在你心目中，可有觉得跟谁最有缘分？"傲文干脆地道："没有。"

阿曼达道："那么芙蕖呢？你们是表兄妹，自小一起长大，不是一向很合得来么？"傲文终于听到了这句他最怕听到的话，尽管之前心中早想过千百个应对的法子，还是愣了一下，才讪讪道："我对表妹一向只有兄妹之情，况且她与须沙已有婚约。"

问天拍了一下桌子，沉声道："不准再提芙蕖与须沙王子的婚约。"若不是有贵客在场，只怕已经要厉声呵斥。

傲文"霍"地站了起来，大声道："不是说新娘必须得是跟我本人有机缘么？我心中早有了喜欢的女子。"阿曼达大奇，问道："是谁？"

萧扬早上也曾听到墨山公主约素要嫁给车师新国王昌迈的消息，料到傲文此刻失态必然与听到约素即将出嫁有关，忙叫道："王子……"傲文却已经不顾一切地说了出来，道："约素。"

问天脸上肌肉牵动了一下，皱眉道："约素这名字听起来怎么这么耳熟？"惊鸿道："约素是墨山约藏国王的亲妹妹。"

阿曼达讶然道："傲文如何会认得约素公主？"傲文便原原本本说了与约素的相识经过，甚至连约素曾烧毁假彩裙也没有隐瞒。

问天大是动容，道："你已经知道约素居心叵测，之前对你好，只是刻意逢迎你，目的就是要杀你。"傲文道："不错，就算她想杀我，就算她想毁去神物，我还是情不自禁地喜欢她，这不是你们所说的缘分是什么？"

问天从未对傲文发过脾气，此刻却忍不住怒发冲冠，喝道："胡闹！我绝不会允准你娶约素公主。"傲文道："那么我也没有什么可说的了。"欠身行了一礼，昂然走了出去。

问天气得全身发抖，连声叫道："来人，快来人，派侍卫看住王储，不准他出宫。"

傲文赌气出来书房，却见芙蕖正站在门前的廊庑下发呆，脸上挂着两行清泪。她明显消瘦了许多，黑色的眼圈下还有青肿的眼泡，衣衫松垂地挂在她身形上，愈发显得瘦骨嶙峋。

傲文怔得一怔，不得已上前叫道："表妹！"芙蕖问道："原来你喜欢的是墨山公主。"傲文道："你都听见了？"芙蕖点点头，道："表哥，你跟我来，我有话对你说。"

傲文心事重重，本不欲再跟表妹纠缠，但见芙蕖脸上黑气极重，料来一口拒绝她的话，定然惹得她疯病复发，只得跟着她来到后苑中。

芙蕖道："表哥还记得么？我们小时候就是在这里玩耍打闹。"傲文不忍见到她如此感伤，正色道："表妹，是我对不起你，可我心中有了别的女子。往事都已经成为了记忆，就让它们过去吧。"

芙蕖喃喃道："我知道，我知道。可是为什么我常会有一种心酸的像要被消融的感觉？为什么我会对你如此割舍不下？"傲文只能道："一切都会过去的。"

芙蕖蓦然转身，抓住傲文肩头，俯身往他颈间咬去。跟在傲文身后的大伦吃了一惊，忙抢过来，想拉开公主，却被芙蕖推了个趔趄，险些摔倒。

傲文心道："表妹是因为到大漠寻我才沾染了幽密森林的魔气，我有负于她，被她咬上几口出气又有什么打紧？"挥手止住侍卫，强忍疼痛，一声不吭。

芙蕖松开嘴，却见傲文左颈间留下一个清晰的齿痕，血印宛然，不由得大是心疼，哭道："表哥，你为什么不抵挡？为什么不推开我？"

傲文摇了摇头，道："表妹，我心乱得很，你先回房好好养病，我再来看你。"命侍卫送芙蕖回去，自己往宫门赶来，却在东门前被侍卫拦住，告道："国王陛下有令，傲文王子不得离开王宫。"

傲文大怒道："你敢拦我？"那侍卫被他一喝，即迟疑着退到一旁。傲文命道："大伦，快去牵我的马来，我要出城。"

未翔疾步赶来阻止道："王子，国王有令……"傲文哪里肯听人说，伸手一推，喝道："让开！"

未翔右手突然伸出，已拿住傲文手腕，手上加劲，往后拧去。傲文侧身相避，反手拿住未翔手腕，两人同时拉扯，片刻间相持不下。

傲文道："未翔，你敢对我动手？"未翔不动声色地道："等王子将来当了国王，大可以以不敬之罪处死未翔，可我现在必须执行问天国王的命令，不得放王子离开宫门半步。"

傲文怒不可遏，抬腿猛击打未翔小腹，迫得他松手退开一步。然而未翔旋即又扑了上来，二人徒手相搏，各使擒拿方法捉住对方手臂，勾结绊住小腿，欲使背力摔倒对手。

一旁侍卫见王子与侍卫长拳打脚踢，大打出手，各不相让，无不面面相觑，都不知道该如何是好。

正僵持之时，二人忽觉得腋窝下有异物来回挠动。腋窝是人体最敏感的地带，一被触碰就容易发笑。傲文、未翔当此局面自然笑不出来，却是半身酸软，不由自主地松了力，各自退开。

定睛看时，原来是笑笑生不知如何靠近了缠斗中的二人，各往腋窝下胳肢几下，化开了这场搏斗。未翔哭笑不得，傲文却是余怒未消。萧扬赶过来劝道："王子，我请你饮酒。走，去我住处。"上前挽了傲文手臂，半拉半拽地将他拖走。

未翔见游龙出面，料来傲文不至于再冲动。他自大漠归来后还未回过家，挂念祖父，当即交代了侍卫几句，自己出宫回去东里的家。

天光已暗，暮色苍茫。路过一处大宅邸时，正见两人在门前下马。前面是一名披着紫色冪羃的妇人，身形极像傲文王子的母亲桑紫夫人。后面一人则裹着一件墨绿色的大斗篷，似是在亲王府见过的摩诃巫师。

未翔不由得一愣，心道："桑紫夫人不是只隐居在蒲昌海么？如何又进城来了？她又如何跟摩诃巫师搅在了一起？"

忽见商人甘奇从宅邸中迎了出来，这才想到这里是桑紫父亲阿胡在楼兰的住处。心中释然，见对方已转身进屋，也没有上前招呼，径直策马往家中赶去。仆人正在门前挑灯，见少主人归来，忙上前挽马，喜滋滋地告道："老主人正要派人去王宫寻侍卫长，有贵客来。"

未翔父母均已去世，只有他和祖父相依为命，闻言不免一愣，问道："贵客是谁？"仆人道："是个漂亮姑娘，正跟老主人在花厅谈天呢。"

未翔急忙抢进厅来，却见一名蓝衣女子席坐在堂侧，与祖父白庆交谈甚欢，那女子不是旁人，正是马贼头领梦娘。未翔上前抓住她手腕，一把将她从锦褥上拉了起来，喝问道："你来这里做什么？"梦娘手腕被握得生疼，仍然面带微笑，道："我是特意来看你的。"

白庆不悦地斥道："未翔，哪有你这样子待客的？还不快放手。"未翔道："祖父，你不知道，她是马贼……"白庆道："我知道，她是你从马贼手中救下的梦娘。人家为感激你救命之恩，千里迢迢来此登门拜谢。你一进来不打招呼，就握住人家的手做什么？"

未翔却是不肯松手，道："我有话跟她说。"扯着梦娘来到自己房间，掩上房门，问道，"你带了多少马贼混来抒泥？想要做什么？我警告你，你敢动我祖父一根头发，我一定亲手杀了你。"梦娘正色道："就我一个人，不信你自己到外面看。未翔，我是真心来看你，想看看你平安回来没有。"

未翔道："你是马贼头领，我是王宫卫队侍卫长，你我是敌非友，我不想再见到你，你这就走吧，免得我管不住自己，要亲手捉你去官署。"梦娘笑道："你不想再见到我，如何还穿着我亲手为你缝制的衣服？"

未翔脸色一红，半晌才道："这是我行囊中的衣服。"梦娘道："可你明明知道是我放进你行囊中的，这可是我梦娘第一次为别人做衣服。"

未翔道："好，衣服还你。"正要伸手去解衣带，梦娘却扑了过来，伏在他肩上，低声道："我要留下来服侍你。"

未翔一呆，道："什么？"梦娘道："上次你不愿意跟我走，可我心里还是放不下你，我不想再当马贼了，只想跟你在一起。我想留在这里，天天陪着你，为你做饭洗衣。"

她附在耳边低语，吹气如兰，呢喃似莺，未翔只觉得绪如盘丝，意乱情迷，勉强刚硬起来的心肠终于软了下去，举手抚摸她的秀发，道："你不能留在这里，我家时常有王宫侍卫出入，万一被傲文王子知道，他绝不会放过你，非杀了你不可。"

梦娘道："就算傲文王子要杀我，那也是我应得的，不是么？我做过那么多坏事，害过那么多人，还那样侮辱过王子，如果老天爷要让我死在他手里，我也绝无怨言。"

未翔见她真心悔悟，又是惊喜又是焦虑。忽听得仆人在门外叫道："侍卫长，傲文王子的侍卫来了，请你立即出去。"未翔吃了一惊，道："我今日得罪了傲文王子，还跟他动了手，怕是免不了要挨一顿处罚。你暂时留在这里，不要乱走。"梦娘应道："是，我等你回来。"

未翔听她软语柔声，心中一漾，忍不住俯身往她额头亲了一下，这才转身出来。却见傲文的心腹侍卫良子站在院中，一见面便道："侍卫长，傲文王子召你立即进宫，这就走吧。"

未翔只得匆匆辞别祖父，跟着良子摸黑回来三间房王宫。

傲文正在别苑萧扬房中饮酒，半醉不醉，一见未翔进来便道："未翔，来，坐下来一起喝酒。"未翔躬身道："王子不怪罪今日未翔失礼，我十分感激。可我是王宫侍卫长，不能在王宫中饮酒，职责所在，还请王子谅解。"傲文闻言不免有些扫兴，挥手道："那你去吧。"

等未翔退出，萧扬才道："未翔倒真是个恪尽职守的人，为守职责既敢冒犯王子，又敢拒绝王子美意。"傲文道："嗯，他就是这么个人，我最赞赏他的也是这一点。这王宫中，除了他，再没有第二个人敢跟我动手打架。"他酒意已浓，举手敲敲桌案，道："游龙，我有句话要告诉你。"

萧扬道："什么？"傲文道："你……只要你戴上游龙的面具，我就觉得跟你格外亲切。有机会的话，你一定要带真的游龙到楼兰来，我很想认识他。"

萧扬又想起游龙临终前的最后一句话来——"我本来的名字叫傲文。如果你日后有机会遇见另一个傲文，请你在合适的时机转告他，我已经完成了他应当承担的使命，他也要去接受本来应该是我去承担的命运。"

他已经在机缘巧合下跟这个傲文成为了最好的朋友，是不是到了将真相告知的时候？可这个傲文身份非同一般，他是楼兰王储，是未来的楼兰国王，肩负着破除千年诅咒的使命，真相一旦揭露，楼兰又会是怎样的局面？

傲文见萧扬不应，问道："你醉了么？"萧扬心中激荡，还是默不作声。傲文嘟囔道："嗯，其实我也醉了，酒不醉人心自醉……"慢慢伏倒在桌案上。

萧扬叹了口气，起身叫了侍卫进来，一道搀扶着傲文到床上躺下。他自己却没有丝毫睡意，来到院中。惊鸿正倚靠在一株老葡萄藤上，仰望天空发呆。

萧扬见她脸上深有忧色，问道："有什么不好的事么？"惊鸿点点头，道："我感到很快就要发生许多很不好的事，我没有能力阻止，我很怕……"萧扬牵起她的手，道："不要怕，该来的总会来的，我会一直守在你身边保护你。"

他虽然武艺超群，终究不过是个凡人，蓦然说出要保护神仙的话，分明有些可笑。惊鸿却很是感动，道："好。"

夜色温柔，二人正要相拥在一起，傲文却忽然不合时宜地冲出屋来，也不知道酒到底醒了没有，上前莽撞地扯开萧扬，抓住惊鸿的手，嚷道："天女，我有个问题想请教你。"

惊鸿道："王子不是醉了么？"傲文道："我没醉，甚至比以往任何时刻都清醒。天女，你说过楼兰新娘是将来的楼兰王后，使命落在我身上仅仅因为我是王储，如果我不做王储了呢？我不做王储，不是就不用娶楼兰新娘了么？"

萧扬道："难道王子要为了约素公主而放弃楼兰王储的位子？"傲文道："不是为了她……不全是为了她，我是不想为了破除诅咒去娶一个我不爱的新娘。而且，我可以非常肯定地告诉你们，我这些话绝不是醉话。"

惊鸿温言道："王子，楼兰国的百姓需要一个伟大的国王来引领他们走出困境。你认为刀夫王子比你更有能力来担当这份责任么？你不能抛弃楼兰的子民，这是上天交给你的使命。"

傲文满脸热切的期盼登时黯然了下去，仿若一盏油灯在风雨中飘摇，竭尽全力躲过了狂风无情的魔掌，然而终于还是自己燃尽了灯芯，"扑哧"一声熄灭了。

惊鸿道："王子已然经历了许多，该知道任何使命是有代价的，甚至有时候就是无端的奉献和牺牲。就算你不是傲文王子，是另外一个人，你的处境一样会很艰难，未必会比现在要好。"

她绞着双手，声音开始发颤，眼角沁出了晶莹的眼泪，明显沉浸在对往事的追忆中，仿佛刚才这番话勾起了她蒙尘已久的思绪。

傲文不明白天女为何突然会变得如此哀伤，直至不能自持，当面落泪，然而他已然彻底明白自己再无退路，也再无一句话可说，只默默欠了欠身，蹒跚地走了出去。

门外侍卫问道："王子要回寝宫么？良子，傲文王子要走了，快叫几个人过来扶住王子。"

萧扬知道惊鸿又想起了那个被埋在龙城下的游龙——那个本该是楼兰王子的男子，而今却已经默默无闻地消失在黄沙里——一时也不晓得该如何安慰，只走过去扶住她肩头，她顺势倒在他怀中，轻轻饮泣起来。

一切陡然变得深沉了起来。沉沉的天幕，沉沉的王宫，沉沉的大树，沉沉的人的面目，无一不暗，无一不空。

次日一早，傲文尚在梦中，未翔直闯入室，将他从床上拉起来，道："王子，我有件事要问你——如果一个人以前做了很多坏事，但他后来醒悟了，想改过向善，你觉得是不是应该再给他一次机会？"

傲文不耐烦地道："这种事你该去问问地亲王，问我做什么？"推开未翔的手，倒头继续睡下。未翔却是不依，又将他强拉起来，道："我就是想问问王子你。"

傲文怒道："未翔，你越来越放肆了，昨日跟我动手，今日又随意闯进来吵我睡觉。"未翔赔笑道："王子，算我欠你一个大大的人情。"傲文道："好了，放手！"转过身来坐在床沿上，问道："是不是有什么人犯下重罪，你拐着弯儿想救他？"未翔道："是。"

傲文道："是谁？"未翔道："我不能说，除非王子先答应帮忙。"傲文道："你好大胆，居然公然要我助你庇护重犯，这可不像你未翔的做派。算了，我心烦得很，也不想多管你的闲事。等问地亲王回来，你自己求他去，你是王宫侍卫长，他不是一向都很巴结你吗？"

未翔吞吞吐吐地道："可是这件事只有王子你才能帮上忙……"忽有侍卫赶来禀告道："问地亲王和刀夫王子回来了，国王有令，请傲文王子速去议事厅。"

傲文便磨磨蹭蹭穿好衣服，见未翔仍守在一边不肯走，便道："你跟我一起去议事厅，得闲再说你的事。"未翔道："遵命。"

傲文又有意拖延了一会儿，这才往议事厅而来。

除了国王夫妇，还有几名重臣也被召来议事厅。问天见傲文姗姗来迟，狠狠瞪了他一眼。傲文便站在门边，一声不吭。

问地正在禀告车师国情形，称力比国王已经下葬在王室陵园，与已故王后莎曼合葬。车师大王子昌意不知道如何患了疯病，瘫卧在床，如此当然不适宜继位为王，所以车师臣民一致推举二王子昌迈为新国王。

问天问道："王弟可有见过大王子昌意？"问地道："见过。大王子人倒是还好，只是既不能下地行走，也不能开口说话，生活难以自理。不过昌迈对阿兄照顾得很好，召集了最好的大夫来为他诊治。"

问天本来一直怀疑是二王子昌迈用武力夺取了王位，听说车师国内风平浪静，昌迈也对兄长不错，这才略略放下心来。当即招手叫过傲文，道："今日还有一件重大事情要宣布，傲文寻回了能够解脱我楼兰干旱危机的神物。只是这件神物需要一位新娘穿上，才能激发出神力，接下来的事，是要为傲文娶一位王妃。"

傲文道："姨父……"问天厉声道："王子公主的婚姻大事，历来都是国王做主，轮不到你自己发话。"

问地道："娶亲本来就是件大喜事，况且还能解除楼兰干旱，可谓喜上加喜。王兄心目中可有合适的王妃人选？"问天道："根据神示，新娘应该是跟王储有缘分的女子，我打算将傲文所认识的女子都召集起来，让她们一个一个试穿神物，能穿上的人自然就是傲文的新娘。"

刀夫忽插口道："父王，咱们这次回来的路上曾救过一名奄奄一息的女子，她昏迷中不是不停地喊叫傲文的名字么？"

傲文心中有所感应，神色登时紧张起来，问道："你们在哪里遇见她？"刀夫道："就在墨山和楼兰的边境处。"傲文道："她叫什么名字？"刀夫道："小菊。"

傲文"啊"地惊呼一声，问道："她现在人在哪里？"问地道："就在亲王府中养伤。傲文当真认得她么？"傲文道："认得，她就是墨山国公主约素。"抬脚就走，阿曼达叫道："傲文站住！未翔，你带人去亲王府接约素公主来这里，千万别怠慢了墨山公主。"未翔道："遵命。"

问天见忽起风云，便命大臣先退出，只留下问地父子和傲文，这才详细问及如何遇到约素。问地道："我们过了边境不久就看见一名女子倒在路边，衣衫破烂，赤着双足，尽是血痕，似是吃了不少苦头。本来我们以为她是出逃的奴婢，预备将她交给当地州县，再设法送还给原主。但她昏迷中不断叫傲文的名字，我以为她认识傲文，但等她醒过来盘问时，她只说她叫小菊，不认得什么傲文王子。我觉得她言行可疑，就一路带回王都了。王兄，王嫂，这件事怕是要糟。"

阿曼达道："是不是因为墨山约藏国王已经将约素公主许嫁给车师昌迈国王了？"问地道："正是。约素公主是未来的车师王后，我却在不知情的情况下将她带回了楼兰，万一被墨山和车师知道，很可能要跟我们翻脸。不如这就派人立即将约素公主送回墨山，说明经过……"

傲文道："不行！"刀夫道："为什么不行？难道要因为这女子得罪车师、墨山两国么？"傲文道："我说不行就是不行。"

刀夫冷笑道："你倒真有几分王储的口气了。"傲文针锋相对地道："你心中有当我是王储么？我来问你，我在大漠时，那些杀手是谁派去的？"

问地闻言吓了一跳，忙道："请王储慎言！刀夫可跟刺客什么的没有干系。说实话，我们一直以为你去了中原，就像王兄说的那样，哪里会知道你去了大漠。"傲文道："你们本来是不知道，可你们派人跟踪芙蕖……"

问天怒喝道："傲文！"阿曼达也道："傲文，你越来越放肆了，你没有证据，竟敢凭空指控亲王和刀夫王子。"

傲文被迫住了口，气鼓鼓地站在一边，若不是要等约素到来，只怕早已经拂袖而去。

等了大半个时辰，傲文憋屈得几近窒息，当他觉得自己真的无法再忍受这种难言的沉闷的折磨时，未翔居然真的带着约素出现在议事厅门前。

她一身碧衣，愈发清瘦憔悴，温柔的眼睛中满是忧郁悲戚之色。尽管她早料到被带来三间房王宫后会遇见傲文，但当她一眼见到他时，还是忍不住惊呼出声，飞快越过挡在她面前的未翔，跑过来扑入情郎怀中，泣声道："王子，自我们在绿洲分手，我无时无刻不在想念你。"说着眼泪扑簌簌而下。

傲文见她不顾矜持当众扑过来，欣喜之情溢于言表，不禁大为感动，自己也是心神激荡，柔声道："我也很想你，真没想到能在这里见到你。"

阿曼达咳嗽了声，走过来牵起约素的手，道："约素公主，稀客。"约素料到她就是楼兰王后，面色一红，行礼道："王后。"阿曼达道："公主，请跟我来。"牵着约素往后殿去了。

傲文有心跟进去，却见国王一双虎目瞪视着自己，只得垂首不动。议事厅中就此沉默了下来。不知道过了多久，问地轻轻咳嗽了声，先道："看来约素公主是特意到楼兰来寻傲文。王兄，这大约是天意，既然他们两情相悦，何不让约素公主先试神物？若是她能穿上彩裙，不正好可以嫁给傲文做王妃么？"

傲文料不到问地会在自己众叛亲离的时候站出来支持自己，既诧异，又深感困惑，随即心道："是了，他是怕我揭穿他父子二人派杀手到大漠追杀我和芙蕖之事，所以刻意讨好我。"

问天道："约素父王因傲文而死，岂能不报父仇？她之前曾有毁坏神物的举动，这次寻来楼兰，说不定正是一个阴谋。"傲文道："不，约素不会的。姨父若是不信，可以去问天女，天女说约素一直是真心待我。她本来早就有机会杀我，但她不忍心下手，所以她告诉自己说要等寻到神物再动手，她烧掉彩裙，不过是将它当成了我，预备就此了结恩怨。"

问天对这番言论甚是不解，也对傲文如此痴情于约素很是恼怒，不过他心底深处究竟还是爱惜傲文，便招手叫道："未翔，派人去请天女、游龙君、笑先生三位来这里。"未翔躬身道："遵命。"刚出去便又进来禀告道："陛下，桑紫夫人在门外求见。"

问天皱了皱眉，勉强道："请夫人进来。"

却见桑紫领着甘奇进来，见到傲文也在场，很是惊奇，先拜见了国王，即赶过来爱子身边，叹道："傲文，你可瘦多了。"

傲文不免烦上加烦，问道："母亲来王宫做什么？"他知道母亲绝迹于扜泥城，上次出现在王宫是要刺杀于阗国王希盾，此刻突然又在这个节骨眼儿出现，必有蹊跷。

桑紫道："阿母有件事来恳求国王陛下，既然你和刀夫王子都在这里，我也就挑明说了。姊夫，请你废去傲文的王储位子，改立刀夫王子为王储。"

在场人除了桑紫和甘奇外，所有人都大吃了一惊，就连问地和刀夫也不例外。

过了好半晌，问天才道："立傲文为王储是君臣多次商议的结果。桑紫，傲文虽然是你的爱子，可他也是泉苏大将军的骨血，你素来不问政事，这件事还是不要多管了吧。"

桑紫正要说话，阿曼达领着约素重新走了出来。傲文见约素泪流满面，忍不住上前问道："出了什么事？"

阿曼达却不回答，只将约素的手交回到傲文手中，回到座上，低声对丈夫说了几句。问天点点头，道："好，既然傲文坚持认为约素公主是跟他最有缘分的人，就请出神物，让公主试上一试，如果你能穿上，那么你就是傲文的新娘。"

傲文又惊又喜，简直不敢相信自己的耳朵，旋即深深鞠了一躬，道："多谢姨父，多谢姨母。"

阿曼达命侍女取出神物，亲自捧到约素面前，道："公主，你一直跟在傲文身边，该知道这件彩裙的意义，一旦你穿上了它，你就是未来的楼兰王后，生生死死都是楼兰人，你可有想清楚？"约素含泪微笑道："从我逃离墨山王宫的那一天起，我就已经决定无论是生是死，都要跟傲文在一起。"

阿曼达便举起彩裙往约素腰间围去，那裙裾立即生出一股奇妙的反应，手往前时裙片便往后，往仿若有只无形的手在抵挡一般。约素和傲文相视一眼，脸色同时变得煞白。

问地道："呀，果然是有魔力的神物，看来约素公主并不是真正的楼兰新娘。"傲文大声道："这不可能！不可能！"

阿曼达又试了几次，终于失望地放弃，命侍女将神物收好，叹了口气，道："傲文，看来约素公主确实不是你的新娘。这是神示，任谁也无法改变。"

问天道："来人，先带约素公主下去歇息，去叫芙蕖来。"

傲文却死活不肯放开约素的手。问天重重一拍桌子，喝道："傲文，你是想要造反么？来人，抓住王储，带约素公主走。"

未翔便带侍卫上前强行分开二人，将约素带了出去，她已是泣不成声，却是连一句话也说不出来。傲文被侍卫强行拉住手臂，追赶不成，眼睁睁地看着约素从眼前消失，心中登时又空空荡荡地失落了起来。

桑紫走过来，斥退侍卫，柔声安慰道："傲文，你不要难过，你跟约素公主也许是真有缘分。"傲文道："可是她的确穿不上神物。"桑紫叹道："这不是约素公主的问题，而是因为你，因为你并不是真正的楼兰王储。"

阿曼达道："桑紫你说什么？"桑紫回过身来，昂然道："姊姊，姊夫，既然王储和神物都关系到楼兰生死存亡的命运，我也不能再隐瞒了，傲文其实不是泉苏的孩子，他和须沙是一胞同生的孪生兄弟，都是希盾的儿子，整个事情经过甘奇最为清楚。"

她的语气极为平静，犹如一阵清风吹过积尘百年岁月之久的街道，露出来的真面貌却完全不是原来的样子，吓了众人一跳。所有人的目光一齐望向缩在门边默不作声的甘奇。甘奇不得已，只得道："傲文王子确实是希盾国王的儿子。"

原来昔日桑紫年轻时曾热恋希盾，不顾他是被放逐的落魄王子又已有妻室的事实，二人在一起待过一阵，然而最终希盾还是返回了结发妻子范秋的身边，只不过他不知道桑紫当时已经怀孕。桑紫后来在父亲阿胡家中生下来一对双胞胎兄弟，她思念情人，不顾父亲阻挠，抱着其中一个孩子偷偷去找希盾。希盾接纳了她们母子，但并不知道桑紫生了两个儿子。不久后阿胡派手下人追来，将桑紫母子重新夺了回去。再后来，希盾如得神助，成功复国，登上了于阗王的宝座。当时桑紫已经嫁给楼兰大将军泉苏为妻，希盾却没有忘记她手中还有自己的骨血，派出精干人手从泉苏府中夺走了孩子，那被武力抢回于阗的孩子就是须沙，而另一个孩子则被当做泉苏将军的亲生子抚养长大，即是傲文。桑紫爱傲文却又不愿意抚养他，只因为他其实是希盾的孩子。这一事实只有死去的泉苏大将军以及阿胡、桑紫及甘奇知道，本打算永远隐瞒下去。可当傲文被围困在墨山王宫时，阿胡爱惜外孙心切，派甘奇到于阗军营将实情告诉了希盾，这才及时阻止了父子相残的人间惨剧发生。

桑紫道："我原本打算永远隐瞒下去，甘奇在墨山将傲文身世告诉希盾后也没有敢告诉我，我一直以为希盾并不知道真相，直到几日前他派人送信给我，说他已经知道傲文是他的孩子，他很开心他的一个儿子将成为于阗国王，另一个儿子则将成为楼兰国王。我不能让他得逞，我宁可傲文不当王储，也不能让他得意。"

问天听完经过，喃喃道："难怪，难怪。"国王不停地绞着双手，呼吸明显变得凝滞粗重起来。他现下终于明白了，难怪傲文能两次从希盾手中脱险，原来他们是父子关系。

问地也恍然大悟地道："难怪希盾国王要趁傲文不在王都时派人来亲王府行刺，除掉王兄和刀夫，他的亲生儿子就是新一任的楼兰国王了，这一招够毒！够狠！"

问天转过头来，狠狠瞪着傲文。傲文也如五雷轰顶一般，失去了以往所有的自信与骄傲，高贵王子的翩翩风采荡然无存，露出惶然不知所措的神态来。他有心要为自己辩解几句，然而嘴唇动了几下，却什么也说不出来，似是被一双无形的手扼住了咽喉。

议事厅静穆可怕，连一根针掉在地上都能听得见，人人仿若被镇住了心神。光阴陡然停了下来，这短短一刻仿若成了长年累月的煎熬。

也不知道过了多久，问天才一字一句地道："来人，缴了傲文的兵刃，先押去冷宫软禁起来，等候发落。"

未翔早惊得瞠目结舌，国王又说了一遍，他这才反应过来，上前亲手摘下傲文的佩刀。傲文呆板木讷得仿若石头一般，也没有丝毫要反抗的意图，任凭侍卫将自己带了出去。

桑紫终究还是母子情深，不依不饶地道："姊夫，我是忧惧楼兰的未来才主动告诉你真相，你怎能下令关押傲文？若不是傲文历尽千辛万苦，你能寻得回神物么？"

问天对这位每次一出现就要弄出一番惊天动地之大事来的小姨子极是头疼，刚要回答，忽听得外面喧哗声大起，不断有人高叫奔跑。未翔正要出去查看究竟，一名侍卫已急奔进来叫道："陛下，游龙君遇刺了。"

问天大吃一惊，忙亲自赶出厅来。穿过甬道，侧庭的月门旁围了一群侍卫，却见萧扬仰天躺在花丛边，腹部插着一柄短刀，深没至柄，鲜血染红大半个身子，气息奄奄。惊鸿正抱着他的头垂泪不止。

萧扬道："陛下……"问天忙蹲下来道："游龙君！"萧扬道："傲文王子……他……他不是……"问天道："不是什么？"随即醒悟，道："你放心，我已经知道了傲文的身份。"

萧扬却再也没有力气说完下面的真相，眨了两下眼皮，就此晕了过去。

问天道："快召大夫！"又问道："到底是怎么回事？"侍卫阿库道："我奉命去别苑请游龙君三位来议事厅，走到这里的时候，忽然看到芙蕖公主闪身而过，直朝宫门冲去。笑先生说她脸上黑气极重，肯定是魔障发作，得追上去看看。我们还没有明白怎么回事，又过来一名侍卫，说是国王只召游龙君一个人，我便陪着天女去追笑先生，看能不能帮上忙。走不多远，忽然听到背后游龙君大叫了一声，等我们回来就发现他这副样子了。"

问天道："那行刺的侍卫是谁？"阿库道："我以前没有见过，很年轻的样子，应当是新来的。"

问天转头见未翔愣在当地，叫道："未翔，还不快去追捕刺客！"未翔浑然没有反应。阿库推了他一下，道："侍卫长，快下令封锁宫门！"

忽见一名只穿着贴身内衣的侍卫跑了过来，尚不知道宫中发生了大事，不知所措地叫道："侍卫长，你交给我看管的那名女子刚才打晕了我，不知道跑哪里去了。她……她好像还拿走了我的戎衣和兵刃。"

未翔再无疑虑，上前单膝跪地，禀告道："陛下，刺客名叫梦娘，原是马贼头领，是我带进宫来的。"问天道："是你？你为什么要这么做？"未翔道："我不知道梦娘要行刺游龙。而今大错既已铸成，我不愿意再多作辩解，请陛下从重治我的罪便是。"

原来未翔昨夜跟梦娘一夜缠绵，极尽风流旖旎。他反复思量，不能让梦娘从此过着不见天日的生活，恨马贼的人成千上万，但只要傲文王子能高抬贵手，不再追究前怨，那么梦娘在抒泥城中就是安全的。

他知道傲文为人外冷内热，是以定了一个计划，带着梦娘进宫，先安置在自己的值班房中，预备先用话套住傲文，再让她当面赔罪，说不定能就此有所转机，哪怕要他辞去侍卫长之职，卸甲归田，他也愿意。哪知道今日一早事情接连不断，他竟再也没有顾得上回房看梦娘一眼。然而此刻他已经明白过来，梦娘一切悔悟的话都是谎言，她事先早布下陷阱，主动投怀送抱，不惜以身体引诱他上钩，表示要当年向傲文王子谢罪，最终目的只是要利用他带她进宫，好让她有机会杀掉马贼最大的敌人游龙，好为她的阿爹复仇。一想到那些绵绵情话原来都是谎言，他既懊悔又神伤，只是一切都于事无补了。本来还有心自请领兵去追捕梦娘，然而微一迟疑，即打消了这个念头。

问天见未翔自认罪名，一时不及盘问更多，叫道："来人，拿下未翔。"

未翔不等侍卫动手，主动摘下腰间佩刀，双手奉过头顶。王宫侍卫俱是他下属，然而他亲口承认勾结马贼刺杀游龙，扰乱宫室已是不争的事实，又有国王亲自下令，只得上前收了其兵器，押往王宫地牢囚禁。

等了一刻工夫，王宫酉大夫终于赶到。他是个须发皆白的老医师，在西域享有盛名，见萧扬伤在要害之处，入刀又深，人只剩了最后一口气，若是稍微挪动就会立即送了他性命。也不命侍卫抬走，就地在他身子下挖了一个灶，在灶里升起文火，慢慢焙烤。

折腾了大半个时辰，萧扬身子烘热，元气略复，血脉恢复流动，渐渐有黑色淤血从腹部伤口渗出。酉大夫命侍卫按住他肩膀和四肢，蓦然拔出短刀。萧扬大叫一声，身子因剧痛而弓了起来，随即跌落在地，重新昏死过去。

酉大夫早熬好一帖热膏药，趁热糊到伤处，流血顿止。他擦擦额头的大汗，道："抬他走吧，能不能活过来就全看他自己的毅力和造化了。"

侍卫弄来一块门板，将萧扬搬放上去抬走。惊鸿心中挂念，不及与国王等人招呼，匆匆跟着去了。

刀夫的目光一直落在惊鸿身上，直到她离开才回过神来，问道："伯母，那女子是谁？"阿曼达道："她就是天女。"阿曼达心中有太多疑问，转身道："桑紫，甘奇，你们跟我来。"

忽见笑笑生急奔了过来，嚷道："我没有追上芙蕖公主，她跑得实在太快了。"阿曼达忙问道："芙蕖人往哪里去了？"笑笑生道："抱歉，我追出宫就不见了她人影。王后，请你过来一下，我有几句话得私下对你说。"

阿曼达便随笑笑生走到一边，急问道："到底什么事？"笑笑生肃色道："王后，芙蕖公主是在大漠幽密森林中沾染的魔气，她此刻旧病复发，心中再次受到黑暗力量的诱惑，多半有可能重新往幽密森林去了。请王后速速派人往大漠方向去追。"

阿曼达回头叫道："未翔！"话一出口才记起未翔已被捕下狱，一时想不到合适得力的人选，便走过去与丈夫商议道："夫君，芙蕖再次失踪，不如先放未翔出来，命他戴罪立功，去找芙蕖回来。"

问天决然道："不行！王后，芙蕖是我们唯一的女儿，我跟你一样爱惜她。可未翔身为王宫侍卫长，公然带领刺客进宫行刺游龙，我已经有愧于丝路上那些仰仗游龙保护的商旅，如何还能因私废公？"蓦然得到了某种提示，想到未翔担任侍卫长几年，甚得人心，难保王宫中不会有与他交好的侍卫暗中纵他逃走，忙叫道："来人，立即将未翔锁去军营，交给泉川将军看管。"

笑笑生这才得知萧扬在宫中遇刺，大是意外，顾不上更多，匆忙赶去别苑查看究竟。

问地道："王兄，王宫中接连出了这么多大事，人手难免不济，不如由我和刀夫带兵去追捕马贼，顺便还可以寻找芙蕖。"问天道："好，有劳王弟，王都的精兵尽归你差遣。"又叮嘱道："今日之事，包括约素公主和傲文身世均不可泄露出去。"问地一愣，随即应道："王兄有命，不敢不遵。"当即领着刀夫去了。

问天和阿曼达回来厅中坐下，反复询问桑紫和甘奇，确认傲文是希盾之子无疑。桑紫道："姊夫，该说的我都说了，这就请你将傲文还给我，我要带他回去蒲昌海。"

问天默不作声，只转头看了王后一眼。阿曼达忙道："出了这么多事，你不能再回蒲昌海了，你还是先留在王都才好。"上前牵了桑紫的手，领着她和甘奇一道走了出去。

问天闷闷坐了好大一会儿，这才起身往冷宫而来。看守的侍卫忙开了门，领国王进去。却见傲文坐在墙角，将头深深埋入双膝中，一副极度沮丧的样子。

侍卫叫道："王子，国王陛下到了。"傲文却恍若未闻，既不起身行礼，头也不抬一下。

问天挥手命侍卫退出，自己也靠墙坐下，一时间，又想起傲文小时候便常常领着他这般坐在王宫的台阶上看星星，百感交集，又如往常那样去抚摸他的背，道："好男儿要永远昂着头，挺着胸，难道你忘记了么？"

傲文抬起头来，却是满面泪痕，不知道该说什么才好。

问天温言道："姨父今日不该那样对你，不该当众下令缴了你的兵刃，伤了你的自尊。就算你是希盾的儿子，可你也是桑紫的孩子，依旧是我们楼兰的王子。你寻回了神物，为楼兰立下大功，姨父本该满足你的任何要求，可是……可是……"

傲文道："可是我终究还是希盾的儿子，对么？"问天叹了口气，道："傲文，姨父要废除你的王储名号，这是无可奈何之事。你依旧是楼兰王子，但不能再留在王都了。你在北边本来就有一大片封地，这就回去你的封地吧。你也可以选择离开楼兰，去于阗找你的生父，我绝不会阻拦。"

傲文翻身爬起来，单膝跪下，道："傲文生是楼兰人，死也是楼兰鬼。请国王陛下下令，派我去南部边境领兵，我将竭尽全力抵御于阗的入侵。"

问天大奇，道："你当真愿意这么做？"傲文道："不错，傲文敢在神殿天女神像前以鲜血起誓，绝不背叛楼兰。"

问天扶起了他，道："如果这么做能令你心里好受些，你就去吧。但你不能带走约素公主。你该知道，眼下的局面，须得派人联络了墨山国王后，才能决定如何处置她。"顿了顿，又道："不过姨父会尽力帮你，我会派人去车师找昌迈谈上一谈。你想见约素公主，这就去吧，她被软禁在后宫里。"

傲文沉默片刻，摇头道："我现在不想见约素，不想见任何人。"问天道："那好，你这就去取兵符，带着你的侍卫们动身赶去边境。"傲文欠身道："傲文遵命。"昂然出去，没有丝毫迟疑。

问天望着傲文的背影，心中陡然升起一股强烈的孤立感。一日之内，被寄予厚望的王储被揭发出原来是对头希盾之子，稳重精干的侍卫长则引领刺客进宫，刺伤了深孚众望的游龙，当真是匪夷所思，恍若做梦一般，却又是真的不能再真的事实。他悄立许久，直到侍卫催促，才回过神来，又赶来别苑探望游龙。

萧扬人犹在昏迷中，仿佛石化人般躺在床上一动不动。惊鸿和笑笑生守在一旁，均是束手无策。

笑笑生见国王进来，愤愤不平地质问道："游龙武艺高强，若不是事先毫无防范，怎么可能遭人暗算？未翔这小子平日看着不错，他为什么突然跟马贼勾结起来了？"问天歉然道："实在抱歉，本王也不清楚。眼下未翔人关押在军营塔狱中，任由几位审问处置。"笑笑生道："审什么审，还是等游龙醒过来再说。"问天道："好。几位有任何需要，随时告知本王。"

笑笑生见国王没有丝毫要离开的意思，眼睛只盯着惊鸿不放，蓦然醒悟，叫道："天女，国王有话问你。"

惊鸿满心悲伤，不欲再管其他事，笑笑生又叫了一声，她才不得不放开萧扬的手，随二人走到外面。问天道："实在抱歉，本来不该在这种时候来打扰天女，可是事关我楼兰的命运，本王不得不冒昧询问。"

惊鸿道："陛下是想问王储人选之事么？"问天道："是。想必二位已经知道，傲文不是泉苏大将军的骨肉，而是于阗王希盾之子，本王已经下令废除他的王储位子，派去边境领兵。"

笑笑生道："那么陛下是打算立刀夫王子为王储了？"问天道："本王实在不能下这个决心。天女，你是神仙，请你告诉我，神示的王储到底是谁？"

惊鸿道："我虽是神仙，然而上次为了阻止你们楼兰、于阗两国交战，我用尽神力引发了日食，而今已跟普通人没什么区别，只能眼睁睁地看着游龙受苦而无力相助。即便我知道未来的国王是谁，我也不能泄露天机，不然只会给楼兰带来更大的灾难。陛下，王储就在你心中，你需要做的只是扪心自问，到底谁有资格做楼兰的王储？"

她的话饶有深意，令人回味。问天有心再问，却见惊鸿已经转身步进内室去了，他不由得又将征询的目光转向笑笑生。

笑笑生忙摆手道："我可不知道什么天机。陛下，你的烦恼在于你下定不了决心，你的彷徨困惑只能靠自己解决，神仙也帮不了你。"问天再无话说，只得默默去了。

过了数日，问地亲王来报，未能追捕到梦娘和马贼，但刀夫却在城中找到了芙蕖公主。

问天很是诧异道："是在王都找到芙蕖的么？"问地道："是，不久前有人发现公主兴高采烈地在大街上蹦来跳去，刀夫上前叫她时，还被她狠狠打了一下。"

问天牵挂爱女，忙亲自出殿来看，却见芙蕖立在阶下，正呵呵傻笑着，忙上前问道："芙蕖，你去哪里了？有没有事？"芙蕖笑道："我很好，好得不得了。"推开父王的手，径自往后宫去了。

正诧异间，有侍卫来报道："游龙君终于醒了。"问天忙亲自赶去探视。

刀夫一心惦记美丽惊人的天女，道："我们也去看看。"话音刚落，便觉得有异物蓦然钻入了体内，忙伸手去挠，却什么都没有摸到。

问地见儿子脸色有异，问道："怎么了？"刀夫又摸索一遍，还是没有异样，这才道："没事。"急追上国王，跟着来到别苑。

萧扬人虽清醒了过来，身子却相当虚弱，无力说话。问天略略一看，便让众人退了出来，命侍卫去召酋大夫来为游龙开药安养。

侍卫道："酋大夫今日一早已经在家中去世了。"问天道："什么？"侍卫迟疑了下，道："他们全家都莫名死在家中，不仅死状吓人，身体还冒出脓水，似乎是中了什么剧毒。"

问地忙道："酋大夫是王宫大夫，若是有人对他全家下毒，怕不是针对他个人，而是整个楼兰王室。王兄，臣弟请命去调查这件怪案。"问天道："好，有劳王弟。"

问地遂领着刀夫出来王宫，正遇到桑紫和甘奇。问地笑道："桑紫夫人，你可是咱们楼兰的巾帼英雄，不惜大义灭亲，揭露了傲文的身世。"桑紫"哼"了一声，也不理睬他，昂然离去。

刀夫低声问道："父王是真的喜欢桑紫么？"问地一惊，斥道："胡说什么？"刀夫笑道："父王喜欢她直说便是，我有法子能令她主动来对父王献媚。"

问地道："你知道桑紫是什么人吗？那可是昔日的西域第一美女。她这些年虽然过得并不如意，可要她对什么人主动投怀送抱，那可是天下最难的事。"刀夫道："父王去官署办公事吧，我也去办我的事。"高深莫测地一笑，招手叫了几名侍卫，上马跟踪桑紫而去。

问地不知道一向鲁莽的爱子为何突然变得深沉起来，料来是因为傲文被废王储受到了鼓舞，也不知道该是高兴还是担心，摇了摇头，径直来到官署。却见官署前人涌如潮，许多百姓争相报告亲人邻里得了可怕的怪病——眼睛充血，面部肿胀发黑，咽喉不适。

问地见这些症状与侍卫描述的酋大夫死状甚是相符，不由得吃了一惊，心道："如此看来，酋大夫全家暴毙就不是下毒那么简单了，似乎染上了一种疫病，也许是瘟疫，也许就是西方传说中的黑死病。"一念及此，当然不敢再去酋大夫家中察看，命吏卒将报官的百姓驱散。

进来官署，正好遇到几名吏卒推搡着一名戴着手铐的年轻男子过来。那男子一见到问地便大声叫道："亲王，快救救我！"问地奇道：

"咦，你不是那个向导么？"

那男子正是向导阿飞，楼兰向导是世袭职位，他私下离开王都已有数月，今日突然归来官署，当即被当值官吏以擅离职守罪下狱。阿飞急道："亲王，我有急事要进王宫，请你通融一下，暂时放了我，我办完事自会回来自首。"问地哪有心情去理会一个小小的向导，挥手命人押入大牢，等候处置。

阿飞大叫道："我知道瘟疫是谁带来的！"

第八章

梦碎西城

无形的瘟疫毫不留情地踩蹒着楼兰百姓，整座城市恍若死神降临一般，虽然还有不少活人，可整座城市已经如消亡一般停滞，没有半分生气，尸臭与恐惧飘荡在上空，经久不散。

灾难再次降临到楼兰身上。一日之内，王都扜泥成为了人间地狱——街上到处游荡着红眼病人，像夏天的蚊虫一样乱冲乱撞。他们因为身体上正经受难以忍受的痛苦而情绪失控，高喊着，呻吟着，四处乱跑。有的人跑着跑着就骤然倒在地上死去，张开的嘴里如洪流般喷出阵阵脓水，腹部肿胀，内脏都流了出来。无形的瘟疫毫不留情地蹂躏着楼兰百姓，整座城市恍若死神降临一般，虽然还有不少活人，可整座城市已经如消亡一般停滞，没有半分生气，尸臭与恐惧飘荡在上空，经久不散。

问地在回亲王府的路上也亲眼见到几名倒毙的百姓，不禁心惊胆寒，一进来王府坐下，便命人去请住在后园的巫师摩诃。

摩诃匆匆赶来，道："本座正在等亲王回来，扜泥城中有浓重的戾气。"问地道："嗯。"

摩诃道："亲王有事瞒着本座，你我早已同荣共辱，有话不妨直说。"问地道："好，我听一名叫阿飞的向导说，他认为城中的瘟疫是芙蕖公主带来的。芙蕖不过是个娇弱的女子，自然没有法力，但他看见一个披着墨绿袍子的人跟芙蕖讲过话，芙蕖还曾经向他下跪。"

摩诃道："亲王认为那人就是本座？"问地道："似乎不大可能。因为阿飞是几日前在大漠边缘撞见芙蕖，而这些日子巫师在我亲王府中。我想那人会不会是摩诃巫师的师弟？巫师，你一直在暗中助我父子，我很感激，可我不想刀夫继承的是一个死气沉沉的国家。"

摩诃道："亲王，你误会了。芙蕖公主遇到的神秘人是谁我不知道，但我师弟无计正在墨山国中担任国师，怎会有空去大漠？芙蕖一向疯疯癫癫，一名向导的话又怎能相信？实话告诉亲王，楼兰的瘟疫跟神物有关。"

问地道："难道神物是假的么？"摩诃道："不，神物是真的，可是国王不该随意让一名女子来试穿。那女子对楼兰心怀不轨，神物受

到亵渎，神灵愤怒，所以降下戾气来惩罚楼兰。"

问地道："巫师是指祸端就是约素公主么？"摩诃道："不错，只要烧死约素，瘟疫自然能平息。"问地道："可约素不是普通女子，她是墨山公主，烧死了她，墨山岂肯善罢甘休？"

摩诃笑道："我从师弟无计的书信中得到一个好消息，正要告诉亲王。之前约素公主归国后，已经告知约藏国王她爱上了傲文王子，约藏愤怒下幽禁了约素，还要将她嫁去车师，斩断她想嫁傲文的念头。然而当约藏去边境与车师结盟时，约素设法逃了出来，而且留下书信给兄长，表示今生非傲文不嫁，彻底激怒了约藏。约藏已公然宣称与约素断绝兄妹之情，取消她公主名号，不准她再回墨山王宫。如此一来，约素已经不是公主，烧死她并不会因此得罪墨山国。"问地曾亲眼见到傲文对约素用情至深，不免有所犹豫。

摩诃道："国王虽然废了傲文的王储名号，可没有立即立刀夫为王储，可见他内心深处仍然有所犹豫，傲文在他身边长大，他恋恋不舍也情有可原。要彻底转变国王的心意，除非立下一场大功劳，眼下就是大好机会，如果能平息瘟疫，亲王殿下和刀夫王子就是楼兰的英雄，刀夫众望所归，自然要被立为王储。"

问地闻听此言，心中再无迟疑，道："好，我这就立即进宫，请王兄烧死约素。"当即摸黑赶来王宫。

问天夫妇正因为王都内发生子民大规模患病死亡的惨事而忧心如焚，难有睡意，正连夜与笑笑生商议对策。

笑笑生道："瘟疫其实是戾气作怪，戾气无影无形，最利于蔓延，能在呼吸之间乘虚而入。人感染戾气后，是否发病则决定于戾气毒性的轻重和人本身的抗力。感之深者，中而即发，感之浅者，则不会立即发作。但那些正气浩然的人因为本气充满，邪不易入，能轻易避过毒气。"

问天道："那么先生可有什么好的解决法子？"笑笑生道："石膏能解热毒壅盛，中原大夫也常用冷水调剂石膏来解砒霜剧毒，目下只能暂且试试用它来缓解毒性，要找到能完全治愈的解药，还得费些时日。"

正好问地进来，禀明巫师摩诃所言，道："王兄，眼下城中死的人越来越多，事不宜迟，请这就立即烧死约素，拯救黎民百姓于水火之中。"

问天夫妇见问地语出惊人，说得煞有其事，不禁一呆，径直朝笑笑生望去，问道："笑先生怎么看这件事？"笑笑生"啊"地大叫了一声，伸出三个手指晃了几下，匆匆起身出门去了。

问天夫妇目瞪口呆，问地也是不解，问道："笑先生是什么意思？"问天摇摇头，忙命侍卫追出去问清楚究竟。过了一刻，侍卫飞奔回来禀告道："笑先生出宫去了，什么都没说。"问天更是不解。

问地催促道："王兄，约素正是带来瘟疫的罪魁祸首，而今她也不是墨山公主，不必再有顾虑。"问天沉吟半晌，道："烧死一名女子非同小可，这件事还要从长计议。"转头问道："傲文已经到边关了么？"

当值的侍卫正是阿库，忙躬身应道："是，边关军营有飞信传来，傲文王子前日便已经到达军营了。"他跟随国王日久，深知国王心意，又追问道："要立即召傲文王子回王都么？"问天没有回答，许久才挥了挥手，道："回头再说。"

问地道："王兄，当断不断，反受其乱。烧死约素一个人，就能拯救我们楼兰数万条性命。王兄历来爱民如子，难道愿意眼睁睁地看着楼兰的百姓受苦受难么？"问天颇为心动，便转眼去看王后，征询她的意见。

阿曼达道："亲王，摩诃巫师可有证据？"问地道："约素之前曾经烧毁过一件彩裙，虽然是假的，终究还是亵渎了神物，这是傲文自己亲口说的，难道不是证据么？"

阿曼达道："这样，约素一直被软禁在后宫，我再多派人看守，她跑也跑不了。如果过了三天还找不到解决的办法，再烧死她不迟。"问地素来忌惮这位王嫂精明，不敢再多说，只得道："是。"欠身退了出来。

他表面无事，内心却是愤愤难平。回来王府，刀夫正在庭前等候。问地进来屏退侍从，关好房门，叹道："刀夫，你这个王储怕是难当上了。国王前几日才将傲文外放去边关，今日便又有要召他回来的意思。"

刀夫道："父王既然对此早心知肚明，难道还要坐以待毙么？"问地道："你这话是什么意思？"刀夫道："而今傲文被贬去边关，侍卫长未翔被关在塔狱中，进那里的人都是九死一生，怕是他再也没命活着出来，游龙重伤未愈，动都动不了，国王身边已经没有任何得力的帮手，王都的兵权又尽在父王之手，我们何不充分利用这些？"

问地听爱子竟有武力谋反的意思，吓了一跳，急忙压低声音，斥道："这种话可不能随便说，想都不能想。"刀夫道："那好，我请父王见一个人。"拍了拍手，叫道："出来吧。"

一名紫纱妇人款款而出，欠身行礼。问地瞪大眼睛，问道："桑紫夫人，你如何会在这里？"桑紫道："我特意来服侍亲王。"

刀夫喝道："桑紫，还不快扶亲王进去，好好侍寝。"桑紫柔声应道："是。"

桑紫上前搀住问地，曲曲折折扶来内室，为他解带宽衣，又脱光自己的衣服，主动躺在床上。

问地暗地爱慕桑紫几十年，虽然心中也幻想过有一天能得到这名绝色美人，与她肆意交欢，但当她完美成熟的胴体真的出现在眼前时，他还是迷茫了，浑然不知是幻是真。

忽见桑紫招手叫道："亲王，快来呀。"他望着那雕塑一般雪白如玉的躯体，再也按捺不住，当即扑了上去……

一场疯狂的云雨后，问地累得瘫倒在一边，大口喘气。桑紫意犹未足，侧头过来，轻轻咬啮他肩头，哪有半分平日的高贵优雅，竟是比街边的流莺还要浪荡风流。

问地结结巴巴地问道："夫人为什么要这么做？"桑紫道："因为我要当王后。"问地道："什么？"桑紫道："搞垮我姊姊、姊夫，你就是楼兰国王，我不就是楼兰王后么？"

问地"啊"了一声。他自生下来起就是二王子，当兄长大王子问天成了国王，他便成了亲王。他知道兄长比自己能干，他从来没有想过自己要当国王，若是问天有亲生儿子的话，他大概也不会动想让刀夫当上王储的念头。此刻突然听到桑紫点破他原来也可以成为国王，不禁恍恍惚惚起来。

桑紫道："怎么，你不愿意封我做王后么？"语气中已浑然将问地当成了国王。问地道："当然愿意，只要我是国王，你就是王后。"桑紫便附到他耳边，道："那好，咱们合力来做国王、王后。"一边说着，一边将嘴唇凑了上来，含住他的耳朵，用力吮吸起来。

这一夜当然是问地一生中最难忘的一夜。次日醒来，桑紫服侍他穿衣洗漱，柔顺得就像王府中的普通侍女。问地虽然答应了她要做楼兰国王，终究不过是枕边之言，况且他心中疑虑极重，即使是得到了梦寐以求的女人晕眩在美色下，却还是有着本能的清醒，当即让桑紫留在内室，自己赶来厅堂。

刀夫正与摩诃在堂中交谈，一见问地出来，便笑了起来，问道："父王昨晚可还满意？"问地道："我正要问你，你是不是请巫师对桑紫施了什么邪术？"刀夫道："当然没有。"摩诃也道："本座天性不能近妇人，如何会对桑紫夫人施法？"

问地道："那么你到底对桑紫做了什么？"刀夫笑道："总之不是什么邪术。我曾听摩诃巫师说过，那些执著钟情于某人或某物的女子最容易被旁人操纵，比如芙蕖，再比如桑紫。芙蕖热恋傲文，桑紫对希盾又爱又恨，都是那种盲目到心智失常的女子。我只用一些希盾的事情稍加引导，就顺顺当当控制了桑紫的意志和心神，她不过是在做我让她做的事。父王放心，她现在彻底是我们一方的人了。"

问地闻言又惊又喜，但心中多少也有几分恐惧，总感到这个突然变得精明能干起来的儿子身上多了几分可怕。

刀夫道："昨晚跟父王提到之事……"

问地咳嗽了一声，有意打断了话头。摩诃立即会意亲王不欲自己听见，称故退了出去。问地这才坚决地道："不行。刀夫，我知道你想当国王，父王也希望你能当上国王，可是当今国王在位已久，在臣民中威信很高，若是用武力谋取王位，就算勉强得到，也赢不了人心。咱们可以想个别的法子，譬如用釜底抽薪之计除掉傲文，这样你就是唯一的王储候选人，正大光明地得到王位，难道不是更好么？"

刀夫笑道："我早知道父王心软，不会忍心对你的王兄、王嫂下手，所以我也赞成除掉傲文，已经想到一个极好的法子。眼下瘟疫横行，我们派人到边关告诉傲文，说国王认定约素就是瘟疫的祸根，预备当众烧死她，他爱这个女人爱得发狂，一定会不计后果地赶回来相救。于阗觊觎我楼兰已久，势必乘虚而入，我们甚至可以提前通知希盾国王，告诉他傲文将领军离开边境，他尽可以趁机发兵。这样，我们就可以说他们父子二人联兵谋反，那么傲文就是楼兰的叛徒，就算有命活着，却再也不能回来王都与我争夺王储之位。"

问地道："这计策是不错。可王兄对于是否要烧死约素还有所犹豫。万一傲文单身一人赶回王都，谋反的罪名还是难以坐实。王兄视他如子，没有铁证，绝不会轻易动他。"

刀夫笑道："我早有奇计。"叫了一声，便有两名心腹侍卫从侧室押出来一名五花大绑的男子，却是商人甘奇，他显是已经受过不少苦刑，浑身上下血迹斑斑。

刀夫道："现在连傲文的亲生母亲都在我们掌握之中，对付傲文，还有什么办不到呢？摩诃巫师也会助我们一臂之力。"附到父亲耳边，低语了一阵。

问地思索一阵，觉得此计果然大妙，当即拍手道："好，你这就去办吧。只是有一点，万事小心。"嘱咐完刀夫，又交代侍卫看好桑紫，这才往官署而来。

一路上人烟萧条，只见到将军泉川指挥武装军士在用板车沿途收敛死尸，数辆大车上堆满尸首，垒成一叠一叠的，触目惊心。

问地不敢多看，匆匆进来官署，到堂上坐下，招手叫过当值官吏，问道："那向导阿飞呢？"官吏忙应道："还在大牢里。按照亲王的嘱咐，特意单独关押在一间牢房里。"问地道："带他出来。"

　　阿飞一被带上堂就急急问道："亲王可有将我的话禀告国王陛下？"

　　问地面色一沉，重重一拍桌子，喝道："阿飞，你可知罪？你身为世袭向导，未经官署批准便擅离职守数月，而且返回王都后还四处散布瘟疫流言，本该当众斩首示众，姑念你自小就是向导，多年来还算勤恳，免去死罪，判罚十石地、两匹马，再鞭打六十。"石是楼兰耕地计算单位，一石耕地就是一石种子撒下去的面积。

　　阿飞闻判，抗辩道："我只是擅离职守，不该受如此重罚。我也没有散布瘟疫流言，我昨日告诉亲王的话都是真的，我要见国王陛下。"问地冷笑道："国王日理万机，是你想见就见的么？"将手指往案桌敲了两下，道："立即行刑。"

　　吏卒登时明白，亲王的手势是表示最好将犯人当场打死，当即将阿飞扯来行刑室高吊起来。刚要举鞭时，一名王宫侍卫赶进来制止道："游龙君要见阿飞。"

　　吏卒道："阿飞犯了法，还没有行刑，不能轻易释放。"侍卫道："游龙君有急事召阿飞进宫，等问完话后我再押送他回来官署受刑不迟。"

　　吏卒终究不敢得罪王宫侍卫，只得将阿飞解了下来。

　　阿飞尚不清楚自己这次是死里逃生，抚摸着被绳索勒得生疼的手腕，问道："游龙找我做什么？"

　　侍卫见他言语中对威名卓著的游龙并不如何尊敬，大是惊奇，道："游龙君召你是何等荣幸，你小子是怎么认识他的？"

　　阿飞也不吭声，跟着侍卫进来王宫别苑。

　　萧扬已经好转了很多，倚靠在床上，惊鸿正在喂他服药。房内还有一名红衣女子，却是古丽。

　　阿飞登时吃了一惊，问道："你怎么来了这里？"古丽低声道："你昨日去了官署后就被逮捕下狱，他们又不让我进去见你，我只好赶来王宫，想找游龙哥哥帮忙。可是王宫侍卫不让我进去，也不理睬我，我只好一直在那里徘徊。到了晚上的时候，忽然看见笑先生从王宫里面出来，我忙拦住他，告诉他瘟疫的事情。他听后就让侍卫领我进来见游龙哥哥。不过当时已经是深夜，侍卫大哥说游龙哥哥伤重，不能受到惊扰，就让我等到今天早上才带我来这里。"

萧扬招手叫道："阿飞，你过来。"阿飞走到床边，欠身行礼，气呼呼地叫道："师傅。"

一旁惊鸿闻言很是吃惊，道："这是你徒弟么？为什么他好像对你很生气的样子？"萧扬道："嗯，这件事得空我再告诉你。阿飞，这位是天女。"阿飞便叫道："师母。"惊鸿大是窘迫，绯红了脸，忙起身道："我再去添点药。"

萧扬也颇为难堪，只好装做未听见，问道："古丽已经将大致经过告诉我，你们当真遇见过芙蕖公主和梦娘么？"阿飞点头道："是。"

原来阿飞、古丽自从得知真的游龙已死后，满心伤痛，与萧扬分手后也没有回家，而是一直在大漠中漫游，遇到绿洲便住上一阵子，养足精神又继续上路。虽然从未遇到过马贼，也未与人交过手，但二人却已经深深体会到昔日游龙在大漠中独自狙杀马贼的艰难和孤独。

数日前，二人终于决定返回楼兰。然而当二人在沙漠边缘的一片树林中歇息时，意外听到有人说话，循声过去，却看到芙蕖公主正在向一名披着墨绿斗篷的人下跪，情状颇为诡异。后来那人不见了，芙蕖满面笑容，独自出来，古丽上前询问公主为何会在这里，芙蕖却睬也不睬，发足往前狂奔而去，速度之快，令人瞠目结舌。阿飞见公主癫疯若狂，担心有事，忙追了上去。不久后见到道路上一群商贩打扮的人纷纷跃下马来，拦在芙蕖面前。阿飞早听说大漠边缘有人贩子活动，专门捕捉那些落单的行人，灌药后运去西方当奴隶卖掉，以为这些人要对公主不利，正待上前制止，但芙蕖只挥了挥手，那些人就纷纷手舞足蹈，歪歪扭扭地倒了下去。

眼前的一幕实在是出乎意料，阿飞还没有反应过来，芙蕖已经夺过一匹马扬长而去。他大着胆子走近一看，却见那些人死状奇惨，身体里流出胆汁和脓水来。古丽正好追上来，一见之下吓得捂住双眼，不敢再看第二眼。阿飞从未见过这种景象，一时也不知道该如何是好。

古丽蓦然惊叫道："那人……那穿蓝衣服的女子还活着……"

阿飞当时不知道那蓝衣女子就是马贼头领梦娘，见她还有微弱气息，便强忍腥臭将她从尸首中拖了出来。他见那些死者的惨状，猜想这些人应该是中了剧毒，便从怀中取出在大漠中挖到的蜜草，嚼碎后喂她吞了下去，一时不见醒来，只得背着她返回有水源的那片树林中，往她口中灌下大量的水，希图能消释缓解毒性。梦娘在昏迷中不断叫"游龙"和"未翔"的名字，如此一来，阿飞和古丽更是将她当成了自己人，尽心照顾。

次日清晨，梦娘突然惊醒，额头满是冷汗，抓住古丽的臂膀问道："游龙他死了么？我……我梦见他死了。"

一句话正触动古丽的伤处，她再也忍不住，泪如雨下，哽咽道："姊姊，你也是跟我一样的伤心人么？游龙哥哥早在去年就已经死在了跟马贼的交战中，就是马贼首领赤木詹被杀死的那一战。"

梦娘神志回复过来，闻言大吃一惊，道："怎么可能？我几日前还在楼兰王都见过游龙。"古丽道："那是另一个游龙哥哥……"

阿飞忙过来打断古丽话头，问道："姑娘，你叫什么名字？如何会认得游龙和未翔侍卫长？"

梦娘已经恍然明白了究竟。她不知道赤木詹死时萧扬也在场，一想到她自己费尽心机刺杀的游龙原来只是一个跟阿爹之死毫无干系的陌生人，登时万念俱灰。她倒不是后悔误伤了无辜，而是懊恼她不惜让尽心尽力赢得的未翔的信任付诸流水，换来的却是这样的结果。她清楚今生今世她已经永远失去了阿爹，然后因为一个早已经死去多时的仇人，她又将永远地失去未翔。一切太不值得。她要怎么做，是回去王都投案自首，用她自己换取未翔？他会带着什么样的表情来看她？大概宁可死，也不会再多看她一眼吧。

阿飞不知道梦娘内心激荡难平，还以为她真心为游龙之死难过，便道："游龙之死是个秘密，还请姑娘不要说出去。"梦娘悲伤地道："我不会说的，我也没有人可说。"勉强站起身来，道："我要走了，多谢二位搭救，我叫梦娘。游龙……你们说的另一个游龙正在王都，他受了重伤。"阿飞一听便十分焦急，问道："伤得重不重？游龙武功那么高，怎么受的伤？"梦娘摇摇头，道："你们自己去看他吧。"

阿飞不及询问更多，便跟古丽一道上马赶来扜泥，却在沿途看见不少倒毙在道旁的死尸，死状跟昨日见过的那些商贩一模一样，心中狐疑。古丽却讪讪说出了他想问而不敢问的话，道："会不会跟芙蕖公主有关？"阿飞不愿意相信，可他亲眼看见那些商贩倒毙在芙蕖面前，又不得不这么想。

回到扜泥城中，在北城门处看到通缉告示，这才知道梦娘不但是马贼头领，而且正是将游龙刺成重伤的元凶。二人又惊又悔，忙进城赶来官署。城中发生大规模瘟疫，官署挤满了人。阿飞不及说话，便被当值官吏下令关押，容后再审他擅离职守之罪。出来时正好遇到问地亲王，阿飞慌忙求救，将路遇芙蕖之事禀告了亲王。他救下罪大恶极的梦娘，即使是事先不知情，也等同于庇护凶手，犯下死罪，丝毫不敢提及半句。问地听闻城中瘟疫跟芙蕖公主有关，半信半疑，只是下令将他单独关押。从今早的判决看来，亲王是明显不相信他的话了。

萧扬道："指控芙蕖公主带来瘟疫是十分严重的事，问地亲王不相信也情有可原。而今公主已经回宫，安安静静，似乎没有什么异样。"

阿飞道："莫非师傅也不相信我的话？"萧扬道："我当然信得过你，只是在没有确凿证据前，不能随便对人说这件事，不然只会给你自己惹祸。一会儿我请天女去看看公主，她身上若有疫气，天女是能看出来的。这件事交给我来处理，你不用再管了。"阿飞道："是。"

萧扬又问道，"我教你的刀法，你可有练过？"阿飞道："有。"

古丽插口道："阿飞哥哥每天都要练上好几个时辰呢，他总说将来有一天非打败师傅不可。"萧扬道："好啊，扶我起来。"

阿飞正待上前搀扶，古丽已然抢过来，小心扶萧扬坐在床沿，蹲身为他穿好靴子。阿飞瞧在眼中，心中颇不是滋味。

萧扬扶着古丽来到院中，将割玉刀抛给阿飞，道："让我看看你本事长进了多少。"

阿飞抚摸这把名刀，又惊又喜，当即扬刀出鞘，在院中舞了起来。萧扬不断从旁提示身法要领，接连练了三遍才让他停下来。阿飞满身热汗，却是欣喜无比，将刀还给萧扬时，心中颇为恋恋不舍。

萧扬道："你的刀法进步很大，可还是要勤加练习。说不定将来有一天，这把割玉刀就是你的。"阿飞一愣，问道："什么？"萧扬道："你该明白我的意思。我是中原人，将来终究要回去中原，游龙的事业还是要由你们西域人自己来继承。阿飞，我眼下受了伤，行动不便，有件私事想托你去办，不知你是否愿意？"

阿飞点点头，道："师傅有事尽管交代。"萧扬道："我想请你送一封信去阗，借怀玉公主的圣物一用。"

阿飞一呆，问道："圣物是中原朝廷赐给怀玉公主的那颗夜明珠么？"萧扬道："正是。你之前也因为圣物失窃吃过许多苦头，我不妨告诉你，这颗夜明珠是件神器，但只有在神仙手中才能有用。而今天女神力已尽，难以阻止楼兰的连连灾祸，我想借夜明珠来弥补天女失去的神力。"

阿飞道："我们楼兰跟于阗是对头，夜明珠又如此珍贵，怀玉公主怎么可能借给我？"萧扬道："我跟怀玉公主是旧识，只要你设法见到她，她看信后自会全力相助。"阿飞再无疑虑，点头道："好。这就请师傅写信吧。"

古丽道："我要跟阿飞哥哥一起去。"阿飞道："这一趟吉凶难料，你还是留在这里照顾游龙师傅。"古丽微一迟疑，即道："也好。"

当时中原早已经发明了造纸，但是纸张在西域仍属不易见到的贵重物品。西域人写字的工具也不同于中原的毛笔，而是用粗管鹅毛，因而中原人喜爱的薄如绢丝的蔡侯纸在西域人眼中毫无用处，鹅毛笔一戳便破，反倒是厚实粗糙的草纸在西域大行其便。

萧扬实在用不惯草纸，最后还是按照楼兰习俗写在了贝叶上。他将封好的贝叶信，交给阿飞，叮嘱道："这封信一定不能落入于阗国王手中，不然他一定会设法用夜明珠来对付楼兰。"阿飞道："师傅放心，阿飞知道轻重。"

萧扬道："还有几句话，你替我到边关转达给傲文王子知道。"他知道阿飞有罪名在身，不欲另生风波，请王宫侍卫准备了行囊马匹，悄悄送出城去。

阿飞一身向导打扮，一路往南。这日到达楼兰边境关卡时，正遇到傲文王子带兵过来巡查，忙挥手叫道："王子，傲文王子！"

傲文依稀觉得阿飞面熟，命人带他过来，问道："你是从抒泥来的么？王都可有什么消息？"阿飞道："回禀王子，王都现在情况不怎么好，瘟疫横行，死了很多人。"傲文闻言，一时陷入沉思中。

阿飞道："游龙有几句话要我带给王子。"傲文道："你认识游龙？他伤好了么？"阿飞道："还没有痊愈。"

傲文便下马走过来，低声问道："游龙有什么话？"阿飞道："游龙说，王子尊母桑紫夫人恨于阗国王希盾入骨，上次不惜带刺客到王宫行刺，凡是希盾国王要做到的，夫人必定要竭力破坏。希盾国王明知道这一点，却有意将知道王子身世的事写信告诉了桑紫夫人，这件事很是蹊跷，请王子一定要留意。"

傲文道："这话是什么意思？难道希盾是故意如此，好想让我母亲揭穿我的身世么？"

他自是清楚若是希盾根本不知道自己跟他是父子这回事，母亲绝不会主动站出来拆穿，她也爱儿子，但她活着的最重要的意义却是要跟希盾作对到底。当初甘奇在墨山将真相告诉希盾时，便有过约定，绝不能让外人知道。希盾当然希望自己的儿子将来能当上楼兰国王，所以满口答应。可他为何又要在傲文寻回神物后，写信告诉桑紫他已经知道了傲文身世？他难道猜不到一旦如此，桑紫必然会想方设法废除傲文王储位子，好让他沮丧么？还是他认为桑紫爱子心切，不会出来说明真相？那么以他之为人，写信给桑紫这件事又有什么意义？傲文百思不得其解。

阿飞道："这是游龙的原话，我也不大明白。王子，外面都在传你是希盾国王的儿子，这是真的么？"傲文"哼"了一声，并不回答。

阿飞道："游龙还有一句话，人没有选择自己父母的权利，但可以选择做一个什么样的人，希望王子好好保重。"

傲文沉默良久，才问道："你去于阗做什么？"阿飞道："我是世袭的向导，替人送封信去西城。"傲文点点头，道："去吧，你回来的时候再来军营见我。"阿飞道："遵命。"傲文便命人放行。

忽有快马驰来，马上红衣女子高声叫道："阿飞哥哥！"阿飞又惊又喜，问道："古丽，你怎么来了？我不是让你留在王宫中照顾游龙师傅么？"古丽道："嗯，可是我放心不下你，还是想跟你一道。"阿飞心中一暖，道："好。"

古丽笑道："还有个好消息，笑先生已经回来王宫了，还带了药，缓解了瘟疫。"阿飞道："哎哟，这可真是好消息。"忙招手叫过一名军士，请他将消息转告傲文王子。

古丽问道："听说傲文王子是于阗希盾国王的儿子，是真的么？"阿飞道："嗯。傲文王子为人一向不怎么好，骄傲得让人难以亲近，所以许多人不喜欢他，趁这个机会诋毁他，不过我不信他会背叛楼兰。"

古丽叹道："要是咱们西域是一家就好了，不分什么车师人、楼兰人、于阗人，大伙儿都和和美美，不好么？"阿飞叹道："据说很久很久以前西域原本是一家的，可惜！"

从楼兰王都扜泥到于阗王都西城三千余里，而且沿途的且末、小宛、精绝等国均为于阗所占，可谓一出楼兰就踏上了于阗的领土。

阿飞和古丽跨过边境，遇到于阗关卡也照实说明是受托往西城送信。在西域，向导替主顾送信是常有之事，也受人欢迎和尊敬，于阗、楼兰虽是敌国，民间还是有不少百姓互相婚嫁，终究有许多割不断的联系。阿飞担任向导多年，曾十余次带领商队经过于阗，在关卡也是个熟脸，不少守卫都记得他，知道他确实是个向导，并无威胁，也就挥手放行。甚至还有军士托他往西城给家人带信。

于阗是一块蕴金藏玉的宝地，南倚昆仑，北临塔克拉玛干，腹心之地东西南北各长六百里，拥有西域最大面积的绿洲。境内有十余条大小河流，均是昆仑山上的雪水融化形成。其中以喀拉喀什河和玉龙喀什河最大，这两条河流据说自开天辟地时就已经存在，以雷霆万钧之势奔泻下雪山，一路往北，穿过于阗全境，流入了塔克拉玛干沙漠，在沙漠腹心之地汇合后，继续北上，一直穿过茫茫沙海，在西域北疆汇入了塔里木河。

雪水不但滋养了于阗的土地，还从昆仑绝顶上带下了珍贵的玉石。据说在夜里，只要看见河里月光最亮的地方，一定能在那里找到美玉。当年周穆王姬满命御者造父驾着八匹骏马拉着的车万里迢迢来到西域与西王母相会，欢宴后又在昆仑山下采得万只美玉，满载而归。世间最贵重的白玉鼍玉均是来自于阗。玉石业是这个绿洲国家最重要的手工业，也是最重要的赋税来源。

于阗国全称为尉迟于阗国。尉迟并非中原常见的姓氏，而是于阗国名前的头衔，意思是"征服者"、"胜利者"。"于阗"的意思则是"牛国"，据说没有人类生活之前，只有成群成群的白牛生活在这里，因而白牛是于阗国的图腾，并作为王室标志使用。

于阗最重要的两座城市东城和西城[1]均位于喀拉喀什河和玉龙喀什河之间。王都西城东临玉龙喀什河，南面则是绵延的昆仑山脉，山峦叠嶂，呈现出深邃的深蓝色，峰巅上点缀着朵朵白斑，那是终年不化的皑皑积雪。

即将进西城时，忽见道路上有一群一群的老鼠，大如刺猬，毛色如金，居然不怕人，来向城门边的胡饼商讨要食物。胡饼商不理睬，那些老鼠便跳上案桌自己抢夺。胡饼商也不敢动手驱赶，只在一边无可奈何地望着。古丽还是第一次来到于阗，忽然看到这种奇事，惊奇得咋舌不已。

阿飞笑道："这些都是于阗的神鼠，跟白牛一样动不得，不然会被砍掉双手。"

原来当年有数十万匈奴兵寇掠于阗，于阗国王亲率数万人马抵挡。当夜国王梦见金鼠，称愿助一臂之力，但日后须得修祀祭拜，国王答应。次日于阗国王挥军直冲敌营，匈奴人仓促迎战，发觉衣带、

---

[1] 今新疆和田一带。

鞋子、马缰、弓弦等物均被金鼠咬断，遂大败而逃，以为于阗有神灵庇护，从此不敢再来相犯。于阗从此上自君王，下至黎庶，均祭拜金鼠如天神，或衣服弓矢，或香花肴膳。

古丽听说经过，这才恍然大悟，道："原来金鼠是于阗的功臣，这可是个奇闻。"阿飞道："还有更奇的呢！你看见城门上悬挂的那面大鼓了么？据说那是来自龙宫的龙鼓。"

原来从不枯竭的玉龙喀什河有一天突然断流，当时的于阗国王不知所措，亲自到拉瓦克寺去向罗汉僧请教。罗汉僧说这是因为河神龙女的丈夫死了，她很不开心。于是于阗国王在贵族子弟中选了一名最年轻英俊的男子，带到河边祭祀，承诺要将他许配给龙女为夫君。河面陡然有水流蠢蠢欲动，被选中的男子遂跳入河中，登时波浪汹涌，水流如旧。片刻后，有一匹白马背负一面大鼓和一封书信浮出河面。国王拆信一看，原来是龙女写的，大概意思是说："多谢国王为我选夫。请将此大鼓悬挂在城东，如果有敌寇来犯，鼓会事先震动。"

古丽道："当真有这回事么？如果有敌人来到城外，龙鼓真的会响么？"阿飞道："我也不知道。你看看现任于阗国王，只有他打别人的份儿，哪里有人能打到西城来？"

话音刚落，便听见几声鼓响。古丽大叫道："啊，它真的响了，敌人在哪里？"阿飞笑道："不是龙鼓自己响，是河边官吏在敲鼓计数，你看那边。"

只见十余名男子正手拉着手，排成一排横队，在玉龙喀什河中慢慢逆流行走，这是专门寻找玉石的采玉工。他们一边走，一边用脚在河床上摸索，用赤脚来分辨出所踩踏的是玉还是石，所以采玉又叫"踏玉"。岸上站着两名穿着官服的男子，其中一人举着棒槌站在大鼓前，另有一人拿着贝叶纸和墨笔。采玉工每弯腰一次，一名官吏就击鼓一次，另一人则记录下击鼓次数，等采玉人上岸后，便按击鼓次数缴纳玉石，以此来防止采玉工私藏玉石。

当地有一个广为流传的故事，一名农夫用毛驴驮着两筐葡萄到西城售卖，过玉龙喀什河时，毛驴一时没有踩稳，歪倒在河中，一筐葡萄被水冲走，农夫又急又气，却又无可奈何，只得摸了两块石头扔进空筐中，好让毛驴平衡。结果到了市集，两块石头被王宫的玉工断定为美玉，出高价买下，农夫由此一夜暴富。

古丽见那河水湍急，直没至腰，稍有不慎，即可能被河水冲走，而且河水尽是昆仑山万年冰川雪水融化，冰冷刺骨，不禁对那些冒着生命危险寻找美玉的采玉工颇为同情。摩挲自己腰间的宝玉，心头更是有所感触。

西城是一座雄伟的城市，繁华热闹程度不亚于楼兰王都扦泥。家家户户的房子上都绘有彩图，颇为艳丽耀眼。本地居民时兴穿丝绸和棉布的衣服，而不是像车师国那样穿毛褐毡裘。

古丽正看得目不转睛，忽听得阿飞叫道："快看！快看那个人！"古丽顺着他手指望着，却看见一名披着墨绿斗篷的人正走在前面。

古丽道："呀，那不是跟芙蕖在树林中说话的那个神秘巫师么？"阿飞道："不是，这巫师比树林里那个人要高出一个头，但这两个人肯定是一伙的。走，我们跟去看看他搞什么鬼。"

那人丝毫没有留意到背后有人跟踪，径直朝位于王都东南边的王宫走去。王宫上下焕然一新，正张灯结彩，鼓乐喧天，庆贺二王子须沙新娶乌孙公主。那人到得宫门前，对黑甲武士说了一句什么，武士便立即恭恭敬敬地领着他进去了。

古丽道："啊，该不会是于阗国王请了巫师施法，在楼兰释放瘟疫吧？这里守卫这么森严，我们要怎样才能见到怀玉公主啊？"阿飞也想不到什么好办法，见天色不早，只得道："我们找家客栈住下，明日送了这几封于阗军士的家信，顺便打听一下再说。"

进了好几家客栈，均是人满为患。原来于阗二王子须沙新娶乌孙公主为王妃，来了不少道贺的使者，加上大批的从人和艺人，官方的驿馆难以住下，便征用了民间客栈。

好不容易找到一家偏僻些的客栈，看起来住客也不多，进去一问，却也被官署征用。好在阿飞以前领商队来过这里，店家还记得他，勉强答应道："本来官署交代不准接待外人，你既是熟客，住进来也无妨，不过千万不要惹事。"

阿飞满口答应，牵马到马棚，卸下马鞍，取了行囊，正要叫古丽进房时，却见她在堂中与几名住客谈得正欢。这些人居然都是龟兹国[1]的乐人，这次是跟随龟兹使者来西城，为须沙王子贺喜新婚。

西域诸国以于阗国人最好音乐歌舞，然而天下最好的乐声却是在北疆的龟兹国，管弦伎乐样样齐全，乐器有竖箜篌、琵琶、五弦、笙、笛、箫、篪篥、毛员鼓、都昙鼓、答腊鼓、腰鼓、羯鼓、雞娄鼓、铜钹、贝、弹筝、候提鼓、齐鼓、檐鼓等二十种。就连经济文化远较西域发达的中原也格外慕尚龟兹音乐，"有龟兹之声"是对善乐者的最高称赞。

古丽的母亲白月是龟兹有名的琵琶手，乐人中居然有一个名叫白贝的是她的弟子。古丽本不认得白贝，但他正在堂中抚弄琵琶，她一见那琵琶正是母亲提过的旧物便立即叫出声来。虽非故人，却在他乡相逢相认，当然格外激动。白贝听说古丽也会弹奏，当即将琵琶递了过来，古丽弹了一首《善善摩花》，居然像模像样。

正巧领队进来听见，见古丽容颜美丽，身姿窈窕，忙问道："你可会跳舞？我们这里有名舞伎生了病，还缺一名伴舞。一会儿就要去王宫表演，临时找不到人替代。"古丽一听可以进去王宫，忙道："我会，我会。"

阿飞在一旁听见，也觉得是个不错的机会，便低声交代了几句。古丽一一应了，跟着领队进去，与其余三名舞伎大致练习了一下舞步，领队见她还算不错，便决定由她填补空缺。四人换上舞服，均是一样的打扮——红抹额，绯色小袄，白色布裤，帩乌皮鞋。古丽颇觉有趣，对着铜镜照来照去，却被领队连声催促，忙跟着众人出来，登上马车，往王宫赶去。

---

[1] 龟兹：今新疆库车一带。

于阗王宫倚山而建，坐南朝北，东面即是玉带一般美丽的玉龙喀什河。夜幕中的王宫灯火通明，愈发显得金碧辉煌。

龟兹乐人在王宫门前被拦下，一一查验身份后被带进门房中，有武士和侍女进来，往各人身上搜过一遍，确认并无兵器，这才给每人发了一个小木牌，上面写着各人的名字，让众人挂在腰间，好当做标识。等了一会儿，有武士赶来，喊了一声，领着诸人进来王宫正殿。

大殿异常空阔，高达二十余丈，地面均是以大块大块的白玉铺成，映着熊熊灯火，发出晶莹的光芒，奇幻无比。尽管大殿中戒备森严，但依旧冠盖云集，好不壮观。西域各国的使者宾客在大殿两侧寒暄，推杯换盏。酒是波斯的葡萄佳酿，菜是各色的山珍野味，真是数不尽的奢华。

殿首正中坐着于阗国王希盾和王后范秋，左下首则是大王子永丹，右下首则是二王子须沙和新娶的乌孙公主，公主金发碧眼，颇为妩媚。

古丽见永丹王子身边的位子空着，忙挤到领队身边，问道："怎么不见怀玉公主？"领队道："听说怀玉公主怀孕了，大概是身子不便。"古丽闻言，不免忧心忡忡，担心难有机会见到公主。

忽听得一声磬响，有人高声叫道："龟兹为陛下、殿下献舞。"

弦乐声登时响起，古丽不及思虑更多，只得跟随其他舞伎走到殿中。先是一曲《万岁》，献给希盾国王夫妇，再是一曲《长乐花》，献给永丹王子，最后一曲则是《同心髻》，献给须沙王子和乌孙公主。按照惯例，被献礼者要起身饮酒道谢。当须沙王子站起来的时候，不知怎的，古丽忽然对他产生了一种极为怪异的感觉，仿佛眼前这个人她早就认识了，有一种像亲人般的熟悉。这种感觉是如此令人心醉，以致她完全忘记了自己现在的身份，怔怔朝他走去。

一旁宿卫的黑甲武士见古丽神色有异，正要上前阻拦，幸得在一旁伴奏的白贝机灵，抢先上来将她拉住，低声道："我们该下场了。"古丽挣扎叫道："不，我认得须沙王子。王子！须沙王子！"

几名黑甲武士抢过来，强行将白贝和古丽带到殿侧。须沙却走下台阶，走过来问道："姑娘是叫我么？"古丽道："嗯，王子，我认得你。"

须沙道："你是楼兰人？"古丽道："不，我是车师人，我母亲是龟兹人。我以前肯定见过你。"须沙温和一笑，道："我只去过墨山和楼兰，从来没有去过车师和龟兹。"他是今日的主人，不能久留，便命武士送二人出去。

白贝抹一把额头冷汗，道："多亏二王子大度，没有追究。古丽，你可不能再这么冒失了。"古丽道："可是我真的见过须沙王子。"悻悻出来王宫，回来客栈对阿飞说了经过。

阿飞道："须沙王子在墨山和楼兰的时候，你人还在车师，应该没有见过他。也许是你认识的某个人跟他长得很像。"古丽歪着头想了半天，道："没有这么个人，兴许是我弄错了。"阿飞发愁道："我人在王宫外，进去王宫难如登天，你有机会进去，却没有机会见到怀玉公主，这可要如何是好？"

事情当真凑巧得很，阿飞帮着带信的一名军士的父亲在佛寺当杂工，据他说怀玉公主信佛，每月初一、十五都要去拉瓦克寺烧香拜佛，风雨无阻。阿飞眼前一亮，道："明日不就是十五么？"忙送完家信，见天色还早，便带着古丽去市集购买干果。

于阗饮食以甜食为主，进食粳沃以蜜，粟沃以酪，果品诸如当地盛产的葡萄、桃、杏、梨、桑葚、石榴、枣、榅桲等在食谱中占了很大比重，民间晾制干果的技术十分高超。古丽买了一大口袋，预备带回去分给亲朋好友。

虽然中原早已经用铜钱、银两作为货币，但西域一直采用粮食和布匹作为货币，粮食包括谷物和高粱、玉米等，布匹包括棉布和丝绸。不过，丝绸之路兴盛后，东西方的各种货币也开始在西域流通，尤其以中原的五铢钱最受欢迎，金银反而还在其次。而西域人得到金银后，往往不是将其作为货币流通，而是打造成各种器皿，如酒壶之类，这点尤其令中原人惊讶。

二人买完于阗特产物品，便回去客栈好好休息了一晚。次日一早，双双赶来拉瓦克寺，装成香客混进寺内。

拉瓦克寺在西城西十里处，原是于阗开国国王为罗汉僧所建，主殿是一座巨大的方形建筑，正中央筑有圆塔，塔周围环绕有圆形步廊，供香客礼拜。廊道周壁塑有八十余尊佛像，像间又穿插有佛、菩萨、天王像及乘鹅车的月天像。

圆塔的正北方新立了一方石碑，上面刻着几行中原汉字。阿飞问过僧侣才知道，这是怀玉公主亲书题写的誓约，约定于阗国人不得杀蚕，要待蛾飞尽才可以抽丝。

古丽道："看来那些称于阗已经生产出丝绸的说法是真的。阿飞，以后那些波斯商人都不用再去中原购买丝绸，再也不会经过楼兰，你怕是当不成向导了。"阿飞道："是啊，我改去放羊放牛好了。"

口中虽然说笑，也不免为母国忧心——因为楼兰经济富庶，很大一部分原因是因为它是西域东边的门户，是丝绸之路的必经之地，对过往商人抽实物税是国家赋税的重要来源。若是于阗当真生产出了堪与中原媲美的丝绸，那么西方商人自会来于阗大量购买丝绸，再也不用冒穿越沙漠戈壁的风险，而东边中原本身就是丝绸大国，如此，楼兰将会损失一笔数目巨大的税收。

古丽却没有他想得这般深远，笑道："不用去放羊放牛啦，我家有的是钱，阿爹又只有我一个女儿，你可以到我家当女婿。"

阿飞一愣，却见古丽已经红了脸，低下头去，无限娇羞的样子。正望着她发怔，忽听得有人叫道："怀玉公主到了！闲人快些让开！"回过神来，忙拉着古丽让到甬道边。

只听见环佩声响，一名云鬟女子扶着侍女往石碑方向而来，数名黑甲武士跟在身后。那女子挽着高髻，珠围翠绕，华冠丽服，美艳无比，腹部已高高隆起，显是有了身孕，只是神情落落寡欢，脸上不见一丝笑容。阿飞料到她就是怀玉公主，忙叫道："怀玉公主！"

于阗是个实行一夫一妻制的国家，妇女地位很高，跟男子一样抛头露面。怀玉公主早已经习惯街边百姓的欢呼，只微微点点头，便继续往前走去。

阿飞道："公主！公主！小妹！"怀玉公主身子一震，立即停了下来，转头问道："谁在叫我？"

阿飞忙从人群中挤过来，却被黑甲武士拦住。阿飞叫道："是我，公主，是我叫你，我有要事要禀告公主。"怀玉公主道："让他过来。"黑甲武士取走阿飞身上的弯刀，这才带着他到公主面前。

怀玉公主问道："你怎么会知道我的小名？"阿飞道："这里人多眼杂，请公主换处安静的地方说话。"

怀玉公主微一沉思，招手叫过住持，道："劳烦住持安排一间静室。"住持道："这边就有现成的静室，请随贫僧来。"领着众人来到自己打坐的静室。

怀玉公主命侍从退出，问道："你到底是谁？"阿飞忙从帽子中取出贝叶信奉上，道："我是送信的信使，公主读过后便会知晓。"

怀玉公主拆开信皮，一见字迹便"啊"了一声，双手颤抖了起来，显是内心激动之极。

阿飞在一旁站了半天，见公主拿着信读了一遍又一遍，仿佛永远没有休止，忍不住催问道："公主，你可愿意帮忙？"

怀玉公主正要回答，忽然"哇"的一声，往地上吐起酸水来。阿飞忙上前扶住，叫道："公主！"怀玉公主吐了一阵，慢慢平复下来，道："我没事。他……他还好么？"阿飞猜公主口中的"他"就是萧扬，不敢提他遇刺受伤的事，只道："还好。他现在正在楼兰王宫中等我回去。"

怀玉公主道："好，圣物就在我房间里，你等在这里，我这就回王宫拿给你。"阿飞料不到事情办得如此顺利，大喜过望，深深鞠了一躬，道："多谢公主！"

怀玉公主点点头，开门叫道："我忘了东西，要先回去王宫一趟。"又特意交代住持让阿飞留在静室中休息，这才领着侍从离去。

古丽一脚跨进来，问道："事情这么快就办妥啦？"阿飞笑道："我也想不到……"

忽有几名黑甲武士闯了进来，一人捉住古丽，反拧住她双臂，另两人上来一左一右包围住阿飞。

阿飞喝道："做什么？"领头的黑甲武士阿泾道："我认得你，你是楼兰向导阿飞。在大漠的时候，我奉左大相之命亲手鞭打过你，你不记得了么？"阿飞道："你们黑甲武士全是一个模样，我哪里会记得你？我告诉你，我们是怀玉公主的贵客，快些放开我同伴。"

阿泾道："你跟怀玉公主在里面鬼鬼祟祟说了半天话，说的是什么？你留在这里不走，是不是在等公主回来？"见阿飞不答，便示意武士将刀搁在古丽脸上。古丽泪水"唰"地就流了下来，却犹自叫道："阿飞哥哥，你自己快些冲出去逃走，不用管我。"

阿泾道："哼，能逃到哪儿去，你当这里是楼兰么？阿飞，快些跪下束手就擒，不然我就下令剥光这女人的衣服。"阿飞道："这里是佛寺，你们不能胡来。"

阿泾使个眼色，武士一脚踢上房门，捂住古丽的嘴，一手扯开她的外衣。阿飞道："停手！"当真跪了下来，道："我只是受人之托来送信给怀玉公主，其他事我一概不知，你再逼问我也没有用。"

阿泾道："谁派你来给公主送信的？"阿飞微一迟疑，即道："萧扬。"阿泾道："原来是汉人公子。难怪，他跟怀玉公主是旧识，派你来送封信来也不足为奇。"

阿飞惊道："你怎么知道萧扬跟怀玉公主是旧识？"阿泾笑道："你不是早就知道是我们左大相带萧扬出玉门关的么？我们于阗为何要冒险救他，还不是因为怀玉公主？这是公主答应带给于阗蚕种和桑树的条件。"上前扶起阿飞，道："原来你只是信使，我还以为是楼兰派来的奸细。"又命武士放开古丽，道："一场误会，多有得罪。"哈哈一笑，领着武士出去了。

阿飞忙上前扶住古丽，帮她理好衣服，问道："有没有伤到你？"古丽惊魂未定，脸上犹自挂着晶莹的泪珠，摇了摇头，颤声问道："他们走了么？"阿飞往外看了看，道："走了。不过这件事怕是没完，他们已经猜到我们是在等怀玉公主回来，应该会在暗中监视，我们又不能就此离开，这可要如何是好？"这里是于阗王都，处处受制于人，也没有想出良策，只能继续苦等怀玉公主回来。

拉瓦克寺虽在西城外，却并不算远，怀玉公主一直到正午时分才匆匆返回，独自进来静室，从怀中掏出一个黑色丝质锦袋交给阿飞，道："圣物就在里面，你们最好赶快离开西城。我回王宫时正好遇到国王陛下，也向我借取夜明珠，被我搪塞了过去。希盾国王从来不在意金银珍宝，这次他主动开口，很不寻常。"阿飞苦笑道："我人离开容易，若要带着圣物平安离开，怕是难上加难。"当即说了自己已经被扈从的黑甲武士认出的事。

怀玉公主闻言也甚是焦急，道："于阗虽对我礼敬，可我行动一样不得自由，走到哪里都有黑甲武士跟着，难以帮助你们。"又想到自己将蚕种藏在发髻中带出玉门关的往事，道："你们是来送信的信使，按理他们不会为难你们，只是多半要搜过才放你们走。我有个法子，应该可以蒙混过关。"当即亲手将古丽一头乌黑长发盘起来，将锦袋仔细缠在发丝中，用发簪固住，外表竟是瞧不出丝毫破绽。

阿飞问道："公主没有信带回去么？"怀玉公主踌躇片刻，低头看了看自己挺起的大肚子，才道："没有。你告诉他，我过得很好，请他不必挂念。"

古丽道："可是我们千里迢迢来给公主送信，公主却没有任何回信，岂不是让人起疑？"怀玉公主道："嗯，你说得不错。"从手上褪下一串佛珠，道："这个就当做是回信好了。"

阿飞担心夜长梦多，便收了佛珠，辞别公主出来。出寺不远，便被等候在道旁的黑甲武士拦下。阿泾命武士仔细搜过二人，并没有发现异物。阿飞道："怀玉公主还有回礼命我尽快带回去，耽误了行程可要怪到你们头上。"

怀玉公主是于阗与中原的纽带，希盾国王有许多事还需要仰仗公主，阿泾自是很清楚这一点，当即笑道："不过是例行公事而已。"挥手命人让开。

阿飞和古丽重新上马，驰出老远，见黑甲武士已往拉瓦克寺方向而去，这才松了口气。古丽不自觉地去摸发髻，想确认圣物还在那里。

她从没有盘过这样的高发，觉得新鲜好玩，反复摸个不停，不小心拔掉了发簪，头发顿时散了开来。她"哎哟"一声，慌忙扶住锦袋，努力想恢复原状。

阿飞见又有一队黑甲武士驰过来，忙道："先收好圣物。"古丽只得从头发中取出锦袋，收入怀中。所幸那队武士只是往拉瓦克寺赶去，看都没有多看二人一眼。

二人驰回客栈，古丽总也弄不出怀玉公主挽出的那种发髻，自然也不能再将锦袋藏在头发里，不免十分着急。

阿飞安慰道："不要紧，你藏在身上就好。反正我们已经过了最危险的一关，后面都是普通关卡，应该没有人再会仔细盘问搜查。"遂取了行囊，径直往东门赶去，预备就此离开西城。

却见东门除了寻常守城卫士外，还多了不少黑甲武士，正挨个搜查出城的行人。城楼上更是站满武士，手持弓弩，虎视眈眈，气氛煞是紧张。

阿飞没有料到会有这种局面，心中不能肯定这些黑甲武士到底是不是在搜夜明珠，然而东门是出西城的唯一通道，不从这里出去，就不可能回去楼兰。他见那些武士不但翻检行囊十分仔细，还强迫行人脱下靴子外衣，连身上也要一寸寸摸过，料来这次绝难蒙混过关，不觉手心尽是冷汗。可此刻他后面已经排了许多要出城的人，那些不耐烦等候掉头的人也一样被武士拉到一旁强行检查。

正不知道该如何是好时，古丽忽然靠了上来，低声道："你放心，我已经藏妥了圣物。只要咱们自己别露出破绽，他们就不会发现。"阿飞随口应道："嗯。"

古丽道："阿飞哥哥，以前我只爱游龙哥哥，我愿意为他做一切事情，后来知道了真相，我伤心得不得了，总觉得我的心从此死了，再也不会爱上别人了。可是这些日子，我跟阿飞哥哥在一起，你陪着我，陪我在大漠里瞎逛，陪我难过，陪我开心，陪我哭，陪我笑，我……我是真的离不开你了。"阳光投射到她玲珑剔透的双眸里，在瞳孔里泛着光亮。

阿飞心中感动，道："你放心，我永远都不会离开你，等回到楼兰，我就要立即娶你做妻子。"

古丽道："嗯，我也不想离开你，我是真心想对阿飞哥哥好一辈子。将来我死了，你一定要挖出我的心来看。"阿飞道："你胡说些什么！"转过头去，见古丽正温柔地望着自己，似是很开心很欣慰的样子，不觉一愣，可四周武士环伺，他连询问的机会都没有。

终于轮到了二人，阿飞强作镇定，紧紧握住古丽的手。武士细细搜过一遍，连一大口袋干果都全数倒出来，散了一地，见并无可疑，便放二人通过。

出来城门，阿飞如释重负，问道："你是怎么做到的？"忽见古丽脸色煞白，手捂肚腹，表情很是痛苦，大吃一惊，问道："你怎么了？"古丽道："我没事，快走，我们快走。"阿飞便去扶她上马，那一刹那，头顶蓦然一声巨响，喧闹吵嚷的城门顿时安静了下来。

阿飞不自觉地仰起头来，那面传说中来自龙宫的悬鼓竟在微微颤动，适才的巨响正是从它发出。尚在惊愕间，一队黑甲武士涌出城门，不由分说地执住阿飞和古丽，重新带回西城，押上城楼。

阿飞昨日见过的那名墨绿巫师正站在城头，身边一名五十岁左右的男子气宇轩昂，威严犀利，一望就能猜到他就是于阗国王希盾。

武士将阿飞和古丽押到国王面前。希盾"咦"了一声，问道："你不是前晚在王宫中献舞的舞伎么？"

古丽脸色苍白，额头尽是冷汗，身子颤抖不止，也答不出来话。希盾以为她害怕，也不在意。

左大相范木正跟在国王旁边，一眼认出阿飞，忙道："这男子就是臣提过的楼兰向导。"希盾点点头，问道："你是来给怀玉公主送信的向导？"阿飞道："是。"希盾道："公主是不是把圣物给了你？"阿飞道："我不知道陛下所说的圣物是什么。"

范木笑道："你这谎话也说得太大了。当初在玉门关，不正是你自己承认盗取了圣物么？"阿飞一时理屈词穷，只得道："我真的不知道。"

菭木道："圣物到底是圣物，它被带来西城时，龙鼓曾经震动自鸣，若它被带出城时，龙鼓也一样也会感应。只有你们二人经过城门时龙鼓作响，圣物一定在你们身上。"挥挥手，几名武士便上前往二人身上乱摸，连靴子底都挖开了查验，还是没有发现圣物痕迹。

希盾转头问道："摩诃巫师，依你看，他们将圣物藏在了哪里？"

那一身墨绿斗篷的人正是巫师摩诃，他昨日来到西城王宫，求见希盾国王。王宫武士听过他大名，不敢怠慢，立即引领进宫。希盾正忙着宴请乌孙使者，到今日才得闲召见，一见面就直截了当地道："本王早听闻摩诃巫师的大名。不过无事不登三宝殿，巫师来西城有何贵干？"摩诃道："陛下当真是个爽快人。本座特来贺喜二王子新婚。乌孙是西北强国，恭贺国王陛下娶得乌孙公主为媳，又得一强援。"从斗篷下取出一柄剑，道："这是本座送给国王陛下的贺礼。"

希盾见那剑长不过两尺，只算得上是一柄短剑，心中不免有所轻视，然而拔出来一看，雪光四射，寒气森森，这才动容道："这是当年周穆王佩戴的锟铻剑么？"摩诃道："国王陛下眼力过人，这正是锟铻剑，是能工巧匠用锟铻山所产的纯钢经过七七四十九天锻造而成，锋利无比，削铁如泥，是世间罕见的神兵利器。"

希盾试了一试，很是趁手，当即喜道："好，这份厚礼本王收下了。摩诃巫师远道而来，应该不只是为送一份贺礼吧？有话不妨直说。"摩诃道："不只一份贺礼，本座这次来，还要为国王陛下献上楼兰。"从怀中掏出一份地图展开，道："只要陛下及时出兵，楼兰的土地子民尽归陛下所有。"

希盾摇头道："巫师该知道不久前燕山峡谷的神示，妄动干戈，天地不容。"摩诃笑道："那不过是游龙、笑笑生那几个人的小把戏，哪有什么神示？陛下，你上当了。"举手一挥，眼前顿时呈现蜃景一般的云雾，里面出现了笑笑生画下天女、嫘祖图像的情形。

摩诃又道："陛下，你素来志向远大，难道要因为笑笑生几人的可笑伎俩放弃宏图大业么？"希盾道："不错，本王一生纵横天下，也算是所向无敌，但还有两件事我没有办到，一是称霸西域，另一件是……"摩诃道:"是阿曼达王后。本座愿助一臂之力,帮陛下达成这两个心愿,机会就在眼前。"

希盾沉吟许久,问道:"巫师有什么条件?"摩诃道:"听说中原朝廷曾赐给陛下大儿媳怀玉公主一件圣物。"

希盾道:"你想要夜明珠?"摩诃道:"不错。对陛下来说,夜明珠不过是颗会发光的珠子,虽然稀奇,与天下相比实在算不了什么。但对我主人来说,需要靠它来点亮心火。只要陛下肯奉送圣物,本座愿意施展法力,用浓雾掩护于阗大军进入楼兰境内,一路到达扞泥城下。楼兰重兵均布置在南部边境,王都空虚,只要陛下一鼓作气攻下扞泥,擒住问天国王夫妇,楼兰就算有大军在外,也就此亡国了。灭掉楼兰,谁还能与陛下争锋?西域尽会臣服在于阗脚下。"

希盾道:"好,一言为定。本王这就亲自去向怀玉公主索要圣物。"

他赶来后宫,正遇到怀玉公主出来,便说了想借圣物一用,哪知道公主说要多考虑一下,便行色匆匆地去了。此刻他才从黑甲武士口中得知萧扬派了一名向导来给公主送信,觉得事有蹊跷,多派了武士去跟着公主。回来偏殿,正想告诉巫师还要多等一阵时,摩诃忽然道:"圣物今日就会离开西城,龙鼓会响起。"

希盾闻言半信半疑,也想就此看看摩诃的法力,便与他一道来到东门等候。当真等到了龙鼓震响,捕到了阿飞,这才清楚怀玉公主已经将圣物交给了信使,要让他带回楼兰,心中又气又恨。可是却没有从信使身上搜出圣物,不免又疑惑起来。

摩诃道:"陛下稍安勿躁。"走到阿飞、古丽面前,深吸一口气,闭上眼睛一会儿,随即指着满头冷汗的古丽道:"圣物就在她的肚子里。"

所有人都吃了一惊。阿飞这才明白过来,古丽为了不被发现,事先将夜明珠吞入了肚子,之前她那些话就是在暗示一旦她死了,需要对她开膛破肚,才能取出圣物。

希盾打个眼色,两名武士执住古丽手臂,将她扯到一边跪下,一名武士走到她背后,横刀往她颈中一拉,顿时血溅珠玉。执住古丽手臂的武士松开手,她便像泄气的皮囊一样,软软瘫了下去。

阿飞大叫一声，挣脱了武士的掌握，奔近古丽，扶起她的头，大声叫道："古丽！古丽！"

古丽脸色灰白，几成半透明色，仿若宝玉一般，渗出些晶莹温润的光来。她瞪大了眼睛，努力想回应阿飞，却始终说不出话来，抽搐了两下，便垂首死去。

阿飞浑身发热，身体中的所有血液都仿佛化成了点燃的火焰，握紧双拳，怒吼道："我要杀了你们！"正待起身，却被什么东西重重砸在头上，登时晕了过去。

再醒来时，他双手已经被反缚住，侧躺在地上。古丽就躺在离他不远的地方，仰面朝天，袒露着上半身，肚子已被剖开，一名武士正伸手往她腹中掏着。阿飞想要上前阻止，身子刚动就被一名武士踩住，再也无力动弹。他就那么看着她被人当场开膛破腹，心口疼得如被撕裂一般，满口酸苦，眼泪怔怔流了下来。

过了好大一会儿，武士站起身来，叫道："找到了。"血淋淋的手中握着一颗珠子。左大相菹木从怀中掏出手帕，上前接过珠子，擦净血迹，这才奉到希盾面前。

希盾接过夜明珠看了看，转身交给摩诃道："巫师，圣物现在是你的了。"摩诃躬身道："多谢陛下大恩。"

希盾点点头，命菹木带摩诃去歇息，自己走到阿飞面前，道："你两次盗取公主圣物，本该千刀万剐处死。不过看在傲文分上，本王这次暂且放过你，你得替我带件东西给傲文。"

阿飞嘴唇歙合了两下，想提出带走古丽的尸首，因为于阗时兴是火葬，死者都会被焚烧成灰，而楼兰和车师的习俗则是土葬，他想让古丽返回家乡，入土为安，可是一想到要向大仇人求恳，他又实在难以张口。

希盾见阿飞不应，便俯身往他怀里塞了一件什么物事，命道："派人押他去边关，当面交给傲文。"

武士大声应命，上前提起阿飞，往城下拖去。他努力挣扎着回头去看古丽，她就那么血肉模糊地躺在血泊中，失去了所有鲜活的生气，她依旧俏丽，却是黯淡无光，永远不再活泼伶俐。当她彻底从他眼中消失的时候，他心头的微光熄灭了，再次昏死过去。

之后的日子阿飞不知道是怎么过来的，他只记得被人横绑在马上，身子不停颠簸，眼前的景物不断旁侧移动着。有一日，他忽然被人从马上解了下来，重重掼在地上，挨了一顿暴打。不知道在阳光下暴晒了多久，直至有人赶过来拔刀割断了绑索，扶起他叫道："阿飞！阿飞！"

阿飞觉得眼前的面孔很是熟悉，问道："你是傲文王子？"傲文道："是我。阿飞，你不是信使么？于阗人为什么要这么对你？"

阿飞大喊一声，道："我要杀了你！"蓦然起身，紧紧扼住了傲文的脖子。

一旁的亲信侍卫大惊失色，抢上来相救，却怎么也拉不开阿飞的双手。侍卫大伦见王子已是双眼翻白，当即倒转刀背，狠狠砸在阿飞背上，将他打晕了过去。

傲文起身咳嗽了数声，这才喘过气来。侍卫小伦道："这小子发了疯，是不是被于阗人控制了心智？"傲文摇摇头，道："先带他回营再说。"

刚到军营门口，一名兵士过来禀道："王子，有客到访，是从王都来的。"

傲文忙赶来营厅，客人却是甘奇，不免很是奇怪，问道："你来这里做什么？"甘奇四下看了一眼，欲言又止。

傲文冷冷道："事无不可对人言，况且他们都是我心腹侍卫，你有话就直说。"甘奇道："桑紫夫人让我来告诉王子，国王陛下就快要立刀夫王子为王储。"

傲文沉默片刻，道："这一天早晚会到来的，我也没有什么可说的，你回去王都见到刀夫，替我恭喜他。"

甘奇道："如果刀夫当上国王，王子你还活得了么？"傲文厉声道："这是我跟刀夫的恩怨，轮不到你来插手。"甘奇道："是，是我多嘴。不过还有一件事，国王已经决定在立王储的那一天，用约素公主的性命来祭神物。"

傲文吃了一惊，道："笑先生已经找到'清瘟败毒饮'的解药，瘟疫一事不是已经平息了么？"甘奇道："可是臣民公议，王子冒充王储，约素冒充新娘，亵渎了神物。约素之前有烧毁神物的举动，必须得烧死她，才能唤回神物的神力，彻底平息上天对楼兰的怒气。"

傲文道："约素不过是个弱女子，无端被我卷了进来。如果她不是坚持来楼兰找我，至今还好好地在墨山做她的公主，烧死她有什么意义？"甘奇道："这是国王的决定，任何人不能改变。"

傲文微一思索，即叫道："来人，备马，我要回去王都。"

大伦忙上前拦住，劝道："王子，你是被放逐出来，不得国王亲召，绝不能返回王都，不然要以谋反论处。"小伦也道："是啊，王子还是先上书国王，得到国王允准后再回去。"傲文恨恨道："我可以等，约素她能等我么？都给我让开！"

忽见一名兵士领着阿飞进来，躬身禀道："这向导非要立即见到王子不可。"

傲文问道："到底发生了什么事？"阿飞咬牙切齿地道："王子的亲生父亲当着我的面杀死了我的未婚妻子古丽，我非报此仇不可。"

傲文一听就很生气，道："希盾是希盾，我是我，你要将希盾的仇算到我头上，这可办不到。来人，赶他出去。"

阿飞道："等一下，不劳动手，我自己会走。王子，这是你父亲叫我带给你的东西。"从怀中掏出一个锦袋，丢在地上，朝傲文"呸"了一口，这才恨恨出去。

大伦见阿飞如此无礼，正待追赶出去，抓住他好好教训一顿。傲文道："让他去吧。那是什么东西？"

小伦拣起锦袋，打开一看，却是一方金印，不禁惊道："这是楼兰的王印。"

傲文抢过来一看即冷笑道："希盾如何能得到我楼兰的王印，这一定是他命工匠仿做的，故意拿来给我，好让我被国人猜忌。"大伦道："是啊，如果被人知道王子有这样一方王印，王子可就人头难保了。"

小伦讪讪道："可是希盾国王不是王子的亲生父亲么？他为什么还要一再陷害王子？"转过头去，终于问出了心中一直想确认的话，道："傲文王子真的是希盾的亲生儿子？"

甘奇点点头，道："千真万确。是我亲手接生了两个孩子，又是我奉主人之命亲自从希盾那里夺回了桑紫夫人和孩子，后来希盾派人来抢孩子时，我也在场，桑紫夫人抱着须沙，泉苏将军抱着傲文，我亲眼看见那些于阗人夺走了须沙。傲文王子，你真的是希盾国王的孩子。我猜他有意激怒桑紫夫人说出真相，又派人送你这枚楼兰王印，只是要让你在楼兰无法立足，逼你回去于阗。"

大伦道："可希盾不是一向深谋远虑么？傲文王子本已经被立为王储，如果不是被揭破身世，他就是未来的楼兰国王。到那时再说出真相，岂不是对于阗更有利？"甘奇道："希盾国王的心机比蒲昌海还要深，他做的每一件事都有目的。他这么做，必然是认为没有把握完全控制住傲文王子，刀夫当上楼兰国王比傲文当上国王对于阗更有利，具体理由我不说你们也知道。"

傲文一字一句地道："那么我一定不能让希盾如愿。"小伦吓了一跳，结结巴巴地道："王子是打算回王都重新夺回王储之位么？"

第九章

风萧夜漫

莫名降临在楼兰人头上的瘟疫虽然平息，但还是给这座城市造成了巨大的伤害。家家户户都有亲人在这场瘟疫中死去，哀伤悲恸充斥着每一个人的心灵，惊惧久久挥之不去。

打泥城中到处飘荡着香味，有艾叶、菖蒲、乳香、肉豆蔻、沉香、檀香、月桂、紫苏鼠尾草、玫瑰花等。之前莫名降临在楼兰人头上的瘟疫袭击了每一个角落，唯有香料坊一带没有一人染病，笑笑生也是由此得到提示，设法研制出了解药。消息传开，人们疯狂地点燃各种芳香物，用来驱逐秽气。

瘟疫虽然平息，但还是给这座城市造成了巨大的伤害。家家户户都有亲人在这场瘟疫中死去，哀伤悲恸充斥着每一个人的心灵，惊惧久久挥之不去。荆棘密布的不是荒野，而是人们的心灵。

问天国王相信这是继干旱之后上苍对楼兰的另一个诅咒，终于决定要立刀夫为王储，为他娶一位合适的新娘。但他对于要不要烧死约素来祭祀神物还是有所犹豫，倒不是他如何喜欢约素，而是他知道约素对傲文的重要性，一旦烧死了她，他将永远地失去傲文。如果她不是傲文深爱的女子，就算有一百个约素，他也会毫不犹豫地烧死她们，以拯救楼兰的黎民百姓。可是为何傲文偏偏爱上她？

阿曼达轻轻走了过来，将一件斗篷披在丈夫身上。问天道："芙蕖还好么？"阿曼达叹了口气，道："还是那样。傲文……他有信来么？"问天摇了摇头。

阿曼达道："傲文的身世已经慢慢传开，他一到军营就斩了不听号令的苏皮将军，那些将士还会服他么？"问天道："傲文做得很好，每天都亲自领兵巡视，还设法挖开了一条源自阿尔金山脉的暗河，引入了被于阗截断上游的车尔臣河。大家慢慢会明白他的。"

侍卫进来禀告道："问地亲王带着向导阿飞在书房外求见，说是有傲文王子的消息。"问天忙命放他们进来。

问地告道："阿飞是官署的向导……"问天道："你就是阿飞？我听未翔讲过你在玉门关的事情，你为人忠义，为救商队自己主动承担盗窃罪名，受了于阗人不少折磨。"阿飞道："阿飞是楼兰人，这不过

是我应该做的。"

问地忙道："阿飞刚从边关回来，带来一些关于傲文的消息，臣弟不敢擅处，所以带他来见王兄。"

问天问道："你有什么消息？"阿飞道："我受人之托，前去于阗送信，在西城时被于阗国王希盾下令逮捕，派人一路押送到边境。希盾国王往我怀里塞了一个锦袋，说是要我带给傲文王子。在军营时，我偷偷打开锦袋看了一眼，里面是一方金印，就跟陛下案头的这方一模一样。"

问天神色顿时凝重起来，问道："傲文王子接到锦袋后说过什么？"阿飞道："不知道，我将锦袋丢到地上就走了。"

阿曼达道："傲文终究是王子，你怎敢如此无礼？"阿飞道："希盾当面杀了我心爱的女子，王后还要我对仇人的儿子客气么？"一想到古丽的无辜惨死，眼泪忍不住又流了下来。

问天道："阿飞，你说的事本王已经知道了，你先下去休息，好好养伤。"

阿飞出来书房，抹一把眼泪，径直来到别苑中。萧扬正在练剑，依旧用他那柄自中原带来的钝剑，身手虽然迟滞，远不及往日灵活，但究竟身子已经复原了大半，见阿飞进来，很是欣喜，道："你这么快就回来了。"

阿飞上前跪下道："师傅，阿飞没用，没能带回夜明珠。这是怀玉公主让我交给你的佛珠。"萧扬道："起来，你怎么全身是伤？古丽人呢？"

阿飞再也按捺不住，失声痛哭起来。他连日辛苦赶路，又被于阗人狠狠揍了一顿，伤痛之下，又晕了过去。

萧扬忙抱他进屋，请笑笑生诊治。笑笑生一看就道："他没事，只受了点皮肉伤。不过看他这样子，于阗人多半已经知道夜明珠之事了。"

萧扬站起身来，道："我得去趟西城。"笑笑生吓了一跳，道："你去西城做什么？那可是于阗王都，就凭你一个人就想夺取夜明珠？"萧扬道："不是。"

笑笑生见他忐忑不安、欲言又止的样子，顿时明白过来，道：

"啊，你是担心于阗国王对怀玉公主不利。你傻啊，她本来没事，你去她才有事呢。"

萧扬道："这话怎么说？"笑笑生道："怀玉是中原公主，于阗国王不会拿她怎样，况且夜明珠是公主之物，她爱给谁就给谁。你现在突然跑去，不是授人口实，说公主跟外人勾搭么？"

萧扬一想也对，只得按笑笑生的吩咐去煎汤药，喂阿飞服下。等了大半天，他终于苏醒过来，问明经过，这才知道西城发生的事情，不禁为古丽难过。

笑笑生拉着萧扬到外室，道："夜明珠落入巫师手中，怕是跟魔王复活有关，你得赶紧再去找轩辕剑。"萧扬道："好，等惊鸿回来，我跟她商量一下。"

正说着，惊鸿急匆匆奔了进来，道："我适才陪芙蕖公主在花园散步，听到侍卫议论，说国王决定立刀夫为王储，还要在今晚月圆时分烧死约素，正派人在明光塔前搭建刑场呢。"

萧扬吃了一惊，忙与惊鸿一道朝大殿赶来求见问天。问天正与群臣议事，勉强让侍卫放二人进来。

萧扬问道："瘟疫一事已经平息，国王陛下为何突然决定要烧死约素？"问天心意已决，道："这是我楼兰内部事务，还请游龙君和天女不要过问。"萧扬道："可是约素是无辜的。"问天却不愿意再听，命侍卫强行将二人赶出大殿。

萧扬无奈，只得跟惊鸿赶来求见王后。阿曼达叹道："上书要求烧死约素以消天灾的人极多，国王一直压着不办，全是为了傲文，而今傲文谋反，国王就再没有什么顾虑了。"萧扬道："傲文王子怎么会谋反？"阿曼达道："我本来也不信，可是人证物证俱在。"

原来阿飞刚刚离开国王书房，桑紫就领着甘奇赶来求见，手中拿着一封书信。那信是傲文亲笔写给将军泉川的，约定与泉川里应外合，同时举兵，等傲文当上国王，就封泉川为大将军兼任亲王。

桑紫的出现仿若晴天霹雳一般，再次震撼了所有人。问天思索了好半晌，才问道："这信如何会在你手里？"

桑紫道："我派甘奇到军营探望傲文，傲文便托甘奇带信给泉川。他一直不肯写信给母亲，却写信给堂兄，这让我很好奇，所以从甘奇手中要过来，偷偷拆开看了。幸亏如此，不然如何能发现傲文如此大逆不道的阴谋？"

问天和阿曼达都对桑紫为人不怎么信得过，不敢也不愿意相信傲文会有谋反的念头，但那信是傲文笔迹，却是毫无疑问的事。

问地道："傲文在边关统领着楼兰国一半以上的军队，泉川则掌管着王都中除了王宫卫队以外的所有军队，二人若当真有所勾结，局面就十分可怕了。"问天道："亲王说得不错，这件事宁可信其有，不可信其无。来人，立即召泉川到王宫，先软禁在宫中，等找到更有力的证据再下狱法办，王都军队暂由亲王代掌。"

前去逮捕泉川的侍卫在其书房搜出了一方金印，正是阿飞提过的那方于阗国王希盾带给傲文的王印。想来是傲文悄悄派人送给泉川，方便他以国王的名义伪造文书，调遣官署和军队。铁证如山，问天这才相信傲文谋反的事实，命人将泉川关入地牢，再派亲信侍卫驰赴边关军营逮捕傲文，若有丝毫反抗，立即就地处死。既然傲文决意背叛，问天便再无顾忌，决意立即烧死约素，以祭神物。

萧扬道："这件事疑点极多。所谓谋反的证据，只有傲文王子写给泉川将军的亲笔信以及那方金印。桑紫夫人为了报复希盾，不惜揭破傲文身世，让亲生儿子当不成王储，她的为人不必多说，她派甘奇去军营看望王子不算太奇怪，可傲文王子将如此重要的信件交给甘奇带给泉川将军就很奇怪了，正是桑紫和甘奇揭破了他的身世，他会选择甘奇而不是自己的心腹侍卫当信使么？既然信使可疑，信件自然也就可疑了。"

阿曼达道："桑紫是有些怪异，但她不会平白无故陷害自己的亲生儿子，我是她姊姊，我知道她内心深处其实是很爱傲文的。揭破傲文身世也不全是为了报复希盾，她也为了楼兰着想，不想看到楼兰因为一个假王储继续遭受诅咒的命运。"

萧扬见她不信，只好道："那么金印之事呢？于阗王希盾当着阿飞的面杀死了古丽，阿飞恨不得生食其肉，他怎么会将金印这么重要的东西交给阿飞带给傲文王子呢？"阿曼达道："我猜希盾是认为傲文已经掌管了边关大权，他得到金印后就会杀了阿飞灭口。不管怎么说，傲文终究是希盾的孩子，血脉相连，他被流放边关，心中愤愤不平，与亲生父亲勾结，谋反也是合情合理之事。"

萧扬与惊鸿对望一眼，惊鸿轻叹一声，点了点头，萧扬便道："这件事，再也瞒不住了。王后，傲文王子不是希盾国王的儿子。"阿曼达道："游龙君，我知道你跟傲文交好，不过他的身世已是确认无疑的事。即便国王知道了他是希盾的儿子，还是照旧信任他，甚至派他到边关率领重兵。如此胸襟，我不信世间还有第二人能做到。是傲文自己辜负了国王，竟要起兵谋反。游龙君若想救他，就立即赶去军营劝他逃走，回去于阗，不要再回来楼兰了。"

萧扬道："不，我说的是真的，王后请看。"举手摘下了脸上的面具。阿曼达讶然道："游龙君你……原来你的脸上一直戴着面具，难怪从来不见你笑。"

萧扬道："我是现任的游龙，我的上一任，就是那个传面具给我的游龙，他才是希盾国王的亲生儿子。他临死前摘下面具，我看见了他的容貌，他还告诉我他本来的名字叫傲文。我当时不明白他的意思，后来我在扜泥看见了于阗王子须沙，他跟死去的游龙长得一模一样。后来又发生了那么多事，我能肯定游龙和须沙才是真正的孪生兄弟。"

阿曼达失去了一贯的风度，瞪大眼睛，惊道："这怎么可能？"惊鸿道："这是真的。游龙……以前的游龙亲口告诉过我，他有一个名叫须沙的孪生兄弟。"

萧扬道："我猜事情经过应该是这样——当年桑紫生下两个孩子须沙和游龙后，抱着游龙去找希盾，希盾当时贫困落魄，早想到孩子会被桑紫父亲派人夺回去，所以暗中找来了一个农夫的婴孩换掉了游龙，这个婴孩就是傲文，后来果然傲文跟桑紫都被阿胡派人带走。但不知道怎的，游龙后来也失了踪，希盾怀疑是被桑紫一方夺走，后来在登上王位后又派人来楼兰抢夺，凑巧夺走了亲生骨肉须沙，留下那个被掉过包的傲文。因为须沙与希盾外貌极像，所以他从来没有怀疑过。后来甘奇在墨山告诉他傲文是他的另一个孩子时，他立即想到傲文就是那个农夫的孩子，但他却将错就错，承认傲文是自己的亲生骨肉。"

阿曼达道："你是说希盾早清楚傲文不是他的亲生儿子，但他却故意承认？"萧扬点头道："这正是希盾的阴险可怕之处，因为掉包之事只有他一个人知道，他不说，所有知情者都会认为傲文是他和桑紫的孩子。若不是我在机缘巧合下见过游龙容貌，他又跟须沙、希盾容貌极像，世间再无人能揭破此事。希盾当时不说破，就是为了日后利用这一点兴风作浪，大做文章，好让楼兰自乱阵脚。你看看他做的这些事情，目的都是要陷害傲文，令他身败名裂，哪有亲生父亲会对自己的儿子下这样的狠手？"

阿曼达道："你既然早知道，如何当时不说出来？"萧扬道："傲文王子身世被桑紫夫人揭穿之时，正是我遇刺之日。等我醒来时，王子早已经被废去王储位置，离开王都。我若是说出来，傲文一样当不了王储，他连桑紫夫人的血缘都失去了，很可能还会进一步被剥夺王子的身份。而且游龙的秘密就此曝光，我担心会牵扯更多的人。"

惊鸿见外面天色已黑，忙道："傲文王子之事可以容后再说，请王后先赶去救下约素公主。"阿曼达道："这件事怕是极难，约素冒犯神物，导致上天降下瘟疫惩罚楼兰，上下臣民都要求烧死她，这不是国王一人的决定，众意难违。"

惊鸿道："瘟疫跟约素无关，其实……其实是芙蕖公主带来的。"

天女的声音很柔很轻，仿佛游丝一般，从万山深谷穿溪越涧，却又沉重得如同万千斤重的岩石，传到阿曼达的耳中，压上她的心头。她先是一惊，随即露出了明显的愤怒之色，不悦地道："天女，我一向敬你为贵客，你明知道芙蕖已经神志不清，如何还能说出这种话来？"惊鸿道："王后……"

忽有侍卫来叫道："国王陛下请王后速去大殿。"

阿曼达也不知道出了什么事，便带着惊鸿和萧扬往大殿赶来。国王已经屏退群臣，只有桑紫静静站在一边，表情略显木讷呆滞。

芙蕖正匍匐在问天脚下苦苦哀求道："父王，求你不要派侍卫去军营杀表哥。"原来也不知道她如何知道国王派出大队侍卫赶去边关，特意赶来为表哥求情。

问天道："父王只是派侍卫去军营逮傲文回王都论罪，没有非要杀他。"芙蕖道："父王只要派一名侍卫前去边关传令，表哥就会立即应召回来。可你为什么非要派两百名侍卫？还说若是表哥反抗，就要立即处死。表哥的性子受不得丝毫委屈，还有他身边那些侍卫，会任凭表哥被捉么？父王，你下这道命令，就是想要表哥死。我求你，求你放过他，快些召那些侍卫回来。"

问天怒道："是你表哥自己忤逆犯上，亏我那么信任他，他现在就要带兵打进王都了，你还想让我放过他？"芙蕖道："不，不会的，表哥绝对不会谋反。"问天道："难道你阿姨会诬陷自己的亲生儿子么？"

芙蕖失落无着，只得又转向桑紫，哭道："阿姨，你快告诉父王，表哥没有谋反，他可是你的亲生儿子呀。"桑紫神色冷冷地道："我也很爱傲文，可是他现在要背叛楼兰，我帮不了他。"

芙蕖还要再说，问天不耐烦地道："好了，你跟母后和阿姨回后宫去，父王还有事要去明光塔。"

惊鸿忙上前道："陛下，约素是无辜的，你不能就这样烧死她。"问天道："来人，送游龙君和天女回去歇息。"他的话铿锵有力，显示出不再犹豫的决心。

惊鸿叹了口气，道："芙蕖，事到如今，你还不肯承认你才是制造瘟疫的罪魁祸首么？"

问天勃然大怒，叫道："来人……"阿曼达上前挽住了夫君臂膀，摇了摇头，示意侍卫退下。问天道："她说是芙蕖……"阿曼达道："先听芙蕖自己怎么说。"

惊鸿道："公主，你要救傲文王子，就得先说出真相，救下约素公主。"芙蕖惊疑不定，半晌才道："你有法子能救我表哥？"惊鸿点点头，道："只要你讲出真相，我就能证明傲文王子是无辜的。我是天女，你可以完全相信我的话。"

芙蕖狂热地痴恋表哥傲文，已成心魔，以致幽密森林的魔气乘虚而入，后来更是在忿恨时将灵魂出卖给巫师，内心的黑暗势力愈发强大。矛盾复杂的感情在她脸上急遽翻滚着，然而爱的力量最终还是战胜了邪恶，她的眼泪流了下来，饮泣道："是我，是我带来了瘟疫，可这并不是我的本意，我只是想要用巫术杀死我恨的人，我不知道它会传染，会害死这么多人。"

原来之前约素因穿不上彩裙被侍卫带离议事厅时，正巧遇上芙蕖。芙蕖听说她就是表哥深爱的约素，登时恼恨万分，疯病大发，扑上来就要厮打，所幸被侍卫拉开。她又恼又恨，心中忽然得到某种力量的召唤，便一意冲出宫去，预备回去大漠中的幽密森林，结果在大漠边缘的一片树林中遇到一个披着墨绿斗篷的人。她记起了他的身形，便翻身下马，上前搭话道："你不是巫师么？我在幽密森林中见过你，你那时穿着一身黑袍……"

那人正是墨山国国师无计，他在于阗杀手追杀时救下约藏，与他一道返回墨山，又因为发动吞噬黑雾对付王后卫师师派来的军队而大损功力，一度不得不回到幽密森林休养，见芙蕖认出了自己，便笑道："是呀，公主，当时我施展法术耗费了许多功力，必须回幽密森林疗伤。眼下我法术更高，已经穿上墨绿袍服了。"

芙蕖闻言大喜过望，忙恳求道："巫师，你法术高明，能帮助我惩罚那些抛弃我的坏人么？"无计道："可以呀，可是公主打算拿什么跟我交换呀？"

芙蕖咬牙切齿地道："只要能让我如愿以偿，让我恨的人都死，巫师想要什么都可以。"无计道："好呀，那就用公主的灵魂来做交换吧。"芙蕖满口答应道："好。这就请巫师赐予我法术吧。"

无计命芙蕖跪在面前，双手合抱，放在她头顶上。那一瞬间，她只觉得身体中似乎有什么东西被抽了出去，当真像是灵魂出了窍，可又没有疼痛的感觉。无计笑道："好了，公主这就起来吧，我在你身上种下了疫疬，你只要朝你所恨的人挥挥手，他们就会立即倒下。"

芙蕖喜道："就这么简单？"无计道："就这么简单。不过这疫疬不是无限使用的，开始戾气会很浓，沾上者立即倒地而死，后面使用次数越多，就会越来越淡，慢慢就没有效了。公主只要回去楼兰，朝你恨的人挥挥衣袖，大仇就可以得报了。"他没有说明所有染上瘟疫的人包括死尸也会相互感染，芙蕖也不明白疫疬到底是什么，只欣喜地道："好，我这就回去试上一试。"

无计道："公主别急。"从怀中掏出一个黑色的石瓶，道："这是我主人的部分元神，我要暂时寄存在公主体内，它会大大增强公主的法术，并在合适的时候出来助公主一臂之力。"芙蕖不问主人是谁，也不管元神是什么，满口应道："好。"

无计便打开石瓶，伸手去抚摸她的头顶。刹那间，芙蕖胸前的辟邪宝玉发出一道白光。无计仿若被什么东西咬到一般，立即将手缩了回来。

芙蕖道："怎么啦？"无计道："没事，公主可以走啦。"他见芙蕖身怀宝物，难以强行侵入，只得放出元神，让它自行尾随公主，伺机寻找合适的身体进入。

芙蕖兴高采烈地出来胡杨林，正遇到一直在沙漠中漫游的阿飞和古丽。古丽道："公主，我们看到你跟一个全身墨绿的怪人在那边说话，那人是谁？你怎么又来了这里？"

芙蕖着急试验自己的法术，早有心向最先遇到的人挥挥手，可想到阿飞和古丽帮过自己，便打消了念头。她无暇理睬二人，一阵风般地往前冲，停也不停，丝毫不觉疲惫。

走不多远，便遇见一群行商打扮的骑士，领头的是一名蓝衣女子，芙蕖不认得她是报仇后逃出王都抒泥的马贼头领梦娘。梦娘却是在王宫中见过公主，大喜过望，立即命手下上前捕捉芙蕖，预备用她来交换身陷囹圄的未翔。不料芙蕖只是挥了几下手，围上去的马贼登时像中了邪一般，眼睛充满血丝，红得好像即将喷射出的火焰，喉咙蠕动不止，发出咕咕怪响，随即便仰天倒了下去。众人尚目瞪口呆之时，芙蕖已大笑着冲了上来，继续挥舞双手，梦娘似被剧烈的热浪打了一下，便从马上掉了下来。

　　芙蕖见巫术有效，分外开心，一路驰回扜泥，碰到什么不顺眼的人就挥一下手臂。看到那些人纷纷倒下，她感受到从所未有的快感。她最想杀的人当然是约素，不过约素被软禁在王宫中，跑也跑不了，遂决意先去杀掉那些住在宫外的得罪过自己的人，酋大夫便是她最先想到的仇人，她赶去用疫疠杀了他全家。此刻她已经彻底迷失了自我，不光是仇人，她还要杀更多的人，她疯狂地在城中奔跑挥手，甚至连戾气已逐渐消耗殆尽都没有留意到，直到后来被刀夫寻到带回王宫。她的巫术用尽，人也累了，便安静了下来。

　　后来萧扬从阿飞和古丽口中得知瘟疫跟芙蕖有关，让惊鸿前去观察，却未发现有戾气残余。笑笑生随即带着解药赶了回来，瘟疫逐渐平息。几人担心国王夫妇遭受更大的打击，也就没有揭破真相。若不是问天国王决定今晚烧死约素，惊鸿也不会说出实情。

　　问天听爱女亲口承认自己是瘟疫的制造者，脚下一软，幸亏阿曼达一直扶着他手臂，才没有跌坐在地。

　　萧扬听见外面叫声大起，知道执行火刑的时刻就要到来，忙叫道："陛下……"

　　问天满额是汗，瘫坐在王座上一动不动。阿曼达便取过夫君手中的权杖，道："游龙君，你持权杖去救下约素公主。"

　　明光塔前围满了官吏、侍卫，若不是这里是王宫禁地，平民进不来，只怕早已经是人山人海。

　　约素被逼着换上了一身鲜红的长袍，站在临时搭建起来的木台上，手脚被用铁链紧紧捆缚在背后木柱上。脚下堆满了柴薪，为了让她尽快被烧成灰烬，上面淋了不少石脂。按照楼兰惯例，死者均要蒙面。一大块红布自下颚到头顶包裹住她的脸，四角在脑后交叉打结，这使得她的脑袋看上去就像个巨大的红色鸭蛋。她泪流满面，却没有人看见，嘴中塞满了核桃，无法喊叫，连耳朵也被蜡封住，听不到周围的声音。她知道死亡就要来临，就要在她看不见、说不出、听不到的时候降临，这是人生中最大的梦魇。她在无边的恐惧中惊栗着，无助而无奈，思绪迅疾减退，彻底迷失在蒙蒙的混沌中。她突然想抓住某种正要逝去的东西，开始使劲挣扎，想挣脱束缚，但这只是徒劳无功。

蓦然觉得眼前一团红光，她知道那是有人举火走来，要点燃她脚下的柴薪。她惊惧异常，不知怎的突然很想活下去，更加努力挣扎，弄得铁链哗哗作响，背后的木柱也跟着晃动了起来。眼见那团红光愈来愈近，她害怕得大声叫了起来："傲文，快来救我！"然而她发出来的只是含糊不清的呜咽声。

就在那团火光往她脚下飘来的时候，似有什么东西伸过来，将那火把挑得飞了出去。约素道："傲文，你终于还是来了。"头一垂，便晕了过去。

那及时挑飞火把将救下约素的人正是萧扬。他一扬权杖，道："权杖在此，奉国王命令，立即释放约素公主。"

场中诸人登时一片哗然，倒不是这些人毫无同情之心，非得烧死一个弱女子，而是众人真心认为约素是给楼兰带来灾害的祸端，不烧死她，后患无穷。

萧扬了解众人心思，高声道："瘟疫一事跟约素无关，日后国王陛下自会亲自向大家解释。这就请大家先散去。"

众人却是不动，还是问地道："既是国王有命，就先散了吧，有事明日上朝再说。"官吏这才悻悻散去，各有不满之意。

萧扬命侍卫解下约素，先送去别苑交给笑笑生看护，自己和惊鸿重新赶来大殿，将权杖交回。芙蕖已不知去向，只有问天夫妇和桑紫在场。

惊鸿道："桑紫夫人，我有一件事要告诉你。"桑紫一见她走过来便露出警惕之色，道："天女又要说傲文是冤枉的么？我可没有兴趣再听。"

惊鸿道："我答应了芙蕖公主，要证明傲文王子无辜，说到就要做到。夫人，我知道你已经不是原来的你，可是你有没有想过，那些坏人要你做的事，是要对付你的亲生儿子。你难道不爱傲文么？他是你的孩子，是你的未来。"

她看出桑紫被魔力控制了心神，试图用母子感情来唤回神志。桑紫果然挺了一下，有所触动，但随即又眨了眨眼，道："我不知道你在说什么。"

惊鸿与萧扬交换一下眼色，二人均是一般的心思——傲文究竟不是桑紫亲生的，又不在她身边长大，没有多少可以真正打动她的记忆。

惊鸿叹了口气，道："那么我就不得不说实话了。夫人，你的孩子傲文……真正的傲文早已经死在大漠中，他是你的亲生骨肉，与你血脉相连，你难道感应不到么？"桑紫浑身一颤，道："你说什么？"

惊鸿便将萧扬对阿曼达讲过的真假傲文之事又复述了一遍。桑紫花容失色，连声叫道："你骗人！我不信！我才不信！"惊鸿道："我虽然没有法力为夫人再现当日情形，但我是天女，你该知道我是绝对不会说谎的。"忽然换了一副沉稳的口气，叫道："桑紫，回来，快些回来！你的亲生孩子傲文被希盾手下用弩箭杀死，你不能阻止父子相残的惨剧发生，难道还要再去陷害一个无辜的孩子么？"

桑紫颤声道："他……希盾杀了我的傲文？"萧扬道："正是，我亲眼所见。夫人，你的孩子就死在我怀中。"桑紫"啊"了一声，登时晕了过去。萧扬眼疾手快，忙扶住她，挽到一旁椅子上坐下。

问天在一旁静静听着，虽然并未全明白，但多少有些会意过来，转头问道："傲文……活着的傲文真的是无辜的么？"萧扬道："我敢以性命向国王担保，傲文王子绝不会背叛楼兰。"

问天怔了一怔，招手叫过一名叫图济的侍卫，道："立即派快马去召侍卫回来，不准动傲文一根毫毛。"图济躬身道："遵命。"飞一般地出殿去了。

桑紫已悠悠醒转，哭道："我苦命的孩子，苦命的傲文。"惊鸿劝慰道："夫人虽然失去了真正的骨肉，可你还有一个傲文，只要你说出真相，就能救下他的性命。"桑紫终于在得知儿子早被希盾手下杀死的剧痛下感化，呜咽道："傲文没有谋反，那信……信是我伪造的……"

原来桑紫派甘奇到军营，名义上是去探访傲文，其实是故意将国王要立刀夫为王储和烧死约素的事透露给傲文，而当时问天国王还没有做决定。傲文果然受激上当，欲立即返回王都营救约素。凑巧阿飞带来了楼兰王印，傲文反而因此冷静了下来，思虑后决定先派心腹侍卫良子、阿道带着金印和书信回扜泥面见问天国王，请求暂缓烧死约素，允准自己返回王都。甘奇与良子、阿道一道上路，半途在密林中将二人出其不意地杀死，夺了金印和书信，回来交给桑紫。桑紫遂模仿傲文的笔迹写了一封信给掌管王都兵权的将军泉川，再派人将金印偷偷放入泉川家中，自己则带着书信进宫，揭发傲文勾结泉川，意图谋反。

问天闻言霍然起身，怒斥道："你真是个不可理喻的疯女人！为希盾疯了一辈子也就罢了，傲文他总算是你的孩子，你为什么要这么害他？"桑紫急道："不是我想这么做，是……是问地和刀夫让我这么做。"

问天惊道："什么？"桑紫道："我被刀夫控制了心神，完全是按他的意志行事，我连自己在做什么也不知道。"问天颓然倒退两步，又重新跌回座中。

萧扬原以为桑紫只是被巫师操纵，听闻问地父子卷入其中，相当诧异，然而仔细回想也是顺理成章之事，难怪问地会先带着阿飞赶来王宫书房，想来这也是计划之一，他知道阿飞有忠义之名，只要提到希盾带金印给傲文，必然取信于国王。

问天显然也大受打击，单手扶着额头，良久不发一言。萧扬料想国王今日遭受的打击实在太多，虽然不忍心，还是忍不住上前催道："陛下，你将泉川将军下狱，而今王都兵权都在问地亲王手中……"问天登时回过神来，忙命道："快，去地牢带泉川出来。"

过了一刻工夫，铁链铛铛的泉川被侍卫押来。问天眼泪纵横，要过钥匙，亲手为泉川打开镣铐，道："是本王忠奸不分，累将军受了许多苦。"泉川慌忙下拜道："臣不过受点委屈，陛下切不可如此。"

问天道："你持本王权杖到军营取回兵权，再派兵包围亲王府，将问地和刀夫先关入塔狱，听候处置。"泉川道："遵命。"正要接过权杖，却见侍卫图济飞奔进来，道："陛下，王宫被我们自己的军队包围了。刚赶去军营的侍卫也被捉住，刀夫王子亲自在东门前砍下了他的首级。"

问天剧烈咳嗽起来，阿曼达急忙扶丈夫坐下，往他背上轻轻抚摩，帮助他顺气。过了半晌，问天终于平复下来，悠悠长叹道："这都怪我自己，怪不得旁人。"

国王一下子落寞衰老了许多，像跋涉了万里的旅人，露出深深的疲倦来。他本就患了病，身子不大舒服，精力又被接踵而至的真相耗干，连领导众人还击反叛的心思也没有了，当即交代道："泉川将军，守卫王宫的责任就交给你了。"

泉川躬身道："遵令。"命侍卫立即征召王宫中所有人，清点人数，发给武器，自己则赶去宫门查看敌方情形。

萧扬道："想来问地亲王等这一天已经很久，必然是有备而来，仅靠王宫侍卫难以坚守。陛下，你得设法派人召傲文王子领大军回王都勤王。"

问天无奈地摇了摇头，他派出去逮捕傲文的侍卫早已经出发，就算此刻派快马去追也未必来得及，何况王宫被围，一只老鼠也难逃出去，哪里还能派侍卫出城去召大军？之前派去边关的侍卫奉有严令，傲文自己都命在旦夕，如何还能领军回来相救？是他自己被一连串的阴谋蒙蔽了眼睛，害了傲文，害了自己，也害了楼兰。

萧扬见国王因束手无策而沮丧沉沦，便道："陛下放心，我会设法出城通知傲文王子。"

他有许多话尚要对惊鸿说，然而时间再也耽误不得，只上前握了一下她的手，便匆匆出殿。

赶来宫门城墙一看，外面黑压压一片。泉川道："包围王宫的大约有五千人马，都是我的旧部，可他们听信问地亲王的话，认定国王庇护妖孽，才导致楼兰灾祸连连，已经不肯听我号令。"

萧扬道："有别的办法能出宫么？"泉川道："王宫里有一条地道是通向军营的，然而军营既已经被问地掌握，这条路不通。也许能从北面的千羽湖浮水出去，但问地不是傻子，一定早派人持弓弩守在岸边。况且就算你能出去王宫，也一样出不去王都。"

萧扬道："嗯，我自己来想办法。将军估计能守住王宫多长时间？"泉川道："王宫虽然墙高城深，可王宫中只有五百余名侍卫，加上仆役、侍女也不过七百人，我估计顶多能守两日。"

楼兰人均以能加入王宫卫队为荣，因而侍卫均是百里挑一的勇士，标准建制是两千人，分工各有不同，有的负责宿卫，有的负责巡警，有的负责扈从，有的则专门负责在大殿、议事厅、书房等要害之地当值，通常都是分做几班轮值。因为侍卫绝大多数是贵族或良家子弟，在王都中有家有口，不当值时多回家居住，日常在宫中的侍卫一般只有五六百人。本来因为问天国王决定今晚月圆之夜烧死约素，许多换班侍卫留下来看热闹，宫中的侍卫比平常多了许多，然而国王之前临时派出了两百名侍卫驰赴边关逮捕傲文，因而算下来侍卫的人数还是跟平时差不多。

萧扬自是知道以六百人抵挡五千人的难度，但还是不得不严肃地告诫道："将军至少得守四日。"泉川道："这大不可能办到。"萧扬道："世间没有不可能办到的事，将军去别苑找笑笑生想想办法。"

他不及多说，匆忙到后苑砍了几根大竹，请侍女帮忙，一起扎了一个巨型风筝，从内库取出上好的绸缎，当做纸糊在风筝上。随即举着风筝登上明光塔，抓住风筝的底架，站到塔边，深吸一口气，便从塔顶跃了下去。

蓦然平地刮起了一阵北风，风筝借着风势，摇摇晃晃朝南飘去……

笑笑生跟随泉川赶来城门时，正好见到一只大鸟掠过夜空，顺风往南去了。笑笑生惊道："深更半夜，哪来这么大的鸟？"

正诧异间，有侍卫匆忙赶来禀告道："游龙君乘着风筝从明光塔跳下，逃出王宫去了。"笑笑生很是不满，嘟囔道："这小子自己先跑了，倒让我来守城。"登上城头一看，见月光下尽是闪亮的枪尖，不知道有多少人马，登时吓了一跳。

泉川道："他们现在一定在准备攻城器械，天一亮就要开始攻打王宫。笑先生，游龙君让我向你请教，说你一定有办法。"笑笑生连连摇头道："要论占卜算命，先生我是行家，守城我可不行。"

泉川道："外面盛传先生是个高人，上次瘟疫一事，不就是先生制出的解药么？"笑笑生道："我那是瞎猫撞上死耗子……"蓦然眼前一亮，道："你小子倒提醒了我，瘟疫，我们可以再次制造瘟疫。"

泉川道："什么？"笑笑生道："不是真的瘟疫啦，只是假装有瘟疫的样子。你，快派人去寻点什么腥臭的东西来，越臭越好，越多越好，堆在城头。我去把约素公主请来。"遂回来别苑。约素已经醒了过来，惊鸿正将事情经过告诉她。

笑笑生道："约素公主，这次得靠你帮忙了。"遂说了自己的计划。

约素道："楼兰人说我是祸根，给他们带了瘟疫，险些要烧死我。好不容易天女和游龙证明了我无辜，先生居然要让我站到城头，告诉城下的士兵我要再次释放瘟疫，这我可做不到。"

笑笑生道："只有如此，才能拖延时间，等待援兵到来。不然王宫被攻陷，我们都难逃一死。"约素坚决地道："我宁可被乱兵杀死，也不愿意自称是我给楼兰带来了瘟疫。"

笑笑生知道她虽然表面柔弱，却是极有主见，不然也不会抛兄弃国，千里迢迢赶来楼兰寻找傲文。一时无计可施，便去望着惊鸿，希望她能出面劝劝约素。

惊鸿道："先生计划虽妙，可却是再次陷约素公主于不义。笑先生，咱们还是再想想别的法子。"笑笑生赌气道："哪里还有别的法子？除非你还有神力，除非阿飞带回了夜明珠……"转头见到阿飞正站在门前，忙歉然道："抱歉，阿飞，我不是有意这么说。"阿飞道："先生的话我都听见了。"

约素已然知晓多亏阿飞和古丽亲眼看见芙蕖用瘟疫杀人，自己才能洗脱冤屈，忙上前拜谢，又问道："古丽姑娘在哪里？我也要好好谢谢她。"

阿飞泪水涌出，哽咽道："古丽被于阗人杀死了，我连她的尸首都没能带回来。"忽然上前朝约素跪下，道："公主，我知道我们楼兰对不起你，可我求求你，救救我们楼兰，就当你救救我，我要活下去，才好为古丽报仇。"一提到古丽的名字，眼中的泪水再次泛滥。

约素道："你起来，起来。"她自己也是泪水长流，勉强平复了思绪，道："好，我答应你。笑先生，你要我怎么做？"笑笑生忙道："公主不需要做什么，你只要站在城头就好。咱们走吧。"

当即赶来宫门，远远便闻到恶臭熏天。笑笑生捏住鼻子，道："不好意思啊，这就是约素公主将要释放的瘟疫。虽然难闻些，其实是无害的，大伙儿忍着点。"领着约素等上城头。城头墙角堆满了从马厩运来的马粪以及一桶桶的便溺之物，还有王宫膳食房没有来得及运出去的各种内脏等垃圾。

约素一见就恶心得要呕吐出来。笑笑生却是喜道："泉川将军能干得很，先生稍加提示，他就能办得妥妥当当。"

月圆之夜，王都发生兵变，自然惊醒了全城大多数的人。这还是楼兰国有史以来第一次发生内讧事件，人们惊惶地缩在家中，惘然不知所措，只能在暗黑的夜里，等待一切的平息。

天光大亮时，只听见王宫外鼓声敲响，广场上的兵士开始涌动，云梯等攻城器械被搬到了前面，进攻很快就要开始了。

笑笑生忙道："快燃火把，丢到这些秽物上。"等到城头烟雾腾腾时，即指着一旁的约素大叫道："你们别想妄动，约素公主已经重新释放了瘟疫，染上瘟疫者是什么下场，我不说你们也知道。我们这里的人都服了我的解药，但你们一个也跑不掉。哈哈哈！"

瘟疫在人们心中留下的阴影还没有消散，笑笑生这一番话说得煞有其事，宫外兵士又亲眼见到约素冷冷地站在墙头，背后浓烟滚滚，各种奇怪呛鼻的味道扑面而来，一时呆住。忽又听见笑笑生叫道："一旦被毒烟沾上，你们就全完了，哈哈哈！"

笑声未落，兵士便争相转身，潮水般地往后退去，生怕被烟雾沾上一丁点。

泉川见此计大妙，立奏奇效，能不战而屈人之兵，不禁大喜过望，忙赶来道谢，道："这下怕是再也没有人敢靠近宫门半步了。如此一来，守住王宫四日绰绰有余。"笑笑生摇头道："将军不要高兴得太早，这法子确实能令敌人不敢靠近，但却阻止不了宫里的人走出去。"

泉川立即醒悟，命人召集所有人到宫门前，大声道："敌人暂时已经退去，但他们很快会再回来，所用的手段将会超过常人能忍受的极限。他们会用住在王宫外的亲人来对付你们，包括我自己。他们会在广场上残酷处死我们的家眷，目的就是要逼迫我们放下武器走出去。走出去，你也许会死，也许可以活下去，可你将失去楼兰勇士的荣誉。你们都不是我下属，我的下属都在宫门外，已经成为国王的敌人。你们不一定要听我的命令，可是你们所有侍卫在加入王宫卫队时，都曾经在神殿天女像面前发誓，要永远效忠国王。我现在要问一句，你们是否还记得自己的誓言？"侍卫轰然应道："记得。"

泉川道："那么你们是愿意留下来捍卫国王，捍卫自己的荣誉，还是要走出去向敌人投降，苟且地活下去？"短暂的沉默后，高呼声四起："留下来！留下来！"泉川道："好！我们一起保护国王，力战到底，至死方休！"随即分派人手，搬取重物来加固宫门。

笑笑生叹道："将军的激励固然鼓舞人心，然而事到临头，怕是没有那么容易跨过那一关。"泉川道："笑先生可有什么法子？"

笑笑生道："敌人要用攻心之术，我们可以抢先用这一招，虽然未必管用，但总要试一试。将军，你立即派人去请桑紫夫人来这里。"

过了一刻工夫，几名侍女簇拥着阿曼达和桑紫来到城头。阿曼达朗声道："国王身体抱恙，不能亲自前来，我将代替国王与你们一道守卫王宫，守住这扇大门。"守城侍卫见王后亲至，大受鼓舞。

笑笑生遂请桑紫当众揭破问地、刀夫反叛的阴谋，以此来动摇对方军心。桑紫每说一句，泉川便高声重复一遍，好让广场边缘的兵士听得清楚。等到桑紫说完，泉川大声道："你们都听见了，这一切都是问地和刀夫的诡计。你们原本都是我的下属，不过是暂时受到蒙蔽，现在弥补还来得及，只要你们擒住问地父子，我保证既往不咎，你们围攻王宫的事就当没有发生过。"

　　外面的兵士面面相看，颇为心动。忽见刀夫提马上前，道："你们不要听信桑紫这贱人胡言乱语，她陪侍我父王时可是念念不忘说想当楼兰王后呢。"走到广场中央，仰头问道："桑紫，前晚你跪在我父王脚下，用你那张小嘴吮吸他的脚趾头，不是还咬牙切齿地说要让国王和王后死吗？怎么这么快你就忘了！"

　　众人一片哗然，一齐向城头望去。桑紫涨红了脸，道："那不是我的本意，我是被你控制了心智。"

　　刀夫冷笑道："那么你当日领着约藏进宫行刺你自己的亲生儿子傲文，也是被我控制了心智么？你根本就是个疯婆子。"转头高声道："大家听我说，真正被控制心智的不是桑紫，而是问天国王，他完全被王后阿曼达掌握，所以才会行为怪异，庇护妖孽，导致上天不断降下灾祸给楼兰。你们都还不知道吧，当年阿曼达跟阗国王希盾本来就是一对恋人，希盾当时还是个被放逐的落魄王子，便让阿曼达嫁给楼兰王当上王后，以此来助他复国。我们楼兰的王后，其实是于阗国王的情人，是希盾安插在楼兰的奸细。"

　　泉川大怒道："竟敢当众诽谤王后！"取过弩箭往下射去，却因为相距太远，射不到刀夫所站之处。

　　刀夫笑道："泉川将军，你说我诽谤，你可有问过王后自己，她当年是不是跟希盾好过？"

　　阿曼达不知道这些极为隐秘的陈年往事如何会被刀夫得知，当即扬声道："不错，我是跟希盾有过旧情，但很早就结束了。自从我嫁给问天国王，就再也没有跟他联络过。"

　　桑紫忽然听到尘封已久的往事重新被提起，心头茫然起来，讪讪自责道："姊姊，都怪我，是我自己想要得到希盾，所以有意破坏你们……"

　　笑笑生惊叫着打断了她，道："哎哟，你们几人的情史怎么那么乱？本来请桑紫夫人上来，是要揭破问地父子谋反真相，干扰对方军心，这下可全完了，反倒成了刀夫的机会。"

　　果然听见刀夫又叫道："还有桑紫跟希盾的关系更是天下尽知，于阗二王子须沙和我们的傲文王子都是她和希盾的私生子，这是大伙儿早就知道的。大伙儿不知道的是，这位西域第一美人平日看着高贵得很，其实是个最不知廉耻的女子，她搞过的美男子不计其数，最后都被她沉尸在蒲昌海里面。"桑紫大叫一声，仰天便倒。阿曼达忙命侍女扶她下去。

刀夫道："王宫里面的侍卫听着，你们不过是食君之禄，忠君之事，事先全不知情，不知道你们所保卫的国君被蒙蔽双眼，不知道阿曼达王后其实是于阗的奸细，只要你们立即放下武器出来投降，我保证不伤你们毫发。不然的话，不仅你们性命不保，就连你们的家人也要跟着遭殃。"

笑笑生哀声道："完了完了，看这副情形，王宫很快就要守不住了。"泉川斥道："笑先生，你怎可在阵前说出这种长敌人志气灭自己威风的话？"

笑笑生也不理他，转身道："王后，不如学习游龙逃出王宫的办法，立即派人去做几个大风筝，你和国王先逃出再说。"阿曼达道："不，我是楼兰王后，怎能在大敌当前时离开王宫？"

笑笑生道："留得青山在，不怕没柴烧。王宫马上就要守不住了。"阿曼达道："就算要死，也要死在这里。"

泉川怒道："笑先生，你再胡说这种扰乱军心的话，我可就要下令拿你了。"惊鸿忙道："将军息怒，笑先生的顾虑是有道理的。刀夫身上戾气极重，怕是不简单。如此，假瘟疫的法子就不灵验了。"

话音刚落，便听见刀夫高声道："还有瘟疫，根本就是芙蕖公主带来的。她痴恋傲文发狂，用灵魂换来了瘟疫，目的就是要杀光所有人。王后，你当着这么多人的面老实回答我的话，瘟疫是不是你的宝贝女儿带来的？"

不仅广场上的兵士，连王宫中的侍卫也一齐好奇地望着城头。阿曼达为难之极，她深知这一点头，她将失去民心，失去爱戴，失去拥护，也等于失去了所有。

忽听见有人沉声道："不错，瘟疫是芙蕖带来的，我已经下令绞死了她。"

却不知道问天国王何时走上城头。国王的身子颤颤巍巍，脸上挂着风霜和沉痛，然而他毕竟执掌楼兰超过三十年，当他一出现的时候，一股凛人的王者气势还是镇住了全场。

问天道："刀夫，我不知道你竟这样能干，会有向伯父举起刀剑的一天。"刀夫见国王一露面，广场便安静了下来，知道多说无益，挥手命道："带上来。"

却见许多人被推到阵前跪下，大多是王宫侍卫的家属，也有一些大臣官吏。泉川的妻儿先被押到广场中。泉川还不及开口说话，刀夫长刀一挥，便将他妻子的首级砍了下来。又将血淋淋的刀刃放在孩子的后颈上，不断来回摩挲。那小男孩才七八岁年纪，当即吓得大哭起来，不停地叫道："妈妈！妈妈！"

刀夫道："泉川，我知道你绝不会投降，我现在给你一条出路，你自己从城上跳下来自尽，我就放了你儿子。"泉川含泪道："我做不到。"刀夫道："很好。"用力一拉，孩子的哭声陡止，扑倒在血泊中。

广场安静了片刻，又重新哭声一片，那些被抓来当做人质的家属多是妇孺老幼，料到自己也将是这般命运，恐惧得大哭起来。

刀夫却没有继续屠杀，命人将人质用绳子反绑在一起，分成几排，缚在广场的喷泉旁边。杀了这些家属，只会让王宫的侍卫存必死之心，留着他们在这里哭泣，却能让里面的人心神不安。

笑笑生肃然道："刀夫果然像完全变了一个人，如此富有智计，真是不简单。"

好几名侍卫认出自己的亲眷在那些人质当中，一齐上前请求出宫营救亲人。泉川强忍悲恸，道："这正是刀夫的圈套，那里在对方弩箭射程之内，你们冲出去，就会立即跟他们一起被射死。守住王宫，只要援兵及时到来，都还有活的机会。"

刀夫等了一会儿，不见城头动静，便挥手道："攻城！"

忽听得背后一声巨响，倒让他吓了一跳，不由自主地回头望去，却见南门的烽燧塔上升起一道粗黑的狼烟，显是有大敌来袭，心中一惊，暗道："难道是傲文到了？他这时候应该还在边关军营，很快就要死在去逮捕他的王宫侍卫刀下，如何能这么快得知消息领兵赶回王都相救？"

正惊疑间，却见北门、东门方向分别有烟升起，竟是来犯敌人数量不少。他知道王宫非一时半刻就能攻下，王都的精锐被他带来围攻王宫，各城门守卫力量严重不足，当务之急是要将傲文阻在城外。忙留了两千人继续围困王宫，自己带领余人往南门赶去。

走不多远，便迎面遇上问地，问地气急败坏地道："于阗人到了！希盾亲自领大军来犯，正在攻打城门，不知道他们是怎么进来楼兰国境的。刀夫，这可要如何是好？"刀夫却甚是冷静，道："事到如今，还能有退路么？当然是要破釜沉舟，拼个鱼死网破。"当即分派人手，赶赴各城门增援。

刀夫意外退走，问天等人也以为是傲文率军回来，不喜反怒。阿曼达道："夫君还是怀疑傲文有反意么？"问天道："难道不是么？他一定是听甘奇说要烧死约素后，最终决定率大军回来救她，那些去逮捕他的侍卫半途遇到他，也敌不过他的几万大军，多半已经被他杀了。"

泉川道："陛下，这攻城的鼓声又急又密，不是我楼兰军队使用的号令，是于阗一方的。"问天更是勃然色变，道："傲文不知道自己身世，还当自己是希盾的儿子，当真跟希盾勾结起来了。不然如何边关没有示警，便有于阗军队进入国境？"阿曼达见他身子摇摇欲坠，命侍女扶他下去歇息。问天却是不肯，执意要站在城头，道："我今日要亲眼看看楼兰的王子是如何忤逆犯上的。"

又过了一会儿，外面攻城声愈急，泉川见包围王宫的兵士有松动之势，便召集侍卫，密密嘱咐一番，命人开了宫门，自己先走出来，一直走到妻儿的尸首边，抚摸爱子头发，恻然泪下。兵士本可以当场射死他，不知如何却没有发出弩箭。

半晌，泉川站起身来，昂然道："我们都是军人，奉军令行事，你们尽可以射死我，可我的妻儿是无辜的，如果死在这里的是你们的眷属，你们会怎样？还有被绑在喷泉那里的那些人，他们也是无辜的。你们的箭是用来射敌的，不是用来杀死无辜平民百姓的。我现在要去救他们，你们若是想扣动弩机，就先看看躺在这里的我的妻子，我的孩子。"转身走到人质身边，拔刀割断绳索，指引他们朝宫门奔去，数十名侍卫抢出来接应。

那些兵士端着弓弩，却始终沉默着，没人发出一箭。泉川救完人质，又与一名侍卫返回去抱了妻儿尸首，坦然回去宫中，这才关闭宫门。

人质被毫发无伤地救回，王宫顿时一片沸腾，热闹了起来。泉川将妻儿尸首放好，重新赶上城头问道："陛下，刀夫为了攻打王宫，调来了王都最精锐的弓弩手，估计臣原先的布防也完全被他搞乱，我听于阗军三面攻城，动静不小，北门防守最弱，估计今晚就要城破。不如由臣趁乱护送你和王后出城，召集军队勤王。"

问天摇了摇头，道："楼兰自立国以来，从来没有弃城逃走的国君，更不要说王宫了，我绝不能成为第一个。"泉川见国王意不可改，只得应道："那臣就率众誓死保护王宫。"

到了天黑时分，果如泉川所料，北面传来一声巨响，北门城破，马蹄声、厮杀声随即潮水般地涌入城中，直奔王宫方向而来。在王宫外的兵士一直未得刀夫命令，不敢擅离。过了一刻工夫，于阗军骑兵先锋驰进广场，却被楼兰弓弩手一排羽箭扫落马下。片刻后于阗后援赶到，双方在夜色中接战，混杀在一起，难解难分，广场顿时成为一片火热的热血战场。

泉川伫立墙头，忧心如焚，既想率众出去援助那些兵士，又担心被他们趁机袭破王宫，心中矛盾不已。

王宫是楼兰的核心之地，占领了它就象征着征服了楼兰，于阗人马源源不断地涌来。问地和刀夫听说东门已被攻破，急忙率人赶来阻挡。双方各有增援，出尽全力拼杀。正胶着之时，忽有一队劲衣骑士闯过战圈，直朝宫门奔来。泉川正要下令放箭，一直站在王后身边的约素尖声叫道："不要，是傲文！傲文回来了！"

果见领头骑士奔到宫门下，仰头叫道："是我，傲文，快些开门！"问天怒道："不准开门！"

笑笑生劝道："陛下，你怀疑傲文王子有理有据，不过万一他没有跟于阗勾结呢？他只有几十骑人马，你先放他进来，捆起来好好审问清楚。他如果想要动手，这城上布满弓弩手，他也是自寻死路。"问天木然不应，阿曼达便朝泉川点点头，道："放他们进来。"

泉川下令将宫门拉开，放傲文一行进来。傲文浑身上下湿透，仓促跳下马便问道："国王和王后呢？"泉川低声道："在城上。王子，请你立即下令你的侍卫放下兵器。"

傲文愕然不解，道："为什么？"泉川道："我这是为王子好。边关到王都有近千里之遥，你回来得太快，不合常理，国王怀疑你跟于阗人勾结谋反。"

傲文恍然大悟，默然半晌，转身命道："你们都交出兵器，奉泉川将军命令。"自己主动摘下佩刀丢到一旁，将双手背在后面，道："动手吧。"

泉川道："得罪了。"命侍卫上前将王子反手缚住，带上城墙，躬身禀告道："傲文王子自己愿意束手就擒，没有丝毫反抗，还命令侍卫放下兵器，奉臣号令。"

傲文道："姨父……"问天怒喝道："我不是你姨父。"

笑笑生忙抢过来问道："游龙人呢？你没有见过他么？"傲文道："见过，游龙今早乘风筝到达军营，说问地和刀夫谋反，包围了王宫，让我带兵回王都营救，他自己则赶去了大漠，说要去找件重要东西。"

笑笑生道："这小子运气真是好，坐风筝有顺风相送，居然一路到达了军营。嗯，也许他在空中发现了轩辕剑的线索，所以赶去大漠追寻了。"

泉川道："王子如何会来得如此之快？"傲文道："我派白其将军带大队人马走陆路，我自己带了一队人走水路。"

原来陆路路途遥远，他担心一时来不及，所以带一队精锐人马乘木筏从车尔臣河顺流漂下，一直到蒲昌海，取了牧场的马，赶来王都，正逢于阗军攻破北门，城头两方兵士仍在混战，夜色中敌我难辨，居然顺利闯入城中，一路驰来到王宫。

笑笑生笑道："瞧，我就说了，一审问就清楚了，傲文王子是无辜的。"忽听到宫外又有人叫门，大约一百来人，却是乘坐木筏陆续赶到的官兵，个个都浑身湿透。

问天心中还是有所怀疑，问道："那么于阗大军是如何无声无息地进来国境的？"傲文道："这我不清楚。边境一直很太平，也没有听过于阗征发大军一说。"

问天怒气又生，道："你还要强辩，难道不是你偷偷放于阗人过境么？"傲文道："我不是强辩，而是确实不知道。就算我想要背叛楼兰，偷放于阗人过境，边关军营中有那么多将士，会看不见么？会听之任之么？总不可能所有人都被我收买，要跟我一道谋反。"这话极是有力，问天当即心头一凛。

惊鸿道："陛下，有些事人力无法做到，神力却可以做到，也许有高人在暗中帮助于阗。"笑笑生道："不错，阿飞不是说于阗王将神物夜明珠给了摩诃巫师么？也许就是他在暗中捣鬼，譬如他可以利用浓雾，或是利用隐形罩来掩护于阗军队进入楼兰国境。"

问天这才无话可说，却还是不肯当面抚慰傲文，只背过身去。阿曼达忙亲手为傲文解开绑索，道："这几天王都发生了太多事情，你姨父他心里不好受，你别怨他。"

傲文道："傲文不敢有怨。"上前禀告道："陛下，大军最快要明晚才能到达王都，我带了五百人，不过在牧场没有寻到足够的马匹，大多数可能已被阻在城外。我们人手不够，只能在王宫坚守，等到白其将军大队人马到时，再里应外合反击不迟。"问天道："嗯。"

阿曼达见丈夫倦意极重，劝道："既然傲文已经回来了，这里就放心交给他好了。"问天确实感到胸口极不舒服，当即扶了王后的手，步下城墙。

傲文这才得空上前握住约素的手，道："游龙大致跟我说了经过，你为了我，受了许多误会和委屈。"约素欣然笑道："能再见到你，那些都不算什么。"

傲文轻轻将她揽入怀中，莫名的幸福荡漾全身，外面那些惊天动地的厮杀也仿佛成了虚无。

到清晨时，大规模的激烈战斗终于在疲累中停止。初升的朝阳给王都披上了一件光衣，处处一片通红。不少地方战火余烟未烬，正悲凉而无助地升向苍穹，如同轻风薄雾，缭绕飘散。

王宫广场上血流成河，横尸遍野，仿佛成了一座活生生的人间地狱。问地父子与数十名兵士被于阗人重重包围在广场的中心，无数弓弩对准他们，只待最后一声令下。

于阗国王希盾满脸尘土，提马来到城下，叫道："问天，听说你弟弟和侄子谋反，我替你捉住了他们，你要如何处置？"

问天率众人站在城头，心头滋味复杂，虽然痛恨问地和刀夫行径，导致敌人乘虚而入，平白死了这么多人，可要眼睁睁地看着亲弟弟和侄子被敌人杀死，还是哽塞难言，一时沉默。

傲文上前道："这是我们楼兰的内政，不敢劳烦希盾国王动手。"希盾笑道："傲文，天下人都已经知道你是我的儿子，你居然还敢在父王面前自称'我们楼兰'，岂不是个天大的笑话？"傲文已经从惊鸿口中得知真相，冷笑道："哼，我才不是你的儿子。"

希盾道："就算你不肯承认，这也是你无可否认的事实。你母亲桑紫难道没有告诉你，她当年生下的是一对孪生兄弟么？"桑紫不知道什么时候爬上了城头，怒斥道："你这个魔鬼，你老早就将傲文掉了包，明知道他不是你的孩子，居然还想利用父子关系来折磨他。"

希盾闻言大吃一惊，不知道当年将孩子暗中掉包如此隐秘的事如何会被外人得知。他料想傲文已得知真相，再无法拿父子这层关系大做文章，这还是他生平第一次有窘迫之感，干笑了两声，道："桑紫，这可全怪你，若是你早告诉我你为我生的是一对孪生兄弟，兴许那个孩子我也能找回来！"

桑紫更加怒不可遏，道："我那个被你掉包的孩子早被你杀死了！

游龙……你手下人在大漠射死的游龙，就是那个孩子！"一边说着，一边泣不成声。

希盾先是愕然，随即笑道："你这个疯女人又在胡说八道了。游龙不是一直在你们楼兰王宫么？"他口中虽然如此说，却隐隐有一种不祥之感，觉得桑紫没有撒谎，定了定神，转身挥手命道："来人，替问天国王杀掉这群楼兰的叛徒。"

登时弩箭齐发，惨叫声大作，被围住的楼兰兵士如稻草一般被弩箭射倒。问地胸口被弩箭射穿，哼也不哼倒地身亡。刀夫脑门中了一箭，居然从血泊中了起来，情状极是诡异。两名于阗武士抢上前去，将手中银枪往他胸口扎去。蓦然一道白光射出，当即将两名武士打得倒飞出去，挣动了两下，便气绝身亡。

却见刀夫缓缓扭动着身子，似乎长大了不少。城头笑笑生惊叫道："不好，刀夫已经彻底妖魔化，他正在变身。"话音刚落，便见一道白光飞向王宫，"啪"的一声，将那扇厚重的宫门击得粉碎。

刀夫一步一步走近王宫，城上弩箭齐发，射得他身子如同刺猬一般，他却恍然不觉得疼痛，仿佛已经不是血肉之躯。来到城墙下，仰头望了一眼，叫道："伯父，傲文。"

不待对方回应，举手一扬，两道白光直朝问天和傲文射去。两名女子齐声惨呼，原来阿曼达扑在问天身上，桑紫扑在了傲文身上。

刀夫手一收，白光仿若绳线一般，将阿曼达姊妹二人的尸首带下城墙，重重摔落在宫门前。

问天大叫道："王后！"刚一转身，两眼一黑，便晕了过去。

王宫侍卫从破门中涌出，围住刀夫，却仿若以卵击石，被刀夫随手抓住，轻易地抛向空中，惨叫声不绝于耳。

于阗人在广场外看得目瞪口呆。范鹰上前提醒道："陛下，这是我们攻占楼兰王宫的最佳时机。"

希盾一生都在奋斗追求这一天的道来，然而当胜利就在眼前时，他居然茫然了。他的目光一直没有离开过阿曼达，她就那么静静躺在那里，不管她生前地位多么显赫，而今她只是一具冰冷的死尸。

范鹰催道："陛下。"希盾蓦然拔出长刀，高声下令道："杀死刀夫，为阿曼达报仇。"

众人还没有来得及对这道听起来十分奇怪的命令作出反应，天空中陡然一声怒吼，这声音极为巨大，令人双耳发震，忍不住要去掩住耳朵。一只长相怪异的火红怪兽出现在空中，陡然俯冲下来，一阵大风蓦然啸过，卷起地上无数的沙尘，人们纷纷掩面。

笑笑生高声欢呼道："游龙，麒麟，你们赶来得正及时！"

那怪兽正是轩辕之地的麒麟，萧扬骑在它背上，直冲刀夫而来。刀夫挥手发出道道白光，均被麒麟轻易避开。几近地面时，萧扬飞身跃下，挺刀直刺刀夫胸口，刀夫双手握住刀身，轻轻一推，便将萧扬连人带刀甩了开去。这一甩力道甚大，萧扬倒退数步，被人扶助才没有摔倒。回头一看，接住自己的人居然是于阗国王希盾，一时大奇。

希盾道："普通兵器是杀不死他的，你用割玉刀，我用锟铻剑，咱们一起上。"萧扬道："好。"

二人一齐挺刀上前，刀夫正与麒麟缠斗，不及回身，便被一刀一剑同时刺入背心，发出一声凄厉的叫声，身子晃了几下，终于倒了下去。

希盾还剑入鞘，缓缓走近城墙——那里躺着他生命中极为重要的两个女人，一个是他深爱的阿曼达，一个是对他又爱又恨、为他生下了须沙的桑紫。这对名闻西域的姊妹花，竟然同时香消玉殒于楼兰王宫城下，就当场死在他面前，这是不是命运对他的捉弄？

傲文抢出来，挥手命正要上前围攻的侍卫退开，跟在希盾身后的于阗武士见状便也收起兵刃。

希盾道："傲文，桑紫不是你的生母，想来你已经知道了。"傲文道："她是没有生育我，但她刚才又给了我一次生命，在我心中，她永远是我的母亲。"

希盾道："你不想知道你的亲生父母是谁么？"傲文道："我自然想知道。可你若想以此来利用我、要挟我，那么我宁可不知道。"

希盾点点头，道："你长大了，我倒真愿意你是我的儿子。"顿了顿，又道："我想留下来参加阿曼达的葬礼。"傲文道："可以。不过这里毕竟是楼兰王都，还请陛下下令大军退出城外。"希盾便朝菹鹰点点头，示意他去传令。

菹鹰大是不解，问道："我们明明已经控制了扞泥城，突然主动退出岂不是前功尽弃？"希盾道："阿曼达死了，楼兰对我也就没有意义了。去。"菹鹰只得躬身应道："遵命。"傲文也派出侍卫传令，命楼兰兵士停止与于阗军交战。

忽听得麒麟一声怒吼，众人回过头来，却见刀夫身上冒出一团黑气，渐渐变成一个人样形状。萧扬道："这是什么？"笑笑生道："似乎是元神一类，也许是刀夫的元神出窍。"

萧扬正要拔刀，希盾大喝道："你们都退后，本王来对付它！"拔出锟铻剑，朝黑气刺出一剑。

那元神扭曲退后了几下，似是感受到痛苦，又对那柄锟铻剑十分畏惧，随即便朝宫门飘去。希盾急忙去追，那元神一路穿堂入室，居然飘进了问天的书房。

傲文忙阻止道："陛下，这里是国王书房，你不可擅进。"希盾道："本王只是要杀死刀夫为阿曼达报仇，难道会稀罕你们国王的书房么？我若是想要楼兰，适才就不会下令退兵了。"推开傲文，一脚踢开房门，闯了进去。

元神正在书房中游弋，似在寻找什么，见希盾进来，便急急飘向屏风后，那里露出一条黑乎乎的地道，当即闪入其中。希盾一生经历了无数风浪，从来不知道畏惧为何物，今日又铁了心要为爱人复仇，更是顾不了许多，不顾傲文大声叫喊，抬脚便跟着元神钻进了地道。

锟铻剑发有微光，勉强能照亮脚下。他摸黑进来一间巨大的石室，忽听得前面有"嗤嗤"怪声，当即凝神静气，悄悄走近，用尽全身力气朝那怪声之处刺去。蓦然一声脆响，剑尖似抵到了什么硬物，随即有碎裂之声。

有人在黑暗中笑道："多谢希盾国王赠我夜明珠，又毁去炎帝遗物神镜。等到我复活之后，一定会报答国王大恩。"希盾道："是谁？是谁在那里？"

傲文等人正好赶到，石室中灯火大亮，除了希盾外，不见其他人影。傲文一眼瞥见桌案上那面瑞兽铭带玉镜成为了碎片，不由得大惊失色。

希盾道："我刚才刺中的就是这面玉镜么？"傲文道："这不是普通玉镜，是楼兰的镇国之宝，你闯下大祸了。"

希盾从未被人当面呵斥，心头有气，"哼"了一声，还剑入鞘，转身走了出去。

笑笑生叹道："神镜轩辕，天女神力，共镇魔王。三物俱尽，日食之夜，蚩尤转阳。而今神镜已毁，天女神力已尽，轩辕剑又不知道下落，怕是阻止不了蚩尤在下个日食之夜复活了。"

希盾愤愤走出书房，一旁蓦然抢出一人，大声喝道："今日为古丽报仇！"

希盾心中有事，一时不及反应，只觉得白光闪动，寒气已逼近脑门，心中一凉，暗道："这是老天爷的安排，要让我和阿曼达死在同一日。"

短刀的刀锋划破了他的额头，却在千钧一发之际被人拉开。黑甲武士大声呼喝，抢上来护住国王。希盾定睛一看，刺客是在西城见过的楼兰向导阿飞，而在紧要关头救了他的人正是那乘坐麒麟从空而降的游龙。

阿飞被萧扬拿住手臂，夺去短刀，一挣未能挣脱，大是不解，反问道："难道师傅不想为古丽报仇么？"萧扬道："希盾国王若死在这里，于阗、楼兰两国将永无宁日。"

希盾命武士退下，招手叫道："游龙，请你过来。"萧扬命侍卫带阿飞回去别苑，软禁起来，这才过来道："陛下有何指教？"

希盾丝毫不提适才的救命之恩，道："你……真的是游龙？"萧扬已经明白他话外之意，当即道："陛下，我先送你去驿馆安顿，再详细告诉你这件事。"

出来王宫，却见广场上来了不少平民百姓，正协助泉川将军善后，将于阗、楼兰兵士的尸首分做两堆。就算希盾这样身经百战的人，乍然见到堆积如山的尸首，还是心中一震。

萧扬知道他心中有所感，婉转劝道："自古以来，沙场征战后都是白骨累累。这里面的许多人都是陛下的武士，他们本可以在于阗耕织渔牧，快乐地生活，现在却命丧他乡，灵魂亦不得返回故乡。陛下，是时候停手了，不要再起干戈，这也是你的儿子游龙的心愿。"

希盾道："什么？你不就是游龙么？难道你是我的儿子？"萧扬道："稍后我会详细告知陛下。"引希盾径直来到驿馆房中，摘下脸上面具，道："我就是怀玉公主委托陛下营救出中原的萧扬，只是游龙的替身，你的儿子游龙……他……他已经故世了。"

希盾颤声道："难道桑紫说的是真的，游龙……他是我的儿子？"萧扬道："是的，我是最后一个见到游龙真面目的人，他跟陛下容貌极像，跟须沙王子更是一模一样。"

希盾道："天哪！"颓然跌坐在椅子中。他一向以为自己是上天的宠儿，是人世的强者，却最终还是被命运残酷地嘲笑与捉弄——他下令不惜一切代价地追杀游龙，居然射杀的是他自己的孩子。

他麻木地坐在那里，陷入了无法摆脱的深沉的痛苦中。那种宿命般的痛苦，就像是个彻彻底底的悲剧。

第十章

楼兰新娘

这是他头一次感到他们的心灵这般亲近，而身体却再也无法靠近。他们之间，经历了那么多的曲折和悲怆，却最终还是要面对日日相对的分离。

经历了接踵而至的瘟疫、内讧和入侵之后，楼兰王都扞泥终于平静了下来。这座饱经沧桑的城市，在经历了万千苦难后，还要在喘息中继续承受失去亲人的痛苦。

阿曼达和桑紫在同一天葬入了王陵。跟中原皇帝选取山川秀丽的风水宝地作为身后之地不同的是，楼兰王陵选在西部的沙漠中。墓穴直接开挖在沙丘上，长方形的沙坑四角立有木桩。胡杨木制成的箱式棺木已放入墓穴中，棺木为彩色，用红、白、黄、绿、黑五色绘有花卉纹和朱雀、玄武图案。阿曼达和桑紫并排躺在内中，二人仰身直肢，头枕鸡鸣枕，尸首均用毛毡和羊皮仔细包裹住，脸上各遮盖有一块羊皮，羊皮上覆盖有枝条编成的小筐。胸前及左手腕处各放着一件尺寸很小的冥衣，这是楼兰习俗中专为死者制作的象征性的衣服。身子上则覆盖满了芦苇秆和红柳枝。楼兰王室从来不兴以贵重物品陪葬，陪葬品甚至不及民间普通平民丰厚，以此来彻底杜绝盗墓之患。

等到众人一一躬身告别后，侍卫上前合上棺盖，在外面覆盖上一条长方形的彩色狮纹栽绒毛毯，再将棺木周围以苇草、麦秸等充填结实，最后用沙土掩埋。

于阗国王希盾一直等到墓穴完全被填平，才默默转身，走过来拍了拍楼兰国王问天的肩膀。问天为王后之死悲不自胜，竟然有些哽咽了，他努力控制自己的情绪，抬起了手，轻轻握了一下希盾的手臂。二位国王虽然一句话都没有说，也没有立下所谓的盟约，但在场所有人都清楚，楼兰、于阗两国之间终于开始了真正的和平之旅。

送走希盾，问天招手叫过傲文，命道："你跪下。"傲文不明所以，还是依言跪了下来。问天道："今日我当着阿曼达和桑紫的面，传授楼兰权杖给傲文。傲文，从今日起，你就是楼兰王储，全权代掌国王之责。等你找到楼兰新娘，你就是正式的楼兰国王。"

傲文本来以为身世揭开，毫无疑问会被剥夺王子名号，不料却重新得到了王储位子，大是意外，期期艾艾地道："可我不是母亲的亲生儿子，甚至可能连楼兰人都不是。"问天道："我知道，不管你是谁的孩子，不管你的身世如何，你就是真正的楼兰王储。我错得太多了，不能再错下去。傲文接杖！"

傲文仍然不知所措，回头去望萧扬等人。笑笑生催道："王子还等什么？在我们中原，抗旨不遵可是要掉脑袋的。"萧扬也道："王子，这是你的使命。"

傲文还是迟疑不决。问天叹道："傲文，你难道要姨父跪下来当面求你么？"傲文道："不敢。傲文遵命便是。"双手接过权杖，高举过头顶，侍卫们齐声欢呼。

问天走到惊鸿身边，低声道："天女，我一直想问你真正的楼兰王储到底是谁，你却让我问自己的内心。而今我总算明白了，真的王储就是真正能拯救楼兰的人。"惊鸿欣慰地笑道："不错，陛下明白得还不算太迟。"

傲文却并不如何兴奋，转头朝约素望去，她也正怔怔朝他望着，二人均是一般的心思，心头顿时沉重了起来。

回来王宫，傲文跟随萧扬几人一起回来别苑，道："如果我是真正的楼兰王储，那么楼兰新娘为何不是约素？她是我爱的女人，按照偈语所言，应该是跟我最有缘分的人才对。"

萧扬道："王子之前迟迟不肯接过权杖，就是因为怕娶不到约素么？"傲文反问道："换做你是我，天女是约素，你要如何做？"萧扬看了惊鸿一眼，叹了口气，道："就当我没问过王子这话。"

笑笑生道："迄今为止，只有天女和约素试穿过神物。天女是神仙，自然可以穿上，可约素确实穿不上彩裙，也许其中还有什么其他的禁制。王子，你派人将神物取来，我再好好看看。"

傲文一听有所希盼，大喜过望，忙道："我这就取出神物，派侍卫送过来。"

出来别苑，正要赶去密室，心腹侍卫大伦领着一名侍卫阿定赶过来道："殿下，阿定有要事禀告。"傲文皱眉道："新的侍卫长还没有任命么？"阿定忙道："有副侍卫长代行侍卫长之职，不过这件事只能向王子殿下禀告。"

傲文道："到底什么事？"阿定上前一步，低声道："事关芙蕖公主。"

问天国王早已经发布告示，说明瘟疫是由芙蕖公主带来，公主已经伏法，在宫中被处死，尸首也被烧成了灰烬。傲文听闻后虽然多少有些伤感，然而瘟疫害死了成千上万的人，芙蕖死有余辜，国王若是执法不公，势必给王室带来更深重的危机。此刻他一见那侍卫神色，多少有些会意过来，问道："芙蕖人在哪里？"

阿定道："奉王后命令，公主被秘密关押在冷宫里。国王不知道这件事，可眼下王后故世，公主又不停地大吵大闹要出来，怕是瞒不过去了。万一被国王知道，不但公主性命不保，还有我们这些执行王后命令的侍卫，怕都难逃一死。"

原来问天国王得知瘟疫真相后，拔刀要亲手杀死芙蕖以谢天下，却被阿曼达王后拦住，表面说父亲杀女儿不祥，让侍卫带出芙蕖缢死，其实暗中救了她，命人秘密囚禁起来。

傲文闻言，只得先赶来冷宫中。却见芙蕖被关在一个大铁笼中，披头散发，双手反缚，嘴巴也被麻布堵住，再无半分昔日公主丽色。

阿定见傲文面露不豫之色，忙道："关在铁笼中是王后的意思。"

芙蕖听见有人进来，立即起身扑来笼边，认出是傲文后，更是"呜呜"怪叫，不停用头去撞栏杆。傲文慌忙走过去，掏出她口中麻布。芙蕖喜道："表哥，你终于回来了。我就知道父王喜欢你，最终还是不会杀你。"傲文道："公主，想来你已经知道，我不是你的表哥。"

芙蕖道："表哥不愿意要我了么？"随即哭道："我错了，我知道我错了。表哥，求你跟父王和母后说说，不要把我关在这里，不要让他们绑我。"

傲文听她提及王后，不禁心头一酸，命道："放公主出来。"阿定迟疑道："王后有令，就算死，也绝不能放公主离开笼子，不然……"傲文厉声道："不然怎样？你敢违抗我的命令么？"

阿定打了寒战，躬身道："不敢。"取钥匙开了铁笼，放出芙蕖，解开绑绳。

芙蕖立即扑入傲文怀中，叫道："表哥，你真好，就你和母后对我最好。"傲文轻轻推开她，道："表妹，你不能再露面，不然国王会杀了你。我派人送你去家父……泉苏大将军旧宅，你好好待在那里，千万不要出来。"芙蕖道："不，我哪里都不要去，我要留在这里陪你。"

傲文道："你乖乖听话。我答应你，有时间就来看你，好么？"芙蕖道："那你得天天来。"

傲文也不回答是否，道："你先留在这里。"转头命道："阿定，等天黑时，你带一队侍卫悄悄护送公主出城，不要让人看见。"阿定道："遵命。"又迟疑问道："王子人在这里，公主才会清醒些。万一王子一走，公主又发疯怎么办？"傲文"哼"了一声，道："这还要我教你么？之前连关带绑的事你不是都已经做了么？总之，你给我把公主看好了。若让别人知道她还活着，我就砍了你的脑袋。"拂袖而去。

芙蕖大叫道："表哥，你别丢下我！"待要追上来，却被阿定抢上来抱住，半拖半拽地重新关入铁笼中。

傲文出来冷宫，经历芙蕖一事，心情愈发不好，转头问道："未翔人呢？"一名侍卫忙答道："侍卫长还被关在塔狱中。他已经承认罪名，国王说他身为王宫侍卫长，却公然引刺客进宫，该从重处罚，未经公开审讯便亲自判他绞死。但游龙君说怕另有内情，要等捉到刺客梦娘审问清楚再行刑不迟。国王本来就要将未翔交给游龙君全权处置，所以同意暂缓处死，但颁下严令，不捉到刺客，不准放他离开塔狱。可刺客早逃回大漠，一时又怎能抓到，侍卫长等于被判了终生监禁，而且被囚禁在塔狱那种地方，日子应该很不好过。"

傲文取了神物，亲自送来别苑交给笑笑生，又将萧扬叫到一旁，道："我最好的朋友除了你之外，就是未翔，他导致你当日在王宫遇刺，罪不可恕。不过你也知道他为人，不会没有来由地带刺客进宫。"

萧扬道："这我当然知道，未翔为人精明谨慎，他早已经知道梦娘是马贼头领，怎么会平白无故带如此危险的人物进宫？只是国王派侍卫反复盘问，甚至我自己也去过塔狱，他就是不肯开口说话，只一心求死。"

傲文听说，便决意自己当面问明究竟，遂出宫赶来塔狱。

塔狱是军事监狱，就在军营塔楼之下。地牢里不见天日，侍卫先进去将火把一一点燃，这才请傲文进去。

未翔闻声站了起来，他虽未受到刑讯，但样子着实狼狈，蓬头垢面，胡子拉碴。按照塔狱惯例，他手足均戴了重铐，双脚镣铐的铁链上还拴着一个径长尺余的石球，限制他随意移动，右脚迈出半步便被扯住，只得就地站定，叫道："王子殿下。"

侍卫道："傲文王子已经重新被立为王储，得国王亲授权杖，代掌国王事务。"未翔道："恭喜殿下。"

傲文喝道："未翔，你可知罪？"未翔单膝跪下，低头道："是，臣知罪。"

傲文素来与他交好，见他如此模样，既痛心疾首，又怒其不争，喝道："起来！告诉我，你为什么要这么做？"

未翔既不起身，也不肯回答。傲文大怒，上前一脚将他踢翻在地，道："瞧你这副自暴自弃的样子！"

他虽然怒气冲天，终究还是爱惜与未翔的情分，出来军营，折道来到未翔家中。

未翔祖父白庆卧病在床，听说傲文王子到来，忙爬起来相迎。白庆原也是王宫侍卫，傲文小时候被他抱过，对他很是尊敬，忙扶他躺回床上。

白庆叹道："王子是为未翔之事而来么？唉，那个叫梦娘的女子待人实在很好，我万万料不到她会是马贼头领。未翔不过是受她蒙蔽，一时不察。不过大错既然铸下，他也活该受到国法制裁，我不敢妄求王子救他。"几句话说完，已是喘得上气不接下气。

傲文见他病得着实不轻，想来未翔被捕下狱之事对他打击甚大，只得安慰了几句，命他安心养病，即告辞出来。院子中植有两棵高大参天的胡杨树，傲文陡然想到少年时曾与未翔在这里比赛攀援过，心中一动。

侍卫小伦曾与傲文一道落入马贼手中，备受折辱，恨马贼入骨，当即道："原来梦娘入宫行刺前就住在未翔家里，这可是他勾结马贼的明证了。王子，我知道你跟未翔是好朋友，可这次他犯下大错，绝不能放过他。"

傲文道："果真是未翔有心勾结马贼作乱的话，我一定亲手杀了他。"但还是想不通堂堂王宫侍卫长为何会突然与马贼串通。

出门时正见到一名黑脸壮汉在向仆人打探未翔情形，小伦大叫一声，上前扭住那汉子。黑脸汉子吃了一惊，正要挣脱去拔兵刃，却被数名侍卫团团围住。小伦取出绳索将他牢牢缚住，押到傲文面前，道："王子还记得他么？他是马鬃山的马贼。"

傲文道："不错，我记得见过你好几次。你好像叫阿色，是也不是？"阿色道："是又如何。当初在石屋，王子中了梦娘迷药，正是我亲手绑了你押去马鬃山的。"

傲文道："那咱们今日要好好算算旧账了。你来这里做什么？"阿色甚是桀骜，扭头不答。傲文便命押他去官署拷问。

小伦道："何须拷问，他一定是梦娘派来打听未翔下落的，这可是未翔与马贼勾结的明证。"

傲文闻言忙命人带回阿色，问道："可是梦娘派你来打听未翔的消息？"小伦见他不答，喝道："你冒犯过傲文王子，也该知道自己是什么下场。只要老老实实回答王子的话，还可以赏你一个痛快。"阿色道："反正要死，怎么死都无所谓。"

傲文见他倔强，便命人押他来塔狱，带来未翔的囚室，问道："未翔，你可认得他？"未翔看了阿色一眼，便即低下头去。

阿色叫道："侍卫长不记得我了么？"见未翔头也不抬一下，急道："你被困在大漠中九死一生时，是我和铁匠奉梦娘之命送还了马匹，你怎么不记得了？梦娘很挂念你，让我见到你一定要跟你说声对不起。"未翔始终只是默然不应。

傲文问道："你是想害未翔，还是想救他？"阿色道："我怎么会想害他？梦娘猜想他已经被捕下狱，派我来打探消息，正是要设法营救的。"未翔忽然道："不必。"

傲文见阿色神色焦急，不似作伪，而未翔那声"不必"显然是指梦娘不必救他，这才恍然大悟——未翔爱上了梦娘，他带她进宫，原本是要为她求情，而梦娘却不过是在利用他，而且恰到好处地把握机会刺杀了游龙。

想通了其中关节，心中愈发愤怒，命人押阿色出去，怒斥未翔道："你也太不自爱了。你是楼兰第一勇士，多少女子对你衷心仰慕，你居然爱上一个马贼。"

未翔沉默许久，才道："未翔第一次见到梦娘时，还不知道她是马贼头领，正如王子初识约素时，不知道她是墨山公主一样。"

傲文大怒道："你竟敢拿约素跟梦娘比。"未翔道："是，臣有罪，这就请王子下令处死我，以正国法。"傲文再无话说，只得恨恨出来。

小伦道："王子不是恨死马贼了么？我有个主意，将未翔罪名张榜公布，然后在闹市公开处死他和阿色。那梦娘派手下打探消息，可见对未翔也很是关心，若真的爱他，必然会赶来营救，咱们事先设下埋伏，便可以一举擒获。就算她不来，咱们也没有什么损失。"

傲文沉吟不语，若在往常，他会毫不迟疑地同意这么做，可自从有了约素，他对"情"字多了许多感悟。未翔犯下大错，不过是为情所困，而今又要利用情来对付梦娘，似乎有些过分。

大伦见王子不答，以为他心中矛盾是因为与未翔交好的缘故，忙道："未翔自甘堕落，死不足惜，若是梦娘赶来营救，他倒也死而无憾。若是梦娘不来，他明白那女人终究是个马贼，水性杨花，之前对他虚情假意不过是要利用他，不是还可以就此挽回未翔的心么？"

傲文想到之前落入梦娘之手后所受的种种难言羞辱，因双手被锁住，不得不恳求约素为他解开裤子好让他大小便，约素甚至不得不撕开他的裤裆露出下体，好让他在内急时自己能解决。虽然比起铁笼中那些终日赤身裸体的肉奴，他的待遇已经算好了许多，可以他王子身份，这还是他终身难以忘记的奇耻大辱。当即点头道："好，你们兄弟专心去办这件事。再派人秘密将未翔和阿色转押来王宫地牢囚禁。"

　　回到王宫，傲文又以王储身份召见大臣，安排各种重建事宜，忙碌了大半天，直到深夜，才得以离开大殿，来到约素的临时住处。

　　约素正在灯下缝制衣裳，闻听傲文到来，欣喜迎上前来，道："我生怕你会来，所以一直不敢睡。"傲文道："你困了？那我看一眼就走。"约素忙挽住他手臂，道："不，你陪我多坐一会儿。"

　　二人依偎着坐在床榻上。傲文说了要用未翔来诱捕梦娘一事，本以为约素会很高兴，她听了却只是悠悠叹了一声。

　　傲文很是不解，问道："难道你不恨梦娘么？"约素道："本来是恨的，可是仔细想想她也没有对我做什么坏事。我被于阗武士追杀，逃入大漠，最终落入马贼手中，是她几次救了我，保住了我的清白。虽然她对你做了不可原谅的事，可是未翔……未翔在不知道她马贼身份的时候爱上她，这实在不是他的错呀。"

　　傲文道："你想为未翔求情？"约素摇头道："不，傲文，我只想让你快乐。未翔是你的好朋友，杀他容易，要他活过来就再也不能了，有朝一日回忆起你们一起练武的情形，你能保证你不会后悔么？"

　　傲文一时心头有所感，半晌说不出话来，愣了半天神，才道："你先睡吧，我走了，明日再来看你。"

　　出来院子，问明未翔已经转押到王宫，便又朝地牢赶来。未翔手足间的禁锢均已去掉，剃了胡子，换了一身干净衣裳，完全变了一个人。一见傲文进来，便上前跪下。

　　傲文挥手命侍卫退出，道："我最后来问你一次，你真的宁死也不肯悔改么？"未翔道："若是王子说的悔改是要命臣去诱捕梦娘，恕未翔不能从命。"

　　傲文道："你为了那样一个作恶多端的女人，就要抛弃你的国家、你的王子、你的兄弟？"未翔道："不，我没有抛弃楼兰，也不敢抛弃王子，只是我也不想抛弃梦娘。王子，你还是杀了我吧，若是你放过我，我怕我还是忍不住会做错事。"

傲文知道他爱慕梦娘太深，森然道："我已经给了你出路，这可是你自己的选择。"未翔道："是，未翔死而无怨。"

隔了几日，笑笑生、萧扬、惊鸿几人携带着神物，约请傲文一道来到神殿，说是也许还有新的偈语未能发现。

楼兰的神殿位于扜泥城西北处，修建在千羽湖的灵光岛上。千羽湖因形状略呈多片羽毛形而得名。湖区内林木青翠，湖水清澈似镜，湖光树影，交相映衬，环境优雅，风光极为秀丽，是扜泥城风光最胜之处。湖心则是天然的灵光岛，方圆数里，岛上有拱桥与湖岸相连。

诸人在神殿前被值守官吏拦住，官吏取过一柄拂尘，往各人衣服上拂拭，表示"除秽"之意，除秽完毕，这才放众人进去。

神殿是座高大的庙堂建筑，拱形的房顶高达十数丈，不过装饰极为简单，除了古朴淡雅的青色，没有其他色调，但反而因此显出一种雄壮的美。正中供奉着天女的玉像，天女宽袖大袍，裙裾飘飘，颇似中原的服饰，双目俯视着众人，大概由于玉质的原因，目光中似乎有一丝哀怨。

傲文自官吏手中取过大香——这是特意制作的香，粗如小儿手臂，可以燃烧一天一夜而不熄。取火也不是用普通的火石，而是利用神殿顶部的透明石取日光燃香，象征"天火"。此时正值晌午，太阳穿透庙堂的透明石，在地上投下一个光斑。傲文将大香顶部伸到光斑上，片刻后，大香开始发热冒烟，又等了片刻，"噗嗤"一声，终于燃了起来。傲文轻轻吹灭明火，将大香插在神像前面的祭坛中。青烟袅袅，渐渐弥散开来，散发出一股好闻的草木的清香。

傲文问道："要如何从神物中发现新的偈语？"笑笑生道："我本来是不知道的，但见过王子上香，似乎有些明白了。"

取出装着彩裙的石匣，放在透明石的光斑下。等了一会儿，石匣飘起一阵轻烟般的尘粉，石面上出现了两个图案，一枚太阳，一枚如钩弯月，却并没有什么偈语。

傲文道："日月不可能同时出现，这到底是什么意思？"惊鸿道：

"太阳是生命之源，光明则是神力的根本，也许这个图案代表神仙。"

傲文道："那么月亮呢？"惊鸿道："这我也说不好。"笑笑生道："也许这并不是弯月，而是代表一个人形。"惊鸿陡然明白了过来，脸色顿时苍白。

傲文道："到底是什么意思？"笑笑生叹道："我们这里只有天女是神仙，她就是那个太阳，王子就是那个人形，只有你们二人结为夫妇，彩裙穿在天女身上，才能激发出神物的神力。"表面波澜不惊的话语下，其实汹涌着澎湃的暗流。

一阵清风不知如何穿进了神殿，吹得香烟左扭右晃，像个摇摆的舞娘。傲文和惊鸿站在神殿祭坛前面，如陌生人那般面面相视，一如初见。

在美丽与哀愁的生命中，有诸多无法摆脱的无奈，任凭如何挣扎，如何抗争，都是徒然。这些尘世中的红男绿女，经历了淡泊与浓烈，卑微与壮阔，以及许许多多的肝肠寸断之后，依旧只是个悲情的传奇。

萧扬默默回来王宫别苑，开始打点行装。笑笑生跟进来道："你当真要离开楼兰？"萧扬道："嗯。"

笑笑生道："就算天女在神殿发誓不再见你，就算她为了大义要嫁给傲文王子，你还是可以留下来的，至少你可以选择留在西域，继续寻找轩辕剑。"萧扬摇了摇头，道："我不该再羁留在这里。我打算先陪阿飞送古丽的遗物去车师国，然后离开西域，返回中原。"笑笑生见他心意已决，只得道："那你一路小心。"萧扬道："笑先生和麒麟暂时先留在这里，看看能不能助天女一臂之力。"笑笑生道："这是当然。"

萧扬遂来向问天国王辞别。问天尚不知道惊鸿已经被确认是傲文的新娘，以为萧扬只是要陪阿飞前去车师料理古丽后事，忙道："车师国王昌迈是我外甥，游龙君有需要尽可以找他。如果发现车师和墨山有什么不对劲的地方，也请游龙君及时告知。"

近来楼兰变故连连，墨山毫无动静也就罢了，与楼兰同气连枝的车师也不见任何使者到来，这沉默的背后必然是发生了什么变故，难怪国王会觉得奇怪了。

萧扬道："遵命。"出来国王寝宫，便来向傲文告别。

傲文自己也是心烦意乱，无奈地问道："你一定要这样么？"萧扬道："只有我离开西域，天女才能安心嫁给王子。王子，我衷心祝你们幸福。"

祝一对互不相爱的男女幸福，这话听起来倒像是一种讽刺。傲文却连发作的力气都没有，颓然答道："幸福……会幸福的……"他就那么呆呆坐着，也不知道萧扬是什么时候离开的。

侍卫进来轻声禀道："阿定求见殿下。"傲文猜想又是为芙蕖之事，更加烦闷，却不得不道："让他进来。"

阿定一进来就告道："王子答应了公主要去看她，却连着几日没有露面，公主吵着要上吊自杀。"傲文不耐烦地道："我有空自然会去看她。这些事你自己就应付得来，何必大老远跑来禀告？"阿定道："属下是将公主绑了起来，不让她有机会伤害自己。可公主不吃不喝，以绝食抗议，已经两天了。"

傲文无可奈何，只得起身命道："备马，我这就去看她。"

一路驰来城外泉苏大将军故宅。几名侍卫正焦急地等在门前，见王子到来，这才长舒一口气，告道："公主说见不到王子，宁死不喝一口水。"

傲文径直奔进内室，果见芙蕖躺在床上，双手被布条绑在床柱上，人已经气息奄奄，有明显的脱水迹象，忙命人解开绑缚，扶她起来。

芙蕖眉尖紧蹙，露出了怯生生的表情，柔声道："表哥，你终于来了！"傲文道："你怎么又不听话了。"命侍卫端来一碗热粥，亲手喂她吃下。

芙蕖苍白瘦削的脸上露出一丝血色，道："表哥，我听说母后和阿姨都死了，父王也生病了，是也不是？"傲文本想一直瞒着她，想来还是侍卫不经意间露了口风，只得道："是。"

芙蕖道："我不想再过这种东躲西藏的日子。表哥，你带我回宫，我要见见父王，就算他要杀我，我也要看看他病好了没有。"一边说着，一边怔怔流下了眼泪。

傲文道："可是国王已经公告天下你被处死，你一旦回宫，非死在国王刀下不可。"芙蕖道："母后和阿姨都不在了，我就只有父王和表哥了。我宁可死在父王刀下，也不要这般活着。表哥，你若是不答应我，我就绝食而死。"

傲文无奈，只得道："那好。我带你回去见国王，你一见到他，就将刚才的话再说一遍，说不定还有一线生机，知道么？"芙蕖凄然道："死就死吧，反正我也不想活了。"

傲文料想王后之死对她打击极大，也不好再劝，当即往她身上罩了一件斗篷，遮住面孔和身形，扶她出来上马，往王宫驰来。

刚进宫门，便有侍卫过来禀告道："王子终于回来了！未翔侍卫长有急事想求见殿下。"

芙蕖道："我自己去见父王吧。"傲文道："那怎么行？"命侍卫先带芙蕖到自己住处，等忙完再带她去见国王。

刚一踏进地牢，未翔便抢过来跪下，道："殿下，还请你高抬贵手，手下留情。"傲文冷冷道："你不是宁死也不肯悔改么？又找我来做什么？"未翔道："不是为我自己。听说王子要将我公开处死，以此来诱捕梦娘。王子当真要这么做么？若是还念往日手足情分，求你……求你放过梦娘。"

傲文本来还对当众处死前王宫侍卫长有所犹豫，忽听得未翔开口用手足情分为梦娘求情，登时勃然色变，转身将他一脚踢翻在地，道："我一定要捉住梦娘，亲手将她碎尸万段，好祭奠死去的阿峰和刀郎。"又连声叫道："来人，快来人，是谁告诉你们可以不用给重囚上枷锁的？因为他以前是你们上司就可以徇私么？"

未翔担任王宫侍卫长几年，甚得侍卫爱戴，他被王储下令从塔狱转来王宫地牢，人人均以为事情大有转机，因而未给他上戒具。地牢看守见傲文突然发了大火，忙飞奔赶去取来镣铐，锁了未翔手脚。

傲文余怒未消，道："若是敢徇私放走未翔，你们全部都要处死。"看守战战兢兢，躬身应道："属下绝不敢徇私枉法。"

傲文愤然出来地牢，走不多远，便远远见到惊鸿牵着约素的手，坐在花树下密密交谈。他一时愣住，既想上前，又不敢上前，既想知道二女到底说了些什么，又害怕见到约素脸上的失望表情。正踌躇矛盾时，约素忽然抬起头来，见到了傲文，便起身站起来，匆匆往后宫走去。

傲文急忙追了上去，叫道："约素！约素！"约素回转身，勉强微笑道："有事么？"傲文道："你躲着我做什么？"约素道："我没有躲着你呀，我只是赶着去……茅厕……"登时又想起昔日与傲文被囚禁在马鬃山时的种种情形，羞红了脸。

傲文上前握住她的手，道："想必天女已经告诉你了事情经过，本来我是想亲口告诉你的……"约素道："王子，我是真的内急。"轻轻挣脱了傲文，飞一般地去了。

傲文凝视她的背影消失，悄立良久，才叫过一名侍卫，道："你暗中去盯着约素公主，如果她想要离开王宫，就立即赶来告诉我。"

蓦然听到王宫北面锣声响起，那是火警信号。北面是问天国王寝宫和书房所在处，正冒出滚滚浓烟。傲文大惊失色，忙朝北面赶来。失火的正是国王寝宫，所幸千羽湖就在王宫北面，汲水方便，火势没有烧旺就被侍卫扑灭。

问天披衣站在宫前，显是被侍卫从床上救出。傲文赶过来一看即道："这里暂时不能住了。陛下，不如你先暂时搬去我的住处。"话一出口，才想到芙蕖正藏在那里。幸得问天摇头道："不过是烧了几扇窗子，我住惯这里，还是住这里好。你去忙吧，不用留在这里陪我。"

傲文本有心试探芙蕖之事，见国王病容甚重，只得暂且作罢。回来住处，命看守的侍卫让开，推门叫道："表妹，你最好还是……"

房中空空一人，根本不见芙蕖人影。傲文忙叫进侍卫，问道："公主人呢？"侍卫道："一直在里面的呀。"傲文见西窗大开，跺脚道：

"糟了！你们几个，快去将公主找回来，千万别让国王知道她在宫里。"一面又分派人手去封锁宫门，闭门搜捕。

过了好大一会儿，惊鸿匆匆赶来告道："王子，神物不见了。"傲文大震，忙跟惊鸿赶来别苑。

却见桌案上石匣大开，里面空空如也，彩裙已经被人取走。笑笑生抚摸着后脑勺坐在一旁哼哼哈哈。傲文怒道："笑先生，神物归你看管，你现下弄丢了它，要如何交代？"笑笑生道："我是被你的侍卫突如其来地打晕了，才弄丢了彩裙，怎么能全怪我一个人？"

傲文道："我的侍卫？是谁？"笑笑生嘟囔道："说出来怕你不信。"傲文道："快说，到底是谁？"笑笑生道："那人穿着侍卫的衣服，却是死去的芙蕖的面孔，脸色青得跟鬼魂一样，我可是吓了一跳。我昏迷中还听见她的怪笑声，说她既然穿不上彩裙，就要彻底毁掉它。"

傲文这才知道芙蕖是有意哀求自己带她入宫，目的就是要盗走彩裙毁掉，登时又惊又悔，这才理解未翔大错铸下无可挽回的心情，料想火灾也跟芙蕖有关，目的就是要趁乱出宫，急忙派侍卫四出追捕。

笑笑生道："原来芙蕖公主是假死，那么我见的也就不是鬼了。"惊鸿道："彩裙是神物，不可能轻易毁掉。芙蕖公主内心魔气未散，多半往幽密森林去了。"傲文道："多谢提醒。"忙派大批侍卫往大漠方向追寻。

手忙脚乱地搜了十余日，也没有任何关于芙蕖的消息传来。傲文愈发绝望，若不是国王无法上殿理政，他就要自己亲自带兵去追寻。

这一日，侍卫小伦急奔进来，道："梦娘手下马贼铁匠来了宫外，指名要见王子。大概已经知道我们十日后要处死未翔和阿色。"傲文没有心思理会这件事，道："将他逮捕下狱，十日后与未翔一道处死。"

小伦道："两国相争，不斩来使。铁匠不过是个信使，而且我看他很是有恃无恐的样子。"傲文心念一动，道："带他进来。"

一会儿铁匠被五花大绑押了进来，一进门便嚷道："梦娘有口信带给傲文王子。"傲文道："什么口信？"铁匠道："神物在梦娘手里。"

傲文怵然变色，道："梦娘怎么知道神物的事？"铁匠道："当然有人主动告诉她的，不过不是芙蕖公主，因为公主已经被问天国王下令处死了。"

傲文自然听得懂他话外之音，这才确信芙蕖已经落入梦娘手中，大约是她往大漠去寻幽密森林时正好遇到赶来王都营救未翔的梦娘，当即沉声道："梦娘想怎样？"铁匠道："很简单，她想用神物换回未翔和阿色。"

傲文毫不犹豫地道："好。只要梦娘交出神物，我立即将未翔和阿色完整无缺地交给她带走。若是你有一句谎言，你们所有人都要死。"铁匠道："好，明日午时，梦娘会亲自带着神物来王宫跟王子交易。"傲文点点头，命人带他出去。

小伦道："要派人跟着他么？"傲文道："不必。梦娘做事滴水不漏，她必然是握有神物，才敢亲自来王宫。"微一沉吟，即赶来地牢。

未翔手足颈均戴了枷锁，被禁锢得动弹不得，见傲文进来，便低头道："恕未翔不便向王子行礼。"

傲文冷笑道："未翔，你的梦娘可对你好得很，而今她意外得到了神物，要拿它换你出去。只要她手中的神物是真的，明日你就自由了。"未翔道："多谢王子告知。"

傲文本想出言大大讥讽挖苦一顿，忽见未翔面容沉重，并无喜色，登时想到自己也曾误带芙蕖进宫的事，心头一软，问道："你可有想过梦娘只是在利用你？"未翔道："想过。她确实只是要利用我混进宫行刺，但她并非对我全无真心。"

未翔又想起他返回大漠去杀梦娘时她闻声从石屋中奔出来迎接的情形，也许从那一刻起，他心里再也放不下她，以致头脑发热，想到要带她入宫向傲文求情免罪，甚至在被她利用后，仍然不惜屈膝下跪恳求王子放过她。

傲文也是感慨万千，芙蕖落到今日的地步，也完全是因为痴恋他却得不到他的心所致，当即叹了口气，老老实实地承认道："未翔，我很高兴不用再下令处死你，希望会是一个皆大欢喜的结局。"转身叫过地牢看守，命道："除去侍卫长身上的枷锁。"

看守不知道王子为何会喜怒无常、朝令夕改，又不敢多问，只得应道："遵命。"

次日正午，梦娘果然按时出现王宫门前。侍卫见她单身一人，又无兵刃，便带她来见傲文。

傲文道："梦娘，很久不见，你可是清减了不少。"梦娘笑道："彼此彼此，王子重新当上了王储，气色也没有好到哪里去。"

傲文哼了一声，问道："神物呢？"梦娘爽快地从怀中掏出彩裙，问道："未翔和阿色人呢？"傲文挥了挥手，几名侍卫将五花大绑的未翔和阿色推了出来。

梦娘道："咱们就按照约定，一手交人，一手交货。"傲文道："好。"转头命道，"解开他们两个。"

笑笑生也在一旁，忽然插口道："小心有诈。"傲文也觉得对方交出神物太过爽快，道："等一等！"

梦娘冷笑一声，道："怎么，王子怀疑这神物是假的？"傲文道："防人之心不可无。请梦娘先试穿一下神物。"他亲眼见过彩裙的魔力，只有真正的新娘才能穿上它，就连约素也不能。

梦娘道："试就试。"抖开彩裙，围在自己腰身上，笑道："如何？"

傲文脸色一变，道："我早说过，你若敢说一句假话，立即让你们所有人死无葬身之地。来人，将她也拿下了！"梦娘大怒，道："傲文王子，你如此不守信义，将来如何当一国之君？"

傲文冷笑道："不是我不守信义，而是你失约在先，用假的神物来骗我。"命侍卫执住梦娘手臂，从她腰上解下彩裙，用力一扯，那彩裙薄如棉纸，却并没有被撕裂，不由得一愣。

惊鸿闻声赶来，叫道："王子，那是真的神物。"傲文满面惊愕，愣得一愣，才问道："怎么会是真的？"招手叫过来一名侍女，将神物往她身上套去，那彩裙立即摆动起来，无论如何贴不上侍女的腰身。傲文一时呆住。

笑笑生嚷道:"她……梦娘她穿上了神物!哎呀,王子,我明白了,马鬃山不是又称月亮山么?那月亮不是代表你,而是代表梦娘,太阳则是代表神力,有了梦娘这枚月亮,才能激发出太阳的神力。"

傲文脸色一沉,道:"胡说八道!既然天女说是真的神物,那便是真的。梦娘,现在我履行诺言。来人,放未翔和阿色走。"

笑笑生忙叫道:"不,不准放走未翔。快,快来人,将梦娘一并拿下。"

傲文不愿意见到最不想见到的事情发生,恨不得立即让梦娘从眼前消失,呼吸急促了起来,迭声嚷道:"放他们走,快放他们走。"笑笑生道:"不行,不能放。"

傲文大怒,道:"敢不听我号令者,立斩。"笑笑生道:"斩个屁!梦娘就是未来的楼兰新娘,如何放得?"

众侍卫听二人针锋相对,笑笑生的话语更是匪夷所思、骇人听闻,无不目瞪口呆,茫然之下束手无策。

傲文霸道惯了,见笑笑生当众跟自己叫板,愈发愤怒,命道:"来人,送笑先生回去别苑!解开未翔,立即放他们三个走。"笑笑生气得直跳脚,道:"王子不听人劝,迟早有后悔的一天。"推开来拉扯自己手臂的侍卫,道:"不劳你们动手,我自己会走。"赌气离去。

梦娘也不明白究竟,叫道:"未翔,咱们走吧。"未翔依言走到她身边。

梦娘柔声道:"是我害得你到这个地步,你怪不怪我?"未翔摇摇头,低声道:"你为我冒险来到王宫,如此待我,我死而无憾。"梦娘微笑道:"你是我爱恋的男子,我自然要好好待你。"

未翔道:"我对不起你,请你原谅我。"梦娘愕然道:"怎么,你不愿意跟我走?"

未翔不答,退开几步,猿臂舒展,已抢过近旁侍卫的兵刃,划过半个圈子,横刀便朝颈中抹去。刀锋逼近肌肤时,背后抢出一人,握住他手臂,喝道:"你这是要做什么?"

未翔本可以轻易挣脱,但他听出是问天的声音,生怕伤了病重的国王，慌忙抛下兵器，转身下拜道："未翔犯了王法，铸下大错，求陛下准我以死谢罪。"

问天摇摇头，道："你是楼兰第一勇士，死也该死在战场上。我以国王的身份下令，不准你自杀。梦娘，请你跟我来。你放心，你是我们楼兰的贵客，我绝不会加害，只是想跟你聊聊。"

傲文忙道："陛下，梦娘是马贼头领，是个极度危险的人物。"问天道："我知道。傲文，你先留在这里，哪里也不准去。"招手叫过惊鸿，取了神物，三人一道进了内殿。

傲文转头狠狠瞪着未翔，若是目光能杀人的话，早已经将他当场杀死上百次。当日约素试穿彩裙时未翔也在议事厅中，知道事情究竟，多少有些明白过来，他也不愿意看到即将发生的事情，然而也无可奈何，只得干等在那里。

过了一个多时辰，问天终于领着梦娘和惊鸿出来，当众宣布道："梦娘要暂时留在王宫中，她跟天女一样，都是本王的贵客，谁也不准怠慢。傲文，你进来，我有话对你说。"

傲文心乱如麻，闷闷地跟着国王进来内殿。

问天开门见山地道："梦娘交出的神物是真的，她能穿上彩裙也是真的，她和天女都是跟你有缘分的女子，你必须得在她们二人中选一个做你的新娘。"

傲文道："我死也不会娶梦娘。"问天厉声道："你现在是王储，别动不动像小孩子一样说这种赌气的话。你自己心中很清楚，天女是神仙，梦娘是凡人，显然梦娘更合适些。"

傲文心中更是不服气，质问道："为什么非得是我？我可以不做王储么？"问天严峻的脸上满是坚毅，沉声道："这是你的命！或者说这是死去的游龙的命！他完成了你的使命，你也必须承担他的使命！从希盾国王用你换走游龙的那一天起，就注定有今日的到来。"他叹了口气，语气尽量变得婉转温和了些，道："你可有想过与你交换了身份的游龙对你的殷殷期望？他离开人世前的最后一刻，提到的是你的名字。"

一个本该是王子的人，因为机缘巧合成为了游侠，孤独地行走在大漠中，与马贼进行着生死搏斗。而一个本该是平民身份的普通人家的孩子，则意外成为了楼兰王子，拥有无限的富贵与权势，也拥有无法自主选择新娘的痛苦。这到底是上天的青睐，还是命运的捉弄？

有时候，人以为重要的，其实并不那么重要；以为已经拥有了很多，其实失去的更多。

问天见傲文失魂落魄，再无话说，温言抚慰道："我知道你为难，可这也是没有法子的事。你可以将约素公主留在宫中，我不会阻拦，天女和梦娘也不会阻拦。你这就去吧，跟约素好好谈一谈，再跟天女和梦娘谈一谈，一日之内，我要知道你选择的新娘是谁。"

傲文无奈而无望，沉默了一会儿，才躬身道："遵命。"声音听起来疲惫而嘶哑，似是走了很长很远的路的旅客。

一名侍卫正等在殿前，一见傲文出来，忙禀告道："王子命我监视约素公主，她刚才收拾了行装，似乎是想要离开王宫。"

傲文大惊，急忙往宫门赶来，果见约素背着一个包裹，行色匆匆，正要出门。傲文抢过去拖住她手臂，问道："你要去哪里？"约素埋着头，不敢看他，道："我……我出宫去逛一逛。"

傲文道："不行，我不准你离开王宫。约素，你抬起头，看着我，我不准你离开我。"

约素仰起头来，又是凄然又是决然，眼中却渐有泪光盈转，道："可是你很快就要娶天女或是梦娘做妻子呀。"傲文道："是，我是要娶她们中的一个做王妃。但无论我的新娘是谁，我只爱你一个人。我向上天发誓，我只爱你约素一个人。如果你离开我，我不知道该怎么办才好。"

约素扑入他怀中，泪眼婆娑，饮泣道："我也不想离开你。"傲文道："我不想孤零零一个人留在这里，也不想你孤零零一个人上路，你留下来，留在我身边，让我天天能看到你，好么？"

约素泣不成声，无法回答。傲文便搂着她回来住处，温言安慰，终于劝得她回心转意，这才恋恋不舍地起身，赶来别苑。梦娘也暂时被安顿在这里，他一时踌躇，最终还是决定先来见惊鸿。

笑笑生与惊鸿正瞪着那具装过彩裙的石匣发呆。傲文见二人神色凝重，心中登时又燃起一线希望，问道："是不是还有什么偈语没有解开？"笑笑生摇摇头，道："就算还有偈语，也一定被禁制锁住，不知道该如何开启。"

傲文道："先生一定有办法的，一定能想出办法的。"笑笑生叹道："我什么法子都试了，还是不行。王子，你就认命吧。天女是神仙，不是你的良配，你只能娶梦娘做妻子。"

傲文只觉得无形中有一张绵绵密密的大网向自己笼罩而来，虽然轻轻软软，却始终挣不脱、甩不开，他最终被囚禁在宿命的网底，无所遁形。

既然无力抗争，那便只能接受命运。他想到游龙、萧扬那些人的付出和牺牲，终于还是下定了决心，道："好，我这就去见梦娘。"惊鸿道："王子先不要进去，未翔在梦娘屋里，给他们一点告别的时间。"

傲文这才想到受到情感折磨的不仅有自己和约素，还有未翔和梦娘。他那么不愿意娶梦娘，梦娘又会愿意嫁他么？

傲文赶到别苑的时候，梦娘正将自己要嫁给傲文的消息告诉未翔。尽管未翔早有预感，但听到话从梦娘口中说出来，还是忍不住一呆，问道："什么？你……你要嫁给傲文王子？"

梦娘道："我也不想的。"她的眼睛忽然发亮，上前挽住他的手臂，急切地道，"未翔，我们一起走，好不好？我们离开这里，我再也不要做马贼头领，你也不要当侍卫长，我们离开楼兰，离开西域。"未翔道："我……我……"

梦娘道："难道你不喜欢我么？"未翔道："我当然喜欢你，可是……可是……"

梦娘道："那你怎么能忍心看我嫁给别的男子？"未翔道："难道真的没有别的法子了么？"梦娘道："没有。是对于你们楼兰而言，没有。只有穿上彩裙的女人才能成为楼兰新娘，破除你们国家的诅咒。"未翔无力回答，只呆呆望着她。

梦娘举起手，温柔地抚摸着爱人的脸庞，道："你这么为难，是既不舍我，又舍不得你的楼兰国呀。我就是爱你这样有担当的男子，我又怎么能让我心爱的男子为难呢？我要留下来，嫁给傲文王子，做你们楼兰的王后，只有消除这千年诅咒，我爱的男人才能好好活着，是也不是？"

她的神情是难以自抑的孤寂和哀伤。她的眼角里闪耀着晶莹的光泽，宛如平湖里的一轮明月。

未翔一句话也说不上来，他看到大颗大颗的泪珠从梦娘双眼中滚落下来，她的面目逐渐朦胧起来。这是他头一次感到他们的心灵这般亲近，而身体却再也无法靠近。他们之间，经历了那么多的曲折和悲怆，却最终还是要面对日日相对的分离。

未翔出来梦娘房间时，正见到傲文站在院中。四目相对，都感受到对方难言的痛苦。二人都将要失落至珍至爱的心上人，惆怅，叹惋，心有不甘，而又无可奈何。

未翔欠了欠身，正要出去。傲文叫道："你留下来，继续做你的侍卫长。"未翔摇摇头，道："多谢王子美意。只是我犯过大错，不配再当侍卫长，我这就会离开王宫，回去家中陪伴祖父。未翔不能再侍奉王子，请王子多保重。"深深鞠了一躬，昂然出去，再也没有回过头来。

傲文百般不愿，还是不得不跨入梦娘房中，命侍卫留在门外。梦娘本坐下窗下发呆，一见王子独自进来，立即换了一副面容，笑道："王子是来找我谈婚事的么？"

傲文冷冷道："我来不是要跟你谈婚事。我问你，芙蕖人在哪里？"梦娘道："芙蕖公主释放瘟疫，祸害楼兰，不是早被问天国王下令处死了么？"

傲文道："你我心知肚明，何必多说这些废话？直接说吧，你想要我怎么做，才肯告诉我芙蕖的下落？"梦娘笑道："当日我捉住王子，王子宁死也不肯向我屈服。若是你对我下跪，我说不定会回心转意。"

傲文沉默片刻，当真单膝跪下，道："这下你满意了么？"梦娘道："哪有下跪求人还这般凶巴巴的？我可是一点也不满意。"

傲文勉强忍气吞声，低声道："请你告诉我，芙蕖到底怎么样了？"梦娘道："芙蕖公主用瘟疫杀了我那么多手下，还险些杀死我，可她偏偏生得如此花容月貌，我手下人舍不得杀她，只能带她去个好去处了，那地方王子原也去过的。"

傲文惊道："你派人带她去了马鬃山？"梦娘笑道："不错，我特别交代手下，要在马鬃山给公主找个长相英俊的马贼嫁了，最好是样貌跟王子差不多的。"傲文愤而起身，上前抓住她胸口衣襟，怒道："你以为你能穿上神物我就不敢对付你么？我这就派兵……"

忽听得有人敲了敲门，有侍卫叫道："王子殿下，甘奇人在外面，有要事求见。"傲文恨恨地放开梦娘，道："我回头再来找你算这笔账。"

出来院中，果见侍卫领着甘奇及两名仆从站在树下。侍卫禀告道："他们几个说有急事，事关殿下的外公，一定要立即见到殿下，我只好领他们来这里。"

傲文脸色顿时阴沉了下来，森然道："甘奇，你杀死我两名心腹侍卫，还伪造书信，诬陷我和泉川将军谋反，你明知道官署正在追捕你，居然还有胆到王宫里来。"甘奇道："王子，甘奇所作所为都是奉桑紫夫人之命行事，殿下要打要杀，甘奇绝不敢反抗。不过要先说阿胡主人的事，这里有一封主人的信，是主人亲笔写给王子的。这两位都是主人的心腹仆从。"

阿胡病重，之前甚至未能赶来楼兰参加两个女儿的葬礼。傲文一向仰慕外公天马行空的生活，虽然身世揭开，并无血缘关系，但他毕竟一直被阿胡当做亲外孙对待，感情极深，当即拆开书信。那信在阳光下一照，竟立即着火燃烧了起来，傲文的双手更是一点点变成了紫黑色。

正错愕间，甘奇已然抢过身边侍卫的佩刀，直朝傲文刺来，刀风鼓荡，凶猛之极。

一名侍卫高叫道："有刺客！保护王子！快保护王子！"挺身挡在傲文面前，被一刀刺穿胸口。

傲文双手发麻，连去拔兵刃的力气都没有，完全不能抵挡，倒退数步，跌坐在台阶上，大口喘气。

梦娘抢出门来，一看便道："王子是中了剧毒。"解下腰带扎住傲文两条肘部臂弯处，令血流不畅，阻止毒性蔓延。又从怀中掏出一粒黑色药丸，强迫他服下。

傲文道："你……你给我吃的什么？"梦娘笑道："当然是解毒药。放心，你暂时死不了，我还要当王子的新娘呢。"

却见甘奇跟发狂的猛兽一般，凶悍无比，一人力斗数名侍卫，居然大占上风，片刻间就被他杀死两人。他带进来的两名黑衣仆从各从怀中掏出一个竹筒似的东西，一拉管线，便有烈焰喷出。二人并力冲开侍卫的包围圈，直朝惊鸿房中而去。

笑笑生已闻声赶出，见刺客直冲过来，登时惊觉，叫道："他们是要来抢神物！"忙将惊鸿推出房外，自己回去抱了石匣，却已经来不及出门，被两名黑衣刺客堵在房中。

笑笑生忙将石匣藏在身后，警告道："告诉你们，我也是会喷火的。"

两名刺客狞笑一声，举起竹筒对准笑笑生，正要拉动管线，抢进来两名侍卫。刺客便转身将竹筒对准侍卫，火焰喷出，登时点燃了侍卫的上半身衣裳。侍卫高声惨叫，忙不迭地扔下兵刃，奔出房去，扑倒在地上乱滚，试图就此扑灭身上的火苗。

笑笑生见那竹筒表面不起眼，却是威力巨大，不由得暗暗心惊。眼见两名刺客一步一步进逼过来，笑笑生威胁道："我真的要喷火了！"话音未落，一道火焰自门外射入，正打在那两名刺客的背心，瞬间引燃了竹筒，"嘭"的一声绽开，二人登时成了火人。片刻后，火焰和火人都凭空消失了，仿若从来没有出现这两名刺客一般。

笑笑生道："好险！"赶出来一看，却见麒麟盘旋在空中，正喷出一道火焰射中甘奇的背心。甘奇全身着火，凄厉地尖叫一声，摇摇晃晃中变成了一团黑烟，火焰也跟着熄灭了。

笑笑生道："这三名刺客都不是常人，已经变成半妖半魔。惊鸿，多亏你及时召唤来麒麟，不然后果不堪设想。"惊鸿道："可是梦娘她……她……"

笑笑生这才看到梦娘背心中了一刀，伏在台阶上，忙赶过来查看伤势。傲文刚被侍卫扶起，叫道："笑先生，你……你救救她……"

笑笑生见那刀既伤在要害，又穿透至前胸，就算神仙也难以挽救，当即摇了摇头，将梦娘翻过来，头枕在自己膝盖上，问道："梦娘还有什么未了的心愿么？"梦娘笑道："那可多了，我……我还没有当上楼兰王后呢。"

傲文挣开侍卫，走过来蹲下身子，问道："你为什么要舍命救我，替我挡下甘奇那一刀？"梦娘道："我不是要救你……我……我是要救我的未翔……王子，你赶快娶天女做妻子，破除楼兰的诅咒，我的未翔才能……才能好好地……"她来不及说完最后的话，头无力地垂了下去。

笑笑生长叹一生，将她放平到地上。她安详地躺在那里，就像是睡着了一样。这个原本被傲文刻骨仇恨的马贼头领，却在最要紧的关头救了他的性命。他原来以为她不过是在利用未翔，而现在看来，她也是个至情至性之人，这让他除了怜惜和歉意外，还凭空多了几分尊敬。她虽然已经死去，然而她的嘴角却漾着莫名的微笑，仿佛死亡反倒是她的解脱，更为她平添了一丝耐人寻味的神秘。苍白的脸上浮起一抹红晕，那大概是生命中最后一抹恋恋不舍的晚霞。

那一刻，傲文彻底下定了决心，道："好，我答应你，我明日就正式娶天女为妻。"

笑笑生道："王子，梦娘已经去了，她听不到你的话了。"傲文道："她听得到，一定听得到。"郑重走到惊鸿面前，道："天女，请你嫁给我，做我傲文的妻子。你我成亲之日，我会正式登基成为楼兰国王，你就是楼兰的王后。我今生今世都会敬你重你，绝不违背你的意愿。"

惊鸿早已经泪流满面，只有点头的力气，再也说不出一个字来。

泪眼朦胧中，她的眸子中闪耀出新的光芒，仿佛整个心都在飘飘远去。

月光流泻大地，天籁悠然而至，久违的清净悠悠澄澈着心灵。

彩裙重新装入了石匣，送来傲文住处。明日是王子的婚期，他将在婚礼上亲手为天女穿上神物，解除千百年来笼罩在楼兰头上的诅咒。约素站在傲文旁边，二人双手紧扣，默默凝视着眼前这件决定了他们命运的彩裙，迷茫的脸上写满忧伤，宛如阒然的黑夜里一道最为悲怆的风景。美人如诗，情怀如梦。纵然望断天涯，他们二人之间依旧隔着难以跨越的鸿沟。

也不知道过了多久，约素终于开口道："我该走了。明日是王子的婚礼，你该好好歇息。"傲文却无论如何不肯放手，将她娇小的身子揽入怀中，只觉得心跌在地上，碎了一地，眼泪缓缓流了下来。约素心也是生生作疼，哭道："不要哭，我不要看见你哭。"

蓦然一道红光闪过，二人吓了一跳，转头一看，那件彩裙忽然变得绚烂夺目起来，裙丝中不断放出奇异的光彩，五光徘徊，十色陆离。傲文"啊"了一声，忙叫道："来人，快去请笑先生和天女来这里。"

笑笑生和惊鸿闻讯赶来时，彩裙光彩流动不息，仿若星辰闪耀，银光耀眼，宝色映人。石匣上的太阳和弯月标记已经消失不见，替代为彩裙和宝剑。

笑笑生又惊又喜，问道："禁制已经被打开了！你们做过什么？"傲文道："什么也没有做过，甚至连话也没有说过。"惊鸿道："你们哭过，对不对？我明白了，原先的太阳是代表最热，月亮是代表最冷，只有世间最热最冷之物才能打开禁制，激发出彩裙的潜力。"

傲文道："这话是什么意思？"笑笑生笑道："你们二人共过患难，没有什么比你们的爱恋更炽热，可你们无法在一起，没有什么比你们心里的悲苦更冷，所以当你们同时落泪的时候，就是世间最热最冷之物。王子，恭喜你，约素才是真正的楼兰新娘。"

原来人的眼睛有神灵精气，是富有魔力的。眼泪中亦含有自身的元神，所以通常在哭丧时切忌不可将眼泪掉进棺材里去。

傲文简直不敢相信自己的耳朵，握住笑笑生手臂，连声追问道："先生说什么？说什么？"笑笑生道："你不用娶天女了，改娶约素做妻子吧。"又埋怨道："你不是中毒了么？怎么还这么大力气，抓得我臂膀疼。"

傲文大喜过望，转头问道："天女，这是真的么？"惊鸿笑着点点头，取过彩裙抖开，果真顺利地围上了约素的腰身。

傲文欢呼一声，狂喜之下，上前抱起约素，像个小孩子那般又蹦又跳。他的眼睛闪烁着兴奋的光彩，就如同孩童得到了渴望的糖果一般。

约素羞道："笑先生和天女在这里，你别胡闹了。"傲文放下她，道："走，我带你去见国王，这就向他禀报清楚。"扯着约素去了。

惊鸿指着石匣上新出现的图案道："先生看这柄剑会不会就是代表轩辕剑？"笑笑生呵呵笑道："一定是的。天女放心，我这就去车师找他回来。"这个"他"，自然是指萧扬了。

萧扬离开楼兰后，与阿飞一路赶来车师。之前他曾以游龙身份领导车师军民力抗强敌，他的强弓至今还被隆重供奉在车师王宫的大殿中，许多人认得他的容貌，为避免节外生枝，他特意取下了游龙的面具。

阿飞问道："师傅既然打算回去中原，那么游龙的事业该怎么办？"萧扬道："我本一直有心将游龙衣钵传给你，近来你武艺大进，也有能力来担当。可我还是有一点担心，怕你心中放不下古丽的私仇，会利用游龙的声名来对付于阗国王希盾。"

阿飞沉默许久，才道："如果我向师傅保证我不会这么做呢？于阗王已经知道上任游龙是他的亲生儿子，他派手下射杀了自己的儿子，这已经是老天爷给他的报应。"萧扬还是有所犹豫，道："等我们办完古丽的事，再好好商议这件事。"

来到车师邺城古丽家中，报上死讯，其家人自然免不了一番悲恸。二人留下来参加完古丽的衣冠葬礼，这才离开邺城。当晚夜宿客栈，萧扬想到马上就要离开西域，心中百感交集，辗转难以入眠，折腾到后半夜才沉沉睡去。

次日醒来，店家来告知阿飞已在凌晨提前离开，萧扬这才发现游龙的面具、割玉刀以及汗血马都不见了，阿飞居然从他枕边盗走行囊而没有惊醒他，也可谓十分本事了。他料想阿飞是以游龙身份去了大漠行侠仗义，既无处寻找，也无从阻止，只得就此作罢。

到车师与墨山边境时，萧扬见到车师国师无价正站在关卡处与一墨绿长袍巫师交谈。他曾在玉门关前见过无价，当时他还是车师二王子昌迈的私人军师，后来昌迈当上车师国王，他也跟着一飞冲天，成为国师。萧扬一直疑心当日于阗武士在白龙堆沙漠中被杀之事与无价有关，怀疑是他救走了落入于阗人之手的昌迈王子。只是那几名武士死状凄惨，似是非人力所为，萧扬还不能肯定是无价所为，此刻见他与巫师交谈甚密，心中才有定论。

萧扬通过关卡时，那墨绿长袍巫师不知如何留意到了他，转过头来紧盯他不放。无价本要命军士拦下萧扬盘问，却被巫师阻住。萧扬见自己被那巫师盯上，对方又是一副有恃无恐的样子，心知不妙，一路急驰，还是在墨山境内被追上。

巫师挡在他的马前，问道："你是谁？"萧扬道："你又是谁？"巫师道："我是摩诃巫师。年轻人，为何你的身上会有轩辕之气？"萧扬道："我是中原人，当然有轩辕之气了。"一边说着，一边拔出自己的随身钝剑，凝神戒备。

摩诃"嘿嘿"一笑，道："除非你手中有轩辕剑，不然你是杀不死我的。"拉开马步，叫道："变！"斗篷飞扬开来，竟化身成了一只魔兽，怒吼一声，直朝萧扬冲来。

萧扬急忙跃下马来，挺剑迎上前去。然而那魔兽力量极大，只轻轻一挥前掌，便将他连人带剑抢到一边。萧扬身子撞上树干，重重跌落下来，只觉得百骨尽散，再也爬不起来。魔兽一步一步逼到他面前，将锋利的尖爪按在他胸口，沉声问道："说，轩辕剑在哪里？"

萧扬道："你杀了我，就永远不会知道轩辕剑的下落。"魔兽道：

"你说得不错，但杀了你这个体内有轩辕之气的人，世间再无人能用轩辕剑，有跟没有一样。你就受死吧！"正要用力按下利爪，忽听得背后有人道："别着急动手，我知道轩辕剑的下落。"

魔兽抬起脚来，转过身去，却见一名脏兮兮的道士正站在背后不远处。萧扬勉强扶着树干站起身来，叫道："笑先生，你快走，不用管我。"

魔兽道："你就是笑笑生？你几次三番坏我大事，今日先了结了你。"吼叫一声，便奋蹄朝笑笑生冲去。萧扬无力阻止，惊叫道："先生快跑！"

笑笑生"哎哟"一声，转身就逃。魔兽高高跃起，从半空直朝他俯冲而下。就在那一瞬间，笑笑生陡然转身，全身放射出金色光芒，仿若一个八卦形状，魔兽一沾到金光，便发出一声惨叫，力道尽消，从半空落了下来，变成一团黑雾散去。

萧扬目睹这一切，瞠目结舌，道："先生你……你……"笑笑生得意地道："你当只有你一人来历非凡么？我早说过先生我是伏羲氏后人，你们却都不信。"走过来扶住萧扬，道："咱们快些走吧，车师国王和墨山国王都已经被巫师完全控制了心智，军队也是一样，很快就有一场大战。"

萧扬道："我……我不想再回去楼兰。"笑笑生道："你还对天女要嫁给傲文王子耿耿于怀？我告诉你，情况完全变了。"当即说了萧扬离开楼兰后所发生的种种事情。

萧扬大出意外，半晌才问道："傲文王子已经正式娶了约素公主么？"笑笑生道："还没有。问天国王说了，是你、我和天女助楼兰寻到神物，王子的婚礼，希望我们几个都在场。天女还在楼兰王宫等你，你还等什么？"萧扬遂不再犹豫，折道往南而来。

墨山国正往南部边境集结大军，二人小心避开兵锋，绕道避过关卡，进入楼兰境内。却见处处挂着白幡，就连边关军营亦是如此，打听之下才知道问天国王已经去世了。二人不免大吃一惊，急忙驰回王都扞泥。

傲文已正式即位为新一任的楼兰国王，身上骤然多了许多沉郁和沧桑，人也变得精干稳重起来。他正在服国丧中，一段时间内不能迎娶约素，听说车师和墨山两国联军正赶往楼兰北部边境，不由得很是忧心——楼兰新近才经历了内讧和于阗入侵的事件，王都一度被攻陷，元气大伤，阿曼达王后和问天国王又相继去世，根本无力应付危机。然而既然敌人大举来袭，傲文只得下令全国备战，更是不顾新登王位，打算亲自领军抗敌，以鼓舞民心士气。

这一日，傲文正要出发前往边境，王宫中突然来了不速之客，却是于阗国王希盾，一是来吊唁旧王，贺喜新王，二是表示已经在边境集结了两万大军，只要傲文同意，随时可以过境援助楼兰。

傲文大感意外，道："陛下想来已经知道车师、墨山军队已被魔气感染，对方的统帅巫师可以变身魔兽，厉害无比，常人难以抵挡，此战凶险异常。"希盾道："我已经将于阗王位传给须沙，就算战死沙场，也没有什么遗憾。傲文，我不想说什么你我并肩作战的大话，魔军一旦攻陷楼兰，下一个目标必然就是于阗，我们都是为了保卫自己的家园而战。"

傲文低声与萧扬、泉川几人商议了几句，即道："好，我派萧扬跟陛下一道。"希盾道："不必，我跟你一起赶赴前线，你派侍卫和范鹰一起去我于阗军中传令。"他坚持跟傲文一起，自是要表示自己心怀诚意，绝无趁机落井下石之心了。

傲文道："也好。"命心腹大伦、小伦带一队侍卫前去边关传令，南部边军只留下少数人，余众由白其将军率领，引领于阗大军穿越国境，赶赴北部边境。

傲文到达北部边境后，立即命军队在楼兰与墨山之间的沙漠地带布阵，力图将战火阻挡在国境之外。这一片在十几年前还是林木葱翠，而今却是寸草不生，光秃秃一片，当真是沧海桑田，变幻莫测，令人感慨万千。

一日后，车师国师无价和墨山国师无计统帅大军到来，也在沙漠摆开长蛇阵仗。尘土飞扬中，旌旗荡野，金鼓连天，战马嘶鸣声不绝于耳，人数竟有近十万之多，显然是倾两国之力而来。而楼兰不过仓促集结了四万人马，实力对比实在悬殊。

无计单骑来到两军中间地带，扬声叫道："请傲文国王出来说话。"傲文闻报便要策马上前。萧扬道："无计是巫师，怕是跟摩诃一样也会变身，陛下还是小心些好。"与笑笑生一左一右护送他来到阵前。

无计道："傲文国王，我们并非要跟你为敌，我主人是中原人，不过是想要从贵国国境借条道路杀回中原，我们即使不是朋友，也绝非敌人，大可不必兵戈相见。"

傲文问道："你主人是谁？"无计道："蚩尤，在中原有'战神'之称，想来国王也该听过他的名字。其实我们两方有着共同的敌人——黄帝。当年黄帝用诡计杀死我主人的躯体，将他的元神镇压在西域大漠之中。又用鲜血诅咒楼兰的先人，楼兰各种天灾人祸，其实都是因为这个诅咒。而今我主人元神得脱，躯体也即将复活，要回去中原向黄帝的子孙后代复仇，其实也等于是为楼兰复仇。"

傲文一时沉吟不语，楼兰非但军队数量远远不及对手，且国内历经磨难，局势动荡，他新即帝位，根基尚不稳固，对方的话不能不令他动心。

无计又道："而今车师和墨山两国尽在我们掌握之中，我主人请我转告国王，若是国王肯行方便，等我们重新占据中原，这两国的领土、人口尽可以送给楼兰。不过，我还有一个附加条件，请国王将这两个人——萧扬和笑笑生交出来。"

傲文道："于阗希盾国王也来了此处，等我与他商议一下，再答复巫师。在这之前，我会先下令扣押萧扬和笑笑生。"笑笑生大叫道："傲文国王，你可不能过河拆桥！"

傲文理也不理，道："巫师以为如何？"无计道："好，我给国王一天的时间。明日正午时分，我们再来这里相会。"傲文道："一言为定。"策马回来军中，果然下令拿下萧扬和笑笑生，带进营帐。

笑笑生道："你这是有意做给无计看的，对不对？"傲文也不回答是否，只是挥手命侍卫退开，转头问希盾道："陛下怎么看巫师提出的条件？"希盾道："蚩尤从前可能是威风凛凛的战神，而今只是个奸诈小人，他派巫师在西域兴风作浪，先后控制了墨山、车师，楼兰的瘟疫和政变都跟他有关，又骗得我击毁神镜，跟这样的人谈判，不会有什么好结果。"

笑笑生插口道："希盾国王，论奸诈，论阴谋，论诡计，你可绝不在蚩尤之下。"希盾道："不错，我曾经是跟蚩尤一类的人，所以我非常了解他的野心和为人，虽然巫师强调他只志在中原，然而攻陷中原需要大量的军力、人力、物力，西域就是他最理想的基地。你认为他控制了车师、墨山后，还会放过楼兰吗？这里可是西域通往中原的门户，他可绝对不是那种受制于人的人。"

傲文点点头，道："我也是这样认为。不过敌众我寡，对方魔气极重，我担心敌人的兵士都已经半妖魔化，会跟当初的甘奇一样，不要命地疯打。我们眼下兵力不足，只能勉强装做考虑对方的条件，拖延时间，等到于阗援兵到来，一鼓作气出击。"

萧扬道："我有个主意，不如利用这个机会来擒贼擒王。国王可以绑了我和笑先生，当面交给巫师，我们趁机动手。只要击杀了无计和无价，敌军魔气自会散去，那些兵士变回普通人，就会容易对付得多。敌军骤然失去主帅，茫然无措，我们趁机挥军冲杀，必能杀他个措手不及，出奇制胜。"

希盾很是赞成，道："这是个好主意。"傲文微一沉吟，即道："好，就这么办。"

众人密密计议一番，做了周密部署和安排。傲文见天色不早，便让大家各自回营歇息，养足精神，明日好放手搏杀。希盾却徘徊着不肯离开，目光炯炯，凝视着傲文。

傲文见他神色有异，问道："陛下还有事么？"希盾叹道："如果当初不是我用农夫的孩子换走游龙，今日站在我面前的楼兰国王就是我的亲生儿子。"言语中大有悔恨之意。

傲文沉默良久，问道："我的父母……亲生父母他们可还好？"

他不知道当年他的亲生父母因为弄丢了希盾的孩子，早被希盾狂怒下亲手杀死。希盾却因为大战在即，不欲他知道此事，答道："你的父母是我于阗王宫中的园丁，一直都过得很好，不过几年前已经故世了，安葬在昆仑山下。等这里的事了结后，我就带你去拜祭他们的坟墓。"傲文道："多谢。"

次日正午，傲文带着两名侍卫，押着萧扬和笑笑生来到阵前。无计和无价早等在那里，无计见萧、笑二人双手反剪，当即笑道："傲文国王果然是个聪明人。"傲文道："我这就将他二人交给你们。"命侍卫牵了萧扬和笑笑生上前，将绑索递过去。

无价正要接过绳索的一刹那，萧扬陡然脱开双手，从背心拔出锟铻短剑，一剑刺中他胸口。无价怪叫一声，便软了下去，却只是个空空的斗篷，并无尸首。萧扬微感愕然，不及思虑更多，又迅疾挺剑去攻无计，却仿若被什么透明的盾牌挡住，始终刺不到无计身上。

无计哈哈大笑道："傲文国王，你上当了。我主人早料到你们会如此，已预先施展法术，将这里变成绝地。萧扬，你刺中无价幻影，就等于触发了禁制机关，你们几个连人带马都被无形金刚罩罩住，再也出不去了，就留在这里看好戏吧。"举手一挥，身后鼓声大作，先锋骑兵登时策马向前，潮水般向楼兰阵地涌来。

傲文急忙策马回冲，坐骑却仿若撞上了墙壁一般，生生顿住，嘶鸣声中，前蹄扬起，将他甩了下来。

笑笑生道："不要乱闯！我们确实被罩住了，这里方圆二十丈之内都变成了绝地，出不去的。"

楼兰一方见计划不顺，傲文几人尚滞留在阵前，敌军已发起了进攻，当即也擂起大鼓，派出精锐骑兵上前迎战，营救国王脱险。两军片刻间接战，厮杀声大起。傲文等人被圈禁在绝地中，只能在二十丈方圆的地带走动，自己既出不去，外人也进不来。

眼见外面瞬间已是血流成河，傲文焦急万状，汗下如雨，连声催道："笑先生，快想想办法。"笑笑生道："只能勉力试上一试了，你们都让开些。"

当即朝东盘膝坐下，双手食指合十，举在胸前，口中念念有词，蓦然间全身发出金光，直射东方，却在前面二三丈处被什么看不见的东西阻挡住。过了好大一会儿，金光被挡住之处渐有轻烟冒出，似是罩壁正被金光灼烧。烟雾渐浓，有一处更是冒出火星来。

傲文喜道："快了，快了，先生再加点力。"

却见笑笑生身子一歪，脱力昏了过去。浑身湿透，如在水中浸泡过一般。萧扬忙扶起他，叫道："笑先生！"笑笑生睁开眼睛，歉然道："我功力已经耗尽，再也没有办法啦。"

忽听得空中一声怒吼，麒麟从天而降，张口喷出一道赤焰，正打在笑笑生适才发力处，登时响起"哗啦啦"一片分崩离析之声，仿若瓷器碎裂一般。

萧扬猜想无形金刚罩已经被笑笑生和麒麟合力攻破，忙扶笑笑生上马，叫道："走，快走！"

金刚罩一碎，敌方士兵立即如蝗虫般包围了上来。幸亏麒麟大发神威，用火焰冲破包围圈，终于护着傲文几人回到阵营。

将军泉川忙上前禀告道："希盾国王适才亲自带人去救国王，正陷在敌人重围中。"傲文见战场上人影晃动，黄沙滚滚，一时间难以分辨希盾人在哪里，当即挥手道："召集人马，跟我去救希盾国王。"忽见几名侍卫护着约素到来，不由得一愣，问道："你怎么来了这里？"

约素道："我们早上就到了军中，正好遇到笑先生。他说你们正午要发动攻击，让我先安顿下来，暂时不要露面，怕影响了你的计划。"傲文埋怨道："这里太危险，你不该来这里。"

惊鸿忙过来道："是我让约素来的。陛下，此战生死难卜，你应该尽快娶约素做王后，才能破除楼兰的诅咒，我特意带来了神物。"傲文微一踌躇，即道："不错，这样即使我战死在沙场，也再没有任何遗憾。"

萧扬道："国王就在阵前与约素公主成亲，我和麒麟领军去救希盾国王。"傲文道:"好,有劳。"

萧扬便上前握了一下惊鸿的手,即转身上马,招呼麒麟,一人一兽,朝战场上沙尘最浓重之处冲去。

按照楼兰习俗,国王、王子大婚要在神殿天女玉像前起誓,但此刻既然身在前线,也只能一切从简,让惊鸿暂时充当天女玉像。二人正要下跪,忽有兵士来禀告道:"陛下的心腹侍卫小伦到了。"

傲文道:"那么援兵也快要到了。"忙命人带小伦过来。小伦受了伤,满脸血污,一见傲文就哭道:"巫师无价带着一大队人马从沙漠绕到楼兰境内,重新施放瘟疫,阻挡了于阗援军,还截断了国王的后路。我方死伤无数,是范鹰将军拼死力战,才保护我冲过了封锁线,赶来向陛下报信。可是阿兄和范鹰将军他们都死了。"

傲文不及反应,陡然听到麒麟一声怒吼,天空蓦地暗了下来。笑笑生惊叫道:"坏了,日食出现,蚩尤马上就要重生。我们这些人都难逃大劫,王子,不要再犹豫了,立即娶约素公主做王后吧。"

傲文再无迟疑,拉起约素在惊鸿面前跪下,发誓终生相护相守,随即起身,深深吻过自己的新娘后,自惊鸿手中取出彩裙,亲手围上约素的腰身。就在那一刻,彩裙发出灿烂绮丽的亮泽,流光溢彩,照耀四周。日全食同时出现,天空一片漆黑,如同黑夜骤然莅临,战场上的拼死厮杀也在混沌苍茫中骤然歇止。

正当众人惊奇不已、贪享人间的瞬息繁华时,约素忽道:"我的脸……我的脸……"她的全身笼罩在彩光下,傲文一时看不清她的面孔,问道:"你的脸怎么了?"

忽听得战场上一声凄厉的惨叫,火球一般的麒麟蓦地从半空中坠了下来,隔得这么远,还是能听见它重重坠地的声音。一条亮烟升上半空,渐渐幻化做一条人形。

惊鸿道:"麒麟的神力挡不住蚩尤元神,日食一旦结束,他就要复活。"笑笑生急得满头是汗,连声叫道:"怎么办?该怎么办?"

惊鸿道:"现在唯一能对抗蚩尤元神的就只有轩辕剑……"蓦然得到提示,忙命军士举火,却见石匣上的裙裾图案轮廓愈发鲜明,轩辕剑则在慢慢变淡，不由得大吃一惊，道："笑先生，你快来看，轩辕剑的图案就快要消失了。"

恰好萧扬带着受伤的希盾驰回军中，跳下马急问道："麒麟突然从半空跌落，受了重伤，动不了，现在还困在敌阵中。笑先生，要怎样才能救它？"

笑笑生道："麒麟是自己从天上掉下来的么？"萧扬道："嗯，也许是敌人用什么无形的利器伤了它也说不准。"

笑笑生道："啊，我已经明白了，你看这石匣上的图案，它就是最后的禁制，只要打开它，轩辕剑就会出现。"

萧扬追寻轩辕剑已久，从无头绪，忽听得石匣禁制打开就会找回宝剑，忙问道："要如何才能打开禁制？"笑笑生叹了口气，道："你们看约素王后的脸。"

众人转过身去，这才发现约素的容貌起了巨大变化，明媚靓丽的脸变得奇丑无比。傲文见刚才还完好无缺的新婚妻子忽然变成了一个完全陌生的女人，惊愕无比。

笑笑生道："这件彩裙是无上神物，法力巨大，能阻止一切神圣的力量，所以它能破解黄帝的千年诅咒。麒麟不是受伤，而是神力被彩裙的法力削弱。只有除下彩裙，轩辕剑才会出现，才能阻止蚩尤复活。难怪之前巫师派甘奇来王宫夺取彩裙，目的原来是为了阻止轩辕剑的出现。"

傲文忙道："那么还等什么，赶快解下彩裙就是了。"正伸手圈住约素腰身，笑笑生道："等一等！国王，你可要想清楚了，彩裙的神力正被楼兰新娘完全激发出来，若是你此刻解它下来，就可能再也没有机会破除黄帝诅咒了。若是不解彩裙，诅咒被破除，就算蚩尤重生，他一心对付中原，不会将兵力消耗在西域征战上，楼兰还是有很大的存活机会，顶多只会沦为他的傀儡和奴隶。但如果就此放弃彩裙，黄帝的诅咒就会应验，就算没有战争和瘟疫，干旱和风沙也会彻底吞噬楼兰全境。傲文国王，你是要放弃楼兰，还是要拯救中原？"

天空露出了一丝光亮，日全食变成了日偏食。麒麟又发出一声狂吼，充满了悲愤与绝望。所有人静静望着傲文，等着他作出最后的决定。傲文一动不动地呆站在那里，仿佛化成了石像。

在巨大的危机面前，人类终于团结在一起，包括曾是宿敌的楼兰、于阗，包括西域民众的公敌马贼。在许多人的牺牲和付出后，楼兰的诅咒终于要被解除了。但而今又出现了新的问题，蚩尤复活后将无比强大，要越过戈壁沙漠，回去中原向黄帝的子孙后代复仇。要打败蚩尤，楼兰必须承担被诅咒的命运，是灭国，还是旁观，这是一个艰难的选择……

石匣上的宝剑图案越来越浅。萧扬默默拔出钝剑，翻身上马，预备重返战场，与麒麟一道战死。

傲文喉结动了动，艰难地出声道："我……我以楼兰国王的身份下令，放弃彩裙。"

他的声音低沉而悠远，仿若来自遥远的九重天，苍灰色的脸上表情凝重，那种大义凛然的慷慨以及惊心动魄的悲悯强烈地震撼了所有人。没有一个人出声，全场陷入了死一般的肃寂，静得只能听到人的粗重的喘息声。

这里的每一个人都不可能活着看到明天的太阳，就连家乡的亲人也因为诅咒将彻底失去未来。但楼兰将士们的脸上还是没有露出任何惊奇之色，也没有愤愤不平，他们似乎早料到国王会作出如此决定，而他们自己也早已经做好了牺牲的准备。

萧扬却是惊在了当场。他嘴唇嚅动了两下，想说"楼兰不一定非要作出这么大的牺牲"，可当他看到傲文脸上的悲情时，内心产生了一种莫名的悸动，再也说不出一个字来。那一刻，他决意要与这位国王与这个国家同生共死。

傲文不再迟疑，伸手去解神物。那彩裙却如生了根一般，贴在约素身上，无论如何都解不下来。原来"彩裙新娘，合二为一，收摄不祥"的偈语是表明当神力被激发后，彩裙将与新娘合为一体，一人一物休戚与共，共存共亡。

约素双手遮住脸庞，哭道："杀了我，傲文，快杀了我，这是唯一的办法。"见傲文木然不应,便拔出他腰间佩刀,横在自己颈中。傲文抢上来抱紧她手臂,却说不出话来。

约素道:"放手啊,傲文快放手,日食就快结束了。"傲文泪流满面,喃喃道:"约素,我们才刚刚成亲……"约素道:"你放心,我会在那里好好等着你。傲文,你不要再看我的脸,你看着我的眼睛。"

一向柔弱的她再没有哭泣,没有掉下一滴眼泪,而是努力微笑着。她的眼睛在燃烧,目光中爱意绵长,深意无限。她和傲文爱得炽热,恋得纯真,然而其间所经历的磨难令她痛不欲生,又令她时时迷惘——为什么他二人的命运那么容易成为众矢之的,总是不断有世俗之箭射来?直到此刻,她方才明白过来,傲文有他的使命,她也有她的命运,他们之间的爱注定不是传统意义上的世俗之爱,须得超越人间的凡夫俗子,因而不属于眼前的世界,因而是不朽之爱。

傲文注视着新婚妻子的双眼,明白了她的心意,心旌荡漾中,纵然千般不愿,万般不舍,还是慢慢松开了手。泪水泉流般涌出,她的丑陋的面目模糊起来,仿若又重新恢复了原来清明澄澈的样子。

约素粲然一笑,用力一拉刀柄,锋利的刀锋割破了她的玉颈,登时血溅珠喉,香消残垒,一道血箭射出,正喷在傲文脸上。彩裙的灼灼光华熄灭了,裙裾碎成了一片一片,无奈而不情愿地飘落下来,石匣上的裙裾图案也跟着消失,宝剑图案又重新清晰可见。

只听见麒麟一声大吼,又重新腾空飞了以来,不断喷出火焰,与那道越来越亮的人形烟雾缠斗在一起。

萧扬道:"我去助麒麟一臂之力。"蓦地发现手中的钝剑起了变化,伸展得又阔又长,剑身古朴,仿若是来自遥远的年代。笑笑生惊道:"这不是轩辕剑么?原来只有楼兰新娘的鲜血才能打开轩辕剑的禁制。"

惊鸿也陡然觉得身体内起了奇妙的变化,叫道:"我好像也恢复了神力。萧扬,我跟你一起去,不要让楼兰白白承担诅咒。"萧扬道:"好,我们一起去击溃蚩尤的元神。"拉她上马,一道驰向战场。

傲文似乎没有太多悲伤,举手拂干眼泪,命人取过斗篷盖住约素的尸首,自己捡起那柄沾满妻子鲜血的佩刀,大声道:"后路已经被截断，我们没有退路，只能努力前冲，跟敌人决一死战！"他的声音铿锵有力，高亢激越。

众将士一起大声应道："决一死战！"每个人的眼睛里都闪射出奇异的光芒，脸上流淌着庄严、欣慰的光泽，他们的心正被一股强盛的火焰燃烧着，鼓荡着。

傲文举刀一挥，带头上马，紧随萧扬朝北冲去。

敌人的军队正像一股急骤的洪水，排浪般涌来。复仇的烈焰席卷了一切，刀剑交鸣，流矢飞逐。大地开始战栗咆哮，怒吼声、厮杀声如雷轰响。鏖战似巨澜般汹涌翻腾，震碎了风帆，震碎了桅杆，拖着航船向无底的地狱沉去。飞沙走石，哀号漫天，天地间一片肃杀，生命就像空气中黯淡的灰烬一样。

横流的鲜血染红了沉郁的沙漠，染红了亘古的史册……

尾声

世异时移，光阴流逝中，历史成为了传说，传说成为了碎语，渐渐消散在无边红尘里。

许多年后，西域的人们仍在谈论在墨山和楼兰边境发生的一场大战。在那场惨烈残酷的战役中，楼兰国王傲文和于阗国王希盾并肩作战，两位国王均最终战死沙场；魔王蚩尤的元神被凡人和神仙及神兽麒麟联手打得灰飞烟灭，他的大军就此溃败。然而楼兰自身损失极为惨重，不仅国王阵亡，且只有极少数兵士生还。

楼兰国人终于知道了事情真相——自己祖祖辈辈生活的土地被中原黄帝诅咒，而且诅咒已经来临。虽然傲文国王最终放弃了破除诅咒的机会，但却没有人怨恨他，相反更加肃然起敬。在庄严地埋葬了国王傲文和王后约素后，活着的楼兰人选择了放弃家园，从此离开故土，向南迁移，融入了茫茫的人世。

当灾难结束，当泪水流尽，尚留在人间的便是一个个关于信念与勇气、牺牲与奉献的动人故事，荡气回肠，耐人寻味。

再也没有人见过那些不知所终的风云人物。西域人宁可相信那些拯救了世界的英雄并没有在战场上死去，而是隐居在世间的某个角落，不仅仅是活在人们心里。据说曾有人在中原轩辕黄帝陵前见过一对年轻男女，容貌身形很像是传闻中的萧扬和天女，身边还跟着一只头上有角的火红怪兽。还有人称在敦煌见过一个算命总也算不准的邋遢道士，自称是伏羲氏后人，却从来没有人相信他的话。

世异时移，光阴流逝中，历史成为了传说，传说成为了碎语，渐渐消散在无边红尘里。但游龙的名字却重新在大漠上响起，他用鲜血和生命保护着过往商队不受马贼侵犯，续写着丝路上的不朽传奇。

狂沙终于铺天盖地而来，彻底吞噬了楼兰王国——从前浓荫匝地、春色永驻的土地变成了沙漠，城郭荒芜，人烟断绝，黄沙满途，行旅裹足；烟水朦胧的蒲昌海则干涸成一个巨大的盐泽碱地。据说最初盐碱地的裂缝里到处是长着双脚的怪鱼，悲鸣声震耳欲聋，惊天动地，然而到最后所有的声音消失了，彻底沦为生命绝迹的死亡地带，这就是后人所称的罗布泊。盐碱长期曝晒在阳光下，远远看去亮晶晶一片，像锋利的钢刀一样翘立着，人兽在上面行走如履薄冰，稍不小心就会穿透双腿——一个汇集东西方灿烂文明的国度，最终灰飞烟灭，被完全湮没在黄沙之下，寂然无声，这是何等的遗憾，何等的苍凉，又是何等的悲壮！

大漠流沙，瀚海戈壁。浩莽苍穹，沧海陈迹。梦语已逝，唯余叹息。

骁勇善战的武士，容颜绝代的美人，繁茂如烟的城池，豪情壮志的功业，都化做了尘埃。唯有在风刀霜剑中残存下来的城墙和烽火台凝固住了远去的时光，凛凛伫立于天地之间，无声地诉说着那一段峥嵘岁月，在现实和虚幻之间，超越历史，超越时空，展示着千古失落的梦想与辉煌。狂风时不时飞旋着从残垣断壁中掠过，犹自呜咽，犹自感喟。

很久很久以前，在西域曾经存在过一个古老悠远的绿洲国家，这个国家出了一位伟大英勇的国王，他与命运苦苦抗争搏斗，千方百计地要破除威胁国家生存的诅咒。然而到解除危机的最后关头，国王毅然选择承担被诅咒的命运，以广阔的胸襟和亡国的代价拯救了曾经血脉相连的中原王朝。

这位国王的名字叫傲文。这个国家的名字叫楼兰。

附 录

楼兰百年探险史

1900 年，瑞典探险家斯文·赫定在沙漠中找到了消失近两千年的楼兰古城，一时间，举世震惊。赫定发掘了扜泥城内 13 个点，获取大批汉魏和罗马古钱币、具有中亚希腊化风格的建筑木雕、两枚木简，大量魏晋木简，精美的中原丝织品等 150 余件。

1906 年和 1914 年，英国考古学家斯坦因两次到楼兰进行大规模的考古，将楼兰遗址逐个编号，初次揭开楼兰古文明全貌。并发掘出两具楼兰男性头骨。

1908 年和 1910 年，日本大谷光瑞考察队橘瑞超两次到楼兰考察，考察队中没有一名考古专业人士，经过破坏性发掘后，发现"李柏文书"。

1927 年，斯文·赫定组织中瑞西北考察团再次光顾楼兰，发掘出一具女性木乃伊，因其衣着华贵，被称为"楼兰女王"。考察团中方考古学家黄文弼因孔雀河水挡道，未能到达楼兰。

1934 年，中国学者陈宗器随中国西北科学考察团考察楼兰古城。

1934 年夏天，瑞典考古学家贝格曼考察楼兰，找到一具被认为是"世界上保存最完好的木乃伊"，并发现了最靠西的汉代烽火台。

1964 年 10 月 16 日，中国第一颗原子弹在罗布泊爆炸成功，楼兰成为军事禁区。

1979 年，借中日合拍《丝绸之路》的机缘，中国考古学家乘直升机第一次到达楼兰，中国学者在楼兰被发现半个多世纪后，才实现到楼兰考古的梦想。

1979 年 12 月 22 日，新疆考古学家王炳华带领的考古队发现古墓沟墓地。这次发现具有划时代的意义，将楼兰文明推至 3800 年前的青铜时代。

1980 年，新疆女考古学家穆舜英发现一具保存完好的女性干尸，被称为"楼兰美女"。

1980 年至 1988 年，新疆文物考古研究所对楼兰地区古遗址进行了大规模普查，发现许多新石器遗存。

1995 年，新疆文物考古研究所组织对位于楼兰西北的营盘古墓进行发掘，出土采集文物 400 件，并出土完好男尸一具。

1998 年，新疆文物考古研究所在古楼兰的一处墓葬中，发现了两具时代不同、人种不同的干尸，一具是六个月大小的婴孩，一具是男性老者。

2003 年，新疆探险家赵子允先生率队进楼兰，发现了楼兰彩棺和精美的墓中壁画，震惊了全国。经随后赶到的考古专家鉴定，此处是一个重要遗址，墓主人身份很高，但是否是楼兰王陵还很难判定。

原后记

——关于《楼兰》小说

首先要说明的是，《楼兰》与作者之前构筑于真实历史之上的历史探案小说如《韩熙载夜宴》《孔雀胆》《大唐游侠》《璇玑图》等完全不同，它是一个带有魔幻色彩的传奇故事。尽管读者可以在《楼兰》中读到不少熟悉的历史痕迹，甚至我也习惯性地参考了古代典籍以及大量出土文物和考古资料来还原古代西域真实风貌，多数细节有据可依，但从根本上来说，小说主体是一个虚构的神话故事。

楼兰的远古历史基本上是一片空白，这是由于它突然消失所带来的缺憾。按照民族历史的划分，有文字记载的被称为"历史时代"，没有文字记载的则被称为"神话时代"。但楼兰的"神话时代"又不同于中国"神话时代"的意义，楼兰文明的神秘消失，使它的"历史时代"也演变成了没有记录的"神话时代"。照这样看来，我所创作的《楼兰》虽然是跨了两个时代，但更多的还是在神话时代。

神话其实并不是异想天开，记得有人说过："正史之外有野史，野史过后有传说，传说之前是神话，而神话的尽头，是历史的开始，重回神话的怀抱，往往隐藏着颠覆历史的野心。"真正意义的神话时代显然更接近民族文化的根源，人类与生俱来的本能就是寻根的愿望。为了安排楼兰民族历史与文化的源头，我引入了黄帝与蚩尤争霸的故事，作为楼兰故事的基本起源和背景，并基于这种源远流长的联系，为楼兰最后的消亡安排了一个全新的解释。这样，《楼兰》就不仅仅是一个魔幻故事，不但能传承中国古老的神话，而且包含了悠长深厚的华夏文明历史内涵，打上了中华文明特有的质素。

有朋友对我在写历史小说日趋成熟时突然改写一本神话小说感到不可理解，其实《楼兰》仅仅是十多年前偶然的灵感，当时我还只是一个普通的IT从业人员，朋友们都很喜欢这个创意，希望日后能把它变成一部传奇。而今，我实现了这个梦想，这就是《楼兰》的来历。只要有梦想，只要有信念，只要有毅力，就有梦想成真的一天。

但必须得承认，我对魔幻题材的写作并不能得心应手，常常困惑于神力跟人力的界定，就像我小时候就坚定地认为《西游记》有逻辑错误一样，因而《楼兰》将是我本人唯一一本这类题材的小说。但是我真的热爱《楼兰》，我爱这个故事，我爱里面的人物，当主角不得不死去的时候，我一度心寒了很久。

之前，曾经有许多读者指出《大唐游侠》等小说中感情描写太淡，而《楼兰》中正好有我历史小说中所没有的缠绵悱恻的令人心碎的爱情。我的观点是——在魔幻小说中，历史是点缀，作者可以将爱情升级为重点。但在历史小说中，历史是主体，一切故事的发生必须符合历史环境，那些牵强的不可能发生的爱情不会在我的历史小说中出现。

需要说明的是，小说中有极个别的句子摘自作者年轻时以别名信手胡写的网络小说，只是本着一点缅怀青春岁月的心愿。类似情况在之前的《中国古代大案探奇录》系列丛书中已经出现过，在后续图书中还可能再会出现，不再重复说明。

要特别感谢杨瑞雪女士，是她一手发掘了我写作小说的潜力。感谢中国民主法制出版社肖启明社长、刘海涛先生以及所有工作人员，从我第一本不算成熟的小说《鱼玄机》出版开始，他们一直在不计得失地支持我，多年来始终如一。我在写作道路上前进的每一步，都离不开他们的鼓励。

感谢冯晓辉、李永宏、秦燕萍、武敏诸位，在我十年前开始构思创作《楼兰》的时候，他们都曾给出了有益的建议和帮助。感谢邓亮先生，自始至终为书的插图提供了帮助。感谢喻宏文同学，不厌其烦地打印了彩色西域地图作为参考资料，还给予许多温暖的关怀。另外，《楼兰》小说中引用了冰河所作的两首五言诗，在此一并致谢。

当然，最应该感谢的当属读者，你们是作者努力前行的最大动力。

谨以《楼兰》一书献给那些为解开楼兰之谜奉献了宝贵生命的科学家、探险家，他们是真正的人生勇士。让我们永远记住他们的名字：彭加木，余纯顺。

吴蔚
2011 年 5 月 于北京